LYLA PAYNE

SECRETS OF THE CAMPBELL SISTERS

April & May

DER SKANDAL

LYLA PAYNE

SECRETS OF THE CAMPBELL SISTERS

April & May

DER SKANDAL

Band 1

Aus dem Englischen
von Tamara Reisinger

Ravensburger

TRIGGERWARNUNG
Dieses Buch enthält Themen, die potenziell triggern können.
Auf Seite 384 befindet sich ein Hinweis zu den Themen.

ACHTUNG: Dieser enthält Spoiler für die gesamte Handlung.

MIX
Papier | Fördert gute Waldnutzung
FSC® C111262

1 3 5 4 2

Originalausgabe

Postfach 2460, D-88194 Ravensburg

Übersetzung: Tamara Reisinger

Umschlaggestaltung: Teresa Mutzenbach
Verwendetes Bildmaterial: © vectorkat, © lisima, © More Images,
© KathySG, © Darya Komarova und © Depiano,
alle von Shutterstock

Printed in Germany

ISBN 978-3-473-58662-2

ravensburger.com

PROLOG

April

April konnte seit Wochen kaum still sitzen, so aufgeregt war sie wegen ihrer ersten Londoner Ballsaison. Ihre Mutter und sie waren bereits einen Monat vor dem offiziellen Beginn angereist, um Violet, die Freundin ihrer Mutter und Aprils Patentante, und deren Tochter Emma wiederzusehen.

Zu Aprils großer Freude hatte sie entscheiden dürfen, welche Anwesen sie in diesen Wochen besuchen wollten, und sie hatte ausschließlich die Herrenhäuser mit den schönsten Gärten ausgesucht. Ihr Vater hatte ihr ein neues Notizbuch und einen Kohlestift für ihre Zeichnungen geschenkt, und als sie nach Rose Hall fuhren, das mehr als eine Stunde außerhalb von London lag, warteten die leeren Seiten bereits darauf, mit Skizzen gefüllt zu werden.

Während Tante Violets Kutsche über den Weg ruckelte, sah April aus dem Fenster. Sie genoss die kühle Frühlingsbrise und den Anblick der Sonnenstrahlen, die sich in den vereinzelten kleinen Seen spiegelten.

Ihre Vorfreude galt vor allem der versprochenen Wiese voller Purpur-Knabenkraut. Diese Wildorchideenart war in England recht selten, und obwohl April Abbildungen davon aus Pflanzenkundebüchern kannte, hatte sie diese Blume noch nie in echt gesehen. Rose Hall war zwar nach seinen weitläufigen Rosengärten benannt worden, doch ihre Mutter hatte selbst wunderschöne Rosen zu Hause. April hatte das Pembroke-Anwesen daher nur wegen der seltenen Orchideen ganz oben auf ihre Liste gesetzt.

Schließlich erreichten sie Rose Hall. Tante Violet hatte die gesamte Fahrt kerzengerade auf ihrem Platz gesessen, und Aprils Mutter hatte in einer Ecke der Kutsche ein wenig vor sich hin gedöst. Es sah ihrer Mutter überhaupt nicht ähnlich, tagsüber zu schlafen, dachte April. Doch als ein Angestellter von Rose Hall die Kutschentür öffnete und sie begrüßte, war dieser Gedanke wie fortgewischt.

Das Herrenhaus erhob sich gewaltig und eindrucksvoll vor April, doch die Blumen und Büsche, die den langen Kiesweg zur Eingangstür säumten, verliehen ihm etwas Freundliches. April kam aus dem Staunen gar nicht mehr heraus. Ein Blick zu ihrer Mutter bestätigte, dass auch sie ähnlich überwältigt war, nur Tante Violet wirkte, wie immer, gänzlich unbeeindruckt von dieser Pracht.

»Wer sind die Pembrokes?«, wollte ihre Mutter leise wissen, und April wurde bewusst, dass sie sich keine Sekunde lang gefragt hatte, wem die wunderschönen Gärten überhaupt gehörten, die sie besuchen wollte.

»Eine Familie mit vielen Ländereien. Nicht adelig, doch ich glaube, sie waren es einmal. Ihnen gehören mehrere Landsitze, und sie haben auch noch anderweitige Geschäfte, die scheinbar florieren.« Tante Violet wandte sich ab, vermutlich um nach jemandem Ausschau zu halten, der ihnen eine Führung durch die Gärten gab. »Sie haben drei Kinder. Ihr ältester Sohn ist vielleicht Anfang oder Mitte zwanzig, und dann gibt es noch die Zwillinge, einen Jungen und ein Mädchen, die ein paar Jahre jünger sind.«

Die Zwillinge waren also in ihrem Alter. April fragte sich, ob sie bereits beide in die Gesellschaft eingeführt worden waren und ob sie sie möglicherweise sogar auf einer der kommenden Veranstaltungen in London kennenlernen würde. Der Gentleman war vermutlich zu jung, um viel Interesse an der Liebe oder an einer Heirat zu haben, aber das Mädchen war sicher ebenso aufgeregt wie April über die Chancen, die sich ihnen nun boten.

»Interessant«, murmelte Aprils Mutter, während eine der Hausangestellten auf sie zukam.

»Guten Tag«, begrüßte sie die Frau. »Ich nehme an, Sie möchten eine Führung durch unsere wunderschönen Gärten?«

»Ja«, sagte April, die ihre Begeisterung nicht länger in Zaum halten konnte. »Ist das Purpur-Knabenkraut in Blüte?«

Die Frau lächelte. »Die äußeren Gärten sind normalerweise nicht Teil unserer Führung, aber wie ich sehe, kennen Sie sich mit Pflanzen aus. Soweit ich gehört habe, steht das Purpur-Knabenkraut in voller Blüte. Ich kann Ihnen gern nach der offiziellen Führung den Weg erklären, dann können Sie sich selbst davon überzeugen.«

April lächelte dankbar und trat von einem Fuß auf den anderen. Sie hoffte, die Führung würde bald losgehen. Je schneller sie sie hinter sich brachten, desto früher konnte sie sich entschuldigen und nach den Orchideen suchen.

Die Frau führte sie durch die Rosengärten und vorbei an unzähligen Lilien, während sie den Besucherinnen allerlei Fakten über die Gärten erzählte: wann sie angelegt worden waren, wie man sie pflegte und welche Auswirkungen bestimmte Wetterbedingungen auf die Blüte haben konnten. April hörte aufmerksam zu und war trotz ihrer Ungeduld fasziniert. Einige Ratschläge konnten ihr zu Hause sicher nützlich sein.

Als die Führung vorbei war, schienen sich ihre Mutter und ihre Patentante nach einer Erfrischung im Haus zu sehnen, bevor sie in die Stadt zurückkehrten.

Die Angestellte wandte sich an April. »Wenn Sie die Orchideen sehen wollen, folgen Sie diesem Weg zwischen den Bäumen hindurch. Wenn Sie den Teich erreichen, sind Sie zu weit gegangen.«

»Vielen Dank«, sagte April und blickte zu den Bäumen.

»Bist du sicher, dass du allein zurechtkommst?», fragte ihre Mutter besorgt. »Wir können dich begleiten.«

»Nein, das ist nicht nötig. Ich werde die frische Luft und – um ehrlich zu sein – auch die Einsamkeit genießen, und ich weiß, weder du noch Tante Violet werden sich so über die Orchideen freuen wie ich.«

Ihre Mutter liebte Blumen und verbrachte reichlich Zeit im Garten, aber ihre Leidenschaft galt allein den Rosen. Ihr Interesse an anderen Blumen kam mit großem Abstand an zweiter Stelle.

Ihre Wege trennten sich, und April winkte ihrer Mutter noch ein letztes Mal beruhigend zu, ehe sie sich abwandte und den schmalen, schmutzigen Pfad entlangeilte. Der Saum ihres Reisekleides und ihre Schuhe würden zerstört sein, wenn sie heute Abend nach London zurückkehrten, aber sicher hatten Tante Violets Dienstmädchen eine Idee, wie man sie reinigen konnte.

So, wie es finanziell um ihre Familie stand, sollte April vermutlich achtsamer mit ihrer Kleidung sein. Doch der Schaden war bereits angerichtet, daher konnte sie sich auch ohne schlechtes Gewissen das ansehen, weshalb sie hergekommen war.

Hinter den Bäumen lag eine grüne Lichtung. Das Purpur-Knabenkraut war nicht schwer zu finden, doch April hätte die wilden Orchideen auch dann sofort entdeckt, wenn sie nicht nach ihnen Ausschau gehalten hätte. Die violetten Blüten wirkten im Sonnenlicht beinahe fuchsienfarben, und die weiß gefleckten Stängel leuchteten regelrecht. April stockte einen Moment der Atem, ehe sie hinüberlief, um die Blumen genauer in Augenschein zu nehmen.

Das Purpur-Knabenkraut war wunderschön und einzigartig, wie nichts, was sie je zuvor gesehen hatte. April verbrachte einige Zeit damit, die Orchideen vor ihr genau zu betrachten, ehe sie sich wieder aufrichtete und sich im Kreis drehte, um den ganzen Garten in sich aufzunehmen.

Doch zu ihrer Überraschung stand hinter ihr unerwartet ein junger Mann – er war ziemlich groß, und in seiner dunklen Hose und der hellen Jacke, deren Schöße leicht im Wind flatterten, wirkte er beinahe einschüchternd. April hob den Blick. Er hatte große dunkle Augen, die von dichten Wimpern umrahmt wurden, und volle Lippen, die sich zu einem Hauch von einem Lächeln verzogen.

Er war gut aussehend, dachte April, und ihre Wangen wurden bei dem Gedanken warm.

»Guten Tag«, sagte er und schien ebenso überrascht darüber zu sein, sie hier im Garten zu sehen, wie sie ihn.

April erwiderte den Gruß. Ihr war deutlich bewusst, dass sie allein waren.

»Darf ich erfahren, was Sie in meinem Garten suchen? Ich hatte nicht erwartet, eine Unbekannte so weit vom Anwesen entfernt anzutreffen.«

April spürte, wie ihr Gesicht noch wärmer wurde. Bestimmt waren ihre Wangen inzwischen leuchtend rot. Er hatte »in meinem Garten« gesagt – er war also einer der Pembroke-Söhne.

»Verzeihen Sie mir bitte, dass ich in Ihren Garten eingedrungen bin. Ihre Hausangestellte meinte zwar, das Purpur-Knabenkraut wäre nicht Teil der Führung, aber ich wollte es unbedingt sehen.« April senkte den Kopf. »Nun habe ich es gesehen und kann wieder gehen.«

»Bitte«, sagte er und hielt sie auf, bevor sie die Flucht ergreifen konnte. Die Sanftheit in diesem einen Wort ließ April an Ort und Stelle verharren. »Betrachten Sie die Orchideen, so lange Sie möchten. Sie zählen auch zu meinen Lieblingsblumen, und sie blühen nicht sehr lange.«

April sah erneut zu den Blumen. Ihr Herz schlug schneller, als der junge Mann an ihre Seite trat und sich nach den violetten Knospen bückte.

»Ich bin übrigens Nathaniel Pembroke«, sagte er und deutete eine leichte Verbeugung an.

Aprils Erziehung ließ sie in einen einstudierten Knicks gehen. »April Campbell. Ich besuche meine Patentante für diese Saison in London.«

»Wie interessant. Ich werde auch zu einigen der Veranstaltungen gehen.«

April hatte diesen Mann gerade erst kennengelernt, aber sie wusste augenblicklich, dass sie ihn gern wiedersehen würde. Das Wissen, dass er an der Saison teilnehmen würde, löste ein Kribbeln in ihrem Innern aus.

Er lächelte, als sie zu ihm aufsah, und ihr blieb regelrecht die Luft weg.

»Müssen Sie sofort zurückkehren?«, fragte er. »In der Nähe leben Füchse, vielleicht würden sie sie gern sehen – mindestens zwei haben im Moment Welpen, und man kommt nahe genug an sie heran, um sie zu beobachten.«

Die Einladung kam überraschend und war sehr direkt, doch ebenso erschütternd war, dass April »Ja, gern« sagte.

Sie nahm den Arm, den er ihr anbot, und obwohl die Stimme in ihrem Kopf ihr zurief, dass sie eine Anstandsdame brauchten, folgte sie ihm.

KAPITEL 1

April

Ein Jahr später

»Sorg bitte dafür, dass die Pfingstrosen zurückgeschnitten werden, sobald sie verblüht sind. Ich weiß, die Rosen brauchen zu dieser Jahreszeit die meiste Aufmerksamkeit, aber ich möchte nicht, dass die Pfingstrosen deswegen vernachlässigt werden.«

»Natürlich, Miss«, erwiderte Charles.

Die geknickte Stimme des Gärtners ließ April innehalten. Sie wusste, dass ihre Mutter ihm jahrelang genau erklärt hatte, wie er die Blumen pflegen solle – seit er seine Ausbildung begonnen hatte, um genau zu sein, und er war damals sogar noch jünger gewesen als April jetzt. Doch sie wollte unbedingt sicherstellen, dass alles den Wünschen ihrer Mutter entsprach.

Ihr Tod war unerwartet gewesen, die Krankheit so zügig vorangeschritten, dass ihnen nicht viel Zeit geblieben war, darüber zu reden, wie es nach Mary Campbells Ableben weitergehen sollte. Aber April sah es als ihre Pflicht an, dafür zu sorgen, dass sich für ihre Schwestern so wenig wie möglich änderte.

Anstatt Charles zu antworten, beugte sie sich über die Schwertlilien, deren Knospen sich nach und nach öffneten, und strich mit den Fingerspitzen über die kräftig lilafarbenen Blüten, die ihre Mutter gezüchtet hatte. In anderen Teilen des Gartens blühten auch blassblaue und leuchtend gelbe Sorten, doch diese hier waren Marys Lieblingslilien gewesen.

»Die Schwertlilien sehen wundervoll aus«, murmelte April. Ihr war nur zu bewusst, dass sie zu streng mit Charles gewesen war. Ihre Mutter war im Umgang mit den Angestellten stets sanftmütig gewesen, und April wusste, dass der Gärtner sie ebenfalls vermisste.

Das Klappern von Pferdehufen, gefolgt von dem Knirschen der Räder einer Kutsche, die über den Kiesweg holperte, brachte ihre Gedanken zurück in die Gegenwart. Doch April ignorierte die Unterbrechung und trat auf die grünen Sträucher zu, die in wenigen Monaten in dem von ihrer Mutter so sehr geschätzten Rosengarten blühen würden. Als aufgeregte und freudige Rufe aus dem Haus drangen und sich zu den Geräuschen der Kutsche gesellten, runzelte April die Stirn. Wie es schien, hatten ihre Schwestern die Ankunft des Gastes ebenfalls bemerkt.

»Denk bitte daran, sie jeden Tag zu gießen und zu düngen, unabhängig davon, ob sie bereits blühen«, sagte sie. Charles würde wissen, dass sie die Rosen meinte. »Sobald die Knospen sich öffnen, schneide die verblühten Blüten zurück, sodass neue, kräftigere Triebe nachwachsen können und die Rosen den ganzen Sommer über blühen.«

Nirgendwo blühten die Rosen länger und schöner als bei den Campbells, und April würde in jedem Fall dafür sorgen, dass es auch weiterhin so blieb, selbst wenn sie nach London gehen musste. Es war Charles zugutezuhalten, dass er weiterhin schwieg, während April ihm Dinge erklärte und auftrug, die er bereits wusste – wenn nicht sogar besser als sie selbst. Er schwieg auch noch, als sich Tränen in Aprils Augen sammelten, hinter ihren Lidern brannten und drohten, ihre Worte gänzlich zu ersticken. Sie war hin- und hergerissen zwischen dem Wunsch, im Garten zu bleiben, und dem Wissen, dass ihre Mutter nur eine einzige Sache *noch mehr* geliebt hatte als ihre Rosen: ihre Töchter.

Fröhliche, aufgeregte Stimmen wehten über die bereits blühenden Blumen, die Gräser und das Unkraut, das gezupft werden musste. April wusste, dass sie die Ankunft des Gastes nicht länger ignorieren konnte. Aus dem Augenwinkel sah sie ihre Schwester May auf sich zukommen – mit einem Federn in jedem Schritt und einem Lächeln auf den Lippen.

April war nun für ihre jüngeren Schwestern verantwortlich. Auch wenn sich bei der Vorstellung, die Saison in London zu verbringen, etwas in ihrem Innern schmerzhaft verknotete, sie wusste, dass sie gehen musste. Ihre Mutter hätte es so gewollt. Und nun, da sie von ihnen gegangen war und ihr reicher Bruder darauf beharrte, dass seine Nichten in der Reihenfolge ihrer Geburt heirateten, war es an April, ihren jüngeren Schwestern eine sorgenfreie Zukunft zu ermöglichen.

Sie verstand zwar, warum eine weitere Saison in London notwendig war, aber sie konnte sich nicht so sehr darauf freuen wie May. Tatsächlich bezweifelte sie, dass sie auch nur einen einzigen Moment der Freude in London erleben würde. Das vergangene Jahr hatte ihr gezeigt, dass sie niemals dem Beispiel ihrer Eltern folgen und eine Verbindung aus echter Liebe eingehen würde.

»Die Kutsche ist da«, verkündete May, als wäre April seit dem Frühstück taub geworden. Aprils Schwester, die ihr altersmäßig am nächsten war, war so schnell gelaufen, dass sie nun trotz der kurzen Strecke vom Haus in den Garten außer Atem war.

Es hatte einmal eine Zeit gegeben, als May ihr nicht nur im Alter am nächsten gewesen war. Doch Aprils letzte Saison in London hatte diese Nähe ebenso leicht gestohlen, wie ein gewisser Gentleman ihr Herz gestohlen hatte – wie auch ihren guten Ruf. Dennoch versuchte sie sich an einem Lächeln. »Ich habe es gehört. Ich möchte nur noch kurz nach den Glyzinien sehen, bevor wir aufbrechen.«

May drehte sich zu dem Zaun, der den Garten begrenzte und an dem prächtige Glyzinien über das abblätternde Holz wuchsen. Der Zaun verlangte förmlich nach neuer Farbe, doch durch die unzähligen violetten Blüten war der verwahrloste Zustand leichter zu ignorieren. Die finanzielle Situation ihrer Familie, die für das aufgerissene Holz und die rostigen Nägel verantwortlich war, lastete plötzlich noch viel schwerer auf April. Denn das war der Grund, weshalb sie und May sich auf den Weg nach London machten.

Heirat.

Der Gedanke hinterließ einen schalen Geschmack in Aprils Mund, und sie gab ihr Bestes, sich nichts anmerken zu lassen, doch Mays gerunzelte Stirn zeigte deutlich, dass sie darin kläglich versagte. Während May die wahre Liebe nach wie vor als eine Selbstverständlichkeit betrachtete, hatten Aprils bisherige Erfahrungen ihr ohne Zweifel bewiesen, dass so etwas nicht – oder nur sehr selten – existierte.

»Mutter hat Charles bei der Pflege der Blumen vertraut. Du solltest dasselbe tun«, sagte May, als der Gärtner durch das Tor in Richtung Scheune davonging.

»Es geht mir nicht um die Blumen«, murmelte April, obwohl es ihr doch genau darum ging, ein wenig zumindest.

»Ich vermisse sie auch.« May schwieg einen Moment. »Aber das hier ist genau das, was sie sich für uns gewünscht hätte. Kannst du nicht wenigstens versuchen, dich halb so sehr darauf zu freuen wie jede andere junge Frau? Wir gehen nach London! Wir werden die schönsten Bälle besuchen! Mit gut aussehenden Fremden tanzen! Uns vielleicht sogar verlieben …«

April gelang es nur mit Mühe, nicht die Augen zu verdrehen. Sie hatten diese Unterhaltung bereits unzählige Male geführt – und in den meisten Fällen hatte es in einer Auseinandersetzung geendet. Natürlich würde May sie vermutlich besser verstehen, wenn April und ihre Mutter ihr anvertraut hätten, was vor einem Jahr wirklich geschehen war. Ihre Mutter hatte Aprils Schwester allerdings nicht damit belasten wollen und war der Überzeugung gewesen, dass ein Skandal am schnellsten in Vergessenheit geriet, wenn man so tat, als hätte es ihn nie gegeben.

Doch dann war sie innerhalb von wenigen Monaten nach ihrer Rückkehr aufs Land gestorben, und nun war es an April, ihre Schwester im Dunkeln zu lassen. »Ich bin mir sicher, all das klingt wundervoll für dich.«

»Vor einem Jahr hätte all das für *dich* wundervoll geklungen«, gab ihre Schwester mit gerunzelter Stirn zurück. »Es *klang* auch wundervoll für dich, wenn ich mich recht erinnere. Da ich jedoch nicht weiß, warum du dich seither so zurückgezogen hast, könntest du wenigstens so tun, als würdest du dich für mich freuen?«

April zwang sich zu einem Lächeln. »Ich freue mich für dich, May. Die Saison ist ein einzigartiges Erlebnis, das dir bestimmt gefallen wird.«

»Während es dir gefällt, meine Chancen auf ein glückliches Leben zu zerstören, weil du dich so sehr dagegen wehrst, selbst die Liebe zu finden.« May verschränkte die Arme und blickte weiterhin zu den Glyzinien. Vor einem Jahr noch hätten sie an einem warmen Frühlingsmorgen dort ihre Mutter mit einem Buch vorgefunden.

Es gab keine Antwort, die ihre Schwester zufriedenstellen würde. Nach allem, was während ihrer letzten Saison in London vorgefallen war, wusste April nur zu gut, dass ihre Chancen auf ein glückliches Leben sehr gering waren – selbst wenn sie einen Ehemann fand. Wut stieg in ihr auf, und ihre Hände ballten sich zu Fäusten, als sie an den Mann dachte, der ihr diese grausame Lektion erteilt hatte.

Schnell schob sie ihre Gefühle beiseite. Ihr eigenes Glück war nebensächlich. Sie war die Älteste, und um ihren jüngeren Schwestern eine glückliche Zukunft zu ermöglichen, musste sie in die Gesellschaft zurückkehren und die Rolle einer Ehefrau annehmen. Nur so hatten ihre Schwestern Aussicht auf ein gutes Leben.

May mochte in Hinsicht auf die Liebe falschliegen, doch sie hatte recht damit, dass es genau das war, was ihre Mutter sich mehr als alles andere gewünscht hätte.

»Ich werde mich bei der Köchin wegen des Essens erkundigen«, brach sie schließlich Mays wütendes Schweigen. »Tante Violet wird bald zurückfahren wollen.«

April warf einen letzten Blick zu den Rosenbüschen, die sie erst zum zweiten Mal in ihrem Leben nicht würde blühen sehen. Es überraschte sie, dass auch May die Rosen betrachtete – Tränen schimmerten in ihren haselnussbraunen Augen, als sie sich von dem Ort verabschiedeten, der sie mehr als alles andere an ihre Mutter erinnerte, die sie viel zu früh verloren hatten.

Das Essen beruhigte Aprils Nerven etwas. Tante Violet – sie war keine blutsverwandte Tante, sondern seit Kindertagen die beste Freundin ihrer Mutter und zudem Patentante der Mädchen – war einer der Menschen, die April am liebsten hatte. Seit dem Tod ihrer Mutter war Tante Violet auch eine der wenigen, die es schafften, Aprils Trauer in den Hintergrund treten zu lassen, ebenso wie die Angst, dass ihre Mutter bald in Vergessenheit geraten würde. Sie war außerdem die Einzige, die neben ihrem Vater noch wusste, was letzten Sommer vorgefallen war.

Abgesehen natürlich von dem Mann, der den Skandal verursacht hatte.

Am Tisch war ein Platz frei, da Aprils jüngste Schwester July sich nicht wohlfühlte und ihnen daher beim Essen nicht Gesellschaft leisten konnte. Ihr anhaltendes Unwohlsein und der beschwerliche Husten bedeuteten, dass weder July noch ihre Zwillingsschwester June die älteren Mädchen zum jetzigen Zeitpunkt nach London begleiten konnten.

Nach dem Essen machte sich April auf die Suche nach den Zwillingen, um sich von ihnen zu verabschieden, und fand beide im Bett im obersten Stock ihres alten Hofs. Junes Wangen leuchteten in einem gesunden Rot, das Julys Blässe noch deutlicher hervortreten ließ als sonst, doch der enttäuschte und traurige Ausdruck auf ihren Gesichtern war identisch.

»Verlasst ihr uns schon?«, fragte July, wobei die Frage in ein Husten überging, das mehrere Sekunden andauerte. So schlimm es auch klang, der Hausarzt der Familie war sich sicher, dass die Krankheit nicht ansteckend war und dass July sich mit der Zeit wieder erholen würde. Dennoch konnte April nicht anders, als ihre kleine Schwester für einen Moment zu bemuttern: Sie legte ihr die Hand an die Stirn, vergewisserte sich, dass ausreichend Wasser neben dem Bett stand, und zog die Decke über ihren schlanken Armen hoch.

»Mach dir keine Sorgen.« July lächelte, und April hatte den Eindruck, dass ein Funkeln in ihre grün-braunen Augen getreten war. »Mir geht es gut, abgesehen vom Neid natürlich.«

»Es gefällt mir nicht, so früh aufbrechen zu müssen, aber Tante Violet möchte noch heute Abend in London sein. Emma hat morgen eine Kleideranprobe.«

»Ich bin so neidisch, dass du Emma bei den Hochzeitsvorbereitungen helfen darfst.« June schob die Unterlippe vor, doch die Tatsache, dass sie sich näher an ihre Zwillingsschwester kuschelte, zeigte deutlich, dass nichts und niemand sie von ihr trennen konnte, bevor July nicht vollständig genesen war. »Es ist so aufregend, dass sie Edward nach all den Jahren endlich heiratet.«

Violets einzige Tochter Emma war für die Campbell-Schwestern eine ebenso gute Freundin, wie Violet es für ihre Mutter gewesen war. Emma und Edward waren bereits als Kinder unzertrennlich gewesen, daher hatte es niemanden überrascht, als sich zwischen ihnen romantische Gefühle entwickelten. Darauf folgte natürlich die unvermeidbare Verlobung. Es war, als hätte das Universum diese Verbindung von langer Hand geplant.

Ein unerwarteter Schmerz breitete sich in Aprils Brust aus, und ihr Herz zog sich heftig zusammen. Ihre eigenen Erfahrungen mit der Liebe – das, was sie für Liebe gehalten hatte – hatte sie in viel kürzerer Zeit gesammelt. Es waren nur wenige Wochen gewesen, doch damals hatte es sich so angefühlt, als würde sie ihn ebenfalls schon seit Ewigkeiten kennen.

Eine Täuschung des Herzens, mehr nicht. Eine, auf die sie kein zweites Mal hereinfallen würde.

April würde nach London gehen. Sie würde nach einem Ehemann suchen, denn das war es, was die Gesellschaft von ihr verlangte und was ihr Onkel von allen vier Schwestern verlangte, wobei April als Erste ihre Pflicht erfüllen musste. Es spielte keine

Rolle, wonach ihr Herz sich sehnte – zumal sie gar nicht sagen konnte, was das überhaupt war.

April zwang sich zu einem Lächeln und setzte sich auf die Bettkante. Sie zog die Zwillinge in eine lange Umarmung. »Wir schreiben euch ganz oft, damit ihr keine Details verpasst«, versprach sie. »Und July wird bald wieder gesund. Dann könnt ihr nachkommen. Auf jeden Fall noch rechtzeitig zur Hochzeit.«

Die Zwillinge nickten, beide schienen nach wie vor traurig zu sein, doch auch ein wenig hoffnungsvoller. Vor allem July brauchte in ihrem aktuellen Zustand etwas, worauf sie sich freuen konnte. April ließ die Rosen nur ungern in Charles' Händen, doch noch mehr hasste sie es, ihre kranke Schwester zurückzulassen – auch wenn es nirgendwo eine hingebungsvollere Krankenpflegerin gab als June.

Die beiden hatten im Abstand von wenigen Stunden das Licht der Welt erblickt – nach langen Wehen und einer schwierigen Geburt. June wurde in den letzten Stunden einer nebeligen Juninacht geboren, während July begleitet von einem Donnergrollen, das stürmisch den Juli einläutete, auf die Welt kam. Die beiden unterschieden sich auch in ihrer Persönlichkeit wie Tag und Nacht. Während June laut und ungestüm war und bei jeder Veranstaltung sofort im Zentrum der Aufmerksamkeit stand, war July eher in sich gekehrt und fühlte sich mit ihrem Pianoforte oder einem guten Buch ebenso wohl wie mit den meisten Menschen. Die beiden waren keine eineiigen Zwillinge, doch wie alle Campbell-Töchter sahen sie sich so ähnlich, dass sie immer als Schwestern erkannt wurden.

April hatte sich oft gefragt, wie ihre Eltern July genannt hätten, wären die Zwillinge mit weniger Abstand und im selben Monat auf die Welt gekommen. Doch jedes Mal, wenn sie nachfragte, hatten ihre Eltern bloß einen Blick gewechselt und gelächelt, ehe sie antworteten, dass sie nie auch nur den Hauch eines Zweifels gehabt hatten, wie ihre Familie sich entwickeln würde.

Mary Campbell hatte den Frühling und den Sommer geliebt, da ihre Gärten in diesen Monaten am schönsten waren. April fand, es wäre eine ebenso wundervolle Hommage an diese beiden Jahreszeiten gewesen, hätte sie ihre Töchter nach Blumen benannt, doch ihre Mutter hatte darauf bestanden, ihre Kinder nach ihrem Geburtsmonat zu taufen.

Auf dem Weg die Treppe hinunter in den Salon, wo ihr Vater darauf wartete, sich von ihr zu verabschieden, dachte April darüber nach, wie unwahrscheinlich es war, dass ihre Eltern das alles vorausgeahnt hatten. Sicher hatten sie Marys zu frühen Tod nicht kommen sehen, ebenso wenig die finanziellen Schwierigkeiten, die ihre Familie in den letzten Jahren geplagt hatten, oder das merkwürdige Ultimatum, das ihr Onkel und Wohltäter als Bedingung für das Erbe der Schwestern gestellt hatte. Seine Nichten mussten nun in der Reihenfolge ihrer Geburt heiraten, wenn sie die versprochene Mitgift erhalten wollten – nur weil er Mary die Schuld am Unglück *ihrer* Schwester gab. Wie konnte Mary sich auch erdreisten zu heiraten, bevor ihre ältere Schwester überhaupt offiziell in die Gesellschaft eingeführt worden war – und noch dazu unter ihrem Stand, was die Chancen der übrigen Geschwister gefährdete?

April hatte ihren Onkel immer gemocht, doch da seine Anordnung sie am meisten betraf, hatte ihre Zuneigung für ihn seit der offiziellen Verkündung etwas nachgelassen.

»Papa.« April betrat den Salon. Sie strich ihren Rock glatt und presste die Lippen fest zusammen, als sie den rauen Stoff unter ihren Fingern fühlte. Sie trug nur ein einfaches Musselinkleid mit einem unscheinbaren Streifenmuster. Ihre kleine Auswahl an Seidenstoffen – gebrauchte Kleider von ihrer Mutter, die mit weitaus mehr aufgewachsen war, als sie im Moment besaßen – durfte April nur zu den elegantesten Bällen tragen.

Ihr Vater wandte sich zu ihr um. Hinter ihm fiel Sonnenlicht durch die Fenster, die dringend geputzt werden mussten. Sie hatten die Unterstützung durch Angela, ihr tüchtigstes Dienstmädchen, auf einen Tag die Woche kürzen müssen, und obwohl April und May es durchaus versuchten, war es schwer, sich um alles zu kümmern. Dennoch war der Salon gemütlich und sauber. Neue Vorhänge und Tapeten würden den Raum allerdings deutlich aufhellen und ihm wieder mehr Glanz verleihen.

Plötzlich bemerkte April, wie weiß die Haare ihres Vaters geworden waren, seit ihre Mutter letzten Herbst gestorben war, und wie schwach das Lächeln in seinem sonst so lebensfrohen Gesicht. Er war oft mit den täglichen Arbeiten auf dem Hof beschäftigt und eher pragmatisch, was die Vaterpflichten gegenüber seinen Kindern betraf. Aprils Mutter hatte es jedoch stets geschafft, ihn aus der Reserve zu locken und ihm ein Lächeln auf die Lippen zu zaubern.

April spürte wieder ein Ziehen im Herzen. Eins, das sie wünschen ließ, sie könnte wie ein kleines Kind in die Arme ihres Vaters laufen und sich von ihm versichern lassen, dass am Ende alles gut ausgehen würde. Sie war inzwischen allerdings zu alt, um noch daran zu glauben, daher erwiderte sie lediglich sein Lächeln und ergriff seine ausgestreckte Hand.

»Ah, meine älteste Tochter macht sich erneut auf die Reise nach London, um dort ihr Glück zu suchen.« Sein Lächeln verblasste etwas. »Ich werde dich hier vermissen, das weißt du, oder? Du bist die Einzige, die sich noch darüber freut, wenn ich abends vor dem Feuer vorlese.«

»July liebt es, wenn du etwas vorliest«, widersprach April. »Und ich denke, sie wird sich bald wohl genug fühlen, um herunterzukommen. Vielleicht köderst du sie dieses Mal mit einem Roman.«

»Das ist sicher eine gute Idee.« Er hielt kurz inne. »Da wir beim Thema Fantasie sind: Du solltest ein wachsames Auge auf deine Schwester haben. Mays Herz ist zu groß, und sie hat den Kopf meist in den Wolken und errichtet Luftschlösser. Eine gefährliche Kombination, wie dir, mein Kind, durchaus bewusst ist, nicht wahr?«

Aprils Wangen brannten, als ihr Vater sie daran erinnerte, was während ihrer letzten Saison vorgefallen war, als sie dem Charme eines Fremden erlegen war. Sie hatte sich mehr wie die Heldin aus einer von Mays Liebesgeschichten verhalten, als sie zuzugeben bereit war.

»Das werde ich, Papa.«

April sprach leise, und ihr Vater mahlte mit dem Kiefer. »Es gefällt mir nicht, dir diese Bürde aufzuerlegen, auch wenn du die Älteste bist. Dein Onkel beharrt zwar darauf, dass ihr Mädchen in der Reihenfolge eurer Geburt heiratet, bevor ihr eure Mitgift, euer Erbe erhaltet. Doch ich würde viel lieber sehen, wie ihr vier euch mit Männern zusammentut, die euch wirklich etwas bedeuten – unabhängig vom Geld.«

Bei diesen Worten senkte ihr Vater die Stimme, ebenso wie den Blick.

April wusste, dass er solche unangenehmen Themen nicht angesprochen hätte, wenn er nicht wirklich besorgt um ihre Zukunft gewesen wäre. Ihr Vater hatte so etwas bisher nie erwähnt, jedenfalls nicht ihr gegenüber, aber ihre Mutter hatte ihr genug anvertraut. April war sich sicher, dass es nur eine Möglichkeit gab, wie das Zuhause ihrer Familie gerettet werden konnte – und zwar durch eine vorteilhafte Heirat.

Ihr wurde schwer ums Herz. »Ich weiß, Papa.«

Seufzend rieb er sich mit einer Hand übers Gesicht, bevor er näher trat und einen Arm um ihre Schultern legte. Wärme breitete sich über Aprils Rücken aus. Sie schmiegte sich in seine Umarmung, genoss den Halt, den er ihr gab und der ihr in London so sehr fehlen würde. Tante Violet war wundervoll. Die Schwestern hätten sich keine liebenswertere, aufmerksamere Patentante wünschen können. Emma war eine gute Freundin, und May war einmal Aprils engste Vertraute gewesen. Doch die Liebe eines Elternteils hatte etwas an sich, was April nie richtig wertgeschätzt hatte, bis sie ihre Mutter verloren hatte.

Ihre Wut darüber, was während ihrer letzten Saison passiert war, war mit der Zeit nicht geringer geworden, und ihr Herz hatte den Verlust ihrer Mutter noch nicht verwunden. Doch ihre Familie brauchte sie, und deshalb würde sie ihren Mut zusammennehmen, sich der Gesellschaft stellen und hoffentlich einen anständigen Ehemann finden.

»Du hast keinen Grund, anders als mit erhobenem Kopf in die Gesellschaft zurückzukehren«, flüsterte ihr Vater. »Du hast nichts falsch gemacht. Sich zu verlieben, ist kein unverzeihliches Verbrechen. Vergiss diesen Unsinn, vergiss vor allem diesen ehrlosen Jungen, und gestatte dir selbst die Möglichkeit, glücklich zu werden.«

Aprils Kehle schnürte sich zu, und ihre Augen füllten sich mit Tränen. Sie blinzelte sie weg und klammerte sich einige Sekunden lang fester an ihren Vater, ehe sie sich von ihm löste, zurücktrat und nicht vorhandene Falten in ihrem blassgrauen Reisekleid glatt strich. Der Musselinstoff war keine feine Seide, aber auf dem Kleid würden weder Schmutz noch Staub von den Straßen sichtbar sein, und es würde nicht durch stundenlanges Sitzen in der Kutsche verknittern.

»Vielen Dank, Papa. Ich werde mein Bestes geben, um dich stolz zu machen.« April schaffte es nur mit Mühe, die Worte an ihren Emotionen vorbeizupressen.

Er gab ihr einen Kuss auf die Schläfe. »Das tust du doch schon.«

Als April sich zu May und Tante Violet in die Kutsche setzte, schaffte sie es beinahe, daran zu glauben, dass in den Worten ihres Vaters ein Körnchen Wahrheit steckte.

KAPITEL 2

April

Sie hatten etwa die Hälfte der Strecke zurückgelegt, als May in der Kutsche einschlief. Ihr Kopf kippte zur Seite, in Richtung des Fensters, und der Wind brachte die Locken durcheinander, die ihr Gesicht umrahmten. April beneidete ihre Schwester darum, ausgerechnet jetzt schlafen zu können – ohne jegliche Sorgen und stattdessen erfüllt mit nur einem einzigen Gefühl: Begeisterung über die Reise und die anschließende Saison.

»Ich bin sehr froh, dass ihr uns für diese Saison besucht. Ich vermisse eure Mutter sehr, und Zeit mit euch Mädchen zu verbringen, euch bei der Suche nach einer glücklichen Zukunft helfen zu dürfen, gibt mir das Gefühl, ihr nach wie vor etwas geben zu können.« Tante Violets Stimme durchbrach Aprils Selbstmitleid.

Zum Glück.

»Vielen Dank, Tante Violet. Wir wissen deine Großzügigkeit wirklich sehr zu schätzen und wir freuen uns darauf, Emma bei ihren Hochzeitsvorbereitungen zu helfen.«

Ihre Patentante tätschelte ihr die Hand. »Emma ist überglücklich, dass sie euch endlich wiedersieht und ihr bei uns wohnen werdet. Ihr seid wie Schwestern für sie.«

Sie fuhren einige Minuten schweigend weiter, und April schluckte den Kloß in ihrer Kehle hinunter.

»Wie viel weiß deine Schwester über die Ereignisse der letzten Saison?« Tante Violet sah mit einem liebevollen Lächeln auf den Lippen zu May, die immer noch schlief.

»Ich denke, sie weiß oder ahnt zumindest, dass es einen Skandal gab, der mich und einen jungen Gentleman betraf, und dass unsere Mutter Sorge um meine Aussichten hatte. Aber sie kennt sicher keine Details.«

»Sie kennt nicht die Identität des Gentlemans?«

April schüttelte den Kopf. »Bestimmt nicht. Mutter hielt es für das Beste, den Skandal unter den Teppich zu kehren und darauf zu hoffen, dass er dort bleiben würde.«

»Eine weise Entscheidung ihrerseits, denke ich. Ich habe ebenfalls dafür gesorgt, dass Emma über die Einzelheiten im Dunkeln geblieben ist. Da sie bereits ihren zukünftigen Mann gefunden hatte, war sie nicht auf vielen Bällen, wo derlei Klatsch verbreitet wird.« Tante Violet hielt inne und warf erneut einen Blick zu May, als wollte sie sichergehen, dass sie wirklich schlief. »Ich würde vorschlagen, dieses Vorgehen beizubehalten. Je weniger Menschen wissen, was geschehen ist, desto geringer ist die Chance, dass der Skandal erneut zum Gesprächsthema wird.«

Die Tatsache, dass Emma nicht Bescheid wusste, kam überraschend. Sie war zwar schon vor zwei Jahren in die Gesellschaft eingeführt worden und hatte einen Großteil der letzten Saison bei Verwandten außerhalb von London verbracht, doch sie und Edward waren bestimmt auf der ein oder anderen Veranstaltung als Paar aufgetreten. Zudem hatte Edward mit Aprils ehemaligem Verehrer in Cambridge studiert, und wenn sie sich nicht irrte, waren die beiden zusammen rudern und gelegentlich auch auf der

Jagd gewesen. Der Gedanke an die Jagd ließ sie automatisch an Füchse denken, und wie jedes Mal kamen dadurch die Erinnerungen an die eine Person hoch, die April am liebsten vergessen würde.

Am Tag ihres Kennenlernens hatten April und Nathaniel den Fuchsbau besichtigt und waren danach zum Anwesen zurückgekehrt. Aprils Mutter fühlte sich nicht wohl, weswegen sie die Einladung von Nathaniels Schwester Anne annahmen und blieben, bis Mary Campbell sich kräftig genug zum Reisen fühlte.

April war überrascht, dass sie nicht im Geringsten traurig darüber war, dass der geplante Ausflug zu einem anderen Anwesen, den sie in vier Tagen hatten unternehmen wollen, ausfallen musste. Es lag lediglich an der Gelegenheit, die Gegend um Rose Hall genauer zu erforschen, redete sie sich ein, und nicht etwa an der Vorstellung, Nathaniel Pembroke würde sie auf weitere private Ausflüge mitnehmen.

Die Art und Weise, wie er sie an diesem ersten Abend beim Essen anlächelte, bevor seine Schwester sie zu einem vertraulichen Gespräch an den Kamin zog, erfüllte sie mit weitaus mehr Wärme, als die Flammen es vermochten.

Am nächsten Tag traf er sie bei einem Spaziergang durch die Rosengärten und führte sie zu einer weiter entfernten Lichtung, wo unzählige Glockenblumen wuchsen.

»Wenn Sie noch ein Stück weitergehen möchten, die Klippen am Rande des Grundstücks bieten einen einzigartigen Blick über das Meer.«

April wusste, dass sie ablehnen sollte, dass sie beide zurückgehen sollten, bevor jemand sie vermisste, doch sie tat nichts dergleichen.

»Das klingt wundervoll.«

Während sie über die grüne Wiese spazierten und die warme Frühlingsluft einatmeten, wurde April zunehmend bewusst, dass es nicht der Ausblick war, nach dem sie sich sehnte. Sie sehnte sich danach, noch mehr Zeit in Nathaniels Gesellschaft zu verbringen.

»Genießen Sie Ihren Aufenthalt auf dem Land?«

April lachte. »Ich lebe auf dem Land, und wir sind gerade einmal einen Tag hier. Aber ja. Es ist wunderschön hier.«

Sie unterhielten sich freundschaftlich über ihre Familien und ihre Lieblingsblumen, tauschten Ratschläge, wie die Hortensien gepflegt werden mussten, um in den prächtigsten Farben zu erblühen, und diskutierten, welche Rosensorten nicht ausreichend gewürdigt wurden, als April zehn Minuten später endlich den versprochenen Ausblick wahrnahm. Sie wusste nicht, ob die unendliche Weite des tiefblauen Meeres oder die Nähe ihres Begleiters ihr den Atem raubte, doch die Kombination ließ sie schwindelig werden.

»Nun, was sagen Sie?«, fragte er mit weicher Stimme, während er sie aus dunklen Augen ansah.

April lachte, und es klang so atemlos und aufgeregt, wie sie sich fühlte. Sie hatte das Meer nicht mehr gesehen, seit sie ein kleines Mädchen gewesen war. »Ich denke, ich bin gefährlich nahe daran, mich in diesen Landsitz zu verlieben. Sie können sich glücklich schätzen. Haben Sie als Kind viel Zeit hier verbracht?«

Sein Lächeln war bei ihren Worten breiter geworden, und zum ersten Mal nahm April den Hauch eines Grübchens in seiner linken Wange wahr. »Allerdings. Rose Hall war schon immer einer meiner Lieblingsorte. Meine Geschwister und ich haben viele Tage und Nächte damit verbracht, über diese Wiesen zu laufen. Ich vermute, es gibt nicht einen Zentimeter auf diesem Grundstück, den ich noch nicht mit eigenen Augen erforscht habe.«

»Ihre Eltern lieben es hier bestimmt auch.«

»Mein Vater ist gestorben, als wir noch jung waren, aber früher hat er hier immer gern gejagt. Meine Mutter liebt es hier ebenfalls, doch sie fühlt sich seit einigen Jahren nicht mehr wohl genug, um die Gegend mit uns zu erkunden.«

»Es tut mir leid, das zu hören«, murmelte April. »Bessert sich ihr Zustand denn?«

Sein Lächeln verschwand, als er den Blick auf den Horizont richtete. »Leider nicht. Der Arzt sagt, sie wird Weihnachten nicht mehr bei uns sein, dennoch hoffe ich, sie beweist ihm das Gegenteil.«

Es gab nichts, was April darauf erwidern konnte, weshalb sie schwieg, während sie beide die Wellen beobachteten, die unter ihnen gegen die Felsen schlugen. Nathaniel verlagerte das Gewicht, wodurch er auf einmal so nah stand, dass sie die Hitze spüren konnte, die von seinem Körper ausging. Wärme durchströmte April vom Kopf bis zu den Zehen, und sie hatte Mühe, sich auf etwas anderes als auf seinen Duft zu konzentrieren. Als sie den Blick hob, musterte er sie mit einem seltsamen Ausdruck, der ihr Innerstes weich werden ließ.

»Ich befinde mich in einer befremdlichen Situation. Ich bin froh, dass Ihre Mutter sich nicht wohl fühlt, da es bedeutet, dass Sie noch eine Weile bleiben werden, doch gleichzeitig hoffe ich sehr, dass Ihre Mutter sich bald erholt.« Er lächelte, und das Grübchen blitzte wieder auf. »Jedoch nicht zu bald.«

April lachte, da sie genau wusste, was er meinte. »Mir geht es genauso. Es gibt mir mehr Zeit, Ihr Anwesen zu erkunden.«

»Ich würde mich freuen, Sie herumführen zu dürfen.«

Ihr Gesicht wurde heiß. »Sie haben bestimmt Besseres zu tun, als mit mir durch Ihren eigenen Garten zu spazieren.«

»Ganz im Gegenteil.«

»April?«

Tante Violets ungeduldige Stimme brachte April zurück in die Gegenwart, in die holpernde Kutsche und zu dem leisen Schnarchen ihrer Schwester.

»Hm?«, erwiderte sie, da ihre Patentante ihr sicher eine Frage gestellt hatte, vermutlich sogar mehr als nur einmal. Doch April konnte sich nicht von der Erinnerung lösen: Sie hatte ihm zugestimmt, dass es schön wäre, wenn ihre Mutter noch eine Weile unpässlich wäre. Natürlich hatten sie vor einem Jahr nicht wissen können, dass die Kraftlosigkeit ihrer Mutter, die sie zu einem längeren Aufenthalt in Rose Hall zwang, erst der Beginn einer Krankheit war, die April nur wenige Monate später ihrer Mutter berauben sollte. Dennoch zerrten Schuldgefühle an ihrem Herzen, entzogen ihr sämtliche Zuversicht, die sie zu Hause noch mühsam zusammengenommen hatte.

»Ich habe dich gefragt, ob du weißt, dass dieser Mann, der deinen guten Ruf geschädigt hat, seit einigen Monaten auf Reisen ist. Er ist nach dem Tod seiner Mutter aufgebrochen und wird in naher Zukunft nicht zurückerwartet.« Violet rümpfte die Nase. »Seiner Schwester werden wir in dieser Saison vermutlich nicht aus dem Weg gehen können, doch immerhin müssen wir uns um ihn keine Sorgen machen.«

April befeuchtete ihre Lippen. Ihr Mund war trocken geworden bei dem Gedanken, Anne zu meiden. Sie war immer freundlich zu ihr gewesen.

»Hältst du es für absolut notwendig, diese Verbindung ebenfalls zu beenden?« Sie dachte an die Briefe, die Anne ihr im vergangenen Jahr geschrieben hatte – alle blieben unbeantwortet. Zuerst hatte Aprils Mutter sie abgefangen, und nach ihrem Tod war April von der Trauer über ihren Verlust zu überwältigt gewesen, um sich darum zu kümmern. »Sie war eine gute Freundin, und es tut mir leid zu hören, dass sie ebenfalls ihre Mutter verloren hat.«

»Ich halte es für das Beste, wenn du so wenig wie möglich mit dieser Familie zu tun hast.«

April wusste, dass es so am besten war und dass ihre Patentante recht hatte. Sie hatte keinerlei Verlangen danach, Nathaniel jemals wiederzusehen, wobei das über kurz oder lang vermutlich unumgänglich sein würde, doch sie vermisste Annes offenherzige und bedingungslose Freundschaft an jedem einzelnen Tag.

»Ich bin froh, dass Mr Pembroke während dieser Saison nicht in London sein wird.« Allein bei dem Klang seines Namens aus ihrem Mund stieg erneut Wut in ihr auf. Die Lippen, die sich vor nicht allzu langer Zeit noch nach seinen Küssen gesehnt hatten, würden ihn nun am liebsten verfluchen. Umso besser, wenn April es fürs Erste vermeiden konnte, sein Gesicht zu sehen.

»Ich auch.« Tante Violet tätschelte Aprils Knie. »Es wird alles gut. Niemand wird dir das, was geschehen ist, vorhalten.«

April bezweifelte das zwar, doch es blieb ein Hoffnungsschimmer. Vielleicht gab es für jeden Menschen, der die ganze Wahrheit kannte, zumindest zehn weitere Menschen, die nichts von alledem wussten. Die Londoner Gesellschaft hatte bestimmt Besseres zu tun, als sich über einen Skandal auszulassen, der vor einem Jahr geschehen war.

»Ich wünsche es keinem anderen jungen Paar, dass es in eine prekäre Lage gerät und damit zum Gesprächsthema wird, doch es würde durchaus einige unserer Probleme lösen.« Tante Violet lächelte. »Sei einfach du selbst, bezaubernd und liebenswürdig wie sonst auch, meine Liebe, und ich bin mir sicher, es werden schon bald ausreichend Verehrer vor unserer Tür stehen.«

Schweigen breitete sich aus, als jede von ihnen aus einem Fenster sah und beobachtete, wie die Landschaft langsam der Stadt wich. April hoffte, dass Tante Violet recht hatte und es zumindest keine neuen Dramen geben würde, die diese Saison für sie noch weniger erträglich machten.

Es würde schwierig werden, May weiterhin über die Einzelheiten des Vorfalls im Dunklen zu lassen, und noch schwerer, Emma davon abzuhalten, ihrem Verlobten Edward Fragen zu stellen.

April würde jedoch, wie bei allen anderen Herausforderungen in ihrem Leben, ihr Bestes geben. Sie würde alles für ihre Familie tun, selbst wenn sie dafür Opfer bringen musste.

KAPITEL 3

Matthew

Schweiß rann in Matthews Augen, als er Edward half, ihr Boot am Steg festzubinden. Die Hose klebte ihm an den Beinen, und seine schweißnassen Hände rutschten über das Holz, obwohl es erst April war und die wahre Sommerhitze noch auf sich warten ließ. Nicht zum ersten Mal fragte er sich, was ihn dazu bewogen hatte, einen Sport auszuüben, den er nicht mochte.

Immerhin hatten sie bei dem Rennen heute Oxford geschlagen, das sollte seine Kameraden bis zum nächsten Wettkampf zufriedenstellen. Und bald würden sowohl Matthew als auch Edward ihren Abschluss machen und das Vermächtnis der Ruderer von Cambridge in die fähigen Hände jüngerer Studenten übergeben. Der Gedanke gefiel ihm. Eine weitere glückliche Fügung, die wie von selbst eine der kleinen Unannehmlichkeiten des Lebens beseitigte.

»Nun, das wäre erledigt«, verkündete Edward. Sein blondes Haar, das von Flusswasser und Schweiß feucht war, fiel ihm immer wieder in die Augen. Er strich es erneut zur Seite, wobei er einen Streifen Schlamm auf seiner Stirn hinterließ. Matthew konnte nicht sagen, ob sein Freund sich auf die vernichtende Niederlage bezog, die sie Oxford beigebracht hatten, oder auf das Boot, das am Steg festgebunden war, doch es spielte auch keine Rolle.

»Ich möchte mich noch waschen und umziehen, bevor ich mich verabschiede«, erwiderte er. »Ich bin später mit meinem Vater verabredet. Es geht natürlich ums Geschäftliche.«

Matthews Vater hatte keine Ahnung, dass sein Sohn das Interesse an dem landwirtschaftlichen Besitz der Familie im Ausland nur vortäuschte. Auch ihre politischen Einstellungen lagen weiter auseinander, als der alte Graf wissen konnte, doch Matthew musste den Schein wahren. Das war zum einen eine Frage des Anstandes und zum anderen wichtig für eine Angelegenheit, die ihm sehr am Herzen lag. Eines Tages würde er Titel und Einfluss erben und beides in den Dienst der guten Sache stellen. Er hoffte, er würde den Fortschritt, den er damit herbeiführen wollte, noch miterleben.

Edward nickte und ging voraus in Richtung der Umkleideräume, die nicht weit vom Fluss entfernt lagen. Dort entledigten sie sich ihrer Hemden und benutzen die Schüsseln mit kaltem Wasser, um sich Schweiß und Schmutz von Gesicht und Händen zu waschen.

Nun, da Matthew sich etwas frischer fühlte, setzte er sich auf eine Holzbank, um durchzuatmen. Das Rennen war anstrengend gewesen, und sein Körper schmerzte auf eine Weise, die zwar nicht unbefriedigend war, in ihm jedoch den Wunsch weckte, den Nachmittag im Garten zu liegen, anstatt sich für ein Geschäftsessen zu kleiden.

»Hilf mir auf die Sprünge, wie lange bist du noch ein freier Mann?«, zog er Edward auf.

Edward und seine Kindheitsliebe Emma Radcliffe würden bald heiraten, was weder enge Freunde noch Bekannte des glücklichen

Paares überrascht hatte. Das schützte Edward allerdings nicht vor gut gemeinten Neckereien seiner Freunde – und erst recht nicht vor Matthews Scherzen, der Edwards und Emmas langjähriges Verhältnis insgeheim romantisch fand. Würde er die Gelegenheit, seinen alten Freund aufzuziehen, ungenutzt verstreichen lassen, wäre sein Neid auf ihre Beziehung zu offensichtlich.

»Nur noch wenige Wochen«, erwiderte Edward. Seine Wangen röteten sich, und er konnte ein Lächeln nicht zurückhalten. »Wir heiraten Ende Mai.«

In den nächsten Wochen standen Bälle, Gartenfeste, Promenaden und dergleichen an, auf denen die feine Londoner Gesellschaft vertreten sein würde. Für Matthew und die anderen jungen Männer im heiratsfähigen Alter bedeutete dies vor allem, den Verkupplungsversuchen von Tanten und Müttern in ganz London aus dem Weg zu gehen. Für jene, die nach einer vorteilhaften Partie suchten, war es jedoch *die* Gelegenheit, um die geeigneten Damen zu umwerben und am Ende des Sommers eine Verlobung zu feiern.

»Ah, natürlich. Eine weitere Saison voller rauschender Bälle, großer Romantik und Abendessen, bei denen ihr euch heimliche Blicke über den Tisch hinweg zuwerft, bevor ihr für immer ein spießiges altes Ehepaar werdet.«

Edward verdrehte die Augen. »Ich verstehe nicht, wie die Hochzeit Emma und mich altern lassen wird. Und die Saison bietet sowohl für Verheiratete als auch für Unverheiratete einen Zeitvertreib.«

Bis ein Kind kam, oder zwei.

Matthew sprach diesen Gedanken nicht laut aus, sondern griff nach einem Tuch, um seine kastanienbraunen Haare zu trocknen. »Kommt Emma mit den Vorbereitungen einigermaßen gut zurecht?«

»Das tut sie. Vor allem, da sie bald die lang erwartete Unterstützung bekommt. Ihre Freundinnen vom Land, April and May Campbell, reisen heute an.«

Matthews Herz schlug ihm plötzlich bis zum Hals. In seinem Alter blieb einem Gentleman der Name einer jungen Dame nur selten im Gedächtnis. *April Campbell* jedoch war mehr als nur ein einfacher Name. Es war der Name der jungen Dame, die das Leben seines Freundes Nathaniel Pembroke gehörig durcheinandergebracht hatte – und das auf eine Weise, die keiner seiner Freunde erneut miterleben wollte.

»April Campbell ist zurück in London?«

»Allerdings, obwohl ich sie noch nicht mit eigenen Augen gesehen habe.« Edward, der bereits wieder seine Tageskleidung trug, bückte sich, um den Schaft seines Stiefels gerade zu rücken – eine alte Angewohnheit, die Sorge ausdrückte. »Ich vermute, irgendwann muss man sich dem Unausweichlichen stellen. Keine junge Dame kann sich für immer auf dem Land verstecken.«

»Das ist für Miss Campbell auch keine Option. Nicht mit drei jüngeren Schwestern, die ungeduldig darauf warten, in die Gesellschaft eingeführt zu werden.«

»Richtig.« Edward ächzte leise, während er seinen Fuß in den zweiten Stiefel schob.

Matthew hätte nie gedacht, dass er mit einem seiner ältesten Studienfreunde – oder überhaupt mit irgendjemandem – tratschen würde wie eine gelangweilte ältere Dame, doch nun tat er genau das. Die Campbell-Schwestern füllten seine Gedanken. Vor einem Jahr hatte er April Campbell als liebenswürdig und klug erlebt, wenngleich etwas reserviert in der Öffentlichkeit. Unwillkürlich fragte er sich, ob ihre jüngere Schwester ihr diesbezüglich ähnlich oder ganz anders war.

»Pembroke wird bis zum Ball der Blakes zurück sein«, sagte Matthew und bemerkte zu spät, dass Edward seinem Gedankengang, der von April Campbell direkt zu Nathaniel Pembroke führte, wahrscheinlich nicht würde folgen können. Edward hatte an der letzten Saison kaum teilgenommen, immerhin wusste er zu diesem Zeitpunkt bereits, dass er Emma einen Antrag machen würde. Zudem war er den Großteil der Saison geschäftlich auf Reisen gewesen. Soweit Matthew wusste, hatte Edward keine Ahnung von Nathaniels und Aprils früherer Verbindung, und es stand Matthew nicht zu, jetzt darüber zu reden. Nathaniel hatte England verlassen, in der Hoffnung, die Sache zu vergessen – und damit andere dasselbe tun konnten.

»Ah, sehr schön. Wir bekommen also noch mehr Unterstützung, um Oxford zu schlagen«, erwiderte Edward. »Ich war überrascht, dass er nicht schon für die Hochzeit seines Bruders mit Isabella Martin zurückgekehrt ist.«

»Mhm«, machte Matthew und betrachtete betont aufmerksam sein Spiegelbild, anstatt zu antworten. Es überraschte ihn nicht im Geringsten, dass Nathaniel nicht zur Hochzeit gekommen war, denn Isabella Martin war diejenige, die seine geplante Zukunft mit Miss Campbell ruiniert hatte.

Obwohl Edward wusste, dass es einen Skandal gegeben hatte, kannte er keine Einzelheiten, und er war zu höflich, um nachzufragen. Nichtsdestotrotz, der Skandal, der die Pembroke-Familie getroffen hatte, war im gesamten letzten Jahr *das* Gesprächsthema gewesen. Isabella Martin war damals Nathaniels Auserkorene gewesen – ein Wunsch seiner Eltern, zweifelsohne nicht sein eigener. Matthew wusste, dass Nathaniel die Hoffnung hatte, Miss Martins Heirat mit jemand anderem würde ihn vor einer weiteren Verurteilung durch die Gesellschaft schützen, selbst wenn dieser Jemand sein eigener Bruder war. Nun befürchtete Matthew jedoch, dass Miss Campbells Rückkehr den gegenteiligen Effekt haben würde.

»Hoffen wir, diese Saison verläuft für ihn besser als die letzte«, fügte er hinzu und wünschte April Campbell insgeheim dasselbe. Er war schließlich nicht nachtragend, obwohl die Tatsache, dass sie seinem Freund das Herz gebrochen hatte, sie in seinen Augen nicht gerade glänzen ließ. »Wie schön, dass die Campbell-Schwestern deine Verlobte bei den Hochzeitsvorbereitungen unterstützen werden.«

Edward hatte endlich aufgehört, an seinen Stiefeln herumzuziehen, und richtete sich auf. »Emma hat sich Sorgen um Miss Campbell gemacht. Sie hat wohl ein schweres Jahr hinter sich, und Emma und ihre Eltern hoffen, dass sie das hinter sich lassen und sich auf ihre eigene glückliche Zukunft konzentrieren kann.«

Matthews Mundwinkel zuckten bei diesen Worten. »Hoffen wir für deine Auserkorene, dass alles nach ihren Vorstellungen verläuft. Wir alle kennen Emma Radcliffes Hang zur Dramatik – und wir wissen, dass es dein Ohr ist, das sie am liebsten abkaut, wenn etwas schiefgeht.«

»Ach, sei doch still, Talbot. Eines Tages wirst du verstehen, dass es nichts Schlechtes ist, wenn einem eine junge Dame das Ohr abkaut – nämlich sobald eine junge Dame einen Weg in dein rebellisches Herz findet.«

Matthew wollte antworten, doch jemand kam ihm zuvor. »Ach, wenn unser Lord Talbot doch bloß in irgendeiner Weise für eine respektable junge Dame geeignet wäre.«

Matthew musste sich nicht erst umdrehen, um zu erkennen, wem dieser dröhnende Bariton gehörte. Lord Richard Beaumonts Kommentare hatten ihn durch ihre gemeinsame Studienzeit verfolgt.

Beaumont ging nach Oxford, nicht nach Cambridge, doch ihre Väter waren seit ihrer Jugend befreundet. Dass sie Rivalen im Rudern waren, machte sie nicht gleich zu Feinden, Tatsache war jedoch, dass Richard Beaumont schon immer ein niederträchtiger Mistkerl gewesen war. Es gehörte sich für einen Gentleman natürlich nicht, einen anderen Gentleman so zu bezeichnen, doch Beaumont führte einen eindeutig in Versuchung.

Seit Beaumont von Matthews politischen Ansichten erfahren hatte, war ihre Beziehung noch um einige Grade kühler geworden. Matthew befürchtete, dass ihre Meinungsverschiedenheiten schon bald zu einem unangenehmen Ende führen würden. Die geschäftlichen Interessen der Beaumont-Familie waren eng verknüpft mit denen seiner eigenen Familie, und beide würden Schaden nehmen, sollten Matthews Pläne in die Tat umgesetzt werden. Das allein könnte Beaumont genügen, um dieses Wissen an Matthews Vater weiterzugeben.

»Welch eine Schande, Lord Beaumont«, sagte Matthew, der die Doppeldeutigkeit in seinen Worten betonte. Er zog an seinen Stiefeln, während er den Blick nach unten richtete, um die direkte Konfrontation so lange wie möglich hinauszuzögern. »Edward und ich wollten gerade aufbrechen.«

»Deswegen müsste es eigentlich offensichtlich gewesen sein, dass wir nicht mit Ihnen sprechen«, fügte Edward hinzu, jedoch mit leiser Stimme.

Dennoch entging Beaumont keine einzige Silbe.

»Sie haben sich in einem öffentlichen Umkleideraum unterhalten, das macht, denke ich, Ihre Worte hinfällig.«

»Diese Umkleideräume gehören zu Cambridge, sie sind also nicht unbedingt öffentlich«, widersprach Edward.

Als Matthew aufsah, machte Beaumont eine wegwerfende Handbewegung, als könnte die Geste jegliche Feindseligkeit zwischen ihnen beiseitewischen. Richard Beaumont wurde nicht von allen gehasst – selbstverständlich fanden ihn die Damen verwegen und charmant. Doch in Matthews Augen konnten weder seine blonden Locken noch seine hochgewachsene Statur verbergen, dass sein Lächeln bloß eine Fassade war. Matthews Herz schlug zwar ebenfalls vor allem für die Politik, doch immerhin war es nicht voller Gier und Gehässigkeit.

Beaumonts Gesichtsausdruck erinnerte ihn an ein Raubtier: lauernd, beobachtend, jederzeit zum Sprung bereit. Und obwohl keine Beute anwesend war, machte sich Unbehagen in Matthews Brust breit.

»Ich möchte damit bloß sagen, dass jemand mit Talbots Einstellungen nicht darüber nachdenken sollte, eine anständige junge Dame mit sich in die Gosse zu ziehen. Sobald alle von Ihren sentimentalen Philosophien erfahren, werden Sie in der feinen Gesellschaft vermutlich nicht mehr als heiratswürdiger Junggeselle angesehen. Wie kann ein Vater schließlich zulassen, dass sein Sohn das Erbe erhält, wenn dessen Ansichten in direktem Konflikt mit den Interessen der Familie stehen?«

»Ich werde dieses Austausches langsam genauso überdrüssig wie Ihres Gesichtes, Beaumont«, sagte Matthew, auf den die altbekannten Drohungen kaum noch eine Wirkung hatten.

Beaumont lächelte bloß. Es schien, als wären sie beide an Beleidigungen gewöhnt. »Gehe ich recht in der Annahme, dass ich auf dem Ball der Blakes das Vergnügen Ihrer Gesellschaft haben werde?«

»In der Tat.«

Beaumont nickte und wusch sich übertrieben das Gesicht und die Hände, ehe er Matthew und Edward sich selbst überließ.

»Richard Beaumont mag vielleicht ein Lord sein, aber er ist nur des Ranges wegen ein Gentleman«, bemerkte Edward, sobald sie wieder allein waren.

»Ich bezweifle, dass irgendjemand, der ihn wirklich kennt, dir da widersprechen würde.« Matthew stand auf. »Sollen wir aufbrechen?«

Edward nickte. Er wirkte, als wollte er noch etwas über Beaumont oder über ihr Gespräch sagen, doch schließlich entschied Matthews Freund sich für einen Themenwechsel. »Bist du heute bereits zum Abendessen verabredet? Begleite mich doch zu den Radcliffes.«

Matthew überlegte kurz, ehe er zustimmte. Zeit mit Edwards Verlobter und ihrer Familie zu verbringen, war stets eine willkommene Abwechslung. »Mit Vergnügen.«

Matthews Vater nahm sein Mahl meistens in seinem Arbeitszimmer ein, und nach ihrer Verabredung würde er bis zum Abendessen Matthews bestimmt überdrüssig sein. Zudem würde niemand ihre Köchin als außergewöhnlich bezeichnen. Und tatsächlich konnte Matthew nicht leugnen, dass er neugierig darauf war, April Campbell nach ihrer langen Abwesenheit wiederzusehen – wenn auch nur, um zu beurteilen, ob sie für seinen Freund, der bald nach London zurückkehren würde, ein Problem darstellen könnte.

Matthew und Edward trennten sich an der Straße, und Matthew machte sich auf den Weg zu den Geschäftsräumen seines Vaters in der Nähe des Hyde Park. Er musste seine gesamte Willenskraft aufbringen, um keinen Umweg durch die Gärten zu nehmen, wo die Pfingstrosen langsam erblühten.

Für Sommerblumen, die er noch viel mehr mochte, war es jedoch noch zu früh, und sein Vater hasste es, wenn man ihn warten ließ. Anstatt also durch die Gärten zu spazieren, um seinen Kopf freizubekommen, setzte Matthew den Weg zu seinem Vater fort, um mit ihm über eine Zukunft zu sprechen, die sie sich beide – zumindest in der Vorstellung des alten Mannes – wünschten.

KAPITEL 4

May

Obwohl May den Großteil der Fahrt nach London verschlafen hatte, erschien ihr die Reise endlos. Zugegeben, nicht einmal die schnellste Kutsche der Welt konnte sie schnell genug von der Eintönigkeit des Landlebens fortbringen – und von den Erinnerungen an den Verlust ihrer Mutter. London würde diese Erinnerungen ersetzen, zumindest für einige Monate – mit guter Gesellschaft, Fröhlichkeit und sämtlichen hoffnungsvollen Versprechen, die die Stadt zu bieten hatte.

May warf einen Seitenblick auf ihre Schwester, die übellaunig aus dem Fenster der Kutsche sah, während sie durch ein schmiedeeisernes Tor und über eine kurze, breite Auffahrt zu Tante Violets herrschaftlichem Anwesen am Grosvenor Square fuhren. Für einen Moment wünschte May, sie hätte auch die älteste Miss Campbell zurücklassen können.

Sofort bereute sie diesen Gedanken. April benötigte die Ablenkung ebenso sehr wie sie. Die Erinnerungen an ihre Mutter und alles, was die Schwestern mit ihrem Tod verloren hatten, verfolgte sie zu Hause tagtäglich. May konnte das Gefühl jedoch nicht gänzlich ignorieren, dass die Saison weitaus unbeschwerter wäre, wenn

April sie nicht begleitet hätte. Ihre Schwester, einst ihre engste Vertraute, weigerte sich, zu erzählen, was letztes Jahr ihre Aussichten auf eine Heirat zunichtegemacht hatte. Diese Geheimnistuerei und die lächerliche Vorgabe ihres Onkels, dass April vor ihren Schwestern heiraten müsse, hatte zu Spannungen zwischen ihnen geführt, die sich an manchen Tagen unüberwindbar anfühlten.

»Philip wird sich um euer Gepäck kümmern, meine Lieben. Ihr seid bestimmt erschöpft von der Reise, doch Emma hat darauf bestanden, ein kleines Abendessen zur Feier eurer Ankunft zu veranstalten …« Tante Violet runzelte die Stirn. In ihren freundlichen Augen war Sorge zu erkennen – selbst in dem blassen Abendlicht, das durch das Fenster der Kutsche drang. »Ohne Zweifel wird sie euch morgen sehr früh für ihre Kleideranprobe wecken.«

May grinste. Die Vorfreude, ihre Cousine – zumindest ehrenhalber – wiederzusehen und bei ihrer Hochzeitsplanung mitzuhelfen, vertrieb sämtliche Gedanken daran, früh zu Bett zu gehen. Sie stieg hinter ihrer Tante aus der Kutsche und gab ihr Bestes, das resignierte Seufzen ihrer Schwester zu ignorieren. May würde sich davon nicht die gute Laune verderben lassen. Sie war entschlossen, diese Saison zu genießen, selbst wenn die Möglichkeit, für sich einen Ehemann zu finden, vorerst vom Tisch war. Die Forderung ihres Onkels, dass April als Erste heiraten müsse, bevor May Anträge in Erwägung ziehen konnte, und dass May selbst den Bund der Ehe eingehen müsse, bevor June und dann July ihr folgen konnten, war ihr stets präsent. Die Sorge im Gesicht ihres Vaters, die sie vorhin beim Abschied bemerkt hatte, hatte ihr wieder vor Augen geführt, wie sehr sie auf das Geld der wohlhabenden Verwandtschaft ihrer Mutter angewiesen waren. May hoffte inständig darauf, sich in jemanden zu verlieben, dessen finanzielle Lage ihr ein Leben ohne solche Sorgen ermöglichte.

Emma flog regelrecht aus der breiten Haustür und die Eingangstreppe hinunter, sodass ihr Rock die gepflegten Sträucher am Rand streifte und der Diener ausweichen musste. Ihre dunklen Locken entwischten ihrer sorgfältig gesteckten Frisur, als sie die Arme um May schlang, und sofort traten Mays Sorgen über die verdrießliche Perspektive ihrer Schwester in den Hintergrund. Wenn April einer Sturmwolke glich, dann war Emma die Sonne, die sich hartnäckig einen Weg durch den Regen bahnte und einen Regenbogen über einen grauen Himmel spannte.

May erwiderte Emmas Umarmung und bewunderte die hübsche, glatte Seide des Kleides, das ihre Freundin trug, und die perfekt darauf abgestimmten Bänder. Sie gab ihr Bestes, ihr eigenes ausgeblichenes, von der Reise staubiges Kleid nicht damit zu vergleichen. Emma würde keinerlei Gedanken an Mays Kleidung verschwenden, und davon abgesehen war sie überaus großzügig mit ihren eigenen Sachen.

»Ich freue mich so sehr, dass ihr hier seid!«, rief Emma. »Und dass ihr die Saison hier verbringt! Wir werden so viel Spaß zusammen haben, und es ist eine unglaubliche Erleichterung, euch bei der Hochzeitsplanung an meiner Seite zu haben.« Es lag keine Prahlerei oder Arroganz in Emmas Worten, sie war genauso aufrichtig und direkt wie früher. May war froh, dass die Verlobung nichts geändert hatte – zumindest nicht in dieser Hinsicht.

»Ich bin auch aufgeregt.« May lächelte. Sie freute sich für Emma und würde außerdem Erfahrungen sammeln, die ihr irgendwann bei der Planung von Aprils Hochzeit nützlich sein würden. Sie musste an der Hoffnung festhalten, dass der Aufenthalt in London Aprils Laune verbessern und sie schon bald die ersten Verehrer willkommen heißen würde.

Emma löste sich von der grinsenden May und zog April in eine feste Umarmung. May glaubte, den Ansatz eines Lächelns auf den Lippen ihrer älteren Schwester zu erkennen, ehe diese das Gesicht in Emmas Schulter verbarg. Das war schon besser als Aprils finsterer Blick vorhin in der Kutsche, als die schmutzigen Landwege durch das Kopfsteinpflaster der Stadt abgelöst worden waren. May vermutete, dass ihre Schwester schlechte Erinnerungen mit der Stadt verband, doch solange April sich ihr nicht anvertraute, konnte May nur raten, welche es waren.

»April, ich habe bereits ungeduldig auf deine Rückkehr gewartet. Ich kann gar nicht ausdrücken, wie leid mir der Tod eurer Mutter tut. Wir alle haben sie über alles geliebt.«

»Vielen Dank.« Tränen schwammen in Aprils Augen, doch sie blinzelte sie hastig weg. Emma griff nach den Händen ihrer Freundin und drückte sie fest, bevor sie April zum Haus zog.

»Kümmern wir uns darum, dass ihr ankommen und euch vor dem Abendessen etwas frisch machen könnt. Edward wird bald eintreffen, und er freut sich schon darauf, euch wiederzusehen.«

Die Schwestern folgten Emma in die große Eingangshalle mit der beeindruckenden Treppe. Mays letzter Besuch in diesem Haus war schon länger her, doch April war hier noch vor einem Jahr zu Gast gewesen. Sie schien den Weg zu dem geschmackvoll dekorierten Schlafzimmer am oberen Ende der Treppe bereits zu kennen. Vermutlich war es derselbe Raum, in dem sie letzten Sommer gewohnt hatte – was möglicherweise nicht die beste Entscheidung ihrer Patentante war, dachte May.

Sie schob ihre Sorge beiseite. Emma stellte ihnen ihr Dienstmädchen Hannah vor, ehe sie sich zurückzog, und die Stille, die folgte, war ein Kontrast zu dem Wirbelwind aus Freude von eben. Das Gepäck der Schwestern wartete in einer Ecke darauf, von dem Dienstmädchen ausgepackt zu werden. Die wertvollsten Kleider hatte sie bereits in den Schrank neben dem großen Fenster gehängt, das die Straße überblickte. Es stand offen, und die kühle Frühlingsbrise trug den Duft von Flieder und Geißblatt, die im Garten blühten, zu ihnen herein. May hatte noch nie so viel Hoffnung empfunden wie in diesem Augenblick, dass ihre Zukunft in London auf sie wartete, wenn auch nicht sofort.

Die Bettwäsche war weißer, gemütlicher und weicher als alles, was sie zu Hause hatten. May ließ sich auf das Bett fallen und genoss für einen Moment die Behaglichkeit, ehe sie sich aufsetzte und den Rest des Raumes, inklusive eines großen Kristalllüsters an der Decke, betrachtete.

April stand vor einer vollen Waschschüssel und rieb sich mit einem Tuch über Gesicht und Arme, um den Staub der Reise abzuwaschen. Sie schien ihrer Umgebung keine große Beachtung zu schenken. Es war der hübscheste Raum, in dem May je gewohnt hatte, und obwohl ihre Schwester ihre Begeisterung nicht teilte, sprudelte sie in ihr über.

»Dieses Zimmer ist hinreißend. Ich kann mich gar nicht daran erinnern, aber beim letzten Mal, als wir alle hier waren, war ich natürlich auch fast noch ein Kind.« May hielt inne. »Sind die Jungen nach wie vor an der Universität? Denkst du, sie kehren bald zurück?«

Abgesehen von Emma hatte Violet auch noch zwei Söhne, die nur einige Jahre älter waren als ihre Schwester. May hatte sie als freundlich und lustig in Erinnerung, aber natürlich konnte die Zeit sorglose Jungen in ernste junge Gentlemen verwandeln.

»Was denkst du, welche Art von Kleid wird Emma für ihre Hochzeit wählen?«

Als April wieder nicht antwortete, hüpfte May vom Bett und ging zum Schrank, um die magere Auswahl an Kleidern zu begutachten, die sie von zu Hause mitgebracht hatten. Einige gehörten April, sie waren noch von der letzten Saison und bedauerlicherweise nicht mehr modisch. Andere hatten ihrer Mutter gehört, waren jedoch für die Schwestern geändert worden. Einige wenige hatte April eigens für diese Reise kaufen dürfen, da ihr Vater wusste, dass ihrer aller Zukunft auf ihren Schultern lag. Und in der Kutsche hatte Violet versprochen, ihnen beiden mindestens ein neues Kleid zu schenken, um ihren Aufenthalt zu feiern.

May seufzte. »Sollen wir uns nicht doch für das Abendessen umziehen? Schließlich sind wir von der Reise schmutzig.«

April sah nach dem Waschen frischer und etwas weniger blass aus. »Ich denke, ein elegantes Kleid ist nicht nötig. Ich bin sicher, dass es Violet nicht stören wird, wenn wir unsere Kleider einfach anbehalten.«

Vermutlich nicht, doch es war keine angemessene Abendkleidung. May runzelte die Stirn. Sie wusste, dass April recht hatte – nur in Gesellschaft der Familie und von Emmas Verlobtem, der bereits vergeben war, gab es keinerlei Grund, sich um ein Kleid zu sorgen. Allerdings verkehrten junge Männer, die bereits verlobt waren, natürlich auch mit anderen jungen Männern, die es definitiv nicht waren. Diese jungen Männer könnten April jederzeit vorgestellt werden, und May betete, dass sie genug Charme besaßen, um das Interesse ihrer Schwester zu wecken.

»Es ist bestimmt schwer für dich, wieder hier zu sein, ohne Mutter und mit den Erinnerungen an das letzte Jahr«, äußerte sie vorsichtig und trat hinter ihre Schwester, die sich an den Spiegel gesetzt hatte. Mays Herz schlug ihr bis zum Hals, als sie einen erneuten Versuch wagte, auf April zuzugehen.

»Hmm«, erwiderte diese und zupfte an einem nicht existenten Fussel.

»Ich meine, ich habe keine Ahnung, was genau passiert ist, aber ich weiß, dass du und Mutter bei eurer Rückkehr aufgelöst wart. Und jetzt bist du wieder hier.« May wartete auf Aprils Reaktion, während sie sich um die Haare ihrer Schwester kümmerte und verzweifelt ihren Blick im Spiegel suchte. April sagte nichts, also bat May Hannah, die glänzenden Locken ihrer Schwester neu zu flechten und festzustecken. Wenn Aprils Haare so schön frisiert waren, würden sie alles andere im Raum überstrahlen – selbst einen leicht schmutzigen Saum.

Als sie sich auf den Weg nach unten machten und nichts zu hören war außer zwei Männerstimmen, die aus dem Erdgeschoss drangen, wusste May, dass es die richtige Entscheidung gewesen war, Aprils Frisur neu stecken zu lassen.

Kurz bevor sie den Salon betraten, wandte sich April doch noch einmal zu ihr um, mit zusammengekniffenen Lippen. »Du musst dir keine Gedanken machen, ich werde meine Pflicht erfüllen, May. Du musst nicht so tun, als würde es dich kümmern, wie schwer es mir fällt, wieder hier zu sein, oder dass mich die Ereignisse des letzten Jahres immer noch belasten. Ich werde mein Bestes tun, um zu lächeln und einen passablen Verehrer zu finden, damit du dich auf die Suche nach deiner perfekten Liebesgeschichte machen kannst, an die du so sehr glaubst. Also hör einfach auf, mich zu bedrängen, in Ordnung?«

Bevor May diese Worte verarbeitet und eine Antwort gefunden hatte, blinzelte April wütend ihre Tränen weg und ging weiter. May musste sich beeilen, um Schritt zu halten, und als die Schwestern um die Ecke bogen, entdeckten sie Emma neben ihrem Verlobten und einem Fremden in dem opulenten Salon.

Die Kerzen und Lampen spendeten warmes Licht in dem immer dunkler werdenden Abend, und die Flammen spiegelten sich flackernd in den polierten Mahagoniflächen, während der Geruch von würzigem Likör in der Luft hing. Keiner der Anwesenden saß auf den samtüberzogenen Sofas, während sie darauf warteten, dass Tante Violet oder einer ihrer Angestellten sie zum Abendessen in den Speisesaal bat.

Edward war nur geringfügig größer als beim letzten Mal, als May ihn gesehen hatte – damals, als sie alle fast noch Kinder gewesen waren. Sein goldenes Haar glänzte, und seine Augen lächelten noch genauso wie früher. Die größte Veränderung war jedoch der Ausdruck grenzenloser Liebe auf seinem Gesicht, wann immer er zu Emma sah.

May spürte, wie Wut über Aprils Worte in ihr hochkochte – wie konnte sie nicht an die wahre Liebe glauben, wenn sie diese zwei Menschen schon ihr ganzes Leben lang kannte?

Der Besitzer der dröhnenden Stimme, die May bloß wenige Sekunden zuvor gehört hatte, war deutlich größer als Edward, und sein Gesichtsausdruck war das Gegenteil von Edwards ernster Miene. Sein braunes Haar glich beinahe der Flüssigkeit in dem Glas, das er mit langen, eleganten Fingern umfasste. Als er die beiden Schwestern bemerkte, fiel sein Blick zuerst auf April, doch dann wandte er sich schnell ab und sah zu May. Seine blau-grünen Augen schienen sie gefangen zu nehmen, und ihre Wangen wurden warm.

Es bestand kein Zweifel – das war ein prüfender Blick, wie er im Buche stand, versetzt mit einem Hauch Neugier. Doch etwas änderte sich in der Miene des jungen Gentlemans, als May ihren Blick nicht senkte, wie es sich für eine anständige junge Dame eigentlich gehörte. Bei jedem anderen hätte sie es getan. Aber etwas an diesem Mann weckte in ihr den Wunsch, ihm ebenbürtig gegenüberzutreten. Alles in dem eleganten Salon trat in den Hintergrund, verschwamm, bis May nur noch seine Augen gestochen scharf wahrnahm. In diesem Moment glättete sich der stolze Schwung seiner Braue, sein unnachgiebiger Mund wurde weicher, und sein musternder Blick begann zu leuchten.

Dieser junge Mann war ein wandelnder Sonnenstrahl.

»Oh, April, May. Gott sei Dank. Ich bin schon fast verhungert.« Emma machte einen Schritt auf Edward zu, sodass ihre Hände sich beinahe berührten. May beneidete sie um ihre ungezwungene Nähe, die bereits offensichtlich gewesen war, als sie noch Kinder gewesen waren.

»Ich ebenfalls«, gestand May und hoffte, ihr Magen würde noch ein paar Minuten länger leise sein.

»Es ist schön, euch nach so langer Zeit wiederzusehen«, schaltete Edward sich ein und nickte jeder von ihnen mit einem warmen Lächeln zu. »Bitte erlaubt mir, meinen Freund Lord Matthew Talbot vorzustellen. Das ist Miss May Campbell, und du erinnerst dich natürlich an ihre Schwester, Miss April Campbell.«

Ein Freund mit Titel. Wie interessant. Wie überaus begehrenswert. May sah zu April, die ihren Blick gerade durch den Raum schweifen ließ. Sie musste Lord Talbots Anwesenheit bemerkt haben, schließlich waren sie nur zu fünft in dem hell beleuchteten Raum, doch April war offenbar fest entschlossen, ihn zu ignorieren. Wie es schien, hatten die beiden einander bereits kennengelernt. Nun, wenn April sich weigerte, diesem überaus freundlichen, gebildeten, gut aussehenden, adeligen Gentleman ihre Aufmerksamkeit zu schenken, musste May dafür sorgen, dass er unmöglich länger zu ignorieren war.

Lord Talbot war ganz sicher weitaus interessanter als das Mobiliar.

»Sehr erfreut, meine Damen.« Lord Talbot verbeugte sich. Als er sich aufrichtete, wanderte sein Blick direkt zu April, und Mays Magen hüpfte vor Aufregung. Konnte es so einfach sein? Würde das Glück tatsächlich so großzügig auf sie herablächeln und April bereits am ersten Abend in der Stadt ihrem zukünftigen Ehemann über den Weg laufen lassen – wenn auch in einem von der Reise schmutzigen Kleid?

May beobachtete ihre Schwester, die Lord Talbots Blick einen Herzschlag länger erwiderte, als es die Anstandsregeln erlaubten, und nun überschlug sich Mays Magen regelrecht. Es war eine überaus seltsame Empfindung, die May neu war. Wahrscheinlich war es der berühmte Funke Hoffnung, den sie gerade spürte.

Nur wenig später gesellten sie sich zu Lord und Lady Radcliffe an den Esstisch. Diener strömten einen Moment später in den Raum und trugen heiße und kalte Servierteller auf, Schüsseln mit drei verschiedenen Suppen, Dekanter mit goldenen und roséfarbenen Weinen und allen möglichen Farbnuancen dazwischen. Der Überfluss und die Wärme legten einen traumartigen Schleier über alles.

Mays lauter, unzufriedener Magen war eher ein Albtraum, ihre Schwestern zogen sie immer damit auf, dass er so oft und so laut knurrte. Er meldete sich auch in diesem Moment, was May mehr als unangenehm war, schließlich war sie nicht zu Hause. Glücklicherweise überdeckte das leise Klappern der Teller und des Tafelsilbers das Geräusch. Sobald sie sich auf ihrem Stuhl niedergelassen hatte, nahm sie ein warmes, noch dampfendes Brötchen aus dem Korb – sie war viel zu hungrig, um noch Wert auf Etikette zu legen, und die frische Butter vor ihr sah einfach zu gut aus.

»Ich hoffe, die Anreise war für die jungen Damen nicht allzu anstrengend«, sagte Lord Radcliffe, Tante Violets Ehemann, und belud seinen eigenen Teller.

»Ganz im Gegenteil«, erwiderte April mit leiser Stimme. »Vielen Dank, dass Sie eine Kutsche geschickt haben.«

Walter Radcliffe und seine Frau waren, obwohl sie streng genommen nicht zur Familie zählten, freundlicher zu den Campbell-Schwestern gewesen als ihre richtigen Tanten und Onkel. Nun, da May ihren Magen fürs Erste beruhigt hatte, spürte sie vor allem Dankbarkeit. Sie war so froh, dass die Radcliffes sie nach London eingeladen hatten, dass sie die Schwestern unterstützten und sich um sich kümmerten.

»Das ist doch selbstverständlich. Nehmt euch heute Abend Zeit zum Ankommen, bevor Emma euch durch ganz London schleift und mein Geld für diese Hochzeit ausgibt.«

Emma schnappte nach Luft und gab sich gespielt entsetzt. »Vater!«

Lord Radcliffe schenkte seiner Tochter ein warmes Lächeln. Das amüsierte Funkeln und die grenzenlose Liebe in seinem Blick verrieten die Wahrheit – dass es Lord Radcliffe nicht unbedingt wichtig war, sein Geld zu behalten, wenn es Emma glücklich machte, es auszugeben.

Ein leichter Schmerz durchzuckte Mays Brust. Er war ihrem eigenen Vater so ähnlich. Der Unterschied lag ausschließlich in ihrem Vermögen. Der starke Kontrast zwischen Emmas feinsten Kleidern und jenen, die im Schrank der Campbell-Schwestern hingen, machte das deutlich. Ohne das Geld seines Schwagers hätte ihr Vater nicht die Mittel, ein angemessenes Hochzeitsfrühstück auszurichten, geschweige denn eine Mitgift zu zahlen, mit der sie einen Gentleman bei einigermaßen klarem Verstand für sich gewinnen konnten.

Um eine Heirat mit Miss April Campbell in Betracht zu ziehen, musste besagter Gentleman sehr reich sein – oder sehr schwer verliebt. May war fest entschlossen, für ihre Schwester einen Verehrer zu finden, der beide Voraussetzungen erfüllte.

Die Anwesenden füllten den Raum mit leisen Unterhaltungen über leichte, belanglose Themen, um die Zeit bis zum Hauptgang zu verkürzen. Zumindest war es das, was May tat: über das Wetter reden, über die Butterbrötchen und darüber, dass dieser köstliche Teller voll dampfendem Sommergemüse ein himmlischer Vorgeschmack auf den Braten war, den die Köchin zubereitete. Oder war es Gans, was sie roch?

»Die Damen freuen sich bestimmt bereits auf den Ball der Blakes in zwei Tagen«, sagte Edwards Freund Lord Talbot. Seine Wangen waren gerötet, und seine Stimme klang etwas verlegen. »Aber ich hoffe, dass Sie auch all die anderen Vorzüge auskosten werden, die diese Stadt zu bieten hat. Einige Blumen im Hyde Park blühen bereits, und die Gärten sind ein unvergesslicher Anblick.«

May horchte bei der Erwähnung der Gärten auf, doch nicht ihretwegen – sie warf einen Seitenblick auf ihre Schwester, die weitaus mehr Nachmittage damit verbrachte, durch die Gärten ihrer Mutter zu spazieren und ihre liebsten Blüten zu zeichnen, als irgendeiner anderen Beschäftigung nachzugehen.

April starrte auf ihren Teller. Entweder hatte sie nicht zugehört, oder sie war fest entschlossen, weiterhin zu schweigen.

»Mögen Sie Gärten, Lord Talbot?«, fragte May.

»Allerdings.« Er nahm einen Schluck von seinem Wein und erwiderte Mays Blick. Seine Augen waren warm, und aus unerfindlichen Gründen hüpfte ihr Magen erneut. »Lange Spaziergänge helfen mir beim Nachdenken. Besonders wenn ich die Gärten unseres Landsitzes besuche, kann ich die Gedanken schweifen lassen.«

Ach, wie gut dieser Gentleman zu ihrer Schwester passen würde! Ein Lord wie er, mit weitläufigen Ländereien und unzähligen blühenden Gärten, sehnte sich sicher nach einer jungen Dame, mit der er diese Schönheit teilen konnte. Vielleicht stellte er sich in diesem Moment – mit diesem verträumten Blick – denselben Nachmittagsspaziergang bei Sonnenschein durch die Gärten vor wie May, mit April Campbell an seinem Arm.

Mays Magen hüpfte erneut, doch weniger stark als zuvor. Dieses Gefühl … Es konnte nur Hoffnung sein.

Im Gegensatz zu May hatte April nichts für Romantik übrig, und Lord Talbot schien sehr bodenständig zu sein.

Vielleicht war er genau das, was April brauchte – was alle vier Campbell-Schwestern brauchten.

»Und Sie, Miss Campbell?«

Die schöne Vorstellung löste sich in nichts auf, als May erkannte, dass Lord Talbot die Frage an sie gerichtet hatte.

»Hmm? Oh. Ich liebe Blumen wie vermutlich jede junge Dame, aber bei der Pflanzenkunde ist April versierter als alle ihre Schwestern zusammen. Ich habe den Hyde Park noch nicht mit eigenen Augen gesehen, aber ich wage zu behaupten, seine Schönheit kann mit dem Rosengarten meiner Mutter in voller Blüte nicht mithalten.« May hielt kurz inne. Aus irgendeinem Grund wollte sie noch mehr sagen. »Ich bin im Garten am glücklichsten, wenn ich ein Buch lesen kann – umgeben von Blumen, aber ohne mich um sie kümmern zu müssen.«

Matthew schenkte May ein etwas angestrengtes Lächeln, ehe er seine Aufmerksamkeit April zuwandte. »Sie bevorzugen also Rosen?«

Auch wenn April sich offensichtlich bemühte, sich aus der Unterhaltung herauszuhalten, konnte sie der Gelegenheit nie widerstehen, über die Gärten ihrer Mutter oder die Blumen, die sie mit solcher Sorgfalt pflegte, zu reden.

»Im Sommer vielleicht, wenn die Frühlingsblumen verwelkt sind. Im Moment sind unsere Schwertlilien wunderschön, genau wie die Hortensien.« April zögerte. »Ich muss gestehen, dass auch Wildblumen einen besonderen Platz in meinem Herzen haben, vor allem wilde Orchideen.«

Zufrieden widmete May sich wieder ihrem Abendessen. Sie hatte das Gespräch erfolgreich zu ihrer Schwester gelenkt. Als sie kurz darauf den Kopf hob, traf ihr Blick auf den von Emma, deren Augen neugierig funkelten, während sie der leisen Unterhaltung lauschte. Offenbar gingen ihre Gedanken in dieselbe Richtung. May konnte ihr Lächeln nicht verbergen, als Lord Talbot sich erneut an sie wandte. Ihre Blicke verhakten sich einen Herzschlag lang, und seine Augen schimmerten wie Sonnenlicht.

»Ich nehme also an«, sagte er, »Sie werden ebenfalls auf dem Ball der Blakes anwesend sein?«

»Unsere Pläne haben sich nicht geändert, seit Sie es das erste Mal erwähnt haben, Mylord.«

Seine Wangen nahmen die Farbe sonnengereifter Tomaten an. Wahrscheinlich hätte sich eine anständige junge Dame dafür entschuldigt, einen Gentleman wie Lord Talbot bei ihrem ersten Kennenlernen so unbekümmert aufzuziehen. Vielleicht lag es daran, dass May ihn innerlich schon als ihren Schwager ansah, dass sie so vertraut mit ihm umging. Sprachlos starrte er sie an. Seine Lippen verzogen sich zu einem Lächeln, und May musste lachen. Nun war es an ihr, vor Verlegenheit rot zu werden, während sie sich eine Hand vor den Mund hielt und unter Aprils ungläubigem Blick tiefer in ihren Stuhl sank.

»Nun, ich hoffe, Sie erlauben mir, mich auf Ihren Tanzkarten einzutragen. Während der letzten Saison waren Sie anderweitig vergeben, Miss Campbell, doch Sie scheinen eine ausgezeichnete

Tänzerin zu sein.« Matthews Kommentar war an April gerichtet, deren Wangen sich nun ebenfalls dunkelrot färbten.

Mays Neugier wuchs, und sie fing wieder Emmas Blick auf. Ihre Freundin hob die Schultern, eindeutig genauso interessiert daran, wer vor einem Jahr die Zeit ihrer Schwester für sich beansprucht hatte. Hatte April damals vielleicht kurz vor einer Verlobung gestanden und es nie erwähnt? Was war geschehen, dass es nicht dazu gekommen war? May wünschte sich erneut, dass sie und ihre Schwester ihre Vertrautheit nicht eingebüßt hätten und dass ihre Mutter sie dazu ermutigt hätte, ihre enge Beziehung nicht aufzugeben.

Als sich das Abendessen dem Ende näherte, kam May zu der Überzeugung, dass die Freundlichkeit zwischen Lord Talbot und ihrer Schwester ein gutes Zeichen war. Der Ball bei den Blakes würde die perfekte Gelegenheit bieten, die beiden zusammen zu beobachten. Wenn das Lächeln auf Matthew Talbots Lippen, als er sich von April verabschiedete, einen Anhaltspunkt lieferte, dann war er nur allzu bereit, Aprils ersten Tanz zu fordern – und ihren zweiten womöglich ebenfalls.

KAPITEL 5

May

Tante Violet hatte großzügigerweise angeboten, April und May neue Kleider für ihren ersten Ball bei den Blakes anfertigen zu lassen und zu bezahlen. Sie hatte bereits Wochen zuvor geschrieben und sich nach Größe, Schnitt und Farbpräferenzen erkundigt. Und nun würden sie die Kleider endlich anprobieren, damit sie bis zum Ball perfekt saßen.

Sie gingen zu derselben Modistin, die auch Emmas Hochzeitskleid nähen würde. Als sie den Laden betraten, blieb May der Mund offen stehen. Sie hatte noch nie so viele hübsche Stoffe, Schmuckstücke und Schmuckelemente an einem Ort gesehen. May seufzte glücklich beim Anblick der exquisiten Stoffmuster, der glänzenden, seidigen Bänder und der beeindruckenden Schönheit, die dem Raum etwas Romantisches verliehen. Die Frauen in ihren Liebesromanen verbrachten Stunden in Läden wie diesem, um Kleider auszuwählen, in denen sie die Aufmerksamkeit der attraktivsten, begehrenswertesten Verehrer der Stadt erregen würden.

Natürlich freute sich May auf Emmas Hochzeitsvorbereitungen – doch an diesem Nachmittag war *sie* diejenige, die auf dem Podest der Modistin stehen und ein Kleid anprobieren würde, das nicht zuvor ihrer Schwester gehört hatte. Wen sie darin wohl treffen würde?

Mrs Frain, die Modistin, trat in ihren privaten Ankleideraum und begrüßte die jungen Damen. Mehrere Schachteln, in denen sich – so vermutete May – ihre Kleider befanden, stapelten sich auf ihren Armen und waren so hoch aufgetürmt, dass nur noch Mrs Frains Nase darüber hinweg zu sehen war. Eine Gehilfin folgte ihr mit mehreren Taschen, in denen vermutlich Scheren, Nadeln, Kreide und Zwirn waren.

May schnappte zum zweiten Mal in kürzester Zeit nach Luft, als sie bemerkte, dass es zwei Kleider für jede von ihnen gab, nicht nur eins.

April wandte sich zu ihrer Patentante. »Du bist zu großzügig, Tante Violet.«

Die ältere Dame wischte die Bemerkung beiseite. »Ihr verdient eine wundervolle Saison, besonders nach allem, was passiert ist. Walter kann es sich leisten, und ihr Mädchen seid für uns wie unsere eigenen Kinder.« Ihre Miene wurde weich, und ein Lächeln erschien auf ihren Lippen. »Bitte, sorgt euch nicht deswegen, macht lieber das Beste aus eurer Zeit hier.«

Die Worte schienen hauptsächlich an April gerichtet zu sein. Mays Aufmerksamkeit wurde von Mrs Frain abgelenkt, als diese mit einer der Kleiderschachteln auf sie zutrat.

Ein neues Kleid, vollkommen auf ihre Figur und ihren Geschmack angepasst. Das war beinahe zu großartig, um wahr zu sein. Dieses Kleid könnte durchaus der erste Eindruck sein, den Mays zukünftiger Mann bei ihrem Kennenlernen von ihr erhielt. Etwas, an das er während ihrer Ehe stets liebevoll zurückdenken würde.

Und nun würde sie sogar *zwei* Kleider besitzen.

»Ist das nicht wundervoll?», flüsterte May ihrer Schwester zu. Sie konnte nicht anders – obwohl April sie gestern Abend wieder einmal zurückgewiesen hatte und ihre Beziehung immer noch angespannt war. »Neue Kleider, und schon bald der erste Ball!«

April nickte zurückhaltend. »Jede junge Dame würde sich darüber freuen.«

»Womöglich ist es keine große Sache für dich, nachdem du bereits dein ganzes Leben lang maßgeschneiderte Kleider hattest«, erwiderte May.

Aprils Miene wurde weicher, und sie schenkte May ein schwaches Lächeln, das beinahe wie eine Entschuldigung wirkte. »Nicht so viele, dass ich die Großzügigkeit von Tante Violets Angebot nicht zu schätzen wüsste. Komm, sehen wir uns die Kleider an.«

Mrs Frain legte die Schachteln mit den Kleidern ab, während Tante Violet sich mit Knöpfen und Schleifen beschäftigte. Emma beobachtete alles gelassen von einem Kanapee aus. In ihrem Schoß lag eine Stickerei, doch ihre Finger bewegten sich nicht.

»Ich hoffe, die Kleider gefallen euch.« Violet freute sich offensichtlich genauso sehr darauf wie sie, die Kreationen von Mrs Frain endlich ansehen zu können. »Und ich hoffe, die Farben sind nach eurem Geschmack.«

»Ich bin sicher, diese Kleider sind sogar noch hinreißender, weil sie mit so viel Liebe in Auftrag gegeben wurden«, sagte April und lächelte ihre Patentante an. May musste zugeben, dass ihre Schwester immer ganz genau wusste, was sie sagen musste. Sie stieß nie jemanden mit einem Gefühlsausbruch oder einer unpassenden Bemerkung vor den Kopf.

»Wir sind überaus dankbar«, stimmte May zu, die sich nichts sehnlicher wünschte, als dass Mrs Frain die Kleider aus ihren Schachteln holte, damit sie sie selbst sehen konnte.

Zum Glück blieb es May erspart, weiter damenhafte Konversation zu machen, da Mrs Frain die Kleider endlich befreite. Mit offenem Mund betrachtete May die prachtvolle, mit zarter Spitze und schimmernder Organza besetzte Seide. Eines der Kleider war in einem kräftigen Pflaumenblau gehalten, mit satten goldenen Akzenten. Das andere war eisblau, die Kristalle und der weiße Organza erinnerten an die Oberfläche eines zugefrorenen Sees an kalten Wintertagen.

May stockte der Atem, als sie einen Finger ausstreckte und über die weiche, kühle Seide des pflaumenblauen Kleides strich, das vermutlich ihres war. Das eisige Blau passte besser zu ihrer Schwester, sowohl farblich als auch im Hinblick auf ihre Persönlichkeit.

»Sie sind wunderschön«, hauchte May, und selbst April war anzusehen, dass sie die Schönheit der Kleider nicht gänzlich kalt ließ.

»Wundervoll«, sagte ihre Schwester. »Ich hätte mir nichts Schöneres erträumen können.«

Tante Violet musterte die Kleider, nickte zustimmend und schenkte der Modistin ein Lächeln. »Ihre bisher beste Arbeit, würde ich sagen.«

»Bis wir mein Hochzeitskleid sehen, hoffe ich«, mischte sich Emma von ihrem Kanapee aus ein, ihre Augen funkelten. »Diese Saison wird die beste bisher, selbst wenn ich schon bald eine alte, verheiratete Frau sein werde und Bälle für mich etwas von ihrem Reiz verloren haben.«

April lachte. »Verheiratet, vielleicht, aber alt? Ich denke, du hast noch einige Jahre vor dir, bevor Kinder kommen und du gezwungen sein wirst, eine Weile auszusetzen.«

»So Gott will«, sagte Tante Violet, ehe sie ihre Aufmerksamkeit von ihrer Tochter zu May wandern ließ. »Zieh du dich zuerst um, dann können wir mit April kurz über die Blumenarrangements für die Zeremonie reden.«

Das musste sie May nicht zweimal sagen.

Sie ließ sich von Callie, der Gehilfin, aus ihrem Musselinkleid helfen und die pflaumenblaue Seide über ihr Korsett streifen und zurechtrücken. Obwohl dieses Kleid schwerer war, fühlte es sich auf Mays Haut kühler an, als es um ihre Füße fiel. Schon bald war es voller Nadeln, mit denen kleine Falten abgesteckt wurden, um das Kleid perfekt auf sie anzupassen. May genoss diesen Moment, dieses Gefühl, dass – womöglich zum ersten Mal in ihrem Leben – etwas nur ihr gehörte.

May liebte ihre Schwestern. Sie liebte ihre Familie und die enge Bindung zwischen ihnen allen. Das hieß jedoch nicht, dass sie sich nicht gelegentlich vorgestellt hatte, wie ihr Leben als Einzelkind verlaufen wäre. Ihr Blick wanderte zu April, deren Wangen sanft gerötet waren und die gerade ihre Meinung zur Tischdekoration und zu den Blumen beisteuerte, die Emmas Teint am Tag ihrer Hochzeit am besten zur Geltung bringen würden.

May schüttelte die Gedanken an ein anderes Leben ab und seufzte, als Mrs Frain und Callie ihr aus dem Ballkleid halfen und es durch ihr zweites Kleid ersetzten. Dieses war ebenfalls blau, jedoch ein hellerer, wärmerer Ton. Sie fand, dass es ebenso hübsch war wie das erste und ein perfekter Begleiter für die Zeit, in der der Frühling langsam dem Sommer wich.

Als auch hier alles abgesteckt war, zog May wieder ihr Musselinkleid an. Das Wissen, dass es nicht mehr lange dauern würde, bis sie der Londoner Gesellschaft die pflaumenblaue Seide präsentieren konnte, ließ ihr Herz flattern, als sie mit ihrer älteren Schwester den Platz tauschte.

May setzte sich neben Emma und warf einen Blick auf die komplizierten Stickereien ihrer Freundin. Sie ging geübt mit der Nadel um, ebenso geschickt wie June – was nach Mays Ermessen nur schwer zu erreichen war.

»Deine Schwester sieht aus, als würde ihr das hier tatsächlich gefallen«, kommentierte Emma, und ihre Augen glitzerten amüsiert. »Ich frage mich, ob es ihr bewusst ist.«

May lachte. In den Jahren seit ihrem letzten Besuch in London hatte sie den trockenen Humor ihrer Freundin schrecklich vermisst. »Was auch immer du tust, lass dir nicht anmerken, dass es dir aufgefallen ist. Sonst setzt sie bestimmt sofort ihre saure Miene auf und sieht wieder aus, als hätte sie in eine Zitrone gebissen.«

Emma wurde ernst. »Um ehrlich zu sein, bin ich erleichtert, wenigstens einen Hauch von Freude in ihrem Gesicht zu sehen. April war schon immer eher vernünftig und zurückhaltend, doch nach ihrer ersten Saison und dem Verlust eurer Mutter habe ich befürchtet, sie könnte womöglich nie wieder glücklich sein.«

»Das habe ich ebenfalls befürchtet.« May runzelte die Stirn. »Früher waren wir einander so nah, wie es zwei Schwestern nur sein können – ich hätte nie gedacht, dass sie überhaupt Geheimnisse vor mir haben könnte, geschweige denn eins, das so schwer wiegt wie dieses. Doch selbst jetzt, Monate später, weigert sie sich, auch nur ein Wort darüber zu verlieren, was letztes Jahr geschehen ist.«

»Mir geht es genauso. Ich habe sogar Edward gefragt«, sagte Emma, nachdem sie einige Sekunden nachdenklich geschwiegen hatte. »Er war während der letzten Saison allerdings geschäftlich auf Reisen und behauptet, er hätte keinerlei Einzelheiten gehört.«

»Du hast ihn nie gebeten, mehr darüber herauszufinden?«

»Es stand mir nicht zu, und Edward ist sehr korrekt, was diese Dinge angeht. Er würde Gerüchten nie Beachtung schenken.«

May ließ diese Worte einen Moment auf sich wirken und beobachtete ihre stets höfliche, tugendhafte Schwester, die gerade versuchte, ihr Spiegelbild mit reinem Desinteresse zu betrachten. Das Blau stand ihr wunderbar und brachte ihre helle Haut und ihr honigfarbenes Haar gut zur Geltung. Der Schwung des Kleides ließ sie noch größer wirken. Eine solch hinreißende junge Dame verdiente einen Gentleman, der ihr ein Lächeln auf die Lippen und eine zarte Röte ins Gesicht zauberte – nicht die Erinnerung an einen Mann, der ihr Strahlen hatte verblassen lassen.

May kannte vielleicht keine Einzelheiten über den Skandal, doch sie nahm an, dass ein Mann darin verwickelt war – und Lord Talbots Bemerkungen am vergangenen Abend waren der Beweis dafür.

»Ich hatte gestern Abend den Eindruck, dass dieser Sinneswandel womöglich einem unserer Gäste beim Abendessen zu verdanken ist«, sagte Emma, und wieder trat Schalk in ihre Augen.

Emma war zwei Jahre jünger als April, doch die beiden hatten sich als Kinder schnell angefreundet, als sie älter wurden, zeigte sich allerdings, dass Emmas und Mays Persönlichkeit besser zueinanderpasste. May grinste, als die Vertrautheit zwischen ihr und ihrer alten Verbündeten wieder auflebte. »Du sprichst von Lord Talbot?«

Emma nickte. »Natürlich. Es ist offensichtlich, dass die beiden sehr viel gemeinsam haben, und ich persönlich habe ihn beim Abendessen noch nie so viel reden hören. Findest du ihn gut aussehend?«

Gut aussehend? May hatte noch nicht darüber nachgedacht. Lord Talbots Attraktivität lag in seinem gesamten Auftreten, in der Art und Weise, wie er sprach, in dem Funkeln in seinen Augen. Er war ganz anders als die Männer, die sie bisher kennengelernt hatte. Lord Talbot war ein Gentleman, der auch an den kleinen, alltäglichen Dingen Freude fand – das war ihr selbst nach so kurzer Zeit in seiner Gesellschaft klar.

May wägte die beste Antwort ab, bevor sie schließlich nickte. »Sein Aussehen passt zu seinem gutmütigen Charakter.«

»Er ist nicht verwegen und mysteriös genug für deinen Geschmack, nehme ich an«, zog Emma sie auf. »Für deine Schwester wäre ein bodenständiger Mann, der in sich ruht und alles für sie tun würde, allerdings genau der Richtige.«

May spürte, wie eine altbekannte Sehnsucht ihr die Brust eng machte. Früher hätte sie die Frage nach den Vorlieben und tiefsten Herzenswünschen ihrer älteren Schwester mit absoluter Gewissheit beantworten können. Nun hatte May diesbezüglich nicht die geringste Ahnung, und das schmerzte sie zutiefst.

In diesem Moment entschied May, dass es an der Zeit war, nicht länger einer Beziehung hinterherzutrauern, die ihrer Schwester nicht mehr wichtig zu sein schien. Stattdessen würde sie sich von nun an auf ihre eigene Zukunft konzentrieren, selbst wenn April eine Heirat als bloße Pflicht ansah.

Ihr Onkel hatte seine Bedingung klar und deutlich gemacht, sowohl mündlich als auch schriftlich: Die Mitgift der Mädchen musste in chronologischer Reihenfolge fällig werden, zuerst die der ältesten Schwester und zuletzt die der jüngsten, oder sie würde gar nicht gezahlt werden. Damit May und ihre zwei jüngeren Schwestern eine Chance auf ihr eigenes Glück hatten, musste April heiraten, unabhängig davon, ob eine Hochzeit ihrem tiefsten Herzenswunsch entsprach. Es war sinnlos, zu lange darüber nachzudenken, was April sich aus tiefstem Herzen wünschte. Sie war – wie jede Vertreterin ihres Geschlechts – gezwungen, so zu handeln, wie die Männer in ihrem Leben es verlangten.

April musste ihre Pflicht erfüllen und heiraten. Sie musste einfach, für sie alle. Und wie April gestern Abend gesagt hatte: Sie war bereit, genau das zu tun.

»Denkst du, wir könnten die beiden miteinander verkuppeln? Lord Talbot und April?« May nahm erst wahr, wie belegt ihre Stimme klang, als ihr die Worte über die Lippen kamen.

»Ich denke, es könnte nicht schaden, es zumindest zu versuchen.« Emma senkte die Stimme, als April aus dem Ballkleid in ihr Tageskleid wechselte, um sich ihnen und ihrer Unterhaltung anzuschließen. »Wer wäre besser geeignet, ihr zu ihrem Glück zu verhelfen, als ihre geliebte Freundin und ihre Schwester?«

»Hmm«, murmelte May, während sie ihr Bestes tat, ihren ersten Gedanken zu verdrängen, nämlich dass sie einst beides gewesen war: eine geliebte Freundin *und* eine geliebte Schwester. Nun hatte sie das Gefühl, weder das eine noch das andere zu sein.

Es brachte jedoch nichts, weiter darüber nachzudenken, wie sich die Dinge zwischen April und ihr verändert hatten oder wie sehr sie sich ihre frühere Nähe zurückwünschte. Immer wenn sie April darauf ansprach, stießen ihre Fragen auf taube Ohren. Oder auf Ohren, die etwas anderes hören wollten. Die nicht hören wollten, dass hinter Mays Worten kein egoistisches Verhalten stand, sondern reine Sorge.

Offenbar war es Mays Aufgabe, an das Wohl ihrer Familie und an ihre eigene Zukunft zu denken. Sie musste April vor den Altar bringen – und zwar im besten Fall freudestrahlend und mit einem Mann an ihrer Seite, den sie selbst gewählt hatte.

Und mit etwas Hilfe von zwei Damen, die sie liebten, war das vielleicht sogar möglich.

KAPITEL 6

April

In den vergangenen Monaten hatte April versucht, sich auf die Rückkehr in die Londoner Gesellschaft vorzubereiten, doch sie hätte sich die Mühe sparen können. Der Wirbel aus innerer Unruhe, der sich zu einem Sturm zusammengebraut hatte, machte das mehr als deutlich. Obwohl der Abend, an dem der Ball der Blakes stattfand, kühl war, sammelten sich Schweißperlen auf Aprils Haut. Dem Himmel sei Dank hatte die Modistin empfohlen, dass sie ein Unterkleid und kein Korsett unter dem Ballkleid trug.

Tiefe Atemzüge waren das Einzige, was sie durch diesen Abend bringen würde. Das und die Tatsache, dass sie sich auf dem Ball der Blakes um eines keine Sorgen machen musste: Nathaniel Pembroke und seine Braut.

Tante Violet hatte ihr versprochen, dass er nicht anwesend sein würde, da er zurzeit nicht in London war. Die Erleichterung, die April deswegen verspürte, war beträchtlich, denn sie hatte nicht die geringste Ahnung, wie sie so etwas wie eine höfliche Konversation mit dem glücklichen Paar führen sollte.

Nathaniels Abwesenheit, obwohl äußerst willkommen, konnte Aprils Angst vor einer Konfrontation mit der Londoner Gesellschaft jedoch nicht vollständig vertreiben. Die Einzelheiten ihrer skandalösen ersten Saison, ihre Scham und ihr gebrochenes Herz waren für alle offensichtlich gewesen. Selbst wenn die Gesellschaft sich in der Zwischenzeit anderen Gerüchten zugewandt hatte, sie vergaß selten solch öffentliche Demütigungen.

April hatte nur diese eine Möglichkeit, ihren Ruf wiederherzustellen, und es stand viel auf dem Spiel. Sollte sie diese Saison ohne Aussicht auf einen Ehemann beenden, könnte das den Ruin für ihre ganze Familie bedeuten.

Tränen brannten hinter Aprils Lidern und ließen ihr Spiegelbild vor ihren Augen verschwimmen. Die Stimme ihrer Mutter, sanft und stets in ihrem Herzen präsent, versicherte ihr, dass das, was Nathaniel Pembroke ihr angetan hatte, nicht ihre ganze Existenz ausmachte. Es würde andere Bälle geben, andere Verehrer, andere Zukunftsperspektiven. Wenn ein Ruf zusammengeflickt und wiederhergestellt werden konnte, dann galt dasselbe auch für ein Herz.

Mary Campbell hatte sich in ihren letzten Wochen – geplagt von Hustenanfällen – größte Mühe gegeben, ihren Töchtern diese Lektion noch mit auf den Weg zu geben. April hatte sich ihrerseits größte Mühe gegeben, den Worten ihrer Mutter zu glauben. Ihr Herz hingegen war auch Monate später noch nicht überzeugt.

Sie wusste, dass May sie als gefühllosen Menschen sah, der nichts für wahre Liebe oder Heirat übrig hatte, doch das Gegenteil war der Fall. Ihr Herz, unter all den Schnüren, die es zusammenhielten, schlug weiterhin für den Mann, der es einst im Sturm erobert hatte, voller Hoffnung und Träume. Er hatte es erobert, nur um es danach achtlos fallen zu lassen und darauf herumzutrampeln. Und obwohl ihr Herz sich ausreichend davon erholt hatte, um sich wieder nach London zu wagen, war es nach wie vor von den Verletzungen gezeichnet.

Sie hatten zwei Wochen auf Rose Hall verbracht, bis Aprils Mutter beinahe vollständig von der Krankheit genesen war, die ihre Lunge angegriffen hatte. Sie war mehrere Tage von Fieber geplagt gewesen, weshalb ein Arzt gerufen werden musste. Obwohl dieser ihnen versichert hatte, es sei nichts Schlimmes, riet er von einer Rückreise nach London ab, bis ihre Mutter wieder bei Kräften war.

April verbrachte die Vormittage im Haus oder in den Gärten, wo sie sich mit Nathaniels Schwester Anne anfreundete, die erfrischend geradeheraus war. Obwohl ihre direkte Art das Gegenteil von Aprils Persönlichkeit war, waren die beiden bereits nach kurzer Zeit wie Pech und Schwefel.

An den Nachmittagen, an denen Anne sich ihrem Unterricht widmete, spazierte April durch die Gärten, und schon nach wenigen Tagen hatte es sich Nathaniel Pembroke zur Gewohnheit gemacht, sie zu begleiten. Sie beide waren sich ebenfalls nähergekommen – weitaus näher, als ihrer Mutter oder ihrer Patentante bewusst war, und näher, als sie für angemessen erachtet hätten.

April hörte auch jetzt, wie er näher kam, als sie an der felsigen Klippe stand, die an das Grundstück der Pembrokes grenzte. Sie schloss die Augen, atmete tief ein, sog seinen Duft in sich auf, der über die salzige Gischt und dem Hauch von wildem, nur wenige Meter entfernt wachsendem Gleißblatt kaum wahrnehmbar war. Ein Lächeln zupfte an ihren Mundwinkeln, als die Wärme, die von ihm ausging, über ihren Rücken strich und dann zu ihrem rechten Arm wanderte, der von Gänsehaut überzogen war. Wegen der kühlen Meeresbrise.

Vermutlich.

»Einen schönen Nachmittag, Miss Campbell.«

»Mr Pembroke.«

Er lächelte, als sie vergnügt kicherte. Sie hatten bereits mehrere Tage zuvor die Förmlichkeiten abgelegt, und er hatte sich die Freiheit erlaubt, seine Hand um ihre zu legen, wie er es auch jetzt tat.

Aprils Herz raste, ihr Mund wurde trocken, und ihr war ganz schwindelig von seiner Nähe. Nathaniel drehte sie zu sich und ließ ihre Hand los, um stattdessen ihre Taille zu umfassen. Mit der anderen Hand berührte er ihre Wange, lehnte sich vor und zog April langsam näher, bis ihr Mund auf seinem lag.

Atemlos erwiderte sie seinen Kuss. Seine Lippen waren warm und weich, als er ihre teilte. Sie umschlang seinen Nacken, um nicht völlig dahinzuschmelzen. Ihr war deutlich bewusst, wie nah sie einander waren – und wie sehr sie sich danach sehnte, ihm noch näher zu sein –, ehe er sich viel zu schnell wieder von ihr löste.

Sie grinsten, und April wusste, dass sie ihren Kuss unmöglich selbst hätte beenden können.

»April«, hauchte er und strich ihr eine Haarsträhne, die sich aus ihrer Frisur gelöst hatte, aus der Stirn.

»Nathaniel«, erwiderte sie, immer noch lächelnd, während sie das Verlangen in seinen dunklen Augen in sich aufsog.

»Ich möchte etwas mit dir besprechen«, fuhr er fort und wich einen Schritt zurück, um etwas Abstand zwischen sie zu bringen.

April wurde augenblicklich kalt, und ihr war durchaus bewusst, dass eine Sorgenfalte auf ihrer Stirn erschien. »Oh?«

»Ich habe die Zeit mit dir sehr genossen, wie du sicher gemerkt hast. Wir haben uns hier auf Rose Hall in unserer eigenen kleinen Welt versteckt. Doch meine Schwester sagt, dass Dr. Daynes deine Mutter für gesund genug erklärt hat, um bald zu reisen.«

Seine zärtlichen Worte ließen Aprils Herz vor Freude anschwellen. Sie wusste nicht, wie sie sich von ihm verabschieden sollte, wenn die Zeit gekommen war. »Das stimmt.«

»Ich möchte dich fragen, ob du dasselbe empfindest, April. Ich hätte mir nie vorstellen können, solche Gefühle für jemanden zu entwickeln. Ich will die letzten Wochen und das, was zwischen uns ist, nicht einfach so loslassen.«

April wurde schwindelig bei diesen Worten. »Ich fühle dasselbe wie du. Aus ganzem Herzen.«

Ihre Stimme klang selbst in ihren Ohren weit entfernt, und ihre Sicht verschwamm, doch sie erkannte die Erleichterung in seinem Lächeln.

»Ich hatte gehofft, dass du das sagen würdest. Und dass du einverstanden bist, dass ich dir in London ganz offiziell den Hof mache.«

»Ja, aber …« April runzelte die Stirn und versuchte, ihre Gedanken so sortieren. »Wir müssen den Anschein erwecken, wir hätten uns gerade erst kennengelernt. Sosehr ich unsere gemeinsame Zeit hier auch genossen habe, wir wissen beide, dass unsere unbeaufsichtigten Treffen und diese Verbindung zwischen uns im besten Falle missbilligt werden würden.«

»Darüber habe ich ebenfalls nachgedacht. Ich denke, wir können so tun, als wären wir einander auf Rose Hall vorgestellt worden, und dort ansetzen, sobald die Saison offiziell eröffnet wird.« Er trat wieder näher und legte ihre Hände an seine Brust. »Und ich hoffe, dass du danach einer schnellen Verlobung zustimmst.«

Seine Stimme wurde tiefer und verführerischer, sein dunkler Blick war voller Sehnsucht und Verlangen und einer Million anderer Gefühle, die in wildem Rausch in April herumwirbelten.

»Ich will nicht warten, ich will mit dir zusammen sein, April Campbell. Wenn du dasselbe willst, lass uns jetzt dieses Versprechen

ablegen und alle anderen lieber früher als später darüber informieren.«

April nickte und klammerte sich an ihn. Er lehnte seine Stirn an ihre, und so standen sie einige Minuten, atmeten im Einklang, in dem Wissen, dass sie dasselbe wollten.

April hatte sich in diesen Mann verliebt – während gemütlicher Nachmittagsspaziergänge und langer Gespräche über ihre Familien und Hoffnungen für die Zukunft –, und sie hatte Tag für Tag darüber gestaunt, wie nahtlos ihre Körper, Gedanken und Vorstellungen zusammenzupassen schienen. »Ich will. Ich will mit dir zusammen sein, Nathaniel, bald.«

Daraufhin küsste er sie wieder, verbannte jeglichen rationalen Gedanken, bis nichts mehr zurückblieb außer dem Gefühl von seiner Haut auf ihrer, seinem besonderen Duft, der ihr zu Kopf stieg, und dem Wissen, dass sie nichts davon je aufgeben musste.

April blinzelte die Tränen weg und konzentrierte sich wieder auf die Aufgabe, die vor ihr lag. Ihre Gegenwart hatte nichts mit der Zukunft gemein, die sie sich vorgestellt hatte, als Nathaniel Pembroke ihr seine ewige Liebe gestanden hatte.

Ganz gleich, was May auch glauben mochte, April wusste, dass die Liebe und alles, was dazugehörte, nur existierte, um ahnungslose junge Damen in die Falle zu locken. Doch das änderte nichts an der Tatsache, dass die Zukunft ihrer Familie auf Aprils Schultern ruhte. Heute Abend tat sie den ersten Schritt, um ihre Pflicht zu erfüllen.

Das Kleid, das Tante Violet für sie in Auftrag gegeben hatte, war wunderschön und saß perfekt. Darin erschien es April nicht mehr ganz unmöglich, erhobenen Hauptes einen Ballsaal zu betreten. Sie schloss die Augen für einen Moment und rief sich das Bild ihrer Mutter in Erinnerung. Sie sah ihr Gesicht vor sich, auf dem ein weicher und ermutigender Ausdruck lag, obwohl ihr Nicken ein klein wenig ungeduldig wirkte.

Ein Klopfen an der Tür brachte auch den letzten Funken Hoffnung zum Erlöschen, dass all das hier möglicherweise einfach an April vorüberziehen würde, wenn sie sich bloß lang genug versteckte.

»April? Die Kutsche steht bereit.« Emmas Stimme klang liebevoll. »Brauchst du noch ein, zwei Minuten?«

»Nein.« Zeit würde ihr nicht helfen.

Als April die Tür öffnete, lächelte Emma, sodass ein Grübchen zum Vorschein kam. Obwohl Aprils Freundin bei der Anprobe dabei gewesen war, tat sie angesichts der feinen blauen Seide und der zarten Stickereien, als würde sie das Meisterwerk zum allerersten Mal sehen – sie presste sogar eine Hand an ihre Brust und schnappte leise nach Luft.

»Du siehst hinreißend aus«, hauchte Emma.

»Du auch. Nicht dass es Edward besonders stören würde, wenn du stattdessen einen Futtersack tragen würdest«, neckte April ihre Freundin, während sie ihr Bestes tat, mit Emmas guter Laune mitzuhalten. Selbst als Kind hatte sie sich oft wie eine Außenseiterin gefühlt, wenn sie mit Emma und May zusammen gewesen war. Neben ihrer Fröhlichkeit wirkte April immer eher trübselig.

Sie hatten einander letztes Jahr kaum gesehen, da Emma während der letzten Saison ihre Cousinen außerhalb von London besucht hatte. Aber ihre Zuneigung blieb trotz aller Unterschiede unverändert. April vermutete, dass es Dinge gab, die nur Erstgeborene verstanden: ein gewisses Pflichtgefühl, die Last der Verantwortung. Emma war das jüngste von drei Kindern, ihre zwei älteren Brüder brachten das aktuelle Studienjahr an der Universität zu Ende und würden danach einige Wochen auf Reisen gehen, ehe sie nach London zurückkehrten.

Die Mädchen schritten die Treppe hinunter und traten zu May und Tante Violet, die bereits neben der Kutsche warteten, ehe sie in den Wagen stiegen und sich zum ersten Ball der Saison aufmachten.

April betrachtete ihre Begleitung und versuchte, sich vorzustellen, wie es wäre, Emmas Leben zu führen und nicht einen einzigen Gedanken an ihre Zukunft verschwenden zu müssen. Noch beneidenswerter als eine finanziell gut abgesicherte junge Dame war lediglich ein Gentleman. Ganz gleich, ob jung oder fortgeschrittenen Alters, ein Gentleman musste nicht – noch wurde es von ihm erwartet – einen Moment eher heiraten, als sein Herz danach verlangte.

Jeder Mensch in einem Ballsaal, Damen und Herren gleichermaßen, spielte ein kompliziertes Spiel, und der Unterschied zwischen den Geschlechtern war enorm. Gentlemen spielten zur Unterhaltung, Damen jedoch um ihr Leben.

Es waren in der Tat düstere Gedanken, die April bis zum prächtigen Anwesen der Blakes begleiteten, das unweit des durchaus beeindruckenden Zuhauses der Radcliffes lag. Das Gebäude war mit Laternen und Kerzen hell erleuchtet, und die schweren Vorhänge waren aufgezogen, sodass sich das Licht in den Fenstern spiegelte. Gelächter schwappte über das Gemurmel der Unterhaltungen hinweg, und der Duft der unzähligen Kuchen und anderen Speisen, die serviert wurden, kitzelte in Aprils Nase.

In ihrer Erinnerung waren es letztes Jahr weniger Gäste gewesen, doch möglicherweise trog ihr Gedächtnis sie auch – oder möglicherweise war tatsächlich jedes Mitglied der Gesellschaft begierig darauf, auf den ersten Ball der neuen Saison zu gehen. Ungeachtet dessen, was im letzten Jahr geschehen war, fiel es April schwer, nicht von der erwartungsvollen Vorfreude, die den ganzen Saal erfüllte, mitgerissen zu werden.

Die Mädchen schritten durch die Eingangshalle in den Ballsaal, begleitet von dem leisen Rascheln ihrer schwingenden Seidenkleider. Tante Violet trieb sie weiter, als befürchtete sie, April könnte umdrehen und in die andere Richtung flüchten. Der Ausdruck auf Mays vor Aufregung gerötetem Gesicht, als sie vor der Tür ungeduldig von einem Fuß auf den anderen trat, machte April Sorgen. Ihr fielen die Worte ihres Vaters ein, und ihr wurde klar, dass sie tatsächlich ein Auge auf ihre Schwester haben musste, damit diese sich nicht zu sehr von alldem hier begeistern ließ und dabei vergaß, gute Entscheidungen zu treffen.

»Endlich«, hauchte May und quietschte gleichzeitig vor Freude. »Komm, April!« Sie hüpfte beinahe auf der Stelle, während sie ungeduldig darauf zu warten schien, dass ihre Schwester auch nur den Hauch von Begeisterung zeigte.

April wurde warm ums Herz. Ihr mochte vielleicht davor grauen, den Ballsaal zu betreten, doch sie war froh, dass sich die Anspannung zwischen ihr und ihrer Schwester langsam zu verringern schien. Vielleicht würde es ihre Beziehung verbessern, wenn April einen Antrag bekam. In jedem Fall hatten sie in den nächsten Tagen ein gemeinsames Gesprächsthema, wenn sie die Ereignisse des heutigen Abends analysierten.

Tatsächlich sehnte sich April danach, wieder eine bessere Beziehung zu May zu haben. Natürlich hätte sie ihrer Schwester die Wahrheit darüber erzählen können, was während der letzten Saison passiert war – auch wenn ihre Mutter das missbilligt hätte –, doch May glaubte an Dinge wie leidenschaftliche Romantik und wahre Liebe. Trotz ihrer eigenen schlechten Erfahrungen konnte April den Gedanken nicht ertragen, ihrer Schwester den rosigen Blick auf die Welt zu nehmen. May würde mit der Zeit selbst herausfinden, wie das Leben tatsächlich war, und bis dahin sah April keinen Grund, Mays Optimismus einen Dämpfer zu verpassen.

Nach einem letzten tiefen Atemzug folgte April Emma und May in den Ballsaal. Er war erfüllt von Musik und guter Laune, von Männern und Frauen, die sich gegenseitig musterten, und von dem Geräusch von Schuhen, die über den Boden wirbelten.

Paare drehten sich und lachten fröhlich, während das Streichorchester einen lebhaften schottischen Reel spielte. Einige Gentlemen führten ihre Dame auf die Tanzfläche, andere versammelten sich in lockeren Gruppen an den Wänden des Saals – eine vorteilhafte Position, um den Tanzenden zuzusehen, während man selbst eine Erfrischung zu sich nahm.

April atmete durch die Nase ein und versuchte, sich an den Ansturm von Eindrücken, Geräuschen und Gerüchen zu gewöhnen, der sie an die schönste und gleichzeitig schlimmste Zeit ihres Lebens erinnerte. Sie fühlte sich zu dem Moment zurückversetzt, in dem sie Nathaniel das erste Mal in einem Saal wie diesem gesehen hatte. Ihr Herz war damals ins Stolpern geraten und hatte ab dem Augenblick, als er ihre Hand nahm, um sie auf die Tanzfläche zu führen, nicht mehr aufgehört zu rasen – selbst nach all der Zeit, die sie bereits zusammen verbracht hatten.

Selbst nachdem er sie so gut wie gefragt hatte, ob sie seine Frau werden wollte.

Noch bevor sie erfahren musste, dass er diese Frage bereits einer anderen gestellt hatte – eine Tatsache, die auf abrupte und demütigende Weise ans Licht kam, als seine Verlobte ihre Existenz offenbarte.

Es war der dritte Ball der Saison. April hatte bereits mit vielen jungen Männern getanzt, doch sie hatte stets den Moment herbeigesehnt, in dem sie sich in Nathaniels Armen wiederfinden würde.

Beinahe zwei Wochen waren seit dem letzten Ball vergangen, und es gab zwei Gründe, weshalb ihr Herz auf dem Weg zur heutigen Veranstaltung raste und die Schmetterlinge in ihrem Bauch wild umherflatterten. Erstens: Sie würde Nathaniel wiedersehen. Zweitens: Sie würden endlich ihre Verbindung offiziell verkünden und mehr Zeit miteinander verbringen können – unter minimaler Aufsicht.

Sie hatten sich auf dem Land bereits einander versprochen, hatten ihre Zeit damit verbracht, allein durch die Gärten von Rose Hall zu spazieren, doch jetzt würde es anders sein – die gesamte Gesellschaft würde von ihrer Zuneigung und ihren Plänen für die Zukunft erfahren.

April hoffte, dass ihre Gefühle füreinander auf den bisherigen Bällen nicht allzu offensichtlich gewesen waren. Ihre Mutter und Tante Violet hatten sie natürlich als Anstandsdamen begleitet, und niemand kannte ihre Tochter besser als Mary Campbell. Doch keine der beiden hatte ihre Tänze mit Nathaniel kommentiert, abgesehen von der Bemerkung, dass er großes Interesse an ihr zu zeigen schien. April nahm deshalb an, dass alles in bester Ordnung war.

Sie wollte bloß, dass alles gut ging.

Als sie den Ballsaal betreten hatte, war sie von der Anzahl der Gäste, die sich in dem opulenten Haus versammelt hatten, überwältigt gewesen. Tee und Kuchen waren vorzüglich, das Orchester spielte lebhaft und die Einrichtung war weit von dem entfernt, was sie von den Tanzveranstaltungen auf dem Land kannte, die sie und ihre Schwester ihr ganzes Leben lang besucht hatten.

April ließ den Blick über die Menschenmenge wandern, während sie nach Nathaniels dunklen Augen Ausschau hielt – und als sie ihn endlich entdeckte, durchströmte sie Erleichterung. Sein Lächeln spiegelte ihre eigene Freude wider, und er bahnte sich sofort einen Weg zu ihr, um sich drei Tänze auf ihrer Karte zu sichern.

Sie mischten sich für einen lebhaften Tanz unter die anderen Paare. Das fröhliche Stück bot ihnen nicht viel Zeit, um sich leise zu unterhalten, doch die Möglichkeit, endlich wieder in seinen Armen zu liegen, während ihre Hände sich berührten und ihre Körper sich im Takt bewegten, löste etwas von der Spannung, die sich aufgebaut hatte, während sie voneinander getrennt gewesen waren.

»Du siehst noch viel schöner aus, als ich dich in Erinnerung hatte«, murmelte Nathaniel, während sie tanzten. »Es kommt mir vor, als wären seit unserem letzten Treffen hundert Tage vergangen und nicht bloß vierzehn.«

Sie lachte, und wieder spürte sie diese seltsame Erleichterung darüber, wie sehr ihre Gefühle im Einklang waren.

Nach dem Tanz führte er sie zu einer Sitzbank und versprach, ihr etwas zu trinken zu holen und sofort zu ihr zurückzukehren. April widerstand dem Drang, sich Luft zuzufächeln.

Ihr war nicht vom Tanz warm, sondern von der Nähe zu Nathaniel Pembroke.

Doch ehe er zurückkehrte, durchquerte eine ihr unbekannte Frau den Raum und fixierte April mit ihren blauen Augen. Ihr intensiver Blick löste ein ungutes Gefühl in April aus. Obwohl sie sicher war, diese Frau noch nie zuvor gesehen zu haben, war eindeutig, dass diese mit ihr sprechen wollte.

Aus dem Augenwinkel bemerkte April, dass Nathaniel mit je einem

Getränk in den Händen auf seinem Weg zu ihr innehielt. Verwirrung trat auf sein attraktives Gesicht.

»Verzeihung, ich glaube, wir kennen uns noch nicht«, sagte die junge Frau mit eiskalter Stimme, als sie bei April angekommen war.

Ihr Haar war lang und so blond, dass es im Licht des Ballsaals wie die Sonne leuchtete. Es bildete einen wunderschönen Kontrast zu ihrem dunkelblauen Seidenkleid, das mit wolkenweißen Stickereien verziert war, die in das Perlenmuster an ihrem Korsett übergingen. Das Kleid war sündhaft teuer, das konnte April sofort erkennen, und es spiegelte den Stolz in der Miene der Frau. Das, in Verbindung mit dem feindseligen Ton, machte April nervös. Sie erhob sich, da sie es aus irgendeinem Grund nicht ertrug, dass diese Frau auf sie herabsah.

»April Campbell.« Sie hielt inne und sah sich unauffällig um. Warum kehrte Nathaniel nicht an ihre Seite zurück? »Und Sie sind?«

»Isabella Martin. Nathaniel Pembrokes Verlobte.« Das Lächeln der jungen Dame triefte vor Boshaftigkeit. »Und ich bin heute in der Annahme hierhergekommen, dass alle seine Tänze mir gehören.«

April nahm den Hohn in ihrer Stimme über das Rauschen in ihren Ohren kaum war. Verwirrt runzelte sie die Stirn, denn sicher konnte diese Isabella Martin nicht ihren *Nathaniel meinen, oder?*

Er hatte von seiner Zuneigung ihr gegenüber gesprochen, von ihrer gemeinsamen Zukunft. Davon, dass er um ihre Hand anhalten und kurz darauf mit der Hochzeitsplanung beginnen wolle.

Wie konnte er da mit jemand anderem verlobt sein?

Ein Blick zu Nathaniel bestätigte allerdings, dass es sehr viel gab, was April nicht wusste – und ein Blick durch den Ballsaal zeigte ihr, dass alle anderen es sehr wohl wussten.

April erinnerte sich daran, wie sie den Abend weinend im Bett verbracht hatte, nachdem sie ihrer Mutter alles gebeichtet hatte. Mary Campbell hatte gar nichts dazu sagen müssen, wer die Schuld an der Situation trug – April wusste, dass sie Nathaniel zu schnell zu viel von sich gegeben hatte.

Kurz danach waren sie aus London abgereist, und seitdem hatte April ihn nicht mehr gesehen.

»Ich weiß nicht, wohin ich zuerst blicken soll«, sagte May, und ihre halb geflüsterten, halb gequietschten Worte brachten April vollends zurück in die Gegenwart.

»Reiß dich zusammen«, flüsterte April zurück und zog am Arm ihrer Schwester, um zu verhindern, dass sie einfach davonschwebte. April selbst hätte am liebsten die größte Topfpflanze im Raum ausfindig gemacht und sich dahinter versteckt. Möglicherweise mit einem Stück Kuchen und einem Getränk, um ihre Nerven zu beruhigen.

»Sollen wir eine Runde durch den Saal drehen?«, schlug Emma vor. »Edward ist mit einigen seiner Cambridge-Freunde hier, und wir wären doch durchaus gute Gesprächspartnerinnen für sie.«

April wusste, dass Gespräche nicht das eigentliche Ziel des Abends waren. Je eher sie ihre Tanzkarte füllte, desto schneller konnte sie sich entspannen.

»Gern«, erwiderte May. »Wir haben bereits mit einem der Gentlemen Bekanntschaft gemacht, April! Edwards Freund, der uns zum Abendessen besucht hat, wusste sehr viel über Londons heimische Flora, nicht wahr?«

May und Emma wechselten einen Blick, und April wurde klar, dass hier irgendetwas vor sich ging, in das sie nicht eingeweiht war. Sie entschied, diese Tatsache zu ignorieren. Ihre Aufmerksamkeit sollte nur auf ein einziges Ziel gerichtet sein: einen Gentleman zu bezaubern, der freundlich und ehrbar genug war, um ihr Ehemann zu werden.

Tante Violet hatte sich bereits zu ihren Freundinnen gesellt. Die älteren Damen waren versiert darin, eine Position im Saal auszuwählen, die ihnen reichlich Sitzgelegenheiten und einen kurzen Weg zu den Erfrischungen bot. Da sie schon vor langer Zeit ihre Ehemänner gefunden hatten, gaben sie sich damit zufrieden, Crumpets und Punsch zu genießen und Geschichten auszutauschen, während sie ein Auge auf ihre Schützlinge hatten.

Die Mädchen machten bei den älteren Damen halt, damit Tante Violet sie den anderen Anstandsdamen vorstellen konnte. April lächelte und machte neben ihrer Schwester ihren besten Knicks. Sie hatte das Gefühl, dass die Blicke, die die Damen untereinander wechselten, ihr galten. Glücklicherweise schienen sie sich bloß zu fragen, woher sie den Namen »April Campbell« kannten. Anscheinend erinnerten sie sich zumindest nicht sofort an die Ereignisse der letzten Saison.

Es war eine weitere Warnung, dass eine junge Dame mit ihrem guten Ruf nie vorsichtig genug sein konnte. April konnte guten Gewissens behaupten, dass keine andere Dame sich dieser Tatsache mehr bewusst war als sie. Sie wusste aus eigener Erfahrung, wie einfach es war, sich den wachsamen Augen zu entziehen, um einige unbeaufsichtigte Momente mit einem bezaubernden Gentleman zu stehlen. Damals, als sie selbst besagte junge Dame gewesen war, waren es in ihren Augen nur kleine, unbedeutende Eskapaden gewesen. Doch nun verstand sie, was für eine todernste Angelegenheit die Bewahrung der eigenen Tugendhaftigkeit war.

Die Mädchen hatten die Tanzfläche, auf der Paare fröhlich herumwirbelten und lachten, noch nicht einmal zur Hälfte umrundet, als April Emmas Verlobten entdeckte. Er unterhielt sich mit Lord Talbot, dem Gentleman vom Abendessen. Sie war erleichtert, ihn zu sehen, da nun immerhin eine Person anwesend war, mit der sie sich unterhalten konnte, während May den Saal nach potenziellen Verehrern absuchte.

Lord Talbots Lippen verzogen sich zu einem Lächeln, als sich ihre Blicke trafen. Er schien einfach immer gut gelaunt zu sein, was April auf die Nerven gegangen wäre, wenn seine Augen nicht so viel Gutmütigkeit ausgestrahlt hätten.

»Guten Abend, Miss Campbell. Miss Campbell. Miss Radcliffe«, sagte er und verbeugte sich der Reihe nach vor ihnen. »Es ist mir eine Freude, Sie wiederzusehen. Ich hoffe, jede von Ihnen hat noch mindestens einen Tanz frei, zu dem ich Sie auffordern kann. Ich verspreche, mir die größte Mühe zu geben, Ihre feinen Schuhe nicht mit meinen ungeschickten Füßen zu zerstören.«

»Das sind nicht unbedingt die Qualitäten, die ich von einem Tanzpartner erwarte«, gab May neckend zurück. »Allerdings habe ich auf meiner Tanzkarte tatsächlich noch Platz, und wie sagt man so schön? In der Not frisst der Teufel Fliegen.«

»Wenn die Damen Teufel sind, dann bin ich …«

»Die Fliege, die gefressen wird«, sagte Edward.

April schnappte bei diesem Wortwechsel beinahe nach Luft, doch dann sah sie, dass die Männer ein Lachen unterdrückten. Scheinbar scherzten Studienfreunde auf diese Art miteinander.

»So spricht man nicht in Anwesenheit vornehmer Damen«, sagte Emma. Sie nahm Edwards Arm und bedachte ihn mit einem Blick, der gleichermaßen ihre Zuneigung für ihn und ihren Missmut über sein Verhalten ausdrückte. »Ich bezweifle, dass du oder Lord Talbot um Tanzpartnerinnen betteln müsst. Ich kann mich wohl glücklich schätzen, die Erste zu sein.«

Nachdem das geklärt war, erlaubten May und April Lord Talbot, sich auf ihrer Tanzkarte einzutragen. Als der Reel in einen Walzer überging, ließ sich Emma von ihrem Verlobten auf die Tanzfläche ziehen. Ihre Wangen waren gerötet, obwohl sie und Edward sicher unzählige Male miteinander getanzt hatten.

April öffnete den Mund, um Lord Talbot danach zu fragen, wann die Rosen im Hyde Park für gewöhnlich blühten, schloss ihn jedoch wieder, als ein groß gewachsener, dunkelhaariger und überaus gut aussehender Mann sich ihnen näherte. Sein Blick, der in dem gedämpften Licht beinahe düster wirkte, lag einen Moment schwer auf April, ehe er zu ihrer Schwester wanderte. April fühlte sich auf einmal seltsam entblößt.

Lord Talbot richtete sich auf, als würde er die plötzliche Spannung in der Luft ebenfalls spüren.

Oder war er selbst womöglich der Grund dafür?

»Lord Talbot, guten Abend«, sagte der Gentleman.

»Lord Beaumont«, erwiderte er.

Als er weder das Gespräch fortsetzte noch sie einander vorstellte, wurde die Anspannung immer unangenehmer. Aprils Neugier war geweckt. Lord Talbots Verhalten war bisher tadellos gewesen, und sicher war ihm bewusst, dass eine Vorstellung der Anwesenden angebracht gewesen wäre.

Schließlich hob der Neuankömmling eine Augenbraue. »Gedenken Sie, mich den Damen vorzustellen, oder haben Sie Ihrer vornehmen Herkunft nun endgültig entsagt? Grundgütiger!«

Lord Talbots Blick verdunkelte sich, doch er kam der Aufforderung nach. »Lord Richard Beaumont, das sind Miss Campbell und Miss May Campbell. Sie sind liebe Freundinnen von Miss Radcliffe, und sie verbringen die Saison hier in London.«

»Sicher sind Sie auch hier, um bei den Hochzeitsvorbereitungen zu helfen«, wandte Lord Beaumont ein, wodurch er den Eindruck erweckte, als hätte er bereits ganz genau über sie Bescheid gewusst, ehe er zu ihnen gekommen war.

»Es ist alles sehr aufregend«, sagte May, und ihre haselnussbraunen Augen leuchteten interessiert, als sie Lord Beaumont musterte. »Würden Sie nicht zustimmen?«

Lord Beaumont schenkte ihr ein bezauberndes Lächeln. »Ich würde sagen, eine Dame, deren teuerste Freundinnen nicht mindestens ebenso hingerissen sind von ihren Hochzeitsvorbereitungen wie sie, hat keine wahren Freundinnen.«

April runzelte die Stirn. Wenn ihre Schwester die Antwort ebenfalls merkwürdig fand, so ließ sie es sich nicht anmerken. Sie strahlte Lord Beaumont auf eine Weise an, die April an ihrer Stelle die Röte ins Gesicht trieb.

Lord Talbots Miene hingegen blieb ausdruckslos, was seine Haltung gegenüber Lord Beaumont deutlich machte – zumindest in Aprils Augen.

»Finden Sie die Aussicht auf eine glückliche Ehe nicht aufregend?«, fragte May.

Lord Beaumonts Lächeln war weiterhin bezaubernd. »Ich hoffe, eines Tages kann ich das guten Gewissens ebenfalls von mir behaupten.«

Lord Talbot gab ein leises Geräusch von sich, das beinahe wie ein gänzlich unangebrachtes Schnauben klang, ehe es in ein Husten überging.

Lord Beaumont warf kurz einen Blick in seine Richtung, ehe er sich mit seinem Charme wieder Aprils Schwester zuwandte. »Ich hoffe, Sie sind noch nicht für alle Tänze vergeben. Denn ich würde mich sehr gern für einen Tanz eintragen.«

»Glücklicherweise ist der Kotillon noch frei«, erwiderte May.

»Ah! Und welch ein Zufall, dass es der längste Tanz ist. Darf ich Sie dazu auffordern?«

May senkte den Blick, nickte jedoch mit einem schüchternen Lächeln auf den Lippen.

»Ich hole Sie ab, wenn es an der Zeit ist.« Lord Beaumont verbeugte sich zum Abschied, und ein leichtes Lächeln umspielte seine Mundwinkel, als May kicherte. Ihre Wangen waren gerötet, und ihre Augen funkelten, während sie ihr Bestes tat, ihm nicht hinterherzusehen.

Unterdessen empfand April nichts als Erleichterung über seinen Abgang. Lord Talbots düstere Miene erregte nun ihre Aufmerksamkeit.

»Ein Freund von Ihnen?«, fragte sie. Es gehörte sich nicht, das wusste sie, doch ihre Neugier gewann die Oberhand.

Er stieß wieder dieses Geräusch aus – ein leises Schnauben –, ehe er antwortete: »Nicht direkt. Lord Beaumont und ich sind … Rivalen im Rudern, könnte man sagen. Er besucht Oxford.«

Eine verhaltene Antwort. April wusste, sie sollte das Thema fallen lassen. Möglicherweise hatten die Gentlemen während ihrer Zeit an der Universität dieselbe Dame verehrt oder ihre Familien waren zerstritten. Doch ihr Verhalten ließ vermuten, dass mehr zwischen ihnen stand als eine bloße Rivalität im Sport oder gar Eifersucht.

Was es auch war, es war sicher nicht ihre Angelegenheit. Bevor sie noch eine Sekunde länger darüber nachgrübeln konnte, änderte sich etwas in der Atmosphäre. Aprils Blick wanderte wie von selbst zum Eingang des Ballsaals – und ihr Herz stockte bei dem Anblick eines Gesichts, das sie aus der Erinnerung hätte nachzeichnen können. Ein Gesicht, das heute Abend nicht hätte hier sein sollen.

Sie konnte ihn lediglich anstarren und versuchen, nicht laut nach Atem zu schnappen. Es war, als würde sie tatsächlich keine Luft mehr bekommen.

Und dann setzte ihr Herz ganz aus.

Nathaniel Pembroke, der allen Berichten zufolge in ebendiesem Moment mit seiner Braut die Welt bereiste, stand in der Tür.

April blinzelte, versuchte, das Bild zu verbannen, als wäre es ein Albtraum, doch als sie die Augen wieder öffnete, stand er immer noch da. Er sah genauso aus wie in jeder ihrer Erinnerungen. Obwohl beinahe ein ganzes Jahr vergangen war, hatten sich seine Gesichtszüge kaum verändert. Er war noch genauso gut aussehend wie an dem Tag, an dem April ihn das erste Mal in dem wunderschönen Garten seines Landsitzes gesehen hatte. Er wirkte jedoch schlechter gelaunt, als sie ihn je erlebt hatte, und seine Miene machte deutlich, dass er überall lieber wäre als hier.

Der unerwartete Anblick ließ April schwanken. Aus Gewohnheit griff sie reflexartig nach dem Arm ihrer Schwester, um sich festzuhalten.

May riss sich von Lord Beaumont los, der sich einem Gespräch auf der anderen Seite des Saals angeschlossen hatte, und drehte sich mit fragendem Blick zu ihrer Schwester um. »Was ist los? Du bohrst mir die Finger ja regelrecht in den Arm.«

April brachte kein einziges Wort heraus. May wusste so wenig darüber, was letztes Jahr in London geschehen war. Sie wusste nichts über Nathaniel Pembroke und wie sehr er April vom einen Moment auf den anderen nicht nur das Herz gebrochen, sondern ihr auch sämtliche Hoffnungen für die Zukunft genommen hatte.

Allerdings kam May offenbar zu ihren eigenen Schlüssen, als sie Aprils Blick zu dem gut aussehenden, groß gewachsenen Fremden am Eingang folgte.

»Ich verstehe, wieso dieser Gentleman dir aufgefallen ist.« Ihre

Schwester kicherte, doch ihre Stimme klang unsicher. »Weißt du, wer er ist?«

Lord Talbot bemerkte, dass die Schwestern abgelenkt waren, und sah nun ebenfalls zum Eingang. Anspannung legte sich wie ein Schal um die kleine Gruppe. Glücklicherweise beantwortete er Mays Frage an Aprils Stelle, die die Sprache noch nicht wiedergefunden hatte.

»Ah, ich würde mich freuen, Sie miteinander bekannt zu machen. Das ist Mr Nathaniel Pembroke, ein guter Freund. Er ist erst kürzlich nach einer langen Reise nach London zurückgekehrt.« Er hielt inne und warf einen kurzen Blick zu April.

Erneut fühlte sie sich seltsam entblößt. Offenbar wusste er weitaus mehr über sie und ihre Situation, als er sich bisher hatte anmerken lassen.

»Meine Damen, bitte entschuldigen Sie mich. Ich möchte ihn unbedingt begrüßen.« Sobald April und May geknickst und damit ihre Zustimmung erteilt hatten, durchquerte er den Saal und ging auf Nathaniel zu, als wäre alles in Ordnung.

Für ihn war vermutlich auch alles in Ordnung. War April wirklich dazu verdammt, eine Saison zu ertragen – und verlobt daraus hervorzugehen –, wenn Nathaniel sie weiterhin beharrlich verfolgte? Verzweifelt versuchte sie – und scheiterte kläglich daran –, den Blick abzuwenden von ihrem ehemaligen … Nun, wer war Nathaniel für sie? Wer war sie für ihn? Tränen sammelten sich in ihren Augen und würden überlaufen, wenn sie sich nicht sofort zusammenriss.

»April, was in aller Welt ist los? Kennst du diesen Gentleman?«, wiederholte May ihre Frage. Die Heiterkeit in ihren Augen wich Neugier und Sorge, als sie den Gesichtsausdruck ihrer Schwester wahrnahm. Sie beugte sich vor und flüsterte: »Es scheint so. Du bist weiß wie die Wand, April. Hast du ihn während deiner letzten Saison kennengelernt?«

»Ja«, brachte April mit einem Krächzen hervor, nun, da sie endlich die Sprache wiedergefunden hatte.

Hätte sie doch bloß nicht diesen Moment gewählt um aufzublicken! Nathaniel Pembroke sah sie direkt an, er glich einer Statue inmitten eines Meeres aus Bewegung. Ihre Blicke verhakten sich ineinander, wie damals bei all ihren sonnendurchfluteten Nachmittagsspaziergängen, damals, als sie sich seiner Wertschätzung ihr gegenüber sicher gewesen war.

Es spielte keine Rolle, wie unangemessen ihr Starren war, April hätte nicht wegsehen können, selbst wenn jemand ihr mit dem Tod gedroht hätte.

Die anderen Gäste würden es bemerken. Gäste, die – im Gegensatz zu May – wussten, was zwischen ihnen vorgefallen war.

»Ich verstehe«, murmelte May und brach damit den Zauber.

April wandte sich zu ihrer Schwester um, räusperte sich und gab sich größte Mühe, so zu tun, als würde ihr Herz nicht laut schlagen. Ihr brach der Schweiß aus, doch nicht vom ausgelassenen Tanzen, wie sie es sich vorgestellt hatte. Von nun an würde nichts so sein, wie sie es sich vorgestellt hatte. Denn niemand konnte sein Herz einem Gentleman schenken, wenn man es bereits an einen anderen im Saal verloren hatte.

Ihr ganzer Körper reagierte auf Nathaniels Anwesenheit, von ihrer schweißfeuchten Stirn bis hin zu den plötzlich weichen Knien. Ungebetene Erinnerungen daran, wie Nathaniel bei ihr auf deutlich angenehmere Weise für gerötete Wangen und weiche Gliedmaßen gesorgt hatte, durchfluteten sie. Einen Moment lang ertrank sie in dem Gefühl seines warmen Atems an ihrem Hals, wenn er ihr etwas ins Ohr flüsterte. Fast spürte sie den Druck seiner Hand an ihrem unteren Rücken und seine vollen Lippen auf ihren, während sie sich gegenseitig eine gemeinsame Zukunft versprachen, ihre Herzen im Einklang.

April unterdrückte ein Schluchzen und versuchte mit aller Macht, den Ansturm an Erinnerungen zurückzuhalten. Sie musste sich zusammenreißen. Es spielte keine Rolle, ob sie damit gerechnet hatte, dass er auf dem heutigen Ball anwesend sein würde. Es spielte keine Rolle, ob sie sich nach allem, was geschehen war, heute zum ersten Mal wiedersahen oder erst in einem Jahr. April hatte gewusst, dass sie ihm irgendwann würde gegenübertreten müssen.

Das redete sie sich zumindest ein, um sich selbst davon abzuhalten, schreiend aus dem Saal zu flüchten.

»Bitte entschuldige mich«, sagte sie atemlos und wandte sich einer Tür zu, die nach draußen führte. Wenn der – Berichten zufolge wunderschöne – Garten beleuchtet war, würde sie sich einen Moment nehmen und dort spazieren gehen. Vielleicht würde ihr die kühle Luft helfen, ihre Gedanken zu sortieren.

»Bitte Tante Violet, dich zu begleiten«, riet May ihr. »Du siehst aus, als könntest du ihre Gesellschaft gebrauchen.«

Die Sorge in der Stimme ihrer Schwester traf April und drang selbst durch den Nebel hindurch, der ihre Gedanken umgab, seit sie Nathaniel wiedergesehen hatte. Noch vor einem Jahr wäre April in schweren Zeiten an Mays Seite geeilt, statt von ihr wegzulaufen. Doch die Schwestern hatten sich schon so weit voneinander entfernt, dass April keine Ahnung hatte, wie sie etwas daran ändern sollte, wie sie den Abstand überbrücken konnte. Sie wusste nicht einmal, *warum* sie damals nach ihrer Rückkehr aus London nicht zu ihrer Schwester geflüchtet war und ihr alles erzählt hatte – trotz des Wunsches ihrer Mutter, dass sie über die Einzelheiten Stillschweigen bewahrte.

April hätte wissen müssen, dass es nicht so einfach sein würde, nach London zurückzukommen und neu anzufangen. War der Ruf erst einmal ruiniert, war es für eine junge Dame, insbesondere für eine aus so ärmlichen Verhältnissen, fast unmöglich, ihn wiederherzustellen. Für April könnte es noch dazu den Untergang ihrer ganzen Familie bedeuten.

Nathaniel Pembroke – der Mann, der mit einer anderen Frau verlobt gewesen war, während er April Versprechungen ins Ohr flüsterte, die er keineswegs halten konnte – war recht unbeschadet davongekommen, wie es für Gentlemen oft der Fall war.

Mit leisen Worten und bewundernden Blicken, gemeinsamen Interessen und sanften Berührungen hatte er April dazu gebracht, sich in ihn zu verlieben, während er seine Liebe bereits einer anderen geschenkt hatte.

Der Schaden an Aprils Ruf war selbst durch ihre Abwesenheit von der Londoner Gesellschaft nicht ganz verschwunden. Nathaniel hingegen? Er entstammte einer angesehenen Familie, die einige Grundstücke sowohl innerhalb als auch außerhalb Londons besaß. Da er im Besitz von Geld war und zudem dem männlichen Geschlecht angehörte, würde ihm jeder verzeihen.

Nun, jeder, der ihm wichtig war.

April schloss die Augen und sog die kühle Luft ein, während sie in den Garten lief. Nathaniel Pembroke war nun ein Teil ihrer Vergangenheit, dafür hatte er selbst gesorgt. Sie musste nach vorn sehen, um ihre Familie, die am Rande des finanziellen Ruins stand, zu retten. Eine gute Heirat würde ihnen helfen. Und wenn April nur entschlossen genug war, konnte sie selbst auch glücklich damit werden.

Sie würde die Forderungen ihres Onkels erfüllen und als Erste heiraten – selbst wenn die Erinnerung an Nathaniel Pembroke sie verfolgte.

April stapfte durch den Garten und zertrampelte dabei den perfekt geschnittenen Rasen mit ihren nun nicht mehr ganz so perfekten, sondern schmutzigen Schuhen. Sie empfand das alles als persönlichen Affront. Wozu der Rasen, wenn man stattdessen Wildblumen anpflanzen könnte? Wozu feine Seidenschuhe, wenn April den Garten und die Blumen in ihren Stiefeln viel besser erkunden könnte?

Sie wollte nicht hier sein und nach einem Ehemann suchen, in der Hoffnung, dass einer der Gentlemen darüber hinwegsah, was mit Nathaniel Pembroke vorgefallen war. Sie wollte zu Hause sein. Sie wollte an einem Ort sein, an dem man sich um sie kümmerte und sie liebte.

Sie hatte Mays Rat, ihre Tante und Anstandsdame um Begleitung zu bitten, ignoriert. Nun, da sie allein im Garten stand, verschloss sie erneut die Augen vor der Wahrheit: Der wahre Grund, warum sie sich so gegen eine Heirat sperrte, war, dass sie sich immer noch nach Nathaniel sehnte – und nach niemand anderem.

KAPITEL 7

May

May blickte ihrer Schwester hinterher, als diese den Ballsaal verließ, um etwas frische Luft zu schnappen. April hatte Tante Violet nicht gebeten, sie zu begleiten, und May biss sich auf die Unterlippe. Ihre Schwester sollte nicht allein sein.

Zum einen hatte das Auftauchen dieses Mr Pembroke April eindeutig erschüttert, obwohl May nicht wusste, warum. Ihre Neugier war jedoch geweckt, und sie behielt den Namen fest im Gedächtnis, um später mehr über ihn herauszufinden. Wenn er und Lord Talbot Studienfreunde waren, dann war es nur logisch, dass Edward ebenfalls etwas über ihn wusste.

Zum anderen wurde es – gelinde ausgedrückt – missbilligt, wenn eine junge Dame ohne Begleitung auf einem Ball umherwanderte. Wenn auch nur ein Teil dessen stimmte, was April in Bezug auf ihren eigenen Ruf zu befürchten schien, durfte sie den anderen Gästen keinen weiteren Grund geben, über sie zu reden.

May wollte gerade zu dem Tisch mit den Erfrischungen gehen, um Tante Violet an ihre Pflichten als Anstandsdame zu erinnern, als sie eine Hand an ihrem Ellbogen spürte und ein tiefes Räuspern hinter sich hörte.

»Miss Cambpell. Ich denke, es ist Zeit für unseren Tanz.«

Sie wirbelte zu Lord Beaumont herum. Seine dunklen Augen funkelten, und seine Finger blieben an ihrem Ellbogen. Die Berührung war unangebracht, und ein Schauer lief May über den Rücken, auch noch nachdem sie einige Zentimeter vor ihm zurückgewichen war.

Doch er hatte recht, die ersten Töne eines Kotillons schwebten durch den Ballsaal, und Paare nahmen ihre Plätze ein. Jede einzelne Dame wirkte überglücklich an der Seite ihres Tanzpartners, während May hier stand und über die Probleme ihrer Schwester nachdachte, statt sich dem gut aussehenden Gentleman zu widmen, der um ihre Aufmerksamkeit bat.

»Ein Glück, dass Sie so ein gutes Gehör haben«, sagte May. »Ich war etwas abgelenkt.«

Sie warf einen letzten Blick in Richtung Garten, ehe sie beschloss, dass April auf sich selbst aufpassen konnte.

»Ich hoffe, Sie waren nicht so abgelenkt, dass Sie Ihr Versprechen mir gegenüber vergessen haben, Miss Campbell. Denn ich konnte an kaum etwas anders denken, seit Sie Ihre Tanzkarte in meine glücklichen Hände gelegt haben.«

Mays Herz setzte einen Schlag aus, als er sich leicht verbeugte. Ohne den Blick länger als nötig von Lord Beaumont zu nehmen, deutete sie einen Knicks an, ehe sie sich auf die Tanzfläche begaben.

Nun, es mochte für May noch nicht so weit sein, selbst eine Hochzeit zu feiern, doch auf keinen Fall würde sie einen Tanz mit dem womöglich attraktivsten Gentleman des gesamten Balls ausschlagen.

»Wann sind Sie und Ihre Schwester in London angekommen?«, eröffnete Lord Beaumont mit Leichtigkeit das Gespräch. May entspannte sich und begann, den Bewegungen des Tanzes zu folgen.

»Vor einigen Tagen.«

Der Tanz trennte sie voneinander, doch mit jedem Blick, den Lord Beaumont ihr schenkte, sehnte sie sich mehr und mehr danach, wieder an seiner Seite zu sein.

»Und wie finden Sie unsere schöne Stadt? Abgesehen davon, dass es wärmer ist als gewöhnlich.«

»Es ist drückend im Vergleich zu der kühlen Brise auf dem Land«, gestand May. »Doch die Stadt gleicht es mit ihren abwechslungsreichen Vergnügungen aus.«

»Ah, Miss Campbell ist also eine Liebhaberin des Trubels?« Lord Beaumonts Stimme nahm einen neckenden Ton an, der sie an Emma erinnerte, und May musste lachen.

»Das Landleben hat, wie gesagt, durchaus seinen Reiz, doch den kann man ebenso gut während eines kurzen Besuchs genießen, würde ich behaupten.«

»Ah, die Dame sehnt sich also danach, dauerhaft umzuziehen?«

Mays Wangen wurden warm. Sie wusste nicht, warum seine Bemerkung sie derart verunsicherte. Solche Fragen an eine junge Dame in einem Raum voller Männer und Frauen, die nach einer würdigen Partie suchten, waren durchaus angemessen. Dennoch, die Art und Weise, wie Lord Beaumont sie ansah, als könnte er durch sämtliche ihrer Kleidungsschichten bis zu den tiefsten Sehnsüchten ihres Herzens blicken, jagte ihr erneut einen Schauer über den Rücken.

»Ich habe zu wenig von der Welt gesehen, um mich mit ganzer Überzeugung dauerhaft an einen bestimmten Ort zu wünschen.«

Das brachte Lord Beaumont zum Lachen, und May musste ebenfalls lächeln. Der seltsame Moment ging vorüber, und das Gefühl, entblößt zu sein, war schnell vergessen, während sie den Kotillon mit den anderen Tänzern fortführten.

Die weitere Unterhaltung war bedeutungslos und angenehm, bis der Tanz sich seinem Ende näherte und Lord Beaumont so nah an May herantrat, dass sie den leichten Schweißfilm über seiner Braue erkennen konnte. Er war ihr näher, als jede aufmerksame Anstandsdame erlauben würde, doch May fand den Moment romantisch – er erinnerte sie an die heimlichen Blicke, die sich die Helden und Heldinnen in ihren Büchern zuwarfen.

»Wussten Sie«, sagte er mit gesenkter Stimme, »dass ich eine der schnellsten Kutschen in ganz London besitze?«

»Ich kann nicht behaupten, dass ich davon gehört habe, nachdem wir uns erst heute Abend kennengelernt haben.«

»Einen zweirädrigen Einspänner.« Er nickte. Das Glitzern in seinen Augen hatte nicht nachgelassen. »Er ist so leicht wie ein Spinnennetz, und das Pferd zieht ihn entsprechend schnell. Wenn man nicht die Brise auf dem Land oder am Meer genießen kann, muss man dieses Gefühl nach Kräften in der Stadt nachahmen.«

May hatte von einer neuen, leichteren Pferdekutsche gehört, doch niemand in ihrem Bekanntenkreis hatte die Mittel, sich solche Extravaganzen zu gönnen – nicht einmal die Radcliffes.

»Vielleicht könnten Sie mir dabei helfen, die Geschwindigkeit mit zwei Reisenden zu testen? Ich habe bisher noch keine Dame kennengelernt, die wagemutig genug wäre, meine Einladung anzunehmen. Wenn Sie hier in der Stadt neue Erfahrungen sammeln möchten, werden Sie nicht enttäuscht werden. Das kann ich Ihnen versprechen.«

Mays Gesicht wurde erneut warm, und die Vorstellung von ihnen beiden, wie sie durch die Straßen und Parks rasten, während der Wind an ihnen zerrte und der Rest der Gesellschaft voller Neid zusah, gefiel ihr.

»Das klingt bezaubernd.«

Der Kotillon verklang, und Lord Beaumont deutete eine Verbeugung an. Sein Blick lag dabei unverwandt auf Mays Gesicht. »Ich versichere Ihnen, Miss Campbell, nichts, was ich Ihnen anbiete, könnte bezaubernder sein als Sie heute Abend. Vielen Dank für den Tanz.«

Er verabschiedete sich, ehe May sich sammeln konnte, und für einen Moment überlegte sie, ob sie vielleicht April draußen Gesellschaft leisten sollte, um selbst frische Luft zu schnappen. Lord Beaumont war heute Abend in den Ballsaal und in Mays Leben getreten, als wüsste er, dass es seine Bestimmung war, genau dort zu sein.

Tatsächlich wusste May nichts über ihn, außer seinen Namen und eine seiner Bekanntschaften, doch dieses Rätsel weckte ihr Interesse umso mehr. Sie runzelte die Stirn. Nein, das war nicht ganz richtig – sie wusste auch, dass er einen zweirädrigen Einspänner besaß. Für ihren ersten Tanzpartner war das durchaus ausreichend.

Ehe sie zwei Schritte in Richtung der Erfrischungen machen konnte – anscheinend war sie dazu verurteilt, den Abend durstig zu bleiben –, erschien Lord Talbot an ihrer Seite.

Ein Blick auf ihre Tanzkarte verriet, dass er lediglich pünktlich für den Tanz war, den sie ihm versprochen hatte. Er wirkte jedoch nicht gerade glücklich über diese Aussicht, denn auf seinem für gewöhnlich freundlichen Gesicht lag ein düsterer Schatten. Obwohl May erst vor Kurzem seine Bekanntschaft gemacht hatte, war dieser Anblick irritierend.

»Miss Campbell.«

»Lord Talbot.«

Er verbeugte sich, und sie knickste, ehe sie schweigend die Tanzfläche betraten, während das Streichquartett einen Walzer anstimmte. April hatte May immer ermahnt, sämtliche Tänze zu üben, selbst diejenigen, die sie am wenigsten mochte. May hatte diesen Rat nicht befolgt. Dementsprechend steif waren ihre Schritte nun.

Es half auch nicht, dass May – sobald sie und Lord Talbot näher aneinander herangetreten waren – sich insgeheim wünschte, sie hätte diesen intimeren, engeren Tanz Lord Beaumont versprochen.

»Genießen Sie den Abend?«, fragte Lord Talbot, während er sie durch die Schrittfolge führte.

Er hatte etwas Souveränes an sich, das May überraschte. Es war nicht so, dass sie ihn für ungeschickt oder ungehobelt hielt, aber seine fröhliche, ungezwungene Art erweckte den Eindruck, dass er sich nicht viel aus gesellschaftlichen Gepflogenheiten machte.

»Das tue ich, sehr sogar. Es ist alles so aufregend, dass ich mich frage, ob ich heute Nacht überhaupt schlafen kann.«

Er lachte leise, ein warmes Geräusch, das tief aus seiner breiten Brust zu kommen schien. »Wenn Sie bei Ihrer Rückkehr zu den Radcliffes nicht völlig erschöpft wären, wären die Blakes vermutlich beleidigt. Die Aufregung wird nachlassen, sobald die Sonne aufgeht und die Kutsche Sie zu Ihrem Bett bringt.«

»Da haben Sie womöglich recht.«

Da May nun für einige Minuten Lord Talbots beinahe ungeteilte Aufmerksamkeit besaß – und er das Tanzen offensichtlich so gut beherrschte, dass es ihm nicht viel Konzentration abverlangte –, sollte sie ihm vielleicht selbst einige Fragen stellen. Nicht um ihretwillen, sondern für April, natürlich. Sie wünschte sich einen würdigen Verehrer für ihre Schwester, und das möglichst bald, und sie wollte sie nicht in die Arme eines weniger als herausragenden Gentleman treiben.

Und dann gab es auch noch diesen Mr Pembroke …

»Hatten Sie eine angenehme Unterhaltung mit Ihrem Freund,

der gerade erst zurückgekehrt ist? Mr Pembroke heißt er, nicht wahr?«

Lord Talbot schwieg und führte May durch mehrere Schrittfolgen. Doch sie bezweifelte, dass es der Tanz war, der auf einmal seine ganze Aufmerksamkeit erforderte – er wirkte bisher viel zu sicher, um sich von einigen schwierigen Tanzschritten in seiner Unterhaltung behindern zu lassen. Wusste womöglich jeder auf diesem Ball, was zwischen Mr Pembroke und April vorgefallen war, außer ihrer eigenen Schwester?

»In der Tat«, antwortete er schließlich. »Er war nun beinahe ein ganzes Jahr unterwegs, und ich freue mich darauf, mehr von seinen Reisen zu hören.« Er hielt inne. »Gefällt Ihnen die Vorstellung zu reisen, Miss Campbell?«

»Sehr sogar«, erwiderte May ehrlich. Sie war nie jemand gewesen, der sich nach einer Weltreise sehnte, doch wenn sie ehrlich war, hatte sie schon davon geträumt, mit einem Ehemann an ihrer Seite an exotische Orte zu reisen. Neue Dinge mit seinem Liebsten zu erleben, erschien ihr durchaus romantisch.

»Und Sie?«, fragte May. Ihr Gesicht wurde warm, als der unbekannte Ehemann in ihrer Vorstellung die Gesichtszüge von Lord Beaumont annahm. »Haben Sie Interesse an einer Weltreise, nun, da die Universität hinter Ihnen liegt?«

Lord Talbot schien einen Moment darüber nachzudenken, seine Augen – die an das Meer erinnerten, wie May jetzt erst wahrnahm – waren auf einen Punkt in der Ferne gerichtet.

»Ich hätte nichts dagegen«, gestand er nach einigen Takten. »Im Moment bin ich vor allem mit den Geschäften meines Vaters beschäftigt, doch irgendwann möchte ich mir etwas Zeit für mich nehmen.«

Ein Bild von Lord Talbot, wie er – mit einer Dame an seiner

Seite – eine weite Landschaft überblickte, tauchte vor Mays Augen auf. Eine Mischung aus Freude und Verwirrung in Anbetracht dieser idyllischen Vorstellung erfüllte ihr Herz.

»Ich glaube, meine Schwester hat Ihren Freund kennengelernt, als sie das letzte Mal in London war«, sagte sie vorsichtig und versuchte, ihre Worte wie eine Feststellung, nicht wie eine Frage klingen zu lassen.

Es zeugte von schlechten Manieren, wenn man jemanden dazu ermunterte, Gerüchte zu verbreiten, das wusste May. Und obwohl sie nur an Lord Talbots Freundschaft interessiert war, wollte sie ihm keinen schlechten Eindruck von ihrer Erziehung vermitteln. Ein solcher Eindruck könnte immerhin sein Interesse an April schmälern. Trotzdem konnte May nicht anders. Sie musste verstehen, warum so ein ängstlicher Ausdruck in die Augen ihrer Schwester getreten war, als sie Mr Pembroke erblickt hatte.

Während Lord Talbot sie über die Tanzfläche führte, wurde ihr überdeutlich bewusst, wie viel größer er war als sie, und selbst als Lord Beaumont. Seine Hand lag sicher an ihrer Taille, die andere umfasste sanft ihre Finger – die Wärme, die von ihm ausging, war selbst durch ihren Handschuh hindurch zu spüren.

May war von dem Walzer leicht außer Atem, als Lord Talbot sie näher an sich zog, damit sie ihn besser verstehen konnte. »Ich glaube, sie waren miteinander bekannt, doch da ich während der letzten Saison oft geschäftlich auf Reisen war, kann ich Ihnen leider nicht mehr dazu sagen.«

May ließ das Thema fallen, als ihr klar wurde, dass Lord Talbot nicht mehr über Mr Pembroke erzählen würde – oder darüber, was er getan hatte, um ihre Schwester selbst ein Jahr später bei seinem bloßen Anblick in die Flucht zu schlagen. Stattdessen erkundigte sie sich nach den Geschäften seines Vaters.

Lord Talbots Antwort war jedoch knapp und trocken, sämtliches Leuchten und Vergnügen in seinen Augen war verblasst. Welcher Kontrast zu dem Mann, den sie vor so kurzer Zeit kennengelernt hatte! Besaß Lord Talbot auch nur den Hauch von Leidenschaft für die Arbeit, die sein Vater ihm übertrug, oder erfüllte er bloß seine Pflicht, wie es von ihm erwartet wurde?

Nun ja, mussten nicht alle jungen Damen und Gentlemen die Erwartungen erfüllen, die in sie gesetzt wurden? Es bestand kein Grund, die Unterhaltung deswegen zum Erliegen zu bringen.

Allerdings kannten sie einander nicht gut genug, dass May sich die Frage erlaubt hätte, weshalb sich Schweigen über sie senkte, bis Lord Talbot sich räusperte und sich nach dem Rest ihrer Familie erkundigte. May beantwortete seine Fragen, und danach glaubte sie, dass sie vielleicht tatsächlich Freunde werden könnten.

Sie hatte zudem das Gefühl, eine gute Wahl für ihre Schwester getroffen zu haben – Lord Talbot war verantwortungsbewusst, loyal, gut aussehend, adelig und schien felsenfest im Leben zu stehen, ohne dabei seine gute Laune zu verlieren. May selbst sehnte sich nach etwas Geheimnisvollerem und Romantischerem, nach einem verwegenen Auftreten und heimlichen Blicken – nach jemandem, der mehr wie Lord Beaumont war, um genau zu sein –, doch Lord Talbot schien durchaus Aprils Vorlieben zu entsprechen.

Natürlich konnte May das nur aus ihrer Sicht beurteilen. Es fiel ihr schwer, mit Bestimmtheit etwas über ihre Schwester zu sagen. Schließlich war diese, die einst ihre beste Freundin gewesen war, zu jemandem geworden, der plötzlich bleich wie der Tod wurde und vor gut aussehenden, mysteriösen Fremden flüchtete.

»Miss Campbell …«, begann Lord Talbot, seine Stimme kam plötzlich ins Stocken. »Ich habe mich gefragt … Erlauben Sie mir, ein unangenehmes Thema anzusprechen?«

May zögerte. Sie wusste nicht, wo diese Unterhaltung hinführen würde, doch es war sicher ungefährlich, sich mit einem so harmlosen Gentleman wie Lord Talbot ein paar Schritte in eine unbekannte Richtung zu wagen. »Vermutlich sollte ich ablehnen, doch ich muss zugeben, meine Neugier ist geweckt.«

»Lord Beaumont interessiert sich für Sie – jeder der hier Anwesenden würde Ihnen das bestätigen. Als jemand, der ihn und seinen Charakter nun schon seit einigen Jahren kennt, möchte ich Sie jedoch warnen und Sie bitten, vorsichtig zu sein. Er ist ein Mann, dessen charmante Fassade etwas weitaus weniger Attraktives verbirgt.«

Die Worte kamen Lord Talbot nur stockend über die Lippen. Doch offenbar nicht, weil er sie nicht aussprechen wollte, sondern eher, weil er sich bemühte, eine treffende und gleichzeitig nicht zu abwertende Beschreibung zu finden.

May runzelte die Stirn. Ein Teil von ihr wollte Lord Beaumont verteidigen, doch ihr war bewusst, dass sie das nicht konnte. Sie kannte ihn einfach nicht gut genug, um zu widersprechen. Und obwohl sie davon ausging, dass Lord Talbot ihn *kannte*, konnte sie ihn – der Anständigkeit halber – nicht beim Wort nehmen.

»In der Annahme, dass Sie nicht ausführlicher sprechen können, bedanke ich mich für Ihre Sorge, möchte mir jedoch eine eigene Meinung von Lord Beaumont bilden.« Ihre Worte klangen gleichgültig und höflich, solch förmliche Sprache war völlig untypisch für May. Doch sie mochte es nicht, wenn man ihr sagte, was sie zu tun oder zu denken hätte – erst recht nicht, wenn es von einem Mann kam, der im Grunde ein Fremder für sie war. Ihn vor den Kopf zu stoßen, würde ihr allerdings wenig helfen, wenn die Saison nach ihren Plänen verlaufen sollte.

»Dann werde ich über dieses Thema nicht mehr sprechen«, erwiderte er, wirkte jedoch, als würde er sehr wohl noch mehr über dieses Thema sprechen wollen. »Bitte sehen Sie meine Worte als gut gemeinten Rat von jemandem, den Sie hoffentlich bald als Freund betrachten.«

Der Tanz endete, und nachdem sie sich höflich verabschiedet hatten, überließ Lord Talbot May der Obhut ihrer erwartungsvollen Cousine Emma. Edward holte ihnen Getränke, und als die beiden jungen Frauen tief in ihren Plänen versunken waren, wie sie Aprils Aufmerksamkeit auf den überaus begehrenswerten Lord Talbot lenken könnten, hatte May bereits beschlossen, seine Warnung mit Vorsicht zu genießen.

Jeder Gentleman hatte es verdient, ausschließlich nach seinem eigenen Verhalten beurteilt zu werden. War es nicht durchaus möglich, dass ein Vorfall an der Universität Missgunst zwischen Lord Beaumont und Lord Talbot gesät hatte? Immerhin waren sie Rivalen im Rudern gewesen.

Je weiter die Nacht voranschritt, desto überzeugter war May, dass die Rivalität zwischen den beiden Männern der Grund für Lord Talbots Feindseligkeit war. Das war alles. Sollte Lord Beaumont sie aufsuchen und fragen, ob er sie wiedersehen dürfe – oder sie um ihre Gesellschaft bei einer Fahrt in seiner schnellen Kutsche bat –, würde sie seine Aufmerksamkeiten höchst erfreut annehmen.

KAPITEL 8

April

Der Garten der Blakes war wunderschön, jedoch nicht so wunderschön wie der der Campbells – und bei Weitem nicht so schön wie der auf Rose Hall.

Dennoch, ein Garten, jeder Garten, spendete Trost. Und nach allem, was gerade geschehen war, hatte April Aufmunterung bitter nötig. Einige tiefe Atemzüge ließen den Duft der Blumen in ihre Nase steigen, und April entspannte sich, während sie das süße Aroma in sich aufsog.

Unzählige Gefühle kämpften in ihrem Inneren miteinander. Es hatte sie zutiefst erschüttert, dass bei ihrem ersten Ball der Saison ausgerechnet der Mann unerwartet aufgetaucht war, dessen Anblick sie seit einem Jahr gleichermaßen herbeigesehnt wie gefürchtet hatte. Oh, wie sehr sie ihn dafür verabscheute, dass er in ihr – kaum war sie in die Gesellschaft zurückgekehrt – den Wunsch weckte, wegzulaufen und sich zu verstecken! Sein Auftauchen war wie ein Schlag ins Gesicht.

April stellte sich vor, wie die Gäste im Ballsaal über sie flüsterten – darüber, was geschehen war, und warum eine derart gedemütigte junge Dame bloß dachte, sie hätte das Recht, an der Londoner Saison teilzunehmen. Diese Sorge verblasste jedoch vor Aprils anderen Empfindungen. Verlust, Verrat und Liebe waren zu stark geworden. Sie musste sich ihren Gefühlen stellen, auch wenn Vernunft und Voraussicht sie davon abzuhalten versuchten. April fühlte sich regelrecht hilflos angesichts des Sturms in ihrem Inneren.

Die Wege, die sich durch den gepflegten Garten schlängelten, wurden nur spärlich von Laternen beleuchtet. Sie flackerten in der leichten Brise und führten April tiefer hinein in das fremde Labyrinth aus vertrauten Blumen, die sie wie alte Freunde zu umgeben schienen. Wäre sie zu Hause, hätte sie jetzt mit ihnen gesprochen – nach dem Verlust von Mays Freundschaft und kurz darauf ihrer Mutter waren die Blumen zu ihren engsten Vertrauten geworden.

Es gäbe jedoch kein gutes Bild ab, wenn sie sich mit der Londoner Flora unterhielte. Sie hatte bereits mit genug Schwierigkeiten zu kämpfen, wenn sie einen würdigen Ehemann finden wollte. Eine weitere Peinlichkeit würde sie womöglich endgültig als alte Jungfer enden lassen. Bedauerlicherweise konnten Blumen ihr kein finanziell abgesichertes Leben ermöglichen.

»Miss Campbell. Ich dachte mir bereits, dass ich Sie hier draußen finden würde.«

April erstarrte beim Klang seiner Stimme, die ihr so vertraut war wie der Geruch des Jasmins, der in der Luft lag. Wie eine Faust legte sie sich um ihr Herz und drückte zu, bis es sich nicht mehr rühren konnte, lastete schwer auf ihrer Brust und machte ihr das Atmen nahezu unmöglich.

Warum folgte er ihr bis nach draußen, an den Ort, von dem er wusste, dass sie sich dort sicher fühlte? Warum folgte er ihr überhaupt? Warum glaubte er, sie hätten irgendeinen Grund, hier draußen allein zu sein, nach allem, was geschehen war?

Die bloße Tatsache, dass er wusste, wo er sie finden würde, wenn sie durcheinander war, reichte, um sie wieder an alles zu erinnern, was zwischen ihnen stand. Und als die Wut über sie hereinbrach, hieß April sie willkommen.

Nathaniel Pembroke und seine unangemessenen, charmanten Aufmerksamkeiten waren ein Fehler, den sie sich nicht noch einmal erlauben durfte.

Nathaniel war verstummt, doch April musste sich nicht umdrehen, um zu wissen, dass er nach wie vor hinter ihr stand. Warum schämte er sich nicht für das, was er getan hatte? Konnte er sich wegen der Zerstörung ihres Rufs nicht wenigstens so schlecht fühlen, dass er sie in Ruhe ließ, während sie eine neue Zukunft suchte?

Doch wenn es eines gab, was April mit absoluter Sicherheit wusste, dann, dass Nathaniel Pembroke ebenso stur wie geduldig war: Sollte er wirklich allein mit ihr reden wollen, würde er sich von nichts davon abbringen lassen, bevor er seinen Teil gesagt hatte.

Sie schloss fest die Augen und atmete tief ein, sog den Duft der Blumen in sich auf, um sich zu beruhigen. Dann drehte sie sich um und stellte sich dem Mann, von dem sie einst gedacht hatte, dass er ihr zukünftiges Glück darstellte – bevor stattdessen ihr Glaube an die Existenz von Glück zerstört wurde.

Von Nahem war die raue Schönheit seines Gesichts noch deutlicher. Sein leicht widerspenstiges Haar, das etwas länger war, als die feine Gesellschaft für angemessen hielt, hätte April noch vor einem Jahr lächeln lassen – doch das Glück, das sie immer empfunden hatte, wenn sie mit den Fingern durch seine weichen Locken strich, war längst aus ihrem Herzen verbannt worden. Seine dunklen Augen waren in der dämmrigen Nacht kaum zu erkennen, ihre Tiefe wurde nur durch den Schein der Öllampen angedeutet.

»Mr Pembroke. Meinen Informationen zufolge sollten Sie noch nicht zurück in London sein.« April gab sich Mühe, damit ihre Stimme nichts von dem emotionalen Sturm verriet, der in ihrem Inneren tobte. Sie wusste, sie sollte mehr sagen, ihm womöglich zur Hochzeit gratulieren, doch sie brachte es einfach nicht über sich.

Nathaniels Miene blieb unverändert, doch für eine Sekunde schien er seinen Kiefer anzuspannen. »Ich bitte um Verzeihung. Meine Pflichten haben verhindert, dass ich noch länger wegbleiben konnte.«

»Es überrascht mich, dass Sie die Unverschämtheit besitzen, mir nach draußen zu folgen. Haben Sie mir nicht bereits genug Probleme beschert?«

Sein Blick huschte zu ihrem Gesicht, und seine Wangen röteten sich, doch seine Augen blitzten auf, als würde er darüber nachdenken, sich zu verteidigen. Als gäbe es eine Erklärung für sein Verhalten, die April akzeptieren würde.

»Ich wollte mit Ihnen über das sprechen, was zwischen uns vorgefallen ist. Mich entschuldigen oder zumindest um Ihr Verständnis bitten …« Er ließ den Satz verklingen, womöglich hatte er an ihrem Gesichtsausdruck erkannt, dass sie nichts mehr hören wollte.

Wut und Schmerz brachen wie eine Welle über April zusammen. Ihre Finger ballten sich zur Faust, und sie biss sich auf die Unterlippe, um die harten Worte zurückzuhalten, die sie so dringend loswerden musste.

»Es gibt nichts, was Sie noch sagen könnten, um ungeschehen zu machen, was mir angetan wurde, Mr Pembroke. Keine Worte der Welt können etwas an meinen inzwischen wenig schmeichelhaften Gefühlen für Sie ändern. Ich schlage vor, dass wir uns in Zukunft als Fremde begegnen – scheinbar waren wir ja nie etwas anderes – und dass wir nie wieder darüber sprechen.«

Je länger sie hier draußen allein waren, desto größer war die Wahrscheinlichkeit, dass man sie entdeckte. Die Gerüchte würden wieder einsetzen, und dieses Mal würden sie April vollständig unter sich begraben.

Die Spannung in der Luft verdichtete sich, je länger das Schweigen andauerte. Die Stille im Garten wurde nur von den schwachen Klängen der Musik aus dem Ballsaal, dem Zirpen der Grillen und dem Quaken der Frösche unterbrochen.

»Sie haben natürlich recht.« Er hielt inne, als wollte er noch etwas sagen – irgendetwas. »Ich war sehr betroffen, als ich vom Tod Ihrer Mutter erfuhr. Anne hat es mir in einem ihrer Briefe geschrieben.«

April wurde bewusst, dass sie ihre Worte tatsächlich ernst gemeint hatte: Sie wollte nichts von ihm hören. Nichts von seiner Schwester, die April nach ihrer Rückkehr aufs Land ebenfalls geschrieben hatte, während er selbst ihr keinerlei Erklärung hatte zukommen lassen – und auch sonst nichts. Genau genommen wurde sie mit jeder Minute, die er redete, wütender darüber, dass er sich das Recht herausnahm, überhaupt mit ihr zu sprechen.

»Ja. Nun. Wenn Sie mich entschuldigen, Mr Pembroke, ich sollte wieder zurückgehen. Es ist unangebracht, dass wir allein hier draußen sind, wie Sie sehr gut wissen, und meine Patentante sucht bestimmt schon nach mir.«

Diese Anspielung auf ihr unangemessenes Verhalten vor einem Jahr konnte ihm nicht entgangen sein – nicht dem Mann, den sie einst geliebt hatte. Und von dem sie fälschlicherweise gedacht hatte, er würde für sie dasselbe empfinden.

»Miss Campbell.« Seine Stimme klang erstickt, seine übliche Zuversicht war verschwunden. »Ich habe nicht die Absicht, mich unschicklich zu verhalten. Seien Sie versichert, ich war nicht darauf vorbereitet, Sie heute Abend hier zu treffen, und als ich Sie gesehen habe … Ich hatte das Gefühl, es gäbe noch zu viel Ungesagtes zwischen uns.«

»Vielleicht haben Sie recht. Doch es ist zu spät, um mit Worten etwas an der Situation zu ändern. Ebenso wenig können sie die Konsequenzen unserer Taten wiedergutmachen.« April presste die Lippen zusammen und zwang sich, den gequälten, bedauernden Ausdruck zu ignorieren, der über sein attraktives Gesicht huschte. »Ich muss an meine Schwestern denken, Mr Pembroke. Ich darf mir keine Fehler erlauben, die ihre Zukunft oder den Ruf unserer Familie noch mehr in Gefahr bringen.«

Nach einigen Momenten des Zögerns nickte er. »Dann wünsche ich Ihnen einen schönen Abend und eine erfolgreiche Saison. Sollten wir uns wiedersehen, würde ich Ihnen gern als Freund begegnen, oder als alter Bekannter, wenn Ihnen das lieber ist.«

April öffnete den Mund, eine harsche Bemerkung lag ihr bereits ungebeten auf der Zunge. Sie schluckte sie hinunter und nickte knapp, anstatt ihm fest auf die Füße zu treten, was sie liebend gern getan hätte.

Nathaniel bedeutete ihr, zuerst in den Saal zurückzukehren, und obwohl sie nicht den Eindruck hinterlassen wollte, als hätte er sie erneut in die Flucht geschlagen, folgte sie seiner höflichen Geste. Sie hoffte, sie hatte deutlich gemacht, dass sie zurückging, um den Anstand zu wahren, nicht weil sie sich in seiner Nähe selbst nicht traute.

Als April erneut den Saal betrat, dachte sie für einen Moment, sie hätte im Augenwinkel Lord Beaumont gesehen, der wohl ebenfalls einen Spaziergang im Garten machte. Angst durchströmte sie bis in die Zehen. Er schien weder sie noch Nathaniel bemerkt zu haben, doch die Sorge lag schwer auf ihrer Brust.

Dieser Schreck war Beweis genug, dass es die richtige Entscheidung gewesen war, das Gespräch mit Nathaniel zu beenden. Obwohl sie sich den Rest des Abends vermutlich verzweifelt wünschen würde, ihm noch eine einzige Frage gestellt zu haben: warum er auf so grausame Art mit ihren Gefühlen gespielt hatte.

KAPITEL 9

April

Der restliche Abend war ereignislos verlaufen, abgesehen davon, dass April sich zu Hause bei den Radcliffes einen Vortrag von Violet hatte anhören müssen, weil sie ohne Begleitung in den Garten gegangen war. Zum Glück schien ihre Patentante nichts von ihrer Unterhaltung mit Nathaniel zu wissen.

Seitdem waren einige Tage vergangen, und obwohl April gesellschaftliche Ausflüge normalerweise mied, war das Picknick im Hyde Park eine willkommene Ablenkung von der Szene, die sich immer wieder in ihren Gedanken abspielte. Es gab so viele Dinge, die sie ihm noch hätte sagen wollen – und die er verdient hätte zu hören –, doch April wusste, dass es nichts geändert hätte. Sie würde sich nicht besser fühlen, wenn sie ihm all die Sachen an den Kopf geworfen hätte. Und keine Entschuldigung, die er für sein Verhalten haben mochte, hätte irgendetwas wiedergutgemacht.

Eilig kleidete sie sich an, um so schnell wie möglich aus dem Haus zu kommen und sich mit Freunden und Unterhaltungen abzulenken. Edward und Lord Talbot würden sich ihnen ebenfalls anschließen, hatte Emma ihr erzählt, und zusammen mit May würden sie zu fünft einen fröhlichen Nachmittag in der Sonne verbringen. Da sie bei Tageslicht in der Öffentlichkeit sein würden, hatte Tante Violet ihnen erlaubt, ohne Anstandsdame auszugehen.

Sie trugen ihre leichtesten Kleider und packten die mit Rüschen besetzten Sonnenschirme ein. Zu Aprils Bedauern mussten sie unter den Sommerkleidern ein Korsett tragen, doch May hatte sie davon überzeugt, dass ihnen so immer noch weniger warm sein würde als in den schweren Seidenkleidern.

April kümmerte sich normalerweise kaum um ihr Aussehen. Deshalb war es auch viele Jahre Mays Aufgabe gewesen, dafür zu sorgen, dass ihre Schwester in der Öffentlichkeit keine unnötige Aufmerksamkeit auf sich zog, weil Bequemlichkeit für sie wichtiger war als Mode. April wusste natürlich, dass sie sich um diese Dinge kümmern musste, wenn sie erst einmal verheiratet war. Als Frau eines Mitglieds der feinen Gesellschaft – was ihr zukünftiger Ehemann sicher wäre – würde sie sich an bestimmte Regeln halten müssen.

Bei dem Gedanken verzog sie das Gesicht, während Edward und sein Freund einige helle Decken auf dem saftig grünen Gras ausbreiteten. Zahlreiche riesige *Quercus robur* – Stieleichen – am Rand der weitläufigen Lichtung bildeten eine beeindruckende Kulisse. Vor ihnen glitzerte *The Serpentine* im Sonnenlicht, während hinter dem See die berühmten Kensington Gardens ans nördliche Ende des Parks angrenzten. April konnte es nicht erwarten, sich davonzuschleichen und die unterschiedlichen Frühlingsblumen zu erforschen. Viele von ihnen waren alte Kulturpflanzen, deren Linie Jahrhunderte zurückreichte. Die Rosen waren leider noch nicht in Blüte. April glaubte nicht eine Sekunde lang, dass ihre eigenen bescheidenen Rosen zu Hause, so schön sie auch blühten, jenen Rosen das Wasser reichen konnten, die von den Königinnen der vergangenen Jahre gepflegt worden waren. Doch sie schwor sich – und dem Park –, dass sie zurückkehren und seine Rosen besuchen würde.

Sobald die Decken ausgebreitet und unzählige Kuchen, Käsesorten, Gurken und süße Speisen aus ihren Körben verteilt worden waren, ließ ihre Gruppe sich nieder. Sie beobachteten die Spaziergänger, und die Unterhaltung floss leicht dahin.

Noch vor zwei Stunden hatte sich April über einen sonnigen Tag in England gefreut, doch nun – mit der Sonne direkt über ihnen – ermüdete sie der bloße Gedanke daran, die nächsten Stunden in der Hitze zu sitzen, während Emma und May sie in eine Unterhaltung mit Lord Talbot drängten.

»Ich bin im Moment nicht sonderlich hungrig. Ich würde lieber ein bisschen herumschlendern und mir die Gärten ansehen.«

»Wenn Sie etwas Abwechslung suchen, kann ich Ihnen einen Besuch des Keeper's Cottage ans Herz legen«, schlug Lord Talbot vor, während eine leichte Brise ihm sein braunes Haar in die Stirn wehte. »Alle besuchen immer die Kensington Gardens, die auch tatsächlich so schön sind, wie man hört. Doch wenn Sie sich nach etwas Erholung vom Trubel sehnen, dann finden Sie die beim Keeper's Cottage, genauso wie einige fantastische Pflanzen.«

»Ich sehne mich tatsächlich nach Erholung von dem Lärm, Sir, doch noch mehr von der Sonne.«

»Von einer Dame mit solch hellem Hautton kann nicht erwartet werden, dass sie so starke Sonnenstrahlen aushält, egal wie willkommen sie sein mögen«, erwiderte Lord Talbot mit einem nachsichtigen Lächeln.

Aprils Laune besserte sich bei seinen warmen Worten. Ihr war bewusst, dass jede andere heiratswillige junge Dame bei einem so netten, aufmerksamen Gentleman in Verzückung geraten wäre, und sie rief sich selbst zur Ordnung. Sie musste zumindest versuchen, Gefühle für einen anderen Mann zu entwickeln. Schließlich wollte sie ihr Leben mit ihrem zukünftigen Ehemann nicht nur in kühler Distanziertheit leben, während sie sich weiterhin nach Nathaniels Nähe sehnte.

Sie lächelte und erwiderte Lord Talbots Blick, doch sie kam sich dabei unnatürlich und steif vor. »In welche Richtung soll ich gehen?«

»Keeper's Cottage rühmt sich auch seiner Kuchen«, warf Emma ein. »Und ich glaube, Lord Talbot hat eine besondere Vorliebe für Süßes.«

April sah zu Emma und bemerkte ein Glitzern in ihren Augen. Am liebsten hätte sie aufgeschrien.

»Vielleicht würde Lord Talbot dich begleiten?«, schlug May mit unschuldiger Miene vor, die nur von ihrer Schwester durchschaut wurde. »Bestimmt könntest du von seinem umfassenden Wissen über die Flora profitieren.«

April bedachte ihre Schwester mit einem finsteren Blick und zog eine Augenbraue hoch. Sie wusste sehr viel über alle Blumen, die es gab, wie May durchaus wusste.

Mays Augen weiteten sich in gespielter Verwirrung. »Belächelst du meinen Vorschlag etwa, Schwester? Sicher gibt es immer etwas Neues über die wunderbaren Blumen Englands zu erfahren.«

»Ich könnte mir keine schönere Beschäftigung für die nächste Stunde vorstellen«, verkündete Lord Talbot mit einem freundlichen Lächeln. Er erhob sich und wischte getrocknetes Gras von seiner Hose, ehe er an Aprils Seite trat. Er half ihr auf die Füße und bot ihr seinen Arm an, sobald sie stand.

Verzweifelt suchte April nach einem Vorwand, der es ihr erlaubte, ohne Begleitung durch den Park zu schlendern. Sie würde Lord Talbot unweigerlich ernsthaft in Betracht ziehen müssen, doch ein kurzer Moment allein mit ihren Gedanken wäre ein wahrer Segen! Sie befand sich hier jedoch in London, nicht auf dem Land, und ihre Situation war ohnehin bereits heikel: Ein Spaziergang ohne Begleitung – selbst in einem öffentlichen Park – würde sicher von einigen Mitgliedern der Gesellschaft als skandalös angesehen werden.

»Hätte noch jemand Interesse an einem Spaziergang zum Cottage?«

Es war nicht schwer zu durchschauen, was sich die anderen für April und Lord Talbot erhofften. Wenn sie noch jemand begleitete, würde das die Erwartungen vielleicht etwas dämpfen.

April sah zu Emma, dann zu May, dann zu Edward, doch sie alle schienen überaus zufrieden damit zu sein, dort zu bleiben, wo sie waren. Sie unterdrückte ein Seufzen. Damit waren Emmas und Mays Absichten klar. Lord Talbot war freundlich, er war durchaus gut aussehend, und er war vollkommen akzeptabel. Er besaß alle Qualitäten, die ein Mann haben sollte – und das war alles, was eine junge Dame in Aprils Position sich wünschen konnte.

Sie fühlte jedoch nichts von dem, was sie gefühlt hatte, als sie Nathaniel zum ersten Mal begegnet war. Andererseits, hatte sie das wirklich erwartet? Nein, dieses Mal suchte sie nicht nach Liebe. Dass die Vorstellung, mit Lord Talbot allein zu sein, sie nicht in Aufregung versetzte, sollte kein Hindernis darstellen.

April wusste, was sich gehörte, daher hakte sie sich pflichtbewusst bei Lord Talbot ein und ließ sich von ihm in Richtung Keeper's Cottage führen.

Sobald sie außer Hörweite waren, ergriff Lord Talbot das Wort und erfüllte damit seine Pflicht, höfliche Konversation zu betreiben. »Es wird noch einige Wochen dauern, bis die Rosen in Kensington blühen. Sie sollten darüber nachdenken, noch einmal hierherzukommen, auch wenn die Promenade im Hyde Park dann noch voller sein wird.«

»Vielen Dank für den Vorschlag, zum Keeper's Cottage zu spazieren«, sagte sie. »Ich werde Kensington natürlich noch besuchen, aber durch unseren Spaziergang kann ich mir schon einen ersten Eindruck von Londons Gärten verschaffen.«

»Und ich verspreche Ihnen: Wenn Sie das Cottage lieber in Ruhe ansehen möchten, werde ich mein Bestes geben, Ihnen diesen Wunsch zu erfüllen und zu schweigen.«

April lächelte etwas gezwungen. Sie versuchte immer noch, sich selbst davon zu überzeugen, dass Gefühle bei ihrer Suche nach einer guten Partie keine Rolle spielten. »Irgendwie bezweifle ich, dass Schweigen zu Ihren Stärken gehört, Lord Talbot.«

Er erwiderte ihr Lächeln, und für einen Moment blitzten seine weißen, geraden Zähne auf. »Sie haben mich offenbar bereits durchschaut, Miss Campbell, doch wenn es um die Wünsche einer Dame geht, werde ich alles tun, um ihnen so gut wie möglich entgegenzukommen.«

Eine Weile schlenderten sie schweigend durch den Park, über die gepflegten Wege und an anderen Paaren und kleinen Gruppen von Freunden und Familien vorbei. Lord Talbot erzählte ihr kurz etwas über die Geschichte vom Keeper's Cottage, bevor er wieder verstummte. Sein Blick huschte über die Umgebung, und seine Begeisterung für die Landschaft war ansteckend.

Wenn April einmal an etwas anderes als eine Heirat denken könnte, würde sie Lord Talbot tatsächlich gern besser kennenlernen wollen, so angenehm war seine Gesellschaft. Doch seine attraktiven Gesichtszüge, sein stattlicher Körperbau, seine umfassenden finanziellen Mittel und sein freundlicher Charakter machten sie regelrecht nervös. Sie konnte einfach nicht anders, als daran zu denken, warum sie in London war – und egal, wie sehr sich April auch bemühte, sie empfand nicht mehr als den Wunsch nach Freundschaft, wenn sie Lord Talbot betrachtete.

Daran war nichts falsch, rief sie sich in Erinnerung. Die Saison hatte gerade erst begonnen, und es bestand kein Grund zur Eile. Und tatsächlich hatte sie gehört, dass viele glückliche Ehen aus Freundschaft entstanden waren.

Vermutlich weitaus mehr als aus Liebe, wie die Ehe ihrer Eltern.

»Ich habe das Gefühl, mich für das Verhalten von Miss Radcliffe und meiner Schwester entschuldigen zu müssen. Ich fürchte, sie wollen uns miteinander verkuppeln.«

Lord Talbots Ohren färbten sich rot. »Ich würde gern behaupten, es wäre mir nicht aufgefallen. Aber auch wenn sie sich selbst für gerissene Kupplerinnen halten, fehlt ihnen dafür eine wesentliche Eigenschaft: Fingerspitzengefühl.«

April lachte. Sie war erleichtert, dass sie beide Mays und Emmas Verkupplungsversuche durchschaut hatten. »Meine Schwester hat viele gute Eigenschaften, Lord Talbot, doch Fingerspitzengefühl zählt tatsächlich nicht dazu.«

»Obwohl die Saison gerade erst angefangen hat, habe ich mich schon daran gewöhnt, wie vehement Mütter, Tanten und Paten das Thema Heirat zur Sprache bringen.«

»Das kann ich mir sehr gut vorstellen, immerhin sind Sie ein dafür durchaus infrage kommender Junggeselle«, sagte April ehrlich. »Wie kommt es, dass noch keine Dame Sie für sich beansprucht?«

Womöglich ging sie zu weit, doch etwas hatte sich zwischen ihnen verändert. Es war eine Erleichterung, sich ungezwungen unterhalten zu können, und sie genoss es.

»Ich bin gerade einmal zweiundzwanzig Jahre alt, Miss Campbell, also kaum älter als Sie. Und ich bin bei der Wahl der jungen Damen, mit denen ich Umgang pflege, zwar offen, aber gleichzeitig vorsichtig.« Er hielt inne und strich nachdenklich mit der Hand über das wilde Geißblatt, das am Wegrand wuchs. »Ich vermute, für eine junge Dame ist das etwas anderes.«

»In der Tat«, murmelte April und dachte an ihren Onkel und seine absurde Forderung. »Dennoch, nicht jede Frau sehnt sich danach, mit Anfang zwanzig eine gute Partie zu finden.«

Lord Talbot öffnete den Mund, als wollte er etwas sagen, hielt jedoch im selben Atemzug inne. April dachte zurück an den Ball der Blakes. Ihr war wieder eingefallen, wie er nach Nathaniel Pembrokes Eintreffen zu ihm geeilt war, um ihn zu begrüßen. Die beiden kannten sich sehr gut aus ihrer Zeit in Cambridge, waren offensichtlich sogar enge Freunde. Es war ziemlich wahrscheinlich, dass Lord Talbot wusste, was zwischen ihr und Nathaniel vorgefallen war.

Sollte das der Fall sein, konnte er dann tatsächlich an mehr als Freundschaft interessiert sein?

Unbändige Neugier ließ ihre Gedanken rasen, und ihr Mund wurde staubtrocken. Sie schluckte und versuchte, nicht länger darüber nachzugrübeln. Sie konnte nichts an der Vergangenheit ändern oder an der Gegenwart, zu der diese unweigerlich geführt hatte. Sollte Lord Talbot sie tatsächlich aufgrund von bloßen Gerüchten vorschnell verurteilen, wie es so viele Mitglieder der Gesellschaft getan hatten, konnte sie nichts daran ändern.

»Zählen Sie sich denn ebenfalls zu diesen jungen Damen, die nicht nach einer guten Partie suchen?«, fragte er einige Augenblicke später.

Sie näherten sich allmählich dem Keeper's Cottage, und die Spaziergänger um sie herum wurden immer mehr. April konnte das

Häuschen bereits hinter einem kleinen Hügel erkennen. Es wirkte ländlich und idyllisch, und die Blumen drum herum wuchsen wilder als jene in den gut gepflegten Gärten, die April von zu Hause gewohnt war und die sie sicher in den Kensington Gardens finden würde. Bienen summten fröhlich um die Wildblumen herum, die den Weg zu beiden Seiten säumten.

»Ich bin einer guten Partie nicht abgeneigt, Lord Talbot, doch ich habe es auch nicht eilig, mich an jemanden zu binden. Ich will mich nicht für den falschen Gentleman entscheiden.«

»Wie überaus vernünftig von Ihnen«, sagte er. »Ihre Schwester empfindet offenbar anders«, fügte er hinzu, während er April durch ein kleines Tor zum eigentlichen Garten führte.

Es war keine Frage gewesen, doch April fühlte sich genötigt, darauf zu antworten. »Meine Schwester glaubt, die Liebesgeschichten, die sie so gern liest, werden zwangsläufig für uns alle Realität. Sie … Ich nehme an, sie *glaubt*, das Richtige zu tun, indem sie mich zu diesem Schritt *ermutigt.*«

April hasste es, dass ihre Schwester recht hatte, selbst wenn ihre Vorgehensweise fragwürdig war. Es war eindeutig, dass April diese *Ermutigung* brauchte. Warum schaffte sie es nicht, ihre Sturheit abzulegen? Welches Hindernis stand tatsächlich zwischen ihr und ihrer Zukunft? Warum konnte sie diesen Weg nicht ebenso bereitwillig gehen wie den Pfad durch die Gärten von Keeper's Cottage?

»Ah. Der Klassiker, die guten Absichten.« Lord Talbots Lächeln war aufrichtig. »Allerdings kann ich nicht behaupten, viele solcher Geschichten gelesen zu haben.«

»Ich weiß, dass meine Schwester nur das Beste für mich will, doch ich werde diesen Weg erst einschlagen, wenn ich wirklich dazu bereit bin.« Sie spazierten an einer Reihe *Castanea Sativa* – Edelkastanien – vorbei, deren Äste über den Weg hingen und an manchen Stellen sogar den Boden berührten. Der Schatten, den sie spendeten, bot die lang ersehnte Erholung von der heißen Sonne, und April erlaubte sich einige Minuten, um das alles in sich aufzunehmen. Sie konnte sich nur zu gut vorstellen, unter solchen Bäumen gemütliche Nachmittage zu verbringen, sich auf einen dicken Ast zu setzen und stundenlang zu lesen.

Sie seufzte glücklich und ließ ihren Sonnenschirm sinken, bis ihr ihre Manieren wieder einfielen. »Und Sie, Lord Talbot? Werden Sie noch einige Jahre unverheiratet bleiben?«

»Ich bin niemand, der leichtfertig Liebesbekundungen ausspricht, Miss Campbell. Ich muss gestehen, dass ich gegenwärtig für eine Dame wie Sie keinen würdigen Ehemann abgeben würde. Ich möchte warten, bis etwas – oder jemand – das ändert.«

April fragte sich unwillkürlich, was genau ihn in seinen Augen für die Ehe ungeeignet machte, während sie dem kleinen Pfad folgten. Lord Talbot war weiterhin ein stiller, angenehmer Begleiter. Als sie das Cottage hinter sich ließen und auf den Weg traten, der sie zurück zu ihrer Picknickgesellschaft führte, kitzelte der Geruch von Honig-Scones in Aprils Nase.

»Womöglich sind Sie romantischer, als Sie denken, Sir. Meine Schwester sollte Sie in diesem Fall für sich selbst in Erwägung ziehen«, neckte April. Sie konnte kaum glauben, wie schnell sie ihre gute Erziehung vergessen hatte. Es war wirklich kühn, so etwas zu sagen. Doch Lord Talbot hatte sich als überaus angenehmer Begleiter erwiesen, wenn auch nicht auf die Weise, die May sich erhofft hatte.

Seine Ohren wurden tiefrot.

Sie hatten ein gutes Stück des Weges zurückgelegt, als April klar wurde, dass er nichts erwidern würde. Plötzlich wünschte sie, er würde irgendetwas sagen, damit sie wusste, dass er ihr ihre unbedachten Worte nicht übel nahm.

Als sie den letzten Hügel erklommen und ihre Freunde in Sicht kamen, vergaß April ihre Sorgen, denn Lord Richard Beaumont hatte sich ihnen angeschlossen. Sie runzelte die Stirn, und als sie einen Blick zu ihrem Begleiter warf, entdeckte sie auf seinem Gesicht denselben Ausdruck.

»Sie mögen Lord Beaumont nicht.«

Genau wie seine Bemerkung über das fehlende Fingerspitzengefühl ihrer Schwester war auch diese Aussage keine Frage. Lord Talbots Abneigung gegen den anderen Mann wäre selbst dann offensichtlich gewesen, hätte April nicht mitbekommen, wie May Emma anvertraut hatte, dass Lord Talbot am Abend des Balls versucht hatte, sie vor Lord Beaumont zu warnen.

»Es ist vermutlich sinnlos, es zu leugnen«, murmelte Lord Talbot, ehe er mit fester Stimme fortfuhr: »Wir haben uns noch nie gut verstanden, und sein Ruf … Ich habe versucht, Ihre Schwester vor ihm zu warnen, und ihr davon abgeraten, Zeit mit ihm zu verbringen. Doch ich fürchte, sie hat meine Einmischung nicht unbedingt begrüßt, egal, wie gut gemeint meine Absichten waren. Ich habe gehört, dass Lord Beaumont und Ihre Schwester nach meiner Warnung noch zwei weitere Male miteinander getanzt haben.«

April war über diese Tatsache ebenso wenig erfreut gewesen, doch May hatte ihre Sorge abgetan und sogar Tante Violets Hinweis ignoriert, dass normalerweise nur Paare, die so gut wie verlobt waren, mehr als einen Tanz teilten.

Der Lord schien an May interessiert zu sein, und sie an ihm, und April fand eigentlich nichts Falsches an ein paar Tänzen in einem gut besuchten Ballsaal. Sie war jedoch überrascht, dass Lord Talbot die Tänze ihrer Schwester gezählt hatte. Möglichweise war seine Abneigung gegen diesen Mann noch größer als erwartet.

»May ist besser darin, sich in andere Angelegenheiten einzumischen, als zuzulassen, dass andere sich in ihr Leben einmischen«, gestand April. »Eine direkte Warnung war in diesem Fall womöglich nicht die beste Vorgehensweise.«

»Ich werde es berücksichtigen, sollte eine erneute Einmischung nötig sein.«

»Ich … ich nehme an, dass Sie – als ein Freund von Mr Pembroke und als jemand, der bereits seit einigen Jahren Teil der Gesellschaft ist – Bescheid wissen, was zwischen ihm und mir vorgefallen ist.« Sie fuhr schnell fort, ehe er etwas sagen konnte und sie noch den Mut verlor weiterzureden. »Ich spreche es lediglich an, um Sie daran zu erinnern, dass niemand besser weiß als ich, welche Auswirkungen ein Skandal auf die eigenen Aussichten und die der Familie haben kann. Ich werde Ihre Warnung beherzigen und mit May darüber reden. Ich will nicht, dass sie dasselbe durchmachen muss wie ich.«

Sie näherten sich ihrer kleinen Gruppe, weshalb Lord Talbot nicht mehr antworten konnte, wofür April durchaus dankbar war. Er schenkte ihr jedoch ein verständnisvolles Lächeln, bevor er sie losließ. Es war eine brüderliche Geste, die ihr Mut machte.

Doch das Gefühl der Sicherheit verschwand, da Lord Beaumont sie genau beobachtete, während sie sich von Lord Talbot löste. Sein dunkler, durchdringender Blick machte deutlich, wie interessant er es fand, dass sie eine private Unterhaltung geführt hatten. Aprils Magen zog sich bei dem Lächeln auf seinen Lippen zusammen.

»Wie ich sehe, haben Sie einen langen Spaziergang zum Keeper's Cottage gemacht«, bemerkte Lord Beaumont und stand auf, um sich vor April zu verbeugen, ehe er Lord Talbot flüchtig zunickte. »Ich war überrascht zu hören, dass Sie an diesem schönen Tag Lord Talbot als Ihren Begleiter gewählt haben, Miss Campbell. Ich muss gestehen, ich dachte, Sie hätten Ihr Auge auf jemand anders geworfen.«

»Ich weiß nicht, wovon Sie sprechen«, erwiderte April. Ihr Mund war plötzlich wieder staubtrocken, und ihre Gedanken rasten. Möglicherweise hatte er sie und Nathaniel *doch* gesehen, obwohl es im Garten recht dunkel gewesen war. Sie ahnte, dass er ein Mann war, der so etwas nicht für sich behalten würde, falls er einen Vorteil daraus ziehen konnte.

»Ich wollte damit lediglich sagen, dass ich dachte, ich hätte Sie in anderer Begleitung durch den Garten der Blakes spazieren sehen.«

Sie zwang sich zu einem entspannten Gesichtsausdruck. Sie durfte sich ihre Unruhe darüber, dass er sie gesehen hatte, nicht anmerken lassen. Leider hörten die anderen nun ebenfalls zu.

»Bei einem Ball steigt die Temperatur mit der Ausgelassenheit, Sir. Ich bin tatsächlich durch den Garten der Blakes geschlendert, um zwischen den Tänzen etwas frische Luft zu bekommen. Doch allein fühlte ich mich dort etwas unwohl, und die Dunkelheit hat mich schnell zurück in die Sicherheit des Ballsaals getrieben.«

April erwiderte Lord Beaumonts Blick, als wollte sie ihn herausfordern, ihre Tugend noch einmal infrage zu stellen. Er sagte kein einziges Wort mehr, und sie nutzte seine Sprachlosigkeit, um das Gespräch für beendet zu erklären und sich auf einer freien Stelle neben Emma auf der Decke niederzulassen.

Dankbar nahm sie das Getränk an, das Emma ihr reichte, und trank in langsamen Schlucken, um ihren Mund zu befeuchten. Als sie wieder aufsah, musterten sich Lord Talbot und Lord Beaumont derart herausfordernd, dass sie froh war, dass sie ihre Degen nicht zum Picknick mitgebracht hatten.

Obwohl sie diesmal nichts mit dem Klatsch und Tratsch der Saison zu tun haben wollte, fragte sich April unwillkürlich, was geschehen war, dass derart böses Blut zwischen den beiden Männern herrschte. Und für den Rest des Nachmittags ließ sie der Gedanke nicht los, dass sie den Grund wahrscheinlich niemals erfahren würde.

KAPITEL 10

Nathaniel

Eine Woche war seit Nathaniels Rückkehr nach London vergangen, und er fühlte sich noch miserabler, als er erwartet hätte. Der Besuch im Boodle's Club heute Abend kam ihm deshalb sehr gelegen – er brauchte unbedingt einen Bourbon. Und wenn er etwas Geld darauf verwetten konnte, dass er seine Freunde aus Cambridge beim Kartenspiel besiegte, würde das seine Laune zusätzlich heben.

Obwohl er sich nicht explizit mit Matthew im Herrenclub verabredet hatte, war Nathaniel recht sicher, dass sein Freund ähnliche Pläne für den Abend hatte. Die beiden hatten sich aus unterschiedlichen Gründen nicht für eine Mitgliedschaft im angeseheneren White's Club oder bei Brooks's bemüht und hatten es sich stattdessen zur Gewohnheit gemacht, dem Boodle's Club jede Woche am selben Tag einen Besuch abzustatten. Ihre gemeinsamen Abende dort hatten vor Nathaniels Reise so regelmäßig stattgefunden, dass die Treffen einer Pflicht gleichkamen, wenn sie beide in London waren. So konnten sie die exorbitant hohen Beiträge des Clubs wenigstens teilweise rechtfertigen.

Nathaniel würde es seinem Freund gegenüber niemals zugeben, doch er hatte Matthews Ratschläge und seine Unterstützung auf der Reise vermisst, erst recht, seit die Beziehung zu seinem jüngeren Bruder so schwierig geworden war. Im Ausland war die Einsamkeit zu Nathaniels ständigem, ermüdendem Begleiter geworden. Auch wenn es nicht an Frauen gemangelt hatte, die ihm für einen Abend oder zwei Gesellschaft leisteten, konnte das niemals einen Freund ersetzen, der seine gesamte Lebensgeschichte kannte.

Matthew war der einzige Mensch, der wusste, was zwischen April Campbell und ihm vorgefallen war, auch wenn er nicht die ganze Geschichte kannte. Dass sie sich bereits auf Rose Hall nähergekommen waren, war ein Geheimnis geblieben. Nathaniel wusste, dass April das immer besonders wichtig gewesen war. Es hatte nichts Unschickliches daran sein dürfen, dass er ihr während der Saison den Hof machte.

Matthew wusste auch nichts von dem Geständnis, das Nathaniel ihr in einem Brief geschrieben hatte, nachdem sie aus London geflohen war – und ebenso wenig, dass sie nie darauf geantwortet hatte. Nach der ganzen Angelegenheit war Nathaniels Sorge zu groß gewesen, ihr Ruf könnte noch mehr Schaden davontragen, wenn er sämtliche Einzelheiten mit Matthew teilte.

Er verzog das Gesicht, als er an sein ungeschicktes Verhalten auf dem Ball der Blakes zurückdachte. Eigentlich hatte er sich vorher genau überlegt, was er sagen würde, wenn er April zum ersten Mal wiedersah.

Er hatte einen ruhigen Tonfall und eine neutrale Miene geübt, um die traurige Wahrheit zu verbergen: dass er sie immer noch liebte. Und das, obwohl sie sich nicht einmal dazu herabgelassen hatte, ihm auf seinen Brief zu antworten, in dem er ihr sein Herz ausgeschüttet hatte.

Seine wohldurchdachten Pläne waren jedoch in Rauch aufgegangen, als er April nach einem Jahr zum ersten Mal tatsächlich wiedergesehen hatte. Er war leichtsinnig gewesen, er hätte wissen müssen, dass es ihm angesichts ihrer strahlenden Schönheit die Sprache verschlagen würde. In seiner Erinnerung hatte sie mit der Zeit etwas von ihrem Glanz verloren. Doch das war offensichtlich nur eine Schutzmaßnahme seines Gehirns gewesen, um den akuten Schmerz darüber, wie sehr er sie vermisste, abzuschwächen.

Das war ihm erst klar geworden, als es zu spät gewesen war.

Nun waren sie einander so fremd, als würden sie sich nicht kennen. Sie konnten sich weder als Bekannte begrüßen, noch konnten sie so tun, als wären sie einander nie vorgestellt worden. Nathaniel wusste nicht, was er tun sollte. Aprils Schweigen im vergangenen Jahr hatte bewiesen, dass sie nichts mit ihm zu tun haben wollte, obwohl seine Gefühle für sie so stark waren – und daran konnte er nichts ändern.

Angst erfasste ihn bei dem Gedanken. Die wahren Umstände, die zu Aprils Demütigung geführt hatten, waren nach wie vor heikel, aber sie waren einfach zu erklären gewesen. Allerdings war es nicht bloß die Beziehung zu Isabella, die er zutiefst bereute, sondern vor allem der Schmerz und die Schmach, die sie verursacht hatte. Die *er* verursacht hatte.

Gab es einen größeren Schmerz als den eines Mannes, der die Frau, die er liebte, in die dunkelste Zeit ihres Lebens gestürzt hatte?

Es war ihr gutes Recht, ihn zu verachten und ihn zurückzuweisen, nachdem er sie zum Mittelpunkt eines so demütigenden Skandals gemacht hatte. Es sollte ihn nicht überraschen, dass sie genau das mit ihrem Schweigen und ihrer Ablehnung zum Ausdruck brachte.

Er sollte ihre Entscheidung respektieren, das wusste er.

Mit einem tiefen Seufzen verließ Nathaniel die St James's Street und betrat den Boodle's Club durch die eindrucksvolle Tür. Sobald er im Trockenen war, schüttelte er den leichten Nieselregen von Hut und Mantel und reichte beides dem Diener, ehe er seinen Garderobenschein entgegennahm. Der Club war gut besucht, Gentlemen drängten sich an der Bar, und die Spieltische waren selbst zu dieser frühen Stunde beinahe voll besetzt.

Die dunklen Ledersofas und schweren Vorhänge dämpften die Unterhaltungen und vertieften die Schatten im Raum, sodass die Mitglieder innerhalb dieser vier Wände bedenkenlos über alle möglichen Themen sprechen konnten – und die alkoholischen Getränke taten ihr Übriges, um die Zungen zu lösen.

Es dauerte nicht lange, bis er Matthew und seinen guten Freund Edward in der Mitte des Raums entdeckte. Sie waren in eine Runde Whist vertieft, die Getränke auf dem Tisch bereits halb leer. Talbot hob den Kopf und grinste, als er seinen Freund im Türrahmen sah.

Nathaniels Mundwinkel verzogen sich ebenfalls zu einem Lächeln – es war ein fremdartiges Gefühl nach so vielen Monaten ohne einen Begleiter, der ihn von seiner schlechten Laune ablenkte. Er durchquerte den Raum, während er dem Diener bedeutete, ihm ebenfalls etwas zu trinken zu bringen, und ließ sich auf den freien Stuhl neben Talbot sinken.

»Ah, der lang verschollene Mr Pembroke erinnert sich an unsere Verabredung!«, rief Matthew und warf die Karten auf den Tisch. »Du wurdest schmerzlich vermisst.«

»Ich muss gestehen, es war länger als erwartet. Die Geschäfte haben mich stärker beschäftigt, als ich es mir gewünscht hätte, und ein paar Angelegenheiten haben mich bis nach London verfolgt. Ihr könnt euch sicher sein, dass ich viel lieber in dieser jämmerlichen Runde getrunken und gespielt hätte.«

»Richtig, ich habe mit George gesprochen, bevor er zu seiner

Hochzeitsreise aufgebrochen ist«, erwiderte Matthew. »Er hat erwähnt, dass der Mann, den du mit den Familienangelegenheiten beauftragt hattest, nicht vertrauenswürdig war.«

Nathaniel spürte, wie die düstere Wolke, die ihn mehrere Monate lang begleitet hatte, zurückkehrte. Er hatte sein Bestes gegeben, sie zu verbannen und sich auf die erfreulichen Dinge des Lebens zu konzentrieren, wie etwa das Kartenspiel heute Abend. »Mein Bruder und ich sind dieser Tage nicht mehr in vielen Dingen einer Meinung, doch in diesem Fall sind wir uns einig. Diesen Mann zu engagieren, war eine der größten, bedauerlichsten Fehlentscheidungen meines Lebens.«

Natürlich war diese Fehlentscheidung nichts im Vergleich zu dem größten Fehler, den er je begangen hatte. Nicht alles konnte einfach korrigiert werden, indem man einen inkompetenten Angestellten hinauswarf.

»Ich habe ihn entlassen und werde mich selbst um den Familienbesitz kümmern, bis ich einen fähigeren Verwalter finde.«

»Das sollte dich gut beschäftigen«, bemerkte Edward. »Obwohl ich doch hoffe, dass du dir in den kommenden Wochen einen Tag für meine Hochzeit freinehmen wirst.«

»Ich würde sie mir niemals entgehen lassen«, erwiderte Nathaniel ehrlich.

Er und Edward waren nicht so eng befreundet wie er und Matthew, doch sie verstanden sich gut und hatten sich beim Rudern besser kennengelernt. Die Hochzeit würde eine nette Ablenkung bieten – oder sie hätte eine geboten, wäre da nicht der Gedanke, April wiederzusehen, der ihn nicht losließ.

Sie hatte ihn bereits in dem Moment nervös gemacht, als er sie zum ersten Mal in seinem Garten sah. Ihr ganzes Gesicht hatte vor Freude über die wilden Orchideen gestrahlt. Alles an ihr war unerwartet und neu gewesen, genau wie die Gefühle, die sie in ihm ausgelöst hatte.

Doch jetzt hatte sie ihm ziemlich direkt gesagt, dass er nie wieder mit ihr sprechen solle.

»Sollen wir ein paar Tage jagen gehen, bevor Edward sein Junggesellendasein endgültig beendet?«, schlug Matthew vor. »Vielleicht bei deiner Jagdhütte, Pembroke?«

»Eine gute Idee, die Hektik in London ermüdet mich schon jetzt. Vielleicht können wir dem Trubel nächste oder übernächste Woche entfliehen?«

Sie einigten sich darauf, in ihren Kalendern nachzusehen und so bald wie möglich etwas zu vereinbaren, und nach mehreren Runden Whist – die Nathaniel auf Kosten seiner Freunde gewann – zogen sie sich mit Zigarren und Bourbon in den Salon zurück. Hier war es deutlich ruhiger. Lediglich zwei weitere Gentlemen teilten den schmucklosen, ruhigen Salon mit ihnen, und diese waren in eine leise Unterhaltung vertieft – dem Anschein nach über die Geschäfte.

Edward holte drei Zigarren aus seiner Tasche und nahm ein Feuerzeug aus einem der polierten Eichenschränke, ehe er von einem Freund der Familie in Beschlag genommen wurde, der gerade zur Tür hereingeschaut hatte. Nathaniel und Matthew ließen sich auf das samtig weiche waldgrüne Sofa sinken.

»Ich habe mitbekommen, dass du vor einigen Tagen Miss Campbell wiedergesehen hast«, sagte Matthew mit einem listigen Ausdruck in den Augen, nachdem er seinen Freund über seine Reisen ausgefragt hatte.

Nathaniel schnaubte. Er hätte wissen müssen, dass ihre Begegnung im Garten der Blakes nicht unbemerkt geblieben war. Er konnte bloß hoffen, dass die anderen Gäste abgelenkter gewesen waren als sein Freund. Er könnte es sich nie verzeihen, sollte er April auch nur eine weitere Minute des Kummers verursachen, doch ebenso unverzeihlich wäre die Qual, nie wieder mit ihr zu reden. Das alles, es war unerträglich.

»Wir sind uns zufällig begegnet. Wir haben uns kurz unterhalten.« Er räusperte sich. »Reine Höflichkeit.«

»Weiß sie, was vorgefallen ist, nachdem sie London verlassen hat?« Matthew lehnte sich vor und stützte die Ellbogen auf den Knien ab. Seine blaugrünen Augen funkelten – ob aus Neugier oder Missbilligung konnte Nathaniel jedoch nicht ausmachen.

Nathaniel nickte. Nach all den Monaten, in denen er allein überlegt hatte, was er hätte anders machen sollen, tat es jetzt unerwartet gut, mit jemandem über alles zu reden. »Ich habe ihr kurz nach Georges und Isabellas Verlobung einen Brief geschrieben, in dem ich ihr alles erklärt und meine Gefühle gestanden habe, doch ich habe keine Antwort erhalten.«

»Das scheint ebenfalls eine Art Antwort zu sein.« Matthew ließ nicht locker. »Doch vielleicht solltest du versuchen, sie persönlich zu fragen, wie sie dazu steht?«

Nathaniel verzog das Gesicht, als er daran zurückdachte, wie sie darauf bestanden hatte, ihre Begegnung so schnell wie möglich zu beenden. »Ich hatte tatsächlich gehofft, endlich die Möglichkeit zu bekommen, mich persönlich bei ihr zu entschuldigen. Doch dann habe ich sie wiedergesehen. Ob aus Schmerz oder aus Desinteresse, ich bin mir sicher, dass sie keine weitere Erklärung hören will.«

Er konnte es April nicht einmal übel nehmen, wenn sie kein Wort mehr von ihm hören wollte. Vor allem, wenn ihr Schmerz so groß gewesen war wie seiner. Denn es tat einfach so weh, dass er dieses Gefühl so weit wie möglich zurückdrängte.

»Vielleicht solltest du die Entscheidung der Dame überlassen?«, schlug Matthew vorsichtig vor.

Die leichte Zurechtweisung in der Stimme seines Freundes ließ Nathaniel innehalten. Vielleicht hatte Matthew recht, doch die Sorge um Aprils Ruf lastete schwer auf ihm. Wie viel schlimmer musste es für sie gewesen sein?

Ob es Aprils Ruf tatsächlich vollkommen zerstören würde, mit ihm gesehen zu werden, war unerheblich – dass das überhaupt eine *Möglichkeit* war, reichte, um ein weiteres Gespräch zu verhindern. Der Gedanke traf Nathaniel wie ein Dolchstoß mitten ins Herz. Ihm wurde übel, und plötzlich erschienen ihm der Whisky und die Zigarre als eine besonders schlechte Begleitung für diese Unterhaltung.

»Ich weiß nicht …«, sagte er ausweichend. »Objektiv betrachtet spielt es in Wahrheit keine Rolle, ob ich die Verlobung zwischen Isabella und mir für bindend gehalten habe oder nicht. Isabella sah es als gegeben an, sie war der Ansicht, dass ich kurz davor war, den Ehevertrag zu unterschreiben. Für sie – und für alle, die ihren Auftritt auf dem Ball mitbekommen haben – lag die Schuld bei April und mir. In erster Linie jedoch bei April, schließlich hatte sie sich auf einen verlobten Mann eingelassen.«

Nathaniel wollte glauben, dass Isabellas Absichten ehrlich gewesen waren. Nur so konnte er ohne Wut auf dieses Debakel zurückblicken. Scham war weitaus einfacher zu ertragen, insbesondere jetzt, da Isabella wohl oder übel zur Familie gehörte.

»Lass die Gesellschaft glauben, was sie will! Viel wichtiger ist doch, was Miss Campbell glaubt, wenn sie erst deine Seite der Geschichte aus deinem Mund gehört hat, oder?«

Als mehr und mehr Gentlemen in den Salon strömten und ausgelassen lachten – vermutlich von zu viel Bourbon –, kam ihre Unterhaltung zum Erliegen. Sie beschlossen, zum Tisch zurückzukehren, doch Nathaniels Herz war nicht länger beim Spiel. Wenn seine Freunde das unhöflich fanden, ließen sie es sich nicht im Geringsten anmerken.

Auch wenn er keine Ahnung hatte, wie er die Angelegenheit zwischen sich und der jungen Dame, die er immer noch liebte, je lösen sollte – Nathaniel war froh über die guten Freunde, die er während des Studiums gefunden hatte. Ein Mann, dessen Freunde sein Vertrauen genossen und gleichzeitig auch seine schwierigsten Entscheidungen hinterfragten, konnte sich durchaus glücklich schätzen.

Sollte London ihm sonst nichts Gutes zu bieten haben, so konnte er sich immerhin ihrer Loyalität sicher sein.

KAPITEL 11

Matthew

Matthews Gedanken drehten sich weiterhin nur um Nathaniels Situation, während er beim Kartenspiel abwechselnd gewann und verlor. Er hatte gewusst, was in der letzten Saison zwischen seinem Freund, April Campbell und Isabella Martin vorgefallen war – das meiste jedenfalls. Eine Kombination von Missverständnissen hatte dazu geführt, dass eine junge Dame in aller Öffentlichkeit ihren Schmerz zur Schau stellte und dadurch den Ruf einer anderen jungen Dame ruinierte.

Matthew hatte jedoch nicht gewusst, dass sein Freund versucht hatte, den Vorfall in einem Brief richtigzustellen, und dass dies von Miss Campbell schonungslos ignoriert worden war. In gewisser Weise fand er dieses Verhalten noch grausamer als eine lange, beleidigende Antwort.

Soweit ihm bekannt gewesen war, hatte sich alles geklärt, als die verschmähte Miss Martin eine Verbindung mit Nathaniels Bruder George einging. Wie war es möglich, dass Matthew das ganze letzte Jahr über nicht gemerkt hatte, wie tief die Gefühle seines Freundes für Miss Campbell tatsächlich waren? Er hatte angenommen, Nathaniels Abwesenheit sei der Tatsache geschuldet, dass er seinem

Bruder und seiner neuen Schwägerin aus dem Weg gehen wollte, und nicht, weil er über seinen Liebeskummer hinwegzukommen versuchte. Doch nun musste Matthew erkennen, dass sein Freund in der Tat mit ganzem Herzen der Liebe verfallen war. Es musste schwer auf ihm lasten, dass seine Gefühle derart ignoriert wurden.

Matthews Überlegungen wurden jäh unterbrochen, als Lord Beaumont im Club erschien. Er trat aufrecht durch die Tür und ließ den Blick durch den Raum wandern. Seine bloße Anwesenheit zerstörte den friedvollen Abend.

Matthew hatte natürlich gegen seine Aufnahme in den Club gestimmt, genau wie seine Freunde, das wusste er. Doch es waren an jenem Abend nicht viele schwarze Kugeln in der Urne gewesen, und letzten Endes waren nur weiße Kugeln gezogen worden, womit Beaumont offizielles Mitglied wurde.

Sie waren alle überrascht gewesen, dass ausgerechnet Richard Beaumont, dem Prestige heilig war und der stets seine konservativen Ansichten zur Schau stellte, den Boodle's Club dem White's vorzog. Es warf die Frage auf, ob Matthews alter Rivale einige Leichen im Keller hatte, die er lieber nicht den wachsamen Augen der White's-Mitglieder aussetzen wollte.

Wie sehr Matthew sich danach sehnte, auch nur eines von Beaumonts Geheimnissen aufzudecken!

Die konservative Politik des White's Club war der eigentliche Grund, warum Matthew nicht einmal ein Gesuch um Aufnahme eingereicht hatte. Brooks's war zwar liberaler, doch seine eigenen Ansichten waren auch mit der dortigen Politik nicht im Einklang. Tatsächlich lag der Hauptkonflikt zwischen Beaumont und ihm in der Politik. Beaumont hatte von Matthews radikaler Einstellung in Bezug auf die Abolition erfahren, von seinem persönlichen Einsatz für die Abschaffung der Sklaverei, und seither war seine Abneigung

Matthew gegenüber zu wahrer Feindseligkeit angewachsen. Es war wohl nur noch eine Frage der Zeit, bis Beaumont sein Wissen nutzte, um Matthews Beziehung zu seiner eigenen Familie zu zerstören.

Der Ruf nach Abolition war in den letzten Jahren lauter geworden, doch aufgrund des Geldes, das in den Kolonien steckte – Geld, das durch Sklavenarbeit erwirtschaftet wurde –, würden Zeit und sehr viel Einfluss nötig sein, um eine Änderung herbeizuführen. Tatsächlich bedeutete die Ablehnung der Sklaverei auch die Ablehnung der Erträge seiner Familie, die aus den Grundstücken im Ausland stammten. Die Sachlage war derart einfach – und derart kompliziert.

Nathaniel hatte Beaumont auf Abstand gehalten, indem er ihm subtil drohte, seinen guten Ruf in der Gesellschaft zu ruinieren, sollte er etwas in der Art bei Matthew versuchen. Der Besitz von Nathaniels Familie war größer als der der Beaumonts, und da die Beaumonts Grundstücke bewirtschafteten, die der Familie von Matthews Freund gehörten, hatte Beaumont im Stillen schmoren müssen.

Bis jetzt zumindest.

Sobald Lord Beaumont Matthew und die anderen erblickte, ging er direkt auf den freien Stuhl an ihrem Tisch zu – einen Stuhl, den er unter allen freien Stühlen sicher nur aus dem Grund gewählt hatte, um Matthew zu verärgern. Während die Karten verteilt wurden, setzte er sich, wünschte ihnen allen einen guten Abend und zog einen Münzbeutel von seinem Gürtel.

Beaumont war gut im Kartenspiel, das musste Matthew ihm zugestehen, doch Nathaniel war besser. Er freute sich bereits darauf, dabei zuzusehen, wie Nathaniel Beaumont das Geld abnahm.

»Nun, Pembroke, ich würde sagen, es ist schön, dass Sie wieder zurück in London sind, doch wenn Sie weiterhin beim Whist gewinnen, muss ich möglicherweise meine Meinung überdenken«, bemerkte Beaumont, nachdem er mehrere Runden verloren hatte.

Nathaniel schnaubte – ein weiteres Beispiel für ein Verhalten, das bei den Gentlemen im White's Club zornige Blicke hervorgerufen hätte. »Ich habe nicht erwartet, dass Sie sich freuen, mich zu sehen, genauso wenig, wie ich mich freue, Sie zu sehen, Beaumont. Es gibt also keinen Grund, etwas anderes zu behaupten.«

»Wie ich sehe, hat Ihre Zeit im Ausland nichts an Ihren Manieren geändert, Pembroke. Womöglich habe ich zu viel zu hoffen gewagt.«

Eine weitere Runde wurde gespielt, aus der wieder Nathaniel als Sieger hervorging. Sie spielten noch einige Runden, ehe Edward sich entschuldigte, um sich etwas zu trinken zu holen. Die anderen beschlossen, dem Kartengeber ebenfalls eine Pause zu gönnen.

Beaumont folgte Matthew und Nathaniel, als sie nach draußen an die frische Luft gingen und eine Pfeife anzündeten. Einen Moment starrten die drei Männer dem Rauch hinterher, der in Richtung des wolkenverhangenen Vollmondes aufstieg.

»Sagen Sie, Pembroke, haben Sie bereits mitbekommen, dass die Campbell-Schwestern die Saison in London verbringen? Sie schwärmten einst für die Ältere, doch meiner Meinung nach ist die Jüngere viel lebhafter. Sie ist hübscher, sowohl im Gesicht als auch in der Statur, wirkt weitaus angenehmer und würde, wage ich zu behaupten, mit größerer Wahrscheinlichkeit mindestens einen Erben in die Welt setzen. Alles in allem, die bessere Partie.«

Bei der Erwähnung der jüngeren Miss Campbell ballten sich Matthews Hände zu Fäusten. Der Boodle's Club bot zwar eine etwas weniger vornehme Atmosphäre als andere Clubs, trotzdem war es völlig inakzeptabel – selbst für Beaumont – über eine junge

Dame zu reden, als wäre sie nichts weiter als eine Zuchtstute. Obwohl sich alles in Matthew dagegen wehrte, zwang er sich, seine Finger wieder zu lockern. Es war nicht seine Aufgabe, May Campbell zu verteidigen und Beaumont ins Gesicht zu schlagen. Auch wenn es durchaus befriedigend wäre, hätte es nicht den gewünschten Effekt.

Nathaniel runzelte ebenfalls die Stirn, und seine Miene verdunkelte sich, als würden sich Gewitterwolken über ihm zusammenbrauen. Als er sprach, war seine Stimme jedoch fest. »Jedem das Seine, wie man so sagt. Und ich muss Sie darauf hinweisen, dass jegliche Verbindung, die es zwischen mir und Miss Campbell gegeben hat, nicht länger existiert – und es geht Sie auch nichts an.«

»Die Begegnung, die ich im Garten der Blakes mitangesehen habe, scheint etwas anderes zu belegen.«

Nun knurrte Nathaniel regelrecht. Das Geräusch drang tief aus seiner Kehle, es war wie das Grollen eines Raubtieres: ein Knurren, das jeden herausforderte, der es wagte, etwas oder jemanden zu bedrohen, der ihm wichtig war.

Beaumont, der jetzt seine wahre Natur zeigte, ließ nicht locker. Er schien es auf einen Kampf anzulegen.

»Wissen Sie, Ihre Verbindung mit April Campbell ermutigt mich, Pembroke. Sicher verstehen Sie, dass ich diese Bälle, Gartenfeste und Promenaden nicht tagein, tagaus besuche, um eine liebende Ehefrau zu finden. Ich weiß, was zwischen Ihnen und Miss Campbell vorgefallen ist – auch wenn ich nicht alle Einzelheiten kenne, es reicht aus. Sollte die jüngere Schwester in die Fußstapfen der älteren treten und diese vermaledeiten Regeln und Anstandsdamen ignorieren, wird sie leicht zu verführen sein. Und ich wage zu behaupten, die Mühe wäre es durchaus wert.« Er zwinkerte Nathaniel verschwörerisch zu.

Matthews Blut pochte laut in seinen Ohren angesichts der grenzenlosen Unhöflichkeit dieser Aussage. Nathaniels Miene hatte sich noch mehr verdunkelt, die Gewitterwolke war zu einem wahren Sturm angeschwollen. Wie zuvor Matthews waren nun auch seine Hände zu Fäusten geballt, die sich offenbar verzweifelt danach sehnten, Beaumont ins Gesicht zu schlagen.

Matthew rief sich in Erinnerung, dass keiner von ihnen *unschuldig* war. Sie alle hatten sich in ihrer Zeit an der Universität vergnügt. Wenn er an May Campbell dachte, an ihre glänzenden Locken und das verschmitzte Funkeln in ihren Augen … Er würde lügen, wenn er behauptete, keine unangemessenen Gedanken gehabt zu haben. Ihm war der verführerische Hüftschwung durchaus aufgefallen, als sie getanzt hatte, ebenso der Ausschnitt ihres Kleides, und in der Dunkelheit der Nacht, als er im Bett lag, hatte er sich gefragt, wie ihre weiche Haut wohl unter dem Stoff aussah und welches Zartrosa sich weiter unten verbarg. Solche Gedanken waren bereits unangebracht – doch derart anzüglich über eine junge Dame zu reden, war völlig inakzeptabel.

Bevor Matthew seine Fassung wiedererlangt hatte, um Beaumont darauf hinzuweisen, löschte dieser seine Pfeife und ging zurück in den Club, um Karten zu spielen – vermutlich an einem anderen Tisch, in der Hoffnung, seine enormen Verluste zurückzugewinnen.

Die beiden Gentlemen schäumten noch lange vor Wut, doch nach und nach verrauchte Matthews Zorn, und sie sprachen nicht weiter über die Themen, die ihre Unterhaltungen an diesem Abend gefüllt hatten. Nathaniels Reaktion auf Beaumonts Verhalten offenbarte mehr über seine wahren Gefühle für Miss April Campbell, als Worte es konnten. Seinen Freund so zerrissen zu sehen, weckte in Matthew den Wunsch, irgendetwas zu tun.

Doch in einer Situation voller verletzter Gefühle und Missverständnisse, wie sollte er seinem Freund da helfen, das Glück zu finden, das ihm so lange schon verwehrt blieb? Vielleicht war es von Vorteil, dass er die Schwestern in den vergangenen Tagen näher kennengelernt hatte und gleichzeitig mit Nathaniel befreundet war. Vielleicht gab es endlich eine Möglichkeit, seinem Freund dafür zu danken, dass er Beaumont davon abhielt, seinen Vater und dessen Geschäftspartner von Matthews politischen Aktivitäten zu unterrichten.

Und vielleicht konnte Matthew zugleich ein wachsames Auge auf May Campbells Beziehung mit Richard Beaumont haben.

KAPITEL 12

April

April freute sich seit Wochen darauf, Emma und Tante Violet bei der Auswahl der Blumen für die Hochzeit zu helfen – viel mehr als auf die Bälle und die anderen gesellschaftlichen Verpflichtungen natürlich.

Dennoch hatte sie auf den Veranstaltungen seit dem Ball der Blakes mit vielen netten Männern getanzt. Einige von ihnen hatten sie sogar zu Hause besucht, und ihre Gespräche waren durchaus angenehm gewesen. Nathaniel hingegen hatte sie seit dem Ball der Blakes nicht wiedergesehen. April wusste nicht, ob er einfach beschäftigt war oder ob er versuchte, ihr aus dem Weg zu gehen, doch sie war dankbar dafür.

Da heute der Tag war, an dem sie die Blumen auswählen wollten, war April früh aufgestanden und hatte fröhlich die Sonne am Horizont begrüßt. Sie und ihre Begleiterinnen hatten ihre kühlsten Tageskleider angezogen und breite Hüte aufgesetzt, damit sie keine Sommersprossen bekamen. April konnte immer noch nicht glauben, dass Emma und Tante Violet ihre Meinung zu den Blumenarrangements so sehr schätzten, dass sie mit der Auswahl gewartet hatten, bis sie sie begleiten konnte. Ihre Verabredung mit einem der renommiertesten Floristen in London fühlte sich nach wie vor an wie ein Traum.

Die Luft im Gewächshaus war schwer von der Feuchtigkeit und dem himmlischen Duft der unzähligen Blüten. In dem kleinen Raum hatten sich zahlreiche Kundinnen versammelt, wodurch die Hitze nur noch weiter anstieg, doch April nahm diese Unannehmlichkeit kaum wahr, obwohl sich bereits Schweißtropfen an ihrer Braue bildeten.

»Meine Güte, ich hoffe, dieser Florist ist genauso effizient wie renommiert«, stieß Emma hervor, während sie sich verzweifelt Luft zufächelte. Ihr zarter, exotischer Fächer war vermutlich ein Geschenk ihrer verreisten Brüder, das sie nach England geschickt hatten. »Können wir nicht einfach unsere Augen schließen und auf die Blumen zeigen, um unsere Auswahl zu treffen?«

»Meine Liebe, du kannst nicht irgendwelche Blumen in dein Bouquet stecken. Außerdem müssen wir auch die Tischarrangements bedenken«, tadelte ihre Mutter sie. »Aber mach dir keine Sorgen, April hilft uns mit ihrem scharfen Blick und tadellosen Geschmack.« Sie deutete auf die atemberaubende Auswahl an Blumen, als wären sie ebenso interessant wie ein Haufen Kieselsteine. »Und, meine Liebe«, sagte sie an April gewandt, »ich möchte, dass du mir auch hilfst, Heidekraut für den Sommer auszusuchen.«

»Nichts lieber als das!«, erwiderte April mit einer Begeisterung, die sie nicht mehr für möglich gehalten hätte.

Einen Garten zu besuchen, war ein wahres Vergnügen, und den eigenen Garten zu pflegen, war zu einer von Aprils größten Freuden geworden. Doch die beinahe vollständige Kontrolle über den Geldbeutel ihrer Tante zu haben, noch dazu inmitten dieser sorgfältig gepflegten Blumenpracht – von gewöhnlichem Fuchsschwanz bis hin zu Arten, die via Klipper aus exotischen Ländern nach London verschifft wurden – nun, das war noch besser als ein Traum.

Ihr eigener Garten bot mehr als ausreichend Blumen, um ihr Zuhause frisch und hübsch zu halten, sowie eine Fülle an Kräutern, die sie zum Kochen und Putzen verwenden konnten. Tatsächlich hatte April alles über Blumen gelesen – wie sie gepflanzt wurden, wie man sie pflegte, wie sie ihr volles Potenzial nutzen konnte –, doch sie freute sich darauf, ihr Wissen zu erweitern, während sie in der Stadt war.

»Ich frage mich, ob Lord Talbot diesen Laden kennt. Er hatte vermutlich bereits mehr Gelegenheiten als ich, exotische Blumen zu studieren. Vielleicht hätten wir seinen Rat ebenfalls einholen sollen.«

Emma und May wechselten einen zufriedenen Blick, und April seufzte leise. Sie hätte es besser wissen müssen, als einen Mann zu erwähnen, egal wie harmlos der Anlass auch war. Nun würde es noch schwieriger werden, ihre Freundin und ihre Schwester davon zu überzeugen, dass ihre Gefühle für den charmanten Lord rein platonischer Natur waren.

April wusste, dass sie eine gute Partie finden musste, und Lord Talbot war durchaus passabel, doch sein Interesse an ihr schien ebenfalls nicht über Freundschaft hinauszugehen. Diese Tatsache sowie sein rätselhaftes Gerede, er wäre als Ehemann für eine anständige junge Dame ungeeignet, waren für April deutliche Zeichen dafür, dass er am Ende des Sommers nicht derjenige sein würde, der um ihre Hand anhielt.

»Ich bin mir sicher, er würde eine derartige Einladung von dir mit Freuden annehmen, April«, sagte Emma neckend. »Bei eurem Spaziergang im Hyde Park schien er ganz hingerissen zu sein von … den Blumen.«

April biss die Zähne zusammen und musste all ihre damenhafte Beherrschung aufbringen, um nicht darauf zu antworten. Tatsächlich hatte sie keine Einwände, Zeit mit Lord Talbot zu verbringen – in Wahrheit mochte sie ihn ganz gern. Aber vermutlich wäre es gemein, ihn einzuladen, wenn sie beide bloß Freunde waren, und ihre Freundin und ihre Schwester glauben zu lassen, was immer sie wollten.

April schüttelte den Kopf, um diese belanglosen Gedanken zu vertreiben, und holte ihr kleines Notizbuch aus der Tasche, in das sie gern interessante Blumen zeichnete, wann immer sie sie entdeckte. Es war bereits das zehnte Buch, das sie zu diesem Zweck füllte. Sobald sie wieder zu Hause war, würde es vermutlich ebenfalls voller Zeichnungen sein und sich einen Platz neben seinen Vorgängern in ihrer Erinnerungskiste verdient haben.

April blendete das Gerede ihrer Begleiterinnen aus, während sie eine Blüte nach der anderen zeichnete und resigniert feststellen musste, dass der Stift ihre Eindrücke niemals vollständig einfangen konnte.

Ihre Gruppe betrachtete die Pflanzen, Kräuter und Blumen für gerade einmal zehn Minuten, ehe Emma sich den Schweiß von der Stirn tupfte und Tante Violet von Mädchen erzählte, die wegen der Hitze in Gewächshäusern ohnmächtig geworden waren. Glücklicherweise war April ein kleiner, jedoch schicker Eissalon nur wenige Läden vom Floristen entfernt aufgefallen. Ein winziger Hinweis reichte aus, um Tante Violet, May und Emma davon zu überzeugen, eine kühle Erfrischung zu sich zu nehmen und April die Aufgabe zu überlassen, die sie so offensichtlich verabscheuten.

Umso besser. April würde am liebsten für jede junge Dame in London ein Bouquet zusammenstellen, und die Vorfreude auf diese Aufgabe machte sie glücklicher als jegliche Sorte Eiscreme, selbst an einem für die Jahreszeit ungewöhnlich warmen Tag. Während sie zwischen Hunderten von Blumen umherwanderte, wurde ihr deutlich bewusst, von welchen Reichtümern sie heute umgeben war. Tatsächlich hatte sie sich nicht mehr so unglaublich zufrieden gefühlt, seit …

Nun ja, seit dem letzten Mal, als sie die Saison in der Stadt verbracht hatte.

April konnte nicht sagen, ob der Ausflug ihrer Begleiterinnen eine Stunde oder nur eine Viertelstunde dauerte – was sie jedoch sagen konnte, war, dass sie viel zu früh zurückkamen. Sie wusste nicht, wann sie wieder die Möglichkeit haben würde, zu dieser bezaubernden Oase aus Farben und Wärme zurückzukommen.

»Ich möchte noch ein allerletztes Mal die Vergissmeinnicht ansehen«, sagte sie, während die anderen trotz ihrer Pause nur mit Mühe ein Stöhnen unterdrücken konnten. Selbst Tante Violet, die hätte wissen müssen, wie Aprils Verhalten in einem Gewächshaus aussehen würde, schien die Grenzen ihrer Geduld erreicht zu haben.

»Noch ein letztes Mal, Tante Violet! Danach können wir nach Hause gehen und unsere Möglichkeiten besprechen. Du hast mein Wort.«

April huschte davon, ehe ihre Patentante etwas sagen konnte. Sie war entschlossen, ihr Versprechen zu halten, egal, wie traurig es sie machte. Sie bog um eine Ecke mit wild wuchernden Farnen und stieß mit einer Dame zusammen, sodass sie deren zartes blaues Tageskleid zusammendrückte.

»Oh, ich bitte vielmals um Entschuldigung«, sagte April und wich zurück, um ihr eigenes, weitaus tristeres Kleid glatt zu streichen, ehe sie aufsah – und zur Salzsäule erstarrte, als sie in ein bekanntes Gesicht blickte: Anne Pembroke, Nathaniels Schwester.

Die leichte Belustigung der anderen Dame wich erst Überraschung, dann Freude, ehe sie einen leisen Schrei ausstieß, als sie ihre Freundin wiedererkannte. »April Campbell, bist du es wirklich? Ich habe gehört, dass du die Saison in London verbringst, doch ich wusste nicht, ob ich es glauben kann.« Sie wirbelte halb herum und schlug dem Mann, der hinter ihr stand, gegen den Arm.

Nathaniel. Seine Anwesenheit versetzte April den zweiten Schock.

»Nathaniel, wusstest du, dass April in der Stadt ist?« Sein Mund klappte auf, doch ehe er etwas sagen konnte, fuhr Anne fort: »Natürlich wusstest du es. Und warum, bitte, hast du es mir nicht erzählt?«

Ein Feuer brannte in Annes Augen, als sie ihre schmalen Finger um Nathaniels Oberarm schlang. Wäre April nicht derart geschockt gewesen, ihn hier zu sehen, hätte sie gekichert.

Er erwiderte jedoch nichts, stattdessen blickte er sich verzweifelt im Raum um, wie ein Ertrinkender, der nach einem Rettungsboot sucht. Er wirkte ebenso hilflos und überrascht, wie April sich fühlte.

Erneut stimmen unsere Gefühle perfekt überein. Der ungebetene Gedanke griff unbarmherzig nach ihrem Herzen und presste es zusammen.

»Ich konnte leider auf keinen der letzten Bälle gehen. Ich hatte eine Erkältung, sehr ärgerlich, und der Arzt bestand darauf, dass ich mich noch einige Tage erhole, ehe ich wieder ausgehe.« Anne verdrehte die Augen, deren hellblaue Farbe einen Gegensatz zu den dunklen Iriden ihres Bruders bildete. »Aber wie geht es dir? Warum hast du nicht geschrieben? Meine Briefe haben dich doch erreicht, hoffe ich?«

Aprils Mundwinkel zuckten, als sie Annes unverkennbarem Gesprächsstil zuhörte: Sie stellte einen Schwall an Fragen, sah danach das Gegenüber erwartungsvoll an und wartete auf eine ausführliche Antwort. Ach, wie sehr April ihre Freundin vermisst hatte! Bis zu diesem Moment hatte sie das nicht einmal realisiert.

Annes Briefe *hatten* April erreicht, und obwohl die Abstände in den letzten Monaten kontinuierlich größer geworden waren, hatte sie trotz Aprils fehlender Antworten nicht aufgehört zu schreiben.

Aprils Mutter war der Überzeugung gewesen, es wäre das Beste, die Kommunikation mit Anne – nach allem, was vorgefallen war – zu beenden, und nach dem Tod ihrer Mutter hatte April nicht die innere Stärke besessen, die Freundschaft selbst wiederaufleben zu lassen. Sie und Anne waren sich in den Wochen, in denen Nathaniel sie im Geheimen umworben hatte, so nah wie Schwestern gewesen, und es war schmerzhaft gewesen, diese Verbindung ebenfalls zu verlieren.

April wusste aus Annes erstem Brief, dass sie nichts von ihrer Zuneigung für Nathaniel geahnt hatte. Ihre Freundin hatte deutlich gemacht, dass sie in Aprils Interesse eingeschritten wäre, hätte sie davon gewusst. Danach hatte sie Isabella Martin und Nathaniel nicht mehr erwähnt, eine feinfühlige Entscheidung, für die April ihr überaus dankbar gewesen war.

»Der Tod deiner Mutter tut mir sehr leid«, sagte April ehrlich und ergriff Annes Hand, während ihre Augen feucht wurden. »Ich habe erst vor Kurzem davon erfahren, ansonsten hätte ich geschrieben oder dich schon besucht. Ich weiß, wie nahe ihr euch gestanden habt.«

Als Aprils Mutter gestorben war, hatten Annes Briefe ebenfalls liebevolle Beileidsbekundungen und tröstende Worte enthalten, Worte, die Aprils Augen mit Tränen und ihr Herz mit Dankbarkeit erfüllten, egal wie oft sie sie las.

Anne biss sich auf die Unterlippe. Ihre dunklen Locken fielen nach vorn und verdeckten einen Teil ihres Gesichts. Sie hatte noch nie gern offen Gefühle gezeigt, es sei denn, es waren welche des Glücks. »Vielen Dank, meine Liebe. Ich weiß, dass du mir sofort Gesellschaft geleistet hättest, wenn die Beziehung zwischen unseren Familien … einfacher wäre.«

Es war höchst ungewöhnlich, dass Anne ihre Worte mit solchem Bedacht wählte, und April war dankbar dafür, dass sie versuchte, das Thema so taktvoll wie möglich anzusprechen. Ihre Freundin unterstrich ihre Worte mit einem finsteren Blick zu ihrem Bruder, der die Farne musterte, als würde er sich fragen, ob sie hoch genug wuchsen, um ihn bis zum Ende dieses Wiedersehens zu verbergen.

»Wie lange bleibst du in der Stadt? Was bringt dich hierher zum Floristen? Sollen wir uns zum Tee verabreden?«

April musste trotz allem lachen. Anne lebte ihr Leben in ständiger, atemloser Begeisterung. Ihr Einfluss wäre sicher ein Segen für April, die sich durchaus darüber im Klaren war, dass ihre übermäßige Vorsicht allmählich zu einer großen Schwäche wurde. Doch die Warnung ihrer Patentante, sich so weit wie möglich von den Pembrokes fernzuhalten, hallte in ihren Gedanken nach. Sie durfte keine Ausnahme machen.

»Wir haben vor, in jedem Fall bis zu Emma Radcliffes Hochzeit zu bleiben, doch vermutlich werden wir bis zum Ende der Saison in London sein. Tatsächlich sind wir heute hier, um die Blumen für die Hochzeit auszuwählen.«

»Oh, wie aufregend! Du musst mir unbedingt zeigen, wofür ihr euch entschieden habt.« Anne hakte sich bei April unter und ließ ihr dadurch keine andere Wahl, als wie geplant zu den Vergissmeinnicht zu gehen.

Sie bahnten sich einen Weg zwischen den Pflanzen hindurch,

und nach und nach drängte die Begeisterung über die Blumen Aprils Schock über das Aufeinandertreffen mit Nathaniel in den Hintergrund. Allerdings bestand er darauf, ihnen mit etwas Abstand zu folgen. Das Geräusch seiner Schritte und sein vertrautes Räuspern machten es ihr unmöglich, seine Anwesenheit zu ignorieren.

In ihren Gedanken surrten derart viele Ausreden, um sich von den Pembroke-Geschwistern zu verabschieden, und in ihrem Magen flatterten derart viele Schmetterlinge, dass April beinahe vergaß, dass May, Emma und Tante Violet am Eingang auf sie warteten. Tatsächlich wirkten sie etwas ungehalten. Als Tante Violet jedoch April und ihre beiden Begleiter erblickte, verdunkelte sich ihre Miene vor Missbilligung.

April fühlte sich noch schlechter als ohnehin schon. »Oh. Es tut mir leid, Tante Violet, ich habe alte Bekannte getroffen. Du erinnerst dich bestimmt noch an Mr Pembroke und seine Schwester Anne, von unserem Aufenthalt auf ihrem Landsitz.«

»Ich erinnere mich sehr gut an die beiden jungen Pembrokes«, erwiderte ihre Patentante mit einem schmalen Lächeln. »Ich muss allerdings gestehen, dass ich nicht erwartet hatte, Sie beide so bald wiederzusehen.«

Der wenig freundliche Ton in Tante Violets Stimme ließ alle aufhorchen und zu ihr blicken. Obwohl April die Unterstützung ihrer Patentante zu schätzen wusste, hasste sie es, dass diese Unhöflichkeit auch Anne galt. Derart loyale Freundinnen, die selbst dann noch schrieben, wenn sie keine Antwort bekamen, hatten etwas Besseres verdient.

Natürlich wusste Tante Violet nichts davon. April hatte es ihr nie erzählt.

»Ich fürchte, das ist allein meine Schuld. Ich habe darauf bestanden, dass April mich durch alle Reihen begleitet. Aber ich musste einfach alle Blumen sehen, die sie für Miss Radcliffes Hochzeit ausgewählt hat. Ihr Geschmack und ihr Wissen diesbezüglich sind nicht zu übertreffen, aber das muss ich Ihnen bestimmt nicht sagen.« Anne hielt inne, doch als niemand zustimmte oder etwas erwiderte, fuhr sie einfach fort: »Ich bin ebenfalls verlobt, wissen Sie, und ich möchte April bitten, mir auch bei meiner Planung zu helfen.«

»Anne! Du bist verlobt?«, rief April ungläubig aus. »Mit wem? Und wann ist das passiert? Du hast in deinen Briefen nichts davon erwähnt!«

»Ah, du gibst also zu, dass du meine Briefe erhalten hast«, sagte Anne mit einem Glitzern in den Augen. Sie hob die Hand, um jegliche Antwort oder Entschuldigung, die April sich spontan hätte ausdenken können, abzuwehren. »Die Nachricht stand in keinem meiner Briefe, weil es gerade erst passiert ist. Der Duke of Bedford hat seinen Antrag erst vor Kurzem gemacht, und ich habe ihn angenommen.«

April klappte der Mund auf, auch wenn sie nicht sagen konnte, warum es sie derart überraschte. Der Duke of Bedford war möglichweise einer der begehrtesten Junggesellen unter dreißig in London gewesen, und er hatte nicht lange nach seinem Abschluss in Cambridge sowohl das Anwesen als auch den Titel von seinem Vater geerbt.

Es gab allerdings auch keinen Zweifel daran, dass Anne mit ihren glänzenden braunen Locken, den lavendelblauen Augen, der schlanken Figur und der beachtlichen Mitgift eine der begehrtesten jungen Damen auf dem Heiratsmarkt war. Ihre Verbindung ergab in jeder Hinsicht Sinn, doch es musste tatsächlich erst kürzlich geschehen sein – denn niemand hatte auf den Veranstaltungen, die April bisher besucht hatte, darüber gesprochen.

Annes glückliches Lächeln ließ sie noch mehr strahlen als sonst.

April konnte nicht anders, als auf ihre liebe Freundin zuzugehen und sie zu umarmen. »Ich freue mich für dich, Anne. Ich bin sicher, das wird eine außerordentlich glückliche Ehe.«

Die anderen sprachen Anne ebenfalls ihre Gratulationen und ihre Glückwünsche für die Zukunft aus.

»Vielen Dank.« Annes Lächeln wurde sogar noch breiter, obwohl April das kaum für möglich gehalten hätte. »Wir empfinden tiefe Zuneigung füreinander, und ich möchte, dass unsere Feier das widerspiegelt. Doch ich bin nicht besonders gut in der Planung der Details.«

Sie drückte Aprils Finger. Es war ein unglaubliches Gefühl, so wichtig für jemanden zu sein, selbst wenn es lediglich darum ging, Blumen zu kaufen. Wärme breitete sich in April aus, obwohl sie wusste, dass ihr Wiedersehen von kurzer Dauer bleiben musste.

»April, bitte versprich mir, dass du mir auch mit meinen Blumenarrangements helfen wirst. Sollen wir gedeckte Farben für die Liebe wählen oder besser kräftige für die Leidenschaft? Kleinere Sträuße oder große für mehr Dramatik? Und welche Kräuter nehmen wir für Glück und Fruchtbarkeit und das alles?«

Anne riss die Augen auf und blickte April übertrieben flehentlich an. Sie schien nicht zu bemerken, wie das Gesicht ihres Bruders bei dem Wort Fruchtbarkeit etwas an Farbe verlor.

Tatsächlich war Anne eine der kompetentesten Frauen, die April kannte. Sie war in allem gut, selbst in der Planung von Kleinigkeiten, auch wenn sie sich lieber auf das größere Ganze konzentrierte als auf die Details des Alltags.

April könnte ihr zwar helfen, doch sie wusste, dass sie ablehnen musste. Denn eine enge Zusammenarbeit mit Anne würde mit hoher Wahrscheinlichkeit weitere Begegnungen mit Nathaniel – und seiner Frau – bedeuten. Es war ohnehin schon unmöglich, ihm auf Bällen und anderen Veranstaltungen der Saison aus dem Weg zu gehen, sie wollte das Risiko nicht noch vergrößern. Ganz zu schweigen davon, dass ihre Patentante deutlich gemacht hatte, wie wenig sie davon hielt, dass April Zeit mit einem der beiden Pembrokes verbrachte.

April erlaubte sich einen schnellen Blick zu dem Mann, der es in bemerkenswert kurzer Zeit geschafft hatte, eine derartige Plage in ihrem Leben zu werden. Der Ausdruck auf seinem Gesicht raubte ihr fast den Atem. Seine Stirn war gerunzelt, und seine dunklen Augen waren nachdenklich auf April gerichtet.

Es war zu viel. Es würde immer zu viel sein.

April zwang sich, sich von ihm abzuwenden und einen Blick zu Tante Violet zu riskieren. Ihre gehobene Augenbraue machte deutlich, dass sie Nathaniel Pembroke für mehr als nur eine Plage hielt und von April erwartete, Annes Bitte auszuschlagen. Doch wie sollte sie das Anne ins Gesicht sagen?

Das war unmöglich – doch sie konnte ihrem Vorschlag auch nicht zustimmen.

»Ich werde nachsehen, ob die Zeit es erlaubt«, erwiderte April und drückte die Finger ihrer Freundin, um die Aufrichtigkeit ihrer Zuneigung zu unterstreichen. »Ich würde dich sehr gern beraten, selbst wenn wir uns nicht persönlich treffen können«, sagte sie ausweichend.

Anne schürzte die Lippen. »Ich werde das als Versprechen ansehen, April Campbell, und dir eine Einladung zum Tee schicken, sobald ich zu Hause bin. Wir können das Thema bei Lavendelmakronen vertiefen.«

Aprils Augen weiteten sich, ehe sie sie angesichts Annes beeindruckender List zusammenkniff. »Du weißt genau, dass ich Lavendeldesserts nicht widerstehen kann«, empörte sie sich gespielt.

Sie hätte damit rechnen müssen, dass ihre Freundin ihren Versuch, jetzt Ja zu sagen und die Einladung später schriftlich abzulehnen, durchschauen würde. Anne war keine Frau, die einen so einfach aus ihrem Leben verschwinden ließ, und nun demonstrierte sie April diese Eigenschaft bereits zum zweiten Mal.

Tante Violet stieß ein leises, resigniertes Seufzen aus, ehe sie ihre Schützlinge der Reihe nach aus dem Blumenladen trieb. April bildete den Abschluss.

Als sie ein letztes Mal über die Schulter zurücksah, begegnete sie Nathaniels intensivem, unsicherem Blick. Doch sie durfte sich von diesen Augen nicht einen Moment länger beeinflussen lassen. Nie wieder.

Entschlossen folgte sie ihrer Schwester und ihrer Freundin nach draußen.

KAPITEL 13

Nathaniel

Es tat gut, sich zu verausgaben, dachte Nathaniel, während er das massive Holzruder wieder und wieder ins Wasser gleiten ließ. Die harten Griffe bohrten sich in seine Handflächen und würden wunde Stellen, möglicherweise sogar Blasen zurücklassen. Doch es war unwichtig, ob seine Hände wie die eines Gentleman aussahen oder nicht. Viel wichtiger war, sich von dem quälenden Schmerz in seinem Inneren zu befreien.

Das Rudern hatte jedoch nicht die erhoffte Wirkung. Eigentlich wusste Nathaniel inzwischen – er wusste es auf dieselbe Weise, wie er wusste, dass der Himmel blau war –, dass der Gedanke an April ihn nie ganz loslassen würde. Dennoch hoffte er nach wie vor, dass die Erinnerung an sie verblassen würde – oder zumindest sein schlechtes Gewissen –, wenn er endlich die Gelegenheit bekäme, ihr die Wahrheit zu erzählen. Von Angesicht zu Angesicht, wenn nichts zwischen ihnen stand.

Da er, Edward und Matthew heute lediglich zum Vergnügen Sport machten, verbrachten sie einen gemütlichen Nachmittag auf dem Fluss und machten sich nur gelegentlich über die schwache Leistung der anderen lustig. Nachdem sie eine Weile gerudert waren, legten sie die Ruder beiseite und setzten sich ans grüne Ufer. Jeder von ihnen ging seiner eigenen Beschäftigung nach – Edward überprüfte seine Buchführung, Matthew blätterte in einem kürzlich erschienen Buch über Botanik, und obwohl Nathaniel sich vorgenommen hatte, einen Stapel Briefe durchzulesen, hatte er bisher bloß in das grün-braune Wasser gestarrt, während seine Gedanken sich in verbotenes Terrain begaben.

»Emma erzählte mir, dass deine Schwester seit Kurzem verlobt ist, Nathaniel«, sagte Edward neben ihm. »Das sind wundervolle Neuigkeiten.«

Nathaniel brauchte einen Moment, um in die Gegenwart zurückzukehren, dann nickte er. »Ja, der Duke of Bedford hat ihr einen Antrag gemacht. Er ist eine ausgezeichnete Partie, denke ich. Sie wird eine sichere Zukunft haben, und der Duke wird sich gut um sie kümmern.«

»Das denke ich auch. Bedford hat die Mittel, Anne jeden Wunsch zu erfüllen, und außerdem wissen wir alle, dass deine Schwester auch gut für sich selbst sorgen kann. Sie ist schließlich mit dir und George aufgewachsen.« Matthew grinste ihn über sein dickes Buch hinweg an. »Wer hätte gedacht, dass der älteste Pembroke als Letzter heiraten würde?«

»Hätte man mich gefragt, wäre niemand überrascht gewesen«, murmelte Nathaniel, obwohl er nicht per se gegen die Ehe als Institution war. Er hatte schon immer vorgehabt, erst später im Leben sesshaft zu werden und zu heiraten … zumindest bis er im letzten Frühjahr April begegnet war.

Isabella war nicht die richtige Frau für ihn gewesen, und auch wenn sie sich das selbst niemals eingestehen würde, er wäre auch nicht die beste Partie für sie gewesen. Sie beide stellten auf den ersten Blick ein perfektes Paar dar, doch wenn man genauer hinsah, merkte man schnell, dass sie im Kern nicht zusammenpassten. Das blieb eine Tatsache, egal wie nahe sich ihre Eltern gestanden hatten oder wie viele Wochen Nathaniel und Isabella in ihrer Kindheit damit verbracht hatten, über die Wiesen zu toben.

Zumindest er hatte das als eine Tatsache angesehen.

Mit April war es anders gewesen. Er hatte sich noch nie in seinem Leben jemand anderem so nahe gefühlt. Er war überzeugt gewesen, in ihr seine Zukunft gefunden zu haben – und er hatte sich nicht zuletzt danach gesehnt, ihre Beziehung auf die intimste Art auszukosten –, als alles auf so schreckliche Weise geendet hatte.

»Ich denke, ich vertrete mir kurz die Beine«, sagte Edward nach einem Moment des Schweigens. »Diese Zahlen machen mich müde, und ich will mir die schwierigeren Stellen der Ruderstrecke anschauen, solange wir noch hier sind.«

Sobald Edward außer Hörweite war, musterte Matthew Nathaniel mit hochgezogener Braue. »Weißt du, ich glaube, du hast ein viel größeres Herz, als du anderen Menschen zeigen willst.«

Nathaniel gab auf, so zu tun, als wäre er in seine Arbeit vertieft, und sah zu seinem Freund. »Wie meinst du das?«

»Du hast nicht vor, deine Beziehung mit Miss Campbell zu retten, obwohl sie dich nicht länger ignorieren kann. Du könntest ihr noch einmal erklären, dass die Szene mit Miss Martin dich genauso überrumpelt hat wie sie. Dass du sie nie mit Absicht getäuscht hast und dass es dir leidtut, wie sehr der Vorfall ihrem Ruf geschadet hat.«

»Dass ich das alles nicht vorhabe, stimmt nicht ganz. Ich bin unschlüssig.«

»Inwiefern bist du dir unschlüssig?«

»Ob es die sicherste Vorgehensweise ist. Ob es die *richtige* ist«, verbesserte er sich schnell.

Stand ihm das überhaupt zu? Eine Zurückweisung, egal wie indirekt, war dennoch eine Zurückweisung.

»Warum sollte es nicht die richtige Vorgehensweise sein?«, konterte Matthew, während Edward sich weiter von ihnen entfernte und vermutlich ans Rudern dachte. Nathaniel vermisste die Tage, an denen er seine Gedanken ebenso einfach ablenken konnte. Das Leben war weitaus simpler gewesen, als er noch an der Universität war. Er hätte nie damit gerechnet, eine Frau wie April könnte in seinem Garten auftauchen und alles auf den Kopf stellen.

Selbst nach allem, was geschehen war, er würde es nie bereuen, sie kennengelernt zu haben.

»Weil ich dieses Mal zuerst an ihre Zukunft und ihr Glück denke anstatt an meines, was ich schon von Anfang an hätte tun sollen.« Nathaniel hielt inne. »Sie hat deutlich gemacht, sowohl durch ihr Schweigen als auch während unseres kurzen Gespräches im Garten der Blakes, dass sie keinerlei Interesse daran hat, unsere Verbindung wiederaufleben zu lassen. Wenn sie mir wirklich wichtig ist, sollte ich diesen Wunsch dann nicht respektieren?«

»Siehst du? Tief in deinem Innern bist du doch ein Romantiker, wie ich gesagt habe«, erwiderte Matthew grinsend.

»Ach, sei still! Ich bin nichts dergleichen.« Nathaniel konnte die Sticheleien seiner Freunde nur in Maßen ertragen. Wenn sie ihm doch bloß Ratschläge geben könnten, ohne ihn dabei aufzuziehen. »Wie du vorhin so treffend bemerkt hast, bin ich mit einer Schwester aufgewachsen, die weiß, was sie will, und die mir beigebracht hat, ihre Wünsche genauso ernst zu nehmen wie die eines Mannes. Ich erwarte diese Einstellung von jeder Dame, und erst recht von der Frau, die ich einmal heiraten werde. Meiner Meinung nach kann es zwischen zwei Menschen keine größere Harmonie geben, als wenn sie sich ebenbürtig gegenübertreten.«

Matthew schmunzelte.

Nathaniel wusste, dass er abschweifte. Er scheiterte kläglich daran, sich nicht in die Karten blicken zu lassen. Hastig räusperte er sich, ehe er mit fester Stimme fortfuhr, die hoffentlich entschlossener klang, als er sich fühlte. »Wie könnte ich Ap… Miss Campbells Wunsch, mich von ihr fernzuhalten, nicht respektieren, wenn es das ist, was sie will?«

Sie schwiegen einige Momente und dachten gemeinsam über dieses Dilemma nach. Nathaniel fragte sich, ob er vielleicht einfach Angst davor hatte, dass seine Beziehung zu April nie wieder so sein würde wie früher, egal, was er tat oder sagte.

Ihm wurde schlecht bei dem Gedanken. Er hob den Kopf, genoss die angenehme Brise, die die Nachmittagshitze etwas erträglicher machte, und wünschte sich, Edward würde zurückkehren, damit Matthew dieses unerfreuliche Gesprächsthema fallen lassen musste.

»Ich denke, es ist in Ordnung, sie in Ruhe zu lassen, wenn es das ist, was sie will«, sagte Matthew. »Aber wie kannst du dir wirklich sicher sein, was sie fühlt, wenn du ihr nicht von Angesicht zu Angesicht die Wahrheit erklärst?«

»Sie möchte nicht mit mir – oder mit einem anderen Mann – allein sein, aus Angst, ihren Ruf noch mehr zu ruinieren. Wie also soll ich die Angelegenheit richtigstellen?«, widersprach Nathaniel. »Zudem wird Isabella nicht besonders angetan sein, wenn ich die Wahrheit über unser Missverständnis offenbare. Es laut auszusprechen, dass sie unsere Verbindung für echt hielt, während ich dachte, es sei bloß eine Idee unserer Eltern, würde ihrem eigenen Ruf in der Gesellschaft nicht zugutekommen.«

»Das ist wahr, und die Beziehung zu deinem Bruder sollte ebenfalls nicht noch mehr Schaden erleiden«, überlegte Matthew.

Nathaniel schnaubte leise, doch die Worte entsprachen durchaus der Wahrheit. George hatte Isabella schon immer geliebt. Nun war er mit ihr verheiratet, doch das Gefühl, lediglich ein Trostpreis zu sein, ließ ihn nicht los. Offenbar fühlte sich sein Bruder dazu verpflichtet, Nathaniels Verhalten seiner Frau gegenüber aufs Schärfste zu verurteilen – obwohl dieses Verhalten ihm überhaupt erst ermöglicht hatte, um ihre Hand anzuhalten.

»Wenn du dir wirklich eine Verbindung wünschst, wie du sie eben beschrieben hast«, fuhr Matthew fort, während er mit ernster Miene auf den Fluss blickte, »dann ist nichts auf der Welt so wichtig wie *ihre* Meinung von dir – *ihre* Liebe.«

Er wandte sich wieder Nathaniel zu. Der Ausdruck in seinen Augen war sanft und zeigte eine Seite von Matthew, die Nathaniel schon lange unter der Oberfläche vermutete – eine Seite, die sich selbst nach so einer Verbindung sehnte.

»Dein Bruder und seine Frau, die gesamte Londoner Gesellschaft, sogar der verdammte König – wessen Glück, wessen Achtung kann bitte wichtiger sein als die der Frau, mit der du dein Leben verbringen willst?«

Die Wahrheit, so auf den Punkt gebracht und laut ausgesprochen, lag schwer wie ein Stein in Nathaniels Magen. Nach dem Tod seiner Eltern, nach seinem Bruch mit George und Isabella und nach Annes jüngster Verlobung würde Nathaniel schon bald allein in dieser Welt dastehen.

Abgesehen von diesem Schwachkopf neben ihm.

»Ein sehr guter Gedanke, doch wir wissen beide, dass ich das Glück meines Bruders und seiner Frau Isabella ebenso bedenken muss wie ihre Finanzen. Sie haben bereits mehrmals nach der Urkunde für den Landsitz gefragt.«

Nathaniel besprach Familienangelegenheiten selten mit Menschen außerhalb der Familie. Matthew wusste allerdings, dass

George keinerlei Anstalten machte, in irgendeiner Form einer Arbeit nachzugehen. Er zeigte weder Interesse an den Familiengeschäften noch an einer anderen ernst zu nehmenden Beschäftigung.

Und Matthew hatte gut reden, wenn es darum ging, das eigene Glück über die Familie zu stellen. Er verfasste seit einiger Zeit heimlich und anonym Pamphlete und schrieb Reden für Abolitionisten im ganzen Land. Doch er wagte es nicht, seinem Vater vorzuschlagen, sich aus Geschäften zurückzuziehen, die sich an der Sklaverei im Ausland bereicherten.

Matthews und Nathaniels Unterhaltung fand ein Ende, als Edward wieder zurückkam, doch Nathaniels Gedanken wanderten erneut zu April. Nach ihrem Gespräch im Garten der Blakes war er sich sicher gewesen, dass jegliche Gefühle, die sie einst für ihn gehegt hatte, inzwischen erloschen waren. Und er war bereit gewesen, seine eigenen Wünsche zurückzustellen und sie gehen zu lassen, wenn es das war, was sie wollte.

Doch nun, nachdem er mit Matthew gesprochen hatte, fragte er sich, wie er das tun sollte – wie er den Rest seines Lebens verbringen sollte, ohne zu wissen, wie sie auf die ganze Wahrheit über die Ereignisse der letzten Saison reagieren würde. Konnte sie ihn tatsächlich so sehr verurteilen, wenn er ihr – ihren eigenen Worten zufolge – etwas bedeutet hatte?

Er musste ihre Gefühle für ihn zur Gänze verstehen, egal, wie schmerzhaft es für ihn sein würde. Nathaniel war sich durchaus im Klaren darüber, dass sie diese Dinge nur unter vier Augen besprechen konnten, doch ein privates Treffen zwischen ihnen war unmöglich. Und was das Briefeschreiben betraf – nun, er konnte sich selbst kaum noch dazu überwinden, unabhängig davon, an wen der Brief gehen sollte und aus welchem Grund.

Nathaniel warf einen Blick zu Edward, als dieser sich wieder neben sie setzte. Er wusste, dass er weder ihn noch seine Verlobte darum bitten konnte, Aprils Vertrauen zu brechen und ihm ihre Gedanken und Gefühle zu offenbaren, selbst wenn das die Lösung für seine verzweifelte Lage wäre.

»Ich habe meine Termine für nächste Woche abgesagt, wenn ihr nach wie vor einen Ausflug zu meiner Jagdhütte machen wollt.« Nathaniel war seit geraumer Zeit nicht mehr auf dem Landsitz gewesen. Wegen der Erinnerungen an seine Eltern und der Tatsache, dass er sich dort in April verliebt hatte, war es ihm als das Beste erschienen, den Ort zu meiden. Die Jagdhütte befand sich zwar auf dem Grundstück, jedoch nicht in der Nähe des Haupthauses, und sie war ebenfalls weit genug von den Gärten entfernt, in denen er und April so viele Stunden verbracht hatten – die Dämonen würden also auf ihrer Seite bleiben, während Nathaniel auf der anderen jagte.

»Wenn George das Haus bekommt, denkst du, er erlaubt uns weiterhin, auf dem Grund zu jagen?«, überlegte Matthew scherzhaft.

Unabhängig davon, was in den offiziellen Dokumenten stand oder wer das Haus bewohnte, das Gelände würde Nathaniel immer zur Verfügung stehen. Er schnaubte.

»Bitte denk an deinen armen Freund, Pembroke. Schon bald habe ich eine Frau und schreiende Kinder«, fügte Edward hinzu. »Ich würde einige Tage unter Gentlemen durchaus genießen.«

Sie lachten, denn er sagte die Wahrheit, doch gleichzeitig wussten sie alle, dass Edward nicht die Art von Mann war, die sich von Frau und Kindern zurückziehen würde. Tatsächlich würde er sich höchstselbst um die Kinder kümmern, wie er es bei allen wichtigen Dingen in seinem Leben zu tun pflegte – ganz zu schweigen davon, dass er wohlhabend genug war, um eine kleine Armee an Kindermädchen und Erzieherinnen zu beschäftigen, die sich der weniger angenehmen Aspekte der Elternschaft annahmen.

»George hat keine Freude an der Jagd«, erinnerte Nathaniel sie. »Er hat Angst vor Hunden.«

»Ach richtig. Der Biss.«

Sein Bruder war als Kind von einer der Lieblingshündinnen seines Vaters gebissen worden. George war damals mit den Welpen des alten Mädchens etwas zu grob umgegangen, und nach einem warnenden Knurren hatte sie nach seiner Hand geschnappt. Ihre Zähne waren dabei kaum durch die Haut gedrungen, und trotz Georges Geschrei hatte sich ihr Vater auf die Seite der Hündin gestellt, als er von Nathaniel gehört hatte, was passiert war.

Sein Bruder, zu der Zeit gerade einmal sechs Jahre alt, war monatelang wütend auf Nathaniel gewesen – es war das erste, aber nicht das letzte Mal gewesen, und Nathaniel hatte erkennen müssen, wie lange sein Bruder einen Groll hegen konnte.

»Dann ist es also abgemacht?«, fragte er, als sie ihre Sachen zusammensuchten und zum Boot zurückgingen. Matthew und Edward bejahten, und als Nathaniel wieder das Ruder ergriff, fühlte er sich unerwartet erleichtert bei dem Gedanken, die Stadt zu verlassen.

Er hatte gehofft, hier etwas zu finden, wofür es sich zu bleiben lohnte, oder zumindest etwas, das ihn unterhielt, während er nach einem Weg suchte, seine Familie und seine Geschäftspartner zufriedenzustellen. Er hatte allerdings nichts weiter vorgefunden als noch mehr Konflikte. Auf dem Land war ihm jedoch bisher immer eine Atempause möglich gewesen.

So würde es sicher auch diesmal sein.

KAPITEL 14

April

Als Annes Einladung zwei Stunden nach ihrer zufälligen Begegnung beim Floristen eintraf, war April nicht überrascht – bis sie erkannte, dass es keine Einladung zum Tee war, sondern zu einem mehrtägigen Ausflug auf ihren Landsitz.

Es war keine lange Anreise, und der Landsitz der Pembrokes war näher als Aprils und Mays eigenes Zuhause, das mehrere Stunden entfernt lag. Ihre Schwester fand die Idee einfach wundervoll, doch sie wusste nichts von den Erinnerungen, die dieser Ort für April bereithielt.

Sie hatte sich dort nicht nur beim Spazieren durch die hinreißenden Gärten verliebt, sie verband diesen Ort inzwischen auch mit dem Beginn der Krankheit, die ihre Mutter nur wenige Monate später aus dem Leben gerissen hatte.

»Wir werden ablehnen«, entschied April, nachdem sie May die Einladung ein zweites Mal vorgelesen hatte.

Die beiden saßen im Salon der Radcliffes und vertrieben sich die Zeit mit Lesen und Stricken. Nun ja, May *behauptete*, sie würde stricken, doch sie arbeitete immer noch an derselben Weste, die sie ihrem Vater vor mindestens drei Jahren zu Weihnachten versprochen hatte. Es war weitaus wahrscheinlicher, dass ihre Schwester einen ihrer Liebesromane las – oder zum wiederholten Mal las –, als sich daran zu versuchen, eine damenhafte Fertigkeit zu perfektionieren, egal, wie oft ihre Mutter ihr das ans Herz gelegt hatte.

»Warum nicht? Aufs Land zu fahren, wäre eine wunderbare Abwechslung, und erst recht zusammen mit Anne!«

Die Tatsache, dass May über Anne sprach, als wären sie bereits jahrelange Freundinnen anstatt lediglich Bekannte, irritierte April, doch sie sagte nichts dazu. Es führte zu nichts, May wegen ihrer unpassenden gesellschaftlichen Umgangsformen zurechtzuweisen.

»April, *überlege* doch mal, wie wunderbar ein Aufenthalt auf dem Land wäre! Wir würden nur die kleine Gartenfeier der Davenports und das Hauskonzert bei den Cormleys verpassen.«

April wusste, dass einige Tage in Annes Gesellschaft zahlreiche vertrauliche Gespräche mit sich bringen würden. Und die Wahrscheinlichkeit, dass Aprils frühere Verbindung mit Nathaniel nicht aufkam oder dass Anne nichts über ihre Schwägerin zu sagen hatte, war äußerst gering. Selbst wenn Tante Violet den Ausflug erlaubte – was sie, da war April sich sicher, nicht tun würde –, es bestand kein Grund, das Risiko einzugehen, dass ihre Schwester und Emma ausgerechnet jetzt, nach so langer Zeit, die Einzelheiten des ganzen Debakels erfuhren.

Doch wie sollte April diese Einladung ablehnen? Vor allem, da Anne nicht gerade gut darin war, ein Nein zu akzeptieren.

»Anne ist überaus freundlich«, sagte sie ausweichend. »Daran liegt es nicht. Aber Emma braucht uns für die Hochzeitsvorbereitungen, und davon abgesehen glaube ich nicht, dass Tante Violet auch nur eine kurze Reise zum Landsitz der Pembrokes billigen würde.«

Sofort presste sie die Lippen zusammen. Das hätte sie nicht sagen sollen.

»Warum nicht?«

»Ich habe meinen Namen gehört«, sagte Emma und rauschte mit einem breiten Grinsen in den Salon. Ihr Haar war zu unzähligen Zöpfen geflochten, die ineinander verwoben und wie eine kunstvolle Krone um ihren Kopf festgesteckt waren. »Was haltet ihr von der Frisur?«

»Du siehst hinreißend aus. Wirklich. Edward wird sich noch mehr in dich verlieben!«, rief May, und ihre Augen funkelten regelrecht.

April würde ihre Mitgift darauf verwetten, dass Mays Gedanken, schon wieder, zu ihrer eigenen Hochzeit gewandert waren – die Rolle des Bräutigams blieb jedoch weiterhin offen, obwohl sie und Lord Beaumont nach wie vor auf jeder größeren Veranstaltung miteinander tanzten und flirteten.

April hasste die Tatsache, dass May darauf angewiesen war, dass ihre ältere Schwester eine Partie fand, ehe sie selbst einen Gentleman für sich gewinnen konnte. Doch es tat April nicht leid, dass sie mit dieser Begründung Männer wie Lord Beaumont auf Abstand halten konnte.

Aber wie lange konnte sie ihre Schwester noch warten lassen?

»Du weißt, wie sehr ich Komplimente liebe«, erwiderte Emma, »aber glaub nicht, dass ich vergessen habe, dass ihr über mich gesprochen habt.«

May lachte. »Nicht über *dich.* Anne Pembroke hat uns alle für ein paar Tage auf ihren Landsitz eingeladen, um über ihre eigenen Hochzeitspläne zu sprechen und etwas weibliche Gesellschaft zu haben, die sie schmerzlich vermisst hat. April hat bereits entschieden, die Einladung abzulehnen. Sie meint, wir seien nur zu deinen

Diensten hier, Emma, und dürften uns nicht vor unseren Pflichten drücken.«

April war nicht dumm. Sie wusste genau, dass ihre Schwester scherzte, was auch Emmas Kichern zeigte.

»Es ist ganz euch überlassen, ob ihr die Einladung annehmt oder ablehnt, aber benutzt mich oder meine Hochzeit nicht als Ausrede, warum ihr Miss Pembroke nicht auf ihrem Landsitz besuchen könnt. Ich kenne sie nicht besonders gut, aber nach allem, was ich über sie höre, würde sie eine derartige Kränkung nicht so einfach vergessen, vor allem, wenn sie von einer Freundin kommt.«

Einer *ehemaligen* Freundin, dachte April, sagte jedoch nichts. Denn das würde nach einer Erklärung verlangen, die April nicht geben wollte – nicht geben *konnte.*

»April vermutet auch, dass deine Mutter es missbilligen würde, wenn wir ausgerechnet auf dem Landsitz der Pembrokes Zeit verbringen. Sie hat jedoch nicht verraten, wieso sie das denkt.« Mays Stimme verriet deutlich ihre Neugier – und das zu Recht, wie April bewusst wurde. Ihre eigene Geheimniskrämerei wirkte sich bereits negativ auf das Leben ihrer Schwester aus. Wie lange konnte sie wohl noch dabei zusehen, wie Nathaniels Verrat Mays Leben ebenso sehr vergiftete wie ihres?

May hatte inzwischen aufgegeben, weiterhin so zu tun, als würde sie stricken. Sie saß mit verschränkten Armen auf dem Sofa und zog erwartungsvoll eine Augenbraue hoch. April fiel wieder Lord Talbots Bemerkung ein, dass es ihrer Schwester an Fingerspitzengefühl mangelte. Sie musste lächeln, behielt seine Beobachtung jedoch lieber für sich. Emma und May würden ihre Belustigung sicher mit Interesse an dem Mann verwechseln, der sie hervorgerufen hatte.

»Mutter würde diesem Plan nicht nur zustimmen, sondern

sich selbst als Anstandsdame einladen. Sie liebt Rose Hall.« Emma zuckte mit den Schultern. »Wir würden ohnehin eine Begleitung brauchen, da Miss Pembrokes Bruder und seine Freunde ebenfalls auf dem Grundstück sein werden, um zu jagen.«

Aprils Herz setzte bei der Erwähnung eines Bruders einen Schlag aus, obwohl es auch Annes Zwillingsbruder sein könnte. »Oh?«

May hob die Augenbrauen, ihr war der erstickte Ausruf ihrer Schwester natürlich nicht entgangen.

Emma schien sich selbst ziemlich für das Thema zu interessieren. »Ja. Mr Pembroke, Edward und Lord Talbot haben Pläne, ebenfalls einige Tage aufs Land zu fahren. Zur Fuchsjagd, meinte Edward. Die Männer wollen wohl ein wenig unter sich sein.« Sie rümpfte die Nase und zeigte damit ganz klar, was sie davon hielt.

»Mir war nicht bewusst, dass Edward und Mr Pembroke so gut befreundet sind«, sagte April, und ihre Stimme klang selbst in ihren Ohren weit weg.

»Sie kennen sich durch Lord Talbot, glaube ich. Edward hat an der Universität auch mit Mr Pembroke gerudert und scheint sich gut mit ihm zu verstehen.«

»Tante Violets Anwesenheit wäre also absolut erforderlich, wenn Gentlemen vor Ort sind. Hast du nicht erzählt, dass die Eltern der Pembroke-Geschwister verstorben sind, April?« May kam wieder auf die Frage zurück, ob sie die Reise machen würden oder nicht, obwohl April bereits beschlossen hatte, die Einladung nicht anzunehmen.

April wusste nicht mehr genau, was sie über die Pembrokes gesagt hatte. Sie erinnerte sich nur noch vage daran, dass sie ihrer Schwester und Emma so wenig wie möglich erzählt hatte. Diese Information über die Familie Pembroke erschien ihr jedoch durchaus unverfänglich.

»Leider ja«, sagte sie, nachdem sie mehrmals geschluckt hatte. »Ich werde Anne eine kurze Nachricht schreiben und die Einladung höflich ablehnen, und damit ist dieses Thema erledigt. Vielleicht kann Emma sie zum Abendessen einladen, um die Wogen zu glätten.«

»Oh, aber es gibt keinen Grund abzulehnen!« Emma grinste. »Die Gentlemen werden nicht im Haus übernachten, weshalb die Anwesenheit einer Anstandsdame lediglich eine Formalität wäre. Die Männer bestehen darauf, die Jagdhütte zu nutzen, die tief im Wald verborgen ist und, wie ich höre, eine eher notdürftige Unterkunft darstellt. Ich werde nie verstehen, was Männer an so etwas finden. Vermutlich ist das notwendig, um sich möglichst männlich zu fühlen, während man im Schlamm herumstapft.« Emma rümpfte wieder die Nase. »Miss Pembroke würde sie danach bestimmt nicht ins Haus lassen.«

»Somit wäre an unserem Besuch absolut nichts Ungebührliches«, erklärte May triumphierend. »Alle möglichen Hindernisse, die gegen unsere Zusage sprechen würden, wurden beseitigt.« Sie hatte die Augenbraue noch immer hochgezogen, und April spürte die Herausforderung deutlich. Warum nur war ihre Schwester derart besessen von dieser Idee?

»Du kennst Anne nicht einmal«, wandte sie ein. »Ebenso wenig wie du, Emma. Warum willst du mehrere Tage auf dem Land verbringen und einer Dame, die du kaum kennst, bei ihren Hochzeitsvorbereitungen helfen, anstatt deine eigenen voranzutreiben?«

»In der Tat«, sagte Emma und ließ sich auf einen Stuhl sinken. »Warum bloß sollten wir uns danach sehnen, der drückenden, heißen, unerbittlichen Atmosphäre Londons zu entkommen und auf einen Landsitz zu fliehen? Mutter hat sicher immer übertrieben, wenn sie lang und breit von der Schönheit von Rose Hall schwärmte.«

Aprils Geduld stieß schnell an ihre Grenzen, wenn sie aufgezogen wurde, sie wusste jedoch, dass das nicht unbedingt eine ihrer besten Eigenschaften war. Sie hatte den anderen beiden Mädchen damit schon häufig genug die gute Laune verdorben. April seufzte. Ja, sie hatte einen guten Grund, den Besuch von Rose Hall auf unbestimmte Zeit hinauszuzögern. Egal, was Emma auch versprach – wenn sie zum Landsitz der Pembrokes reisten, würde sie das in Nathaniels unmittelbare Nähe bringen. Selbst das kleinste Risiko, ihm wieder von Angesicht zu Angesicht gegenüberzustehen, war noch zu groß. Würde seine Frau ebenfalls dort sein? April wollte auf keinen Fall mit der Dame, die sie öffentlich bloßgestellt hatte, tagelang auf demselben Anwesen sein – ganz gleich, wie riesig und wunderschön es auch war.

Es wäre viel sicherer, zu Hause zu bleiben, doch April wusste, dass ihr die Argumente ausgingen.

Zwischen ihr und Nathaniel würden mehrere Meilen liegen. Selbst wenn die Männer zum Haus kommen sollten, wären dort Dienstboten anwesend und sehr wahrscheinlich auch Tante Violet, die jede einzelne Bewegung und jedes einzelne Wort überwachte.

Doch selbst dann konnten noch immer heimliche Blicke gewechselt werden, die einem den Atem stocken ließen. Selbst gesellschaftliche Gepflogenheiten und Anstandsdamen boten keine vollständige Sicherheit vor unangenehmen Situationen.

»Ich denke, etwas frische Luft würde uns allen guttun. Und wenn Miss Pembroke die einzige Dame der Familie ist und eine Hochzeit ohne ihre Mutter planen muss, hat sie eine Freundin bitter nötig«, sagte Emma zögernd, als wüsste sie, dass sie gerade eine Grenze überschritt und behutsam vorgehen musste.

»Und wie viel besser wären dann gleich drei Freundinnen!«, warf May ein. Hoffnung schwang in jedem Wort mit und erweichte Aprils Herz.

Emmas Argumente waren durchaus vernünftig, doch April musste an ihre eigene Familie denken. An ihre eigene Zukunft. Sie hatte einst geglaubt, Nathaniel könnte ein Teil dieser Zukunft sein, und hatte zu spät gemerkt, dass er keinerlei Rücksicht auf ihre Gefühle oder ihren Ruf nehmen würde.

Dennoch, sie wusste nicht, wie sie das Thema beenden sollte, ohne ihrer Schwester und ihrer Freundin zu verraten, dass die Pembrokes nicht unwesentlich an den Ereignissen des letzten Jahres beteiligt gewesen waren. Aprils Mutter und ihre Patentante waren davon überzeugt gewesen, dass es am besten war, Stillschweigen darüber zu bewahren.

»Lassen wir Tante Violet entscheiden«, verkündete April, um der Diskussion und ihrer inneren Zerrissenheit ein Ende zu setzen. »Wenn sie damit einverstanden ist, fahren wir nach Rose Hall und unterstützen Anne.«

Bei der Vorstellung bedauerte sie fast, dass Tante Violet den Plan entschieden ablehnen würde. Sie hatte deutlich gemacht, dass sie sich verpflichtet fühlte, April vor weiteren unerwünschten Begegnungen – und Verstrickungen – mit den Pembrokes zu schützen. Aber wenn Tante Violet den Ausflug als absurd abtat, war April zumindest nicht die Spielverderberin.

Die drei jungen Damen widmeten sich ihren jeweiligen Beschäftigungen, während die Stunden nur langsam vergingen. May, die das Stricken endgültig aufgegeben hatte, versuchte zu lesen, doch ihr leises Schnarchen nach wenigen Minuten verriet, das selbst das ihre Langeweile nicht hatte vertreiben können.

»Es ist ziemlich warm im Salon«, bemerkte Emma, als April ihre schlafende Schwester betrachtete. Emmas Mundwinkel zuckten, und April musste lachen.

Irgendwann erschien Tante Violet in der Tür, um sie zum Abendessen zu bitten, und April gab ihr Annes Brief. Tante Violet schürzte die Lippen, während sie das Schreiben las, und als ein betroffener Ausdruck auf ihrem Gesicht erschien, wurde April flau im Magen. Fiel ihrer Patentante womöglich ebenfalls keine plausible Begründung dafür ein, die Einladung abzulehnen?

»Ich halte es für unklug, die Einladung so kurz vor deiner Hochzeit anzunehmen, Emma. Wir haben immer noch sehr viel zu tun, und der Tag wird schneller da sein, als du denkst.«

Doch Emma und May wiederholten unermüdlich ihre Argumente für eine Zusage, und schon bald wirkte ihre Patentante ebenso hilflos wie April selbst. Sie hatte gehofft, dass Tante Violet sie vor der Rückkehr an den Ort bewahren würde, an dem sie sich in Nathaniel verliebt hatte. Doch nun musste April einsehen, dass sie Emma und May nur von dieser Idee abbringen würden, wenn sie den Grund für ihre Ablehnung verrieten.

April biss die Zähne zusammen, um einen Aufschrei zu unterdrücken. Sie bekam keinen Bissen mehr hinunter und zog sich schon bald auf ihr Zimmer zurück. Sie war so aufgewühlt, dass sie sich noch nicht einmal für ihren abrupten Abgang entschuldigte oder für ihren unhöflichen Ton, als sie das Dienstmädchen bat, das Essen auf ihr Zimmer zu bringen.

Sie würden also ihre Kleider packen und schon bald aufbrechen. April musste dringend ihre Gedanken und Gefühle sortieren, ehe die lange Kutschfahrt mit ihrer aufgeregten jüngeren Schwester sie wieder durcheinanderwirbelte.

Es war bereits schlimm genug, dass April die Saison in London verbringen musste, doch nun musste sie auch noch ausgerechnet nach Rose Hall zurückkehren, in dem Wissen, dass alles, was sich dort zugetragen hatte, eine Lüge gewesen war. April war sich durchaus darüber im Klaren, dass sie es irgendwie würde aushalten müssen. Sie hatte nur noch keine Ahnung, wie.

KAPITEL 15

May

Die letzte Woche in London war ruhiger verlaufen als die ersten beiden. Es gab nur wenige Ausflüge, die es wert gewesen wären, erwähnt zu werden, weshalb May nun ungeduldig darauf wartete, endlich der steigenden Hitze der Stadt entfliehen zu können. Sie hatte Lord Beaumont bei ihrem ersten Tanz auf dem Ball der Blakes gesagt, dass sie gern in London bleiben und das Leben auf dem Land aufgeben würde. Doch jetzt wurde ihr bewusst, wie absurd es war, zu glauben, sie würde das Land nicht im Geringsten vermissen.

Sie hatte auch feststellen müssen, dass sie Lord Beaumont – und ihre regelmäßigen Treffen, an die sie sich inzwischen gewöhnt hatte – ebenfalls vermisste. Ihre letzte Begegnung war nun schon länger her, doch da sie eine Dame war, konnte sie selbst nichts daran ändern.

Eine Reise aufs Land schien daher genau das Richtige zu sein, um sich abzulenken. Und wenn sich dabei die Gelegenheit bot, mehr über die Verbindung zwischen ihrer Schwester und den Pembrokes zu erfahren, umso besser.

Als ihre Kutsche die letzten Meilen über Waldwege auf den

Landsitz der Pembrokes zuholperte, lenkte May ihre Gedanken wieder auf die Informationen zurück, die sie während ihres Aufenthalts sammeln wollte. Das waren zum einen natürlich sämtliche Details darüber, wie ihre Schwester und Anne Pembroke sich angefreundet hatten, doch weitaus mehr interessierte May die Wahrheit darüber, was zwischen ihrer Schwester und Annes Bruder vorgefallen war.

Nachdem sie die beiden im Gewächshaus in der Gegenwart des jeweils anderen beobachtet hatte, war ihr klargeworden, dass es irgendeine Verbindung zwischen ihnen geben musste. Beide hatten denselben Gesichtsausdruck zur Schau gestellt, gleichzeitig gehemmt und voller Furcht. Was fühlten sie füreinander, woran hatten sie sich in diesem Moment erinnert?

Leider kannte May ihre Schwester nicht mehr gut genug, um deren Gedanken mit einem einzigen Blick in ihr Gesicht erraten zu können. Doch sie musste die Möglichkeit in Betracht ziehen, dass dieser Mann zum Teil – oder zur Gänze – dafür verantwortlich war, dass April nicht länger an die Liebe glaubte.

April hatte an ihren Protesten gegen einen vollkommen harmlosen Besuch auf dem Land festgehalten, und je verzweifelter ihre Argumente wurden, desto überzeugter war May, dass Nathaniel Pembroke tatsächlich in den Skandal involviert gewesen war, der ihre Schwester aus London vertrieben hatte. Die Einzelheiten blieben allerdings weiterhin im Dunkeln.

May konnte natürlich niemanden in London fragen, was geschehen war – Gerüchte verbreiteten sich zu schnell –, und weder Emma noch ihr Verlobter schienen Genaueres darüber zu wissen. Doch wenn sie einen der folgenden Abende dazu nutzte, unauffällig mit der Schwester des rätselhaften Mr Pembroke zu reden, würde niemand davon erfahren. May war zuversichtlich, dass sie mit ein paar subtilen Fragen zumindest einige Hinweise bekommen würde.

Sollten Lord Talbot und die anderen doch unerwartet von der Jagdhütte ins Haus wechseln, käme ihr das gar nicht ungelegen. Die Gentlemen waren eine angenehme Gesellschaft, weshalb Aprils Angst vor einem Zusammentreffen mit ihnen Mays Neugier nur noch weiter anstachelte. Vielleicht ergab sich so die Gelegenheit, dass April und Lord Talbot mehr Zeit miteinander verbrachten. May konnte keinerlei Einwände gegen diesen Gentleman erheben – er war bodenständig und zuvorkommend, hatte einen warmen Sinn für Humor und eine angenehme Ausstrahlung. Er war jene Art von Gentleman, die Damen anzog wie das Licht eine Motte – warum also beharrte ihre Schwester so sehr darauf, allein im Dunkeln herumzuflattern? April hatte sich in der letzten Woche natürlich mit ein paar potenziellen Verehrern unterhalten und kurze Spaziergänge oder Kutschfahrten mit ihnen unternommen, doch bisher hatte sie an keinem von ihnen mehr Interesse gezeigt. Und in Mays Augen war niemand besser für ihre Schwester geeignet als Lord Talbot.

Die Kutsche hielt vor dem großen, prächtigen Landsitz der Pembrokes, ein imposanter Teich und ein Springbrunnen schmückten die andere Seite der geschwungenen Einfahrt. Unzählige Steinstatuen, die die Treppe zu den riesigen Eingangstüren säumten, starrten auf sie herab.

Da May noch nie die eindrucksvollsten Anwesen des Landes besucht hatte, war dieses hier in der Tat das größte, das sie je gesehen hatte. Die Pembrokes mochten vielleicht nicht adelig sein, doch sie waren eine alte Familie und verfügten offenbar über so viel Geld, wie man sich nur wünschen konnte.

Als May hinter April und Emma aus der Kutsche stieg, während

Tante Violet den Abschluss bildete, kam Anne im wahrsten Sinne des Wortes aus der Tür geflogen. Ihre dunklen Locken sowie ihr lavendelblaues Seidenkleid und dessen Bänder flatterten wild hinter ihr.

May warf einen Blick zu ihrer Schwester, die weder wegen des riesigen Hauses noch wegen der wunderschönen jungen Frau, die sich gleich in ihre Arme werfen würde, überrascht schien. Es war, als wäre sie schon einmal hier gewesen, und Mays Neugier stieg nun ins Endlose.

»Du bist hier! Ich wollte es nicht glauben, bis ich es mit eigenen Augen sehe, doch du bist wirklich hier! Ich freue mich so, dich zu sehen«, sagte Anne, während sie April fest an sich drückte, ehe sie sich kurz von ihr löste, nur um sie danach erneut in eine Umarmung zu ziehen. »Ich gebe es ungern zu, doch ich fühle mich einsam, seit George und Nathaniel nicht mehr so oft da sind. Ich hätte längst mit den Hochzeitsvorbereitungen beginnen sollen, aber es ist alles so langweilig, wenn man allein ist.«

Aprils Miene wurde bei Annes Geständnis weicher, als wäre sie nun doch froh, dass sie gekommen waren. Sie lächelte sogar, etwas, das May in letzter Zeit nur selten miterlebt hatte.

»Wo ist denn Ihr Verlobter?«, wollte Tante Violet wissen, nachdem sie sich begrüßt hatten. Ihr Blick war wie immer aufmerksam.

Anne winkte ab. »Er macht einen Jagdausflug mit einigen Freunden. Er sollte in zwei Wochen wieder zurück sein, doch wie Sie bestimmt wissen, sind Männer ebenso nutzlos wie desinteressiert, was die Hochzeitsplanung angeht.«

In diesem Moment geschah ein weiteres Wunder: April lachte, als Anne sie erneut fest an sich drückte.

»Nun«, sagte April, »ich werde dir helfen, so gut ich kann, was –

fürchte ich – keine große Unterstützung sein wird. Aber ich freue mich dennoch, dich zu sehen.«

Als Anne April endlich losließ, konnte May ihre Gastgeberin genauer betrachten. Sie strahlte übers ganze Gesicht und war vor Aufregung über die Gesellschaft völlig außer Atem.

»Was halten Sie davon, wenn Sie sich alle kurz frisch machen, bevor wir einen Spaziergang über das Grundstück unternehmen? Das Wetter ist heute perfekt – sonnig, aber mit einer leichten Brise, die eine angenehme Kühle mit sich bringt.« Anne lächelte April warm an. »Siehst du? Das Schicksal hat dich zu mir geführt. Wir könnten durch den Garten schlendern und uns für die Hochzeit inspirieren lassen! Und wie du weißt, April, haben wir hier auf Rose Hall weitaus mehr Wildblumen als jeder Florist.«

»Ich liebe eure Wildblumen«, erwiderte April und sah mit verträumtem Blick in Richtung Garten.

May entging das kleine Wort, das den Unterschied machte, natürlich nicht. Ihre Schwester hatte nicht »Ich liebe Wildblumen« gesagt, sondern »Ich liebe *eure* Wildblumen.« April war also tatsächlich schon einmal hier gewesen! Sicherlich war sie hier Mr Pembroke begegnet! Es musste so gewesen sein. Am liebsten hätte May wegen ihrer brillanten Kombinationsgabe laut gejubelt.

Nachdem ihr Gepäck ins Haus getragen worden war, entschuldigte sich Tante Violet. Sie wollte lieber hierbleiben und sich nach der Reise erholen. »Ich kann mir nicht vorstellen, dass ihr drei in irgendwelche Schwierigkeiten geratet, wenn ihr nur die Gesellschaft von Miss Pembroke und den Wildblumen habt.«

May ließ sich während des Spaziergangs durch den Garten zurückfallen. Möglicherweise vergaß April ja, dass sie und Emma hier waren, und sprach mit Anne über etwas Bedeutungsvolles. May hatte sich in letzter Zeit mit ihrer Schwester zur Genüge über

Banalitäten wie das Wetter oder den Menüplan der Köchin unterhalten. Dass April sich ihr nicht anvertraute, tat zwar weh, aber vielleicht war Anne jemand, dem sie eher ihr Herz ausschüttete.

Und tatsächlich unterhielten sich Anne und April während des Spaziergangs, doch jedes neue Gesprächsthema war langweiliger als das vorherige. May konnte nicht sagen, warum sie sich überhaupt noch die Mühe machte, ihre Unterhaltung zu belauschen. Wie konnten zwei Frauen mit so viel Tatendrang und Klugheit sich bloß so sehr für Pflanzen interessieren? May war kurz davor, laut zu schreien. Doch natürlich würde sie das nicht tun, auch wenn das Grundstück der ideale Ort wäre, um ihren Frust rauszulassen. Es war weitläufig und voller saftiger Wiesen, und meilenweit war keine Menschenseele zu sehen. Sie würde also höchstens einige Vögel auf ihren Ästen am Waldrand aufschrecken.

Nach einer Weile begannen Anne und April über etwas anderes als die Vegetation zu reden. May und Emma nickten an den passenden Stellen, als Anne ihnen erzählte, welche Neuigkeiten es in ihrer Familie gab, darunter auch die kürzliche Heirat ihres Zwillingsbruders George.

May wollte sich gerade ins Gras legen und ihre Begleiterinnen bitten, ohne sie weiterzugehen, als eine höfliche Frage ihrer Schwester eine höchst interessante Antwort hervorrief.

»Und deine neue Schwägerin – wie, sagtest du, war noch gleich ihr Name?«

Anne blieb abrupt stehen. »Ach herrje, das weißt du noch gar nicht! George hat Isabella geheiratet.« Ihre Augenbrauen zogen sich zusammen, und ausnahmsweise schwieg sie, während sie auf Aprils Reaktion wartete.

»Isabella. Isabella …?« April presste die Lippen zusammen und schluckte schwer.

»In der Tat.«

»Also … haben beide Brüder eine Isabella geheiratet. Welch ein … Zufall.« April nickte, als wollte sie sich damit selbst überzeugen, dass es tatsächlich ein Zufall war. Sie schien gar nicht mehr damit aufhören zu können, während Anne regungslos neben ihr stand.

»Meine liebste April …«, begann Anne und machte behutsam einen Schritt auf sie zu, als würde diese jeden Augenblick umfallen und müsste aufgefangen werden. »Du solltest wissen …«

April schien verzweifelt um Fassung zu ringen. »Ich … Es tut mir leid, ich …«

»Nathaniel ist nicht verheiratet.«

Bei diesen Worten nahm April einen tiefen, zittrigen Atemzug. Das abgehackte Keuchen erschreckte May – sie hatte April noch nie in ihrem Leben so ein Geräusch von sich geben hören. Instinktiv trat sie neben ihre Schwester und berührte sie am Ellbogen, um sie zu stützen. Doch dann geschah etwas Seltsames: April kniff die Augen zusammen, schluckte schwer und nickte danach exakt ein Mal.

Sie öffnete die Augen, sah May einen Atemzug lang direkt ins Gesicht, ehe sie sich wieder an Anne wandte. »Ich verstehe.« Ihre Brust hob und senkte sich, doch ihre Stimme blieb fest. »Sollen wir weiterspazieren? Die Zeit vergeht so schnell zwischen den ganzen Blumen.« Dann schüttelte sie Mays Finger von ihrem Arm und ging voraus.

Eigentlich hätte May gern mehr erfahren, doch aus irgendeinem Grund wusste sie, dass dieses Gespräch beendet war und dass sie nie wieder über diese Angelegenheit sprechen würden. Diese Unterhaltung musste dort enden, wo sie begonnen hatte: mitten auf einer einsamen Lichtung, wo sie niemand hören konnte. Es fühlte sich fast so an, als stünden sie auf geweihtem Boden.

Also folgten May und Emma ihren Begleiterinnen erneut mit etwas Abstand. April hatte sichtlich Mühe, ruhig zu bleiben und ihre Emotionen zu kontrollieren. Anne hingegen schien nicht recht zu wissen, was sie sagen sollte, denn den Rest des Spaziergangs schwieg sie überwiegend.

May und Emma wechselten mehr als nur einen Blick, jeder intensiver, neugieriger und frustrierter als der letzte – sie brauchten dringend Zeit, um sich allein zu unterhalten und jedes einzelne Detail dessen zu analysieren, was soeben vorgefallen war.

Als sie sich wieder dem Haus näherten, neigte sich die Sonne hinter ihnen bereits dem Horizont entgegen. Bei jedem anderen Ausflug hätte May angemerkt, wie wunderschön der Sonnenuntergang von ihrem Zimmer aus wohl sein musste, und Anne hätte sich vermutlich eilig darum gekümmert, dass sie ihn alle gemeinsam ansehen konnten. Stattdessen sagte Anne nur beiläufig, dass sich niemand für das einfache Abendessen unter Freunden feine Kleider anziehen müsse.

»Wenn ich mich recht erinnere, kann das Abendessen auf Rose Hall nicht gerade als einfach bezeichnet werden«, sagte April. Obwohl sie ein schwaches Lächeln zustande brachte, klangen ihre Worte erschöpft, und sie selbst schien gedanklich ganz woanders zu sein. »Ich möchte aber wenigstens die Schuhe wechseln.«

Aprils möglicherweise unbeabsichtigtes Geständnis, dass sie schon einmal auf dem Landsitz der Pembrokes gewesen war, brachte einen weiteren Teil ihrer Fassade zum Bröckeln.

»Das möchte ich auch«, sagte Anne. »Ich werde der Köchin dennoch ausrichten lassen, dass wir fast verhungert sind, also …«

Just in dem Moment, in dem sie die Bänder ihrer Sommerhüte lösten, drangen aus dem Haus männliche Stimmen zu ihnen herüber, und die Mädchen hielten abrupt in ihren Bewegungen inne.

Annes überraschter Gesichtsausdruck konnte durchaus auch gespielt sein. Emma hingegen sah ehrlich geschockt aus und wandte sich sofort mit einem entschuldigenden Lächeln an April, die erneut erstarrt war. Doch dieses Mal wirkte sie klein und verängstigt, wie einer der Füchse, die die Männer jagen wollten.

Vor wenigen Stunden noch hatte May die Möglichkeit dieser unerwarteten Gesellschaft überaus willkommen geheißen. Sie wäre sogar so weit gegangen, zu sagen, dass sie diese insgeheim geradezu herbeigesehnt hatte. Immerhin, was wäre besser geeignet, ihre Schwester aufzumuntern, als die Gesellschaft eines begehrenswerten Gentlemans, von dem sie bereits wussten, dass er ein angenehmer Gesprächspartner beim Abendessen war?

Jetzt allerdings, als Aprils Atem sich immer mehr beschleunigte, war May überrascht, dass ihre Schwester überhaupt noch aufrecht stand.

Zwei der Stimmen erkannte May als die von Edward und Lord Talbot, die dritte Stimme war ihr unbekannt. Doch der Reaktion ihrer Schwester nach zu urteilen und weil May wusste, wer das Jagdtrio vervollständigte, konnte sie nur Mr Pembroke gehören.

»Was zum Teufel tun *die* hier?«, fluchte Anne, und May verzog das Gesicht. Also musste tatsächlich etwas Schreckliches zwischen ihm und ihrer Schwester geschehen sein. »Molly wird einen wahren Anfall bekommen, wenn sie Schlammspuren auf den Teppichen hinterlassen. Sie hat den Großteil der Woche damit verbracht, sie zu reinigen.«

»Ich habe April versprochen, dass sie in der Jagdhütte bleiben«, flüsterte Emma bestürzt. »Werden sie mit uns zu Abend essen?«

Aprils Gesichtsausdruck machte deutlich, dass sie am liebsten auf dem Absatz kehrtmachen und davonlaufen würde, daher beschloss May, die Situation zu entschärfen – beziehungsweise es zu versuchen. Wer hätte je gedacht, dass May einmal die Ruhigere von ihnen beiden sein würde?

»Tante Violet wird mit uns essen. Unsere Gespräche werden garantiert nicht von banalen Themen abweichen. Wir werden einen völlig passablen Abend verbringen, ohne dass irgendetwas geschieht, das … eine von uns beunruhigen müsste.« May riskierte einen Blick auf ihre Schwester. April hatte wieder ihre Maske aufgesetzt, als würde sie nichts davon erschüttern. Gut.

May wusste nicht viel über die Probleme ihrer Schwester, doch sie rief sich ins Gedächtnis, dass Aprils Entschlossenheit ihre Familie bereits durch viele schwierige Zeiten gebracht hatte. Sicher würde diese innere Stärke auch für ein Abendessen mit einem Mann ausreichen, dem sie lieber nicht begegnen wollte.

»Nun. Wir sind junge Damen, die aus weitaus härterem Holz geschnitzt sind als die meisten zarten Londoner Debütantinnen, die bei der geringsten Unannehmlichkeit in Ohnmacht fallen.« May wartete, bis ihre Schwester ihren Blick erwiderte, und als April nickte, nickte May ebenfalls.

Der Druck auf ihrer Brust wurde etwas weniger. Die Beziehung zwischen ihr und ihrer Schwester, die einst so unerschütterlich gewesen war, stützte sich auf kleine Momente des Zusammenhalts wie dem, den sie soeben geteilt hatten. Und egal, wie schrecklich Aprils Vergangenheit mit Nathaniel Pembroke auch war, und egal, ob sich die Situation zwischen ihnen klären ließ oder nicht, vielleicht hatte diese ganze Sache zumindest ein Gutes und die Schwestern konnten ihre enge Beziehung wiederherstellen.

»Ich würde vorschlagen, wir atmen tief durch, machen uns frisch und heißen unsere unerwarteten Gäste zum Abendessen freundlich willkommen.«

»Brava«, sagte Anne mit einem warmen Leuchten in den Augen.

»April, ich schicke dir mein bestes Dienstmädchen, damit sie sich persönlich um dich kümmert.« Bevor April protestieren konnte, eilte Anne bereits davon und zog Emma mit sich, sodass Mays Wunsch nach einem kurzen Gespräch mit ihrer Freundin unter vier Augen zunichtegemacht wurde.

Dennoch, sie war dankbar, dass sie so einen Moment allein mit ihrer Schwester hatte, als sie ihr zu ihrem Zimmer folgte.

»April, ich werde dich nicht bitten, dich mir anzuvertrauen und mir zu erklären, was ich soeben miterlebt habe.« Ihre Schwester öffnete den Mund, um zu antworten, doch May hob die Hand. »Ich sage nur so viel: Du bist meine über alles geliebte Schwester. Ich wünsche mir für dich nicht weniger als alles Glück dieser Welt. Ich werde dich in Bezug auf Mr Pembroke in allem unterstützen, mit ganzem Herzen, egal, was zwischen euch war oder noch sein wird. Verstanden?«

Es fühlte sich merkwürdig an, einen derart ernsten Ton anzuschlagen, wenn die Worte so überaus liebevoll gemeint waren. May kannte nur einen einzigen Menschen, bei dem sie so etwas schon einmal gehört hatte, und zwar bei ihrer Mutter.

April brauchte in diesem Moment keine Schwester. Sie brauchte ihre Mutter. Auch wenn oder vielleicht gerade weil sie beide wussten, dass dies unmöglich war, musste Mays Imitation ihrer geliebten Mama ausreichen.

Ein schwaches Lächeln trat auf Aprils Lippen. »Ganz recht, May Campbell. Die Stimme der Ruhe und Weisheit, genau wenn ich sie am dringendsten hören musste.«

»Ganz recht.« May schenkte ihrer Schwester ein Lächeln voller Zuversicht, die sie nicht unbedingt fühlte. »Und jetzt komm, überlegen wir uns, was wir anziehen werden.«

May fragte sich, ob ihre Mutter gewusst hätte, was in so einer

Situation zu tun war. Nun ja, ihre Mutter hätte zwei heiratswillige junge Damen auf jeden Fall ermahnt, auf eine Reise immer, egal, was kommen mochte, mindestens ein feines Kleid mitzunehmen. Dass sie lediglich Musselinkleider und nur ein oder zwei etwas formellere Abendkleider eingepackt hatten, brachte sie nun in eine verzwickte Lage.

Aprils Blick war wieder leer geworden und schien durch die Schlafzimmerwand in die Ferne zu gehen. Sie zuckte zusammen, als ihr offenbar wieder einfiel, dass sie sich umziehen sollten.

»April, du musst dein feines cremefarbenes Musselinkleid anziehen, das mit den Stickereien am Saum. Wir schlagen die Ärmel um und stecken sie fest.«

»May, das Kleid ist viel zu leicht! Und außerdem ein Tageskleid«, widersprach ihre Schwester.

May schob den Einwurf beiseite. »Wir lösen die Nähte der Chemisette, und die gekürzten Ärmel werden den Eindruck erwecken, als wäre es nie etwas anderes als ein Abendkleid gewesen. Zudem erkennen Gentlemen solche feinen Unterschiede ohnehin nicht.«

»Was weißt du denn darüber, was Männer bemerken?«, murmelte ihre Schwester, die von den Ereignissen des Tages immer noch überwältigt zu sein schien.

May beschloss, einfach weiterzumachen, anstatt sich Aprils Kommentar zu Herzen zu nehmen. »Ich werde Perlen in deine Haare stecken. Deine Frisur wird so hinreißend sein, dass niemand auch nur einen Blick für dein Kleid übrig haben wird.«

»Nein.« April schüttelte den Kopf, als würde sie sich selbst zur Ordnung rufen. »Das dunkelgoldene Kleid. Die Seide ist rauer, doch die Farbe eignet sich besser für ein Abendessen bei Kerzenschein.«

May dachte darüber nach, aber nur einen Moment. Dann

stimmte sie ihrer Schwester zu und kümmerte sich anschließend – zusammen mit dem herbeigeeilten Dienstmädchen – um ihre Haare. Sie war entschlossen, dass zumindest *etwas* an diesem Tag gut verlaufen würde.

KAPITEL 16

May

Weniger als eine Stunde später machten sich die Damen endlich auf den Weg nach unten, wo die Gentlemen und Tante Violet geduldig im Salon warteten, damit sie alle zusammen in den Speisesaal gehen konnten. Ihre Patentante saß auf einem Kanapee vor dem flackernden Kamin, der Ausdruck auf ihrem Gesicht war eine Mischung aus Missbilligung und Sorge. Die Gentlemen standen in einem losen Kreis zusammen, wärmten ihre Hände an einem Becher und unterhielten sich leise.

May gelang es, ihre Schwester in den Raum zu führen und sie gleichzeitig so weit wie möglich von Mr Pembroke fernzuhalten. April musste diesen Wunsch nicht laut aussprechen – die Tatsache, dass sie bewusst den Augenkontakt mit ihm mied, war ein eindeutiges Zeichen. Selbst bei ihrer flüchtigen Begrüßung hatte April den Kopf gesenkt gehalten, während sie einen Knicks machte. Auch seine Bewegungen waren so steif und formell, als würden sich zwei Fremde gegenüberstehen. Doch das bewies lediglich, dass tatsächlich etwas zwischen ihnen vorgefallen war.

Zu allem Überfluss gehorchte May ihr eigener Körper nicht mehr, sobald sie den Speisesaal betraten. Sie konnte sich nicht erinnern, wann sie jemals den Beginn eines Abendessens so sehr herbeigesehnt hatte wie heute. Zum Glück stand niemand in ihrer unmittelbaren Nähe, als ihr der Geruch des Entenbratens in die Nase stieg, denn ihr Magen knurrte so laut, dass man ihn vermutlich noch im Raum nebenan hören konnte.

May wies allen hastig einen Platz zu, bevor sie sich selbst einen suchen konnten. Anne bekam nichts davon mit, dass May diese Aufgabe übernahm, denn sie war viel zu sehr damit beschäftigt, Hochzeitsstoffe oder derlei Schwachsinn mit Emma zu besprechen. Nur knapp gelang es May zu verhindern, dass Anne sich Lord Talbot gegenüber niederließ, und sie ermutigte sie, sich lieber ihrem Bruder gegenüber zu setzen. Das brachte April in die Nähe von Lord Talbot, wo sie sicher sein würde – und genau dort, wo sie hingehörte.

Ihre Schwester wirkte dadurch tatsächlich etwas entspannter. Das hieß jedoch nicht, dass sie aussah, als würde sie sich wohlfühlen. Vielmehr machte sie den Eindruck, als wünschte sie sich nichts sehnlicher, als dass der Boden sie verschluckte und direkt in die Hölle beförderte, wenn sie dadurch diesem Abendessen entkam.

»Nun, Bruder, denk bloß nicht, dass ich euer ungehobeltes Verhalten vergessen habe. Sag uns doch bitte, was dich und deine Freunde so unerwartet an unseren Tisch bringt.« Anne ließ ihren Blick demonstrativ über Nathaniels mitgenommenen Mantel und gelockerten Kragen wandern. »Sollte ich unter den Tisch sehen, würden mich dort vermutlich sechs schlammüberzogene Stiefel erwarten.«

»Du solltest nicht unter den Tisch sehen, immerhin bist du eine Dame«, sagte Mr Pembroke, dessen Augen viel zu düster waren für diesen scherzhaften Austausch mit seiner Schwester.

»Ich wusste es. Hat Molly dir mit dem Tod gedroht?«

Bei diesen Worten wurden seine Züge weicher. Er versuchte, weiterhin, verärgert auszusehen, doch sein leises Lächeln machte deutlich, dass er keinesfalls die Absicht hatte, seiner Schwester Kummer zu bereiten. »Es wäre kein richtiger Besuch auf Rose Hall, wenn sie mir nicht gedroht hätte. Ich werde deinen Scherz nun trotzdem verderben, Schwester – wir haben alle saubere Schuhe angezogen, und unsere schlammüberzogenen Stiefel warten draußen, für den Rückweg zur Jagdhütte.«

Ah! Sie würden also heute Abend zur Jagdhütte zurückkehren. Dadurch sollte April sich zumindest ein wenig besser fühlen.

»Die Teppiche sind also in Sicherheit«, fügte Lord Talbot hinzu, der so reuevoll aussah, als wäre er derjenige gewesen, der zurechtgewiesen worden war. »Es gab Gerede, dass heute Abend ein schlimmes Gewitter aufziehen wird, und wir wollten nicht riskieren, einen oder mehrere Tage in der Jagdhütte festzusitzen, sollte das Flusswasser steigen.«

Oh. Möglicherweise würden sie doch die Nacht auf Rose Hall verbringen.

»Ich habe nichts dergleichen gehört«, wandte Tante Violet ein, die Lord Talbot musterte, als würde er irgendetwas im Schilde führen.

Wenn er *tatsächlich* etwas im Schilde führte, so hoffte May, dass er bloß nach einer Ausrede suchte, um hier zu sein und ihre Schwester zu sehen. Alles wäre so viel einfacher, würde er Zuneigung für April entwickeln und sie auch zeigen. Vielleicht würde sich ihre Schwester dann endlich entspannen und ihrerseits Gefühle für Lord Talbot zulassen. Was wäre schließlich besser geeignet, um ihrem Kummer wegen Mr Pembroke entgegenzuwirken? Einen Kummer, den sie nicht nur so unerschütterlich vor May verborgen hielt, sondern auch vor Emma.

»Ich bedaure, Ihnen widersprechen zu müssen, Lady Radcliffe.

Wir hörten davon, als wir heute Nachmittag in der Taverne im Dorf waren«, bestätigte Edward die Worte seines Freundes. »Und die Jagdhütte liegt zu nahe am Fluss, um es zu riskieren, dort zu bleiben, wenn ein Gewitter aufzieht.« Er nickte bestimmt und blickte mit einem angespannten Lächeln zu seiner Verlobten, die aussah, als hätte er soeben die wundervollste Nachricht des Jahres verkündet.

»Ich möchte anmerken, dass die Jagdhütte nicht besonders gut geplant wurde, wenn sie beim kleinsten Anzeichen von Regen nicht mehr als Herberge dienen kann. Darf ich Sie daran erinnern, dass wir hier in England leben, wo es mehr regnerische als sonnige Tage gibt?«

Die liebe Tante Violet ließ sich keine Sekunde lang von diesen jungen Männern einschüchtern, die glaubten, sie wüssten alles. Mays Lippen verzogen sich zu einem breiten Grinsen. Egal, wie einleuchtend Tante Violets Beobachtungen auch waren, May bezweifelte, dass eine Jagdhütte gut genug ausgestattet war, um drei junge Männer für mehr als einen Abend zu versorgen, wenn man bedachte, dass der Landsitz in der Nähe war.

Das Thema wurde fallen gelassen, und die Gäste wandten sich anderen Gesprächen zu. Schon bald erfüllte leises Gemurmel den Raum.

May beobachtete ihre Schwester so konzentriert, dass Lord Talbots Stimme sie zusammenzucken ließ. »Möchten Sie vielleicht mehr über die vergangenen Saisons hören? Schließlich ist das hier Ihre erste, nicht wahr?«

Die Frage war an May gerichtet, was sie verdross. Lord Talbot sollte sich mit April unterhalten, die gerade einmal zwei Bissen von ihrem Abendessen hinuntergebracht und noch weniger Worte gesagt hatte.

April war jedoch nicht die Einzige, die betreten schwieg. Mr Pembroke schien ebenfalls nur so zu tun, als würde er essen, so konzentriert wie er sein Besteck musterte. Tante Violet beäugte den Mann wie ein Hirte einen Wolf.

May ließ sich Zeit dabei, ein Stück Entenbraten zu kauen und hinunterzuschlucken. Sie beschloss, dass es keinen Grund gab, sich ebenso unbehaglich zu fühlen, wenn sie in Lord Talbot einen willigen Gesprächspartner hatte.

»Es ist beinahe so, als hätten Sie meine Gedanken gelesen.« Sie richtete ihre volle Aufmerksamkeit auf den freundlichen Lord. Wenn April kein Interesse an einer Unterhaltung hatte, konnte May ja ein wenig mit ihm plaudern. »Sie haben bestimmt einige Gerüchte mitbekommen.« May wackelte ein wenig mit den Augenbrauen, was – wie ihr erst zu spät einfiel – gänzlich unangebracht war.

Lord Talbot lachte, was ihre Befürchtung nur bestätigte.

Doch dann zwinkerte er ihr verschwörerisch zu. »Ich weiß, als Gentleman sollte ich an solchen Dingen keinen Gefallen finden, doch ich kann einfach nicht anders.«

»Ein Glück für mich, nicht wahr?« May war durchaus bewusst, wie unangemessen ihre Unterhaltung und ihr sarkastischer, neckender Ton waren, ganz zu schweigen davon, wie nahe sie ihre Köpfe zusammensteckten. Sie hätte sich mehr Sorgen gemacht, wenn sie sich so auf einem Londoner Ball verhalten würden. Doch wie der Zufall es so wollte, waren sie weit weg von den neugierigen Blicken der Londoner Gesellschaft, was eine ungewohnte Leichtigkeit in Mays Brust aufsteigen ließ. Hier auf dem Land hatte eine Dame weitaus mehr Freiheiten, ihre wahre Persönlichkeit zu zeigen. Lord Talbot hatte diese Seite an ihr heute Abend hervorgelockt – und die Tatsache gefiel ihr.

Sie lachten leise, doch nicht leise genug, um einem misstrauischen Blick von Tante Violet zu entgehen. Niemand sonst achtete auf sie, da die anderen entweder in ihre eigenen Gespräche vertieft waren oder, im Falle von Mr Pembroke und April, damit beschäftigt, jeden einzelnen Bissen genauestens zu mustern, ehe sie ihn zum Mund führten.

May schob ihre Beobachtungen mit einem Kopfschütteln beiseite. Sie und Lord Talbot konnten Gerüchte und Gelächter teilen, so viel sie wollten. Hier am Esstisch konnte unmöglich etwas Unangebrachtes geschehen, nicht wenn fünf Begleiter, eine Anstandsdame, Diener, Angestellte und einer von Mr Pembrokes Jagdhunden anwesend waren.

»Einmal hat eine der Anstandsdamen zu oft am Brandy genippt und ist mit dem Kopf auf einem Tablett voller Crumpets eingeschlafen«, begann Lord Talbot. »Ihr Schnarchen war sogar über die lebhafte Musik des Streichorchesters hinweg zu hören.«

»Ach, du meine Güte, wie hat sie es geschafft, sich noch einmal auf einem Ball blicken zu lassen?«

»Ohne mit der Wimper zu zucken!«, sagte Lord Talbot derart vergnügt, dass ein Glucksen aus Mays Kehle herausbrach. Sie hatte sich gerade wieder beruhigt, als Lord Talbot auch schon fortfuhr: »Sie ist Witwe, Herrin eines großen Anwesens, finanziell so gut versorgt, dass es für zehn Menschen reichen würde. Welchen Grund hat sie, sich die gesamte Saison darüber Gedanken zu machen, ob andere Respekt vor ihr haben? Die Rolle als Anstandsdame erscheint mir allerdings schrecklich langweilig. Womöglich war es von Anfang an ihr Plan, sich zu betrinken.«

»In diesem Fall hatte der Plan kaum Schwachstellen! Ihre Einschätzung ist äußerst scharfsinnig.« May genoss einige weitere Bissen vom Entenbraten, und Lord Talbot tat es ihr gleich. »Erzählen

Sie mir noch eine Geschichte«, bat sie ihn. »Eine ist nicht annähernd genug, und wie Sie sehr gut wissen, Lord Talbot, muss ein Gentleman stets sein Bestes geben, um die Wünsche einer Dame zu befriedigen.«

Lord Talbot blinzelte heftig, ehe ihre Blicke sich begegneten. Seine Augen waren etwas geweiteter als sonst. Diese Tatsache amüsierte May, auch wenn sie nicht verstand, warum. Sie lachte erneut, und als seine Wangen sich leicht röteten, wurde ihr bewusst, dass sie ihn in Verlegenheit gebracht hatte.

»Bitte, Sir. Für weiteren Klatsch werde ich Ihnen im Gegenzug auch gern mindestens eine Geschichte erzählen, die Sie amüsieren wird.«

»Hmm, worum soll ich Sie bloß bitten?« Seine Wangen waren immer noch gerötet, und er grinste breit. »Sicher haben Sie die ein oder andere lustige Geschichte zu erzählen, immerhin sind Sie mit drei Schwestern aufgewachsen.«

»Sie haben keine Schwester?«

»Ich habe gar keine Geschwister«, sagte er und ließ den Kopf in gespieltem Bedauern hängen. »Ich bin ein Einzelkind, fürchte ich. Ich fand das immer schade. Hauptsächlich, da es schön wäre, mit jemandem die Verantwortung für das Anwesen teilen zu können.«

May musterte ihn einen Moment. Hatte sie den Mann völlig falsch eingeschätzt? Doch das bezweifelte sie. »Sie wirken eigentlich nicht wie jemand, der mit der Last der Verantwortung zu kämpfen hat.«

Lord Talbots Miene wurde nachdenklich, ehe er wieder zu seiner üblichen guten Laune zurückkehrte. »Ah, obwohl wir uns erst seit Kurzem kennen, denken Sie also, Sie hätten mich schon so gut durchschaut?«

Hitze stieg May in die Wangen, denn ihre Bemerkung ließ vermuten, dass sie sich seit ihrem Kennenlernen Gedanken über ihn gemacht hatte. »Natürlich nicht. Ich halte mich bloß für talentiert darin, meine Mitmenschen einzuschätzen, das ist alles.«

»In Ordnung. Dann erzählen Sie mir als eine von vier Töchtern doch bitte eine Geschichte aus Ihrer Kindheit.«

May überlegte einen Moment, während sie ihren Blick zu April wandern ließ, die weiterhin schweigsam und ziemlich blass auf ihrer Seite des Tisches saß. Wie es sich für eine wahre Erstgeborene gehörte, hatte April ihren Eltern nie Grund zur Sorge gegeben – zumindest nicht bis zu ihrer letzten Saison –, daher hatte May keine einzige amüsante Geschichte über sie zu erzählen.

Es gab zwar durchaus mehr, was sie über sich selbst erzählen könnte, doch diese Vorstellung gefiel ihr ganz und gar nicht. Sie musste auch nicht weiter nach dem Grund für ihr Unbehagen suchen. Denn wenn Lord Talbot sich geheimnisvoll geben wollte, dann sollte sie es ihm lieber gleichtun. Er sollte sie als Freundin sehen, damit sie ihn unauffällig davon überzeugen konnte, April den Hof zu machen.

»Meine jüngeren Schwestern sind Zwillinge. Wussten Sie das?« Als er den Kopf schüttelte, fuhr sie fort: »Die Ältere der beiden hat schon seit jeher eine blühende Fantasie, sie steckt ihre Nase ständig in Bücher, und früher hat sie sich regelmäßig zu ihren eigenen geheimen Abenteuern aufgemacht. Die Jüngere folgte ihr natürlich ohne zu zögern, und eines Tages, als es Zeit für den Nachmittagstee war, konnten wir beide nicht finden.«

»Oje. Wie alt waren sie?«

»Ich denke, nicht älter als fünf. April und Mutter waren völlig verzweifelt. Unser Vater war geschäftlich auf Reise. Der ganze Haushalt war in Aufruhr, alle suchten im Garten und in der Scheune und sogar in den Obstgärten. Wir fanden sie schließlich vor einer kleinen Höhle, sie schliefen tief und fest. June hatte dort einen Bau von Kaninchen entdeckt und wollte sicherstellen, dass die Füchse auf dem Grundstück sie nicht erwischen.«

»Ich vermute, sie würden unsere Fuchsjagd nicht gutheißen.«

May lachte. »Hätte unser Vater es erlaubt, hätten die Zwillinge selbst zu den Waffen gegriffen, um die schwächeren Tiere auf dem Grundstück zu beschützen. Er versuchte, ihnen den Lauf der Natur zu erklären, aber sie wollten nichts davon hören.«

»Die Wahrheit über Jäger und Gejagte ist wahrscheinlich nicht so einfach zu akzeptieren für ein Kind.«

»Vielleicht.« May legte nachdenklich den Kopf schief. »Ich selbst habe immer Mitleid mit den Füchsen gehabt. Sollen diese süßen Tierchen etwa während der langen Wintermonate verhungern, nur damit eine weniger schlaue Spezies ihren Platz einnehmen kann? Ich glaube kaum.«

»Ganz genau, Miss Campbell. Eine scharfsinnige und wohlüberlegte Beobachtung. Die Natur mag nicht immer gütig sein, doch sie hat ihr Gleichgewicht.«

May konnte Lord Talbot nur zustimmen. Sie wollte gerade den versprochenen Klatsch einfordern, als Anne ihre Stimme erhob, um sich über die Gäste hinweg Gehör zu verschaffen.

»Nun, da ich verlobt bin und so viel Zeit mit der Hochzeitsplanung verbringe, kann ich kaum noch die Freuden einer Londoner Saison genießen.« Sie schob die Unterlippe vor. »Am liebsten würde ich selbst einen Ball abhalten, in unserem Haus in der Stadt, um meine Enttäuschung zu lindern …« Sie ließ die Worte verklingen und bedachte ihren Bruder, der sein Schicksal bereits zu kennen schien, mit einem vielsagenden Blick. Seine Miene machte deutlich, dass er lieber einen widerspenstigen Hengst zähmen würde, als seiner Schwester bei diesem Thema zu widersprechen.

May lachte in sich hinein. Die beiden Aufgaben würden vermutlich eine beinahe gleichermaßen schwierige Herausforderung darstellen.

Er willigte stumm ein, mit einem Lächeln und einem wohlwollenden Nicken, woraufhin Anne einfach nur strahlte.

May wollte diesen Mr Pembroke verabscheuen, wegen dem, was er April angetan hatte. Doch seine grenzenlose Liebe für seine jüngere Schwester machte das deutlich schwieriger.

»Alles hier erinnert mich an Mutter, ein Gefühl, das ich gern so lange wie möglich erhalten möchte.« Annes wehmütiger Blick überzeugte May von der Aufrichtigkeit ihrer Worte. »Das Haus in der Stadt hingegen verlangt noch nach etwas Wärme. Ich ertrage den Gedanken nicht, dass du dort allein zurückbleibst, sobald der Duke und ich verheiratet sind, Nathaniel.« Sie hielt inne, und ein flehender Ausdruck trat in ihre Augen. »Einen Ball zu veranstalten, würde uns beiden zugutekommen.«

Stille hatte sich während Annes Rede am Tisch ausgebreitet, und sie herrschte auch noch, nachdem sie verstummt war. Alle Anwesenden schienen auf Mr Pembrokes Antwort zu warten.

Es dauerte nicht lange, ehe er übertrieben resigniert seufzte. »Schwester, du weißt ganz genau, dass ich dir nichts abschlagen kann.«

Anne klatschte in die Hände und hüpfte auf ihrem Stuhl auf und ab.

»Es ist tatsächlich eine gute Idee, das Haus in der Stadt zu lüften und mit neuen Erinnerungen zu füllen, wie du gesagt hast. Allerdings werde ich mich nicht an der Planung beteiligen. Es gibt geschäftlich viel zu tun, nachdem ich unseren Verwalter habe gehen lassen.«

»Wir könnten den Ball zu Georges und Isabellas Rückkehr von

ihrer Hochzeitsreise veranstalten. Isabella liebt Bälle, wenn sie gut organisiert wurden.«

Aprils Kopf zuckte bei der Erwähnung dieses Bruders und seiner Frau hoch. Die Erwähnung der beiden hatte bei ihr bereits vorhin Verzweiflung hervorgerufen. May musste unbedingt mehr darüber erfahren, weshalb ihre Schwester davon so mitgenommen war, dass sie kaum etwas essen, geschweige denn mit einer anderen Menschenseele reden konnte.

May riskierte einen Blick auf den Gentleman neben ihr und sah dann zu ihrer bedrückten Schwester. Sie bekam ein schlechtes Gewissen. Sie hatte Lord Talbot dazu ermutigt, ihr den Klatsch der Saison zu erzählen, was sich für eine Dame nicht gehörte. Wie sie ihre Schwester kannte, machte diese sich nun auch noch Sorgen wegen Mays unschicklichem Verhalten.

Sie sollte ihr Gespräch mit Lord Talbot an diesem Punkt beenden, bevor es zu weit ging und sie die vorsichtige Annäherung zwischen ihr und April aufs Spiel setzte. Sie musste sich darauf konzentrieren, was zwischen April und Mr Pembroke vorgefallen war. Ohne diese Information konnte May ihrer Schwester nicht helfen – dessen war sie sich absolut sicher.

Alle ihre Freunde an diesem Tisch schienen diesbezüglich zum Schweigen verpflichtet zu sein, abgesehen von … May musterte Lord Talbots Miene: offen, entspannt und überaus angetan von ihrer Unterhaltung.

Vielleicht sollte sie ihr Glück bei ihm versuchen?

KAPITEL 17

April

Der Abend war nicht so verlaufen, wie April es sich erhofft hatte. Desaströser hätte ihr Ausflug aufs Land nicht beginnen können! April würde nicht von sich behaupten, die Zukunft vorhersehen zu können, doch das, was sie befürchtet hatte, war auch eingetreten – und wieder einmal hatte Nathaniel sein Wort gebrochen.

Wäre er wie geplant in der Jagdhütte geblieben, würde sie jetzt einen angenehmen Abend mit ihrer Schwester und ihren Freundinnen verbringen und nicht einen einzigen Gedanken an den Mann verschwenden, dem sie einst ihr Herz und ihre Zukunft anvertraut hatte.

Sie konnte keinen Lügner lieben. Egal, wie sanft seine Augen waren, wie voll seine Lippen, wie lebhaft die Erinnerung an das glückliche Gefühl, wenn sie in seinen Armen lag. Sie konnte das einfach nicht. Sie *durfte* es nicht.

April hatte noch nie Schwierigkeiten damit gehabt, sich von verbotenen Dingen fernzuhalten. Bis zu diesem Abend. Ihre Entschlossenheit war sogar noch mehr ins Wanken gekommen, als sie die eine Wahrheit erfahren hatte, die ihre gesamte Welt auf den Kopf stellte: Nathaniel war nicht verheiratet.

Diese Enthüllung stand der nächsten in nichts nach: Isabella Martin, Nathaniels Auserkorene, die Frau, die jede einzelne von Aprils Hoffnungen auf eine glückliche Zukunft vor den Augen der halben Londoner Gesellschaft mit Füßen getreten und zerschlagen hatte – genau diese Isabella hatte Nathaniels Bruder geheiratet. Sie war nun Mrs Pembroke, doch nicht, wie April angenommen hatte, Mrs Nathaniel Pembroke.

April schickte das Dienstmädchen so bald wie möglich fort. Sie löschte die Kerze und vergrub sich unter der Decke, wie die Füchse, die für diesen Landsitz so charakteristisch waren. April wusste, dass es keinen Sinn hatte, sich zu verstecken. Dieser Abend hatte deutlich gezeigt, dass ihre Ängste sie einfach einholen würden, wenn sie sich ihnen nicht stellte. Allein unter ihrer Decke hatte April gar keine andere Möglichkeit, als sich mit diesen beunruhigenden Gedanken zu beschäftigen.

Was wäre geschehen, wenn April damals auf eine Erklärung bestanden hätte? Welche glückliche Zukunft hätte sie vielleicht gefunden, wenn sie etwas mehr für sich selbst eingestanden wäre?

Die Wahrheit brach in eiskalten Wellen über sie herein. Was, wenn sie Nathaniel einfach nicht genug geliebt hatte, um nach diesem Vorfall um ihn zu kämpfen?

Es hätte keinen Unterschied gemacht. *Er* hatte *sie* nicht einmal genug geliebt, um ihr einen Brief zu schicken, in dem er sein Handeln erklärte, und nun, ein Jahr später, könnte selbst ein ehrliches Gespräch nichts mehr an ihrer Situation ändern.

Schließlich war sie kaum in der Lage gewesen, sich während des schier endlos langen Abendessens mit ihm im selben Raum aufzuhalten. Eines Abendessens, das durch Mays und Lord Talbots unbekümmertes Gelächter auf der anderen Tischseite nur noch unerträglicher geworden war. Ein Hoch auf Anne und ihre fröhliche, gesprächige Art. Anderenfalls hätte jeder gemerkt, wie viel Unbehagen ihr Nathaniels Anwesenheit verursachte – und das nicht nur aus *einem* Grund, wie sie sich nun, da sie allein war, eingestehen musste.

Auch wenn sie Nathaniel verabscheuen sollte – und es sogar *tat*, theoretisch zumindest –, ihr Herz und ihr Körper hielten sich nicht daran. Jede Faser in ihr reagierte nach wie vor auf ihn, genauso wie letztes Jahr, als sie sich nähergekommen waren. Es schien, als könne nichts etwas daran ändern, außer vielleicht Zeit. Doch sogar das war fraglich. Denn wenn die Intensität ihrer Gefühle selbst nach einem ganzen Jahr kaum nachgelassen hatte, wie sollte sie je darauf hoffen, dass der Rest ihres Lebens lang genug sein würde, um ihn zu vergessen?

Irgendwann glitt April glücklicherweise in den Schlaf, allerdings nicht für lange, denn das Schnarchen ihrer Schwester neben ihr weckte sie wieder. Erst jetzt fiel ihr auf, dass sie dem Raum kaum Beachtung geschenkt hatte, bevor sie unter die Decke gekrochen war. Und nun, da die Nacht am dunkelsten war, erkannte sie nicht ein einziges Detail ihrer Umgebung. Plötzlich kam ihr die kleine Höhle unter der Decke, in der sie sich zuvor sicher gefühlt hatte, wie ein Gefängnis vor. Mit unterdrückter Panik tastete sie nach einer Kerze und Streichhölzern, um sie anzuzünden. Sie atmete erleichtert aus, als der Docht aufflammte und den Raum gerade hell genug erleuchtete, um die Füße auf den Boden zu setzen, ihren Morgenrock überzuwerfen und zur Tür zu tapsen.

Es war nicht der Raum, den sie zuletzt mit ihrer Mutter geteilt hatte, doch er war ebenfalls mit feinster Bettwäsche und Wandbehängen ausgestattet. Die Vorhänge waren schwer und dick, als wollten sie einen glauben machen, sie könnten den Rest der Welt aussperren.

Doch das konnten sie nicht, und niemand wusste das besser als April. Die Tage, an denen sie so tun konnte, als würde sie nichts mehr berühren, waren längst vorüber.

Als April noch klein war, gab es nichts Schöneres als einen warmen Becher Milch, um sie zu beruhigen. Wenn sie schon den Gedanken an ihre Zukunft nicht ertrug, so half vielleicht ein Trost aus ihrer Kindheit, um zumindest heute Abend etwas Frieden zu finden.

Das Haus verströmte eine Stille, als wollte es den Bewohnern mit gutem Beispiel vorangehen und ihnen zeigen, wie sie tief und fest zu schlafen hätten. Sanft flackernde Lampen erhellten die Flure, und April folgte ihnen hinunter in die Küche, wo sie einen noch warmen Wasserkessel, einen Becher, Kamillentee und ein Sieb fand.

Während April mit dem dampfenden Becher auf der Bank der Köchin saß, sog sie den erdigen, beruhigenden Duft tief ein. Er erinnerte sie an ihren Garten und an ihre Mutter. Er hüllte April in eine warme Schutzschicht, und obwohl Tränen ihre Sicht verschleierten, fühlte sie sich etwas sicherer und viel ruhiger.

Sie nahm die dampfende Tasse mit in den Salon, wo die Glut hinter der Abdeckung des Kamins immer noch knisterte. April wollte gerade erneut an dem Tee nippen, als das Geräusch leiser Schritte sie erstarren ließ – selbst der Becher verharrte auf halbem Weg zu ihren Lippen. Und obwohl die Person sich nur leise räusperte, wusste April sofort, wer es war.

Nathaniel. Wie erwartet stand er tatsächlich in der Tür, als sie sich vorsichtig umdrehte. Ihr Atem beschleunigte sich, und weil kein Korsett sie einschränkte, war sie sich ihrer Atemzüge überdeutlich bewusst. Leider hatte sie nicht die Geistesgegenwart besessen, ihren Morgenmantel anzuziehen, ehe sie nach unten gegangen war.

»Sie sind spät noch wach, Sir.« Ihre Stimme bebte, und ihre Hände zitterten. Ihr ganzer Körper könnte jetzt, in diesem Raum, in tiefster Nacht, auseinanderbrechen. Es wäre ein passendes Ende für eine junge Dame, die zugelassen hatte, dass ein einzelner Mann ihr Leben derart aus den Fugen brachte.

»Sie ebenfalls, Miss Campbell. Können Sie nicht schlafen?«

War das eben ein Stocken in seinem Atem, während er auf ihre Antwort wartete? Es klang danach, auch wenn er weiterhin in der Nähe der Tür verharrte, mehrere Schritte vom Kamin entfernt. Doch April kannte dieses Geräusch zu gut, denn sie hatte es schon einmal gehört – in dem Augenblick, bevor seine Lippen sich auf ihre senkten, vor einer gefühlten Ewigkeit.

Sie atmete lang und tief durch, um ihre Haltung zu bewahren, selbst als er näher kam und sie erneut aus dem Gleichgewicht zu bringen drohte. »Ich fürchte nein. Meine Unruhe verlangte nach Tee, den ich nun gefunden habe.«

Sie betrachtete sein Gesicht, als er noch näher an sie herantrat, und wartete auf ein Flackern in seinem Blick oder ein Zucken an seinem Kinn, das ihr verriet, was sie tun sollte, was sie sagen sollte. Nathaniel blieb schweigend vor ihr stehen, so nahe, dass sie, wenn sie es denn wollte, nur wenige Schritte nach vorn machen müsste, um die Fingerspitzen an seine Wange zu legen.

Wie oft hatte sie die Tatsache bedauert, dass sie das nie wieder würde tun können. Nun standen sie sich zwar nahe genug gegenüber, doch es gab trotzdem keine Nähe zwischen ihnen. Der Gedanke bohrte sich in ihr Herz, schmerzte zutiefst, aber sie war so erschöpft von dem Tag und seinen Enthüllungen, dass selbst ihre Wut sich träge anfühlte.

April zwang ihre Füße, einen Schritt zurückzumachen und sie weg von Nathaniels beunruhigenden Augen, raus aus diesem

Raum und die Treppe hoch in die Sicherheit ihres Zimmers zu tragen. Sie gehorchten ihr jedoch nicht.

Nathaniels und Aprils Blicke trafen sich, und einige Sekunden lang – möglicherweise war es eine, möglicherweise aber auch Hunderte – atmeten sie gemeinsam in diesem ruhigen, halbdunklen Raum. Aprils Herz klopfte laut, ihr Mund war staubtrocken, und als sein Blick auf ihre Lippen fiel, war ihr, als würde sie sich auflösen.

Sie musste sich endgültig eingestehen, dass die Intensität ihrer Gefühle für ihn nicht im Geringsten nachgelassen hatte.

Nun, da sie wieder in seiner unmittelbaren Nähe war, stockte ihr regelrecht der Atem, als ihr eine weitere Möglichkeit in den Sinn kam: dass seine Gefühle für sie sich ebenfalls nicht geändert hatten. Dass sie der Grund gewesen sein könnte, dass er letztes Jahr seine Verlobung mit Miss Martin aufgelöst hatte.

»Sie wieder hier auf Rose Hall zu sehen, wo wir uns kennengelernt haben … Es hat mir klargemacht, wie sehr ich Sie vermisst habe, Miss Campbell«, stieß er schließlich hervor, während er den Boden fixierte. »April. Ich habe Ihre … Ich habe deine Gesellschaft und unsere Gespräche vermisst, deine weisen Ratschläge, die mir immer Zuversicht geschenkt haben. Ich habe so viel Schönheit in der Welt gesehen, doch neben deinem Anblick verblasst das alles. Ich bin durch die Welt gereist, in der Hoffnung, dass die Entfernung und die Zeit ihre Magie wirken und meinen Schmerz erträglicher machen, doch nichts konnte dich aus meinen Gedanken verbannen.« Nathaniels Stimme klang rau und heiser, als hätte er etwas Großes verschluckt.

Erneut traten Tränen in Aprils Augen, doch sie spürte nicht, wie sie ihr über die Wangen liefen. Ihr Körper fühlte sich taub an. Ihr war, als würde sie sich von außen beobachten. Ein ganzes Jahr war vergangen, und hier stand Nathaniel nun und gestand ihr, dass sich seine Gefühle für sie tatsächlich nicht im Geringsten geändert hatten.

Es konnte nicht wahr sein, denn wieso sollte er sonst nach Isabella Martins Heirat mit einem anderen Mann auch nur einen Moment länger warten, um zu ihr Kontakt aufzunehmen? Und warum war er überhaupt erst so kalt und gefühllos mit Aprils Herzen umgesprungen?

»Ich … Mr Pembroke, Sie können gewiss nicht erwarten, dass ich … Oh.« Ihre Kehle war wie ausgedörrt, und das konnte auch ein Schluck Kamillentee nicht ändern. April stellte den nutzlosen Becher auf einen Tisch und stützte sich an einem Stuhl ab, um nicht ohnmächtig zu werden.

Nathaniel entging keine einzige ihrer Bewegungen, selbst in dem schwachen Licht. Er machte hastig einen Schritt auf sie zu, als wollte er sie auffangen. Es war diese Geste, die April wieder Kraft gab. Er mochte ihr vor einem Jahr den Boden unter den Füßen weggezogen haben, doch er hatte sie nicht zu Fall gebracht, und das würde ihm auch heute nicht gelingen.

»Mr Pembroke«, begann sie erneut. »Ich weiß nicht, was Sie mir damit sagen möchten. Ich weiß auch nicht, was ich darauf überhaupt erwidern soll.« April konnte kaum ihre eigene Stimme hören, so laut tosten Panik und unzählige andere Gefühle in ihr.

Sie wollte wütend sein, doch die Verwirrung hatte die Oberhand gewonnen, als sie erfahren hatte, dass er besagte junge Dame nicht geheiratet hatte.

Nathaniel machte erneut einen Schritt auf sie zu, dann noch einen, ganz langsam, als hätte er Angst, sie sonst zu verschrecken, bis nur noch eine Armlänge sie voneinander trennte. Sein warmer, frischer Duft stieg ihr in die Nase und direkt zu Kopf.

Ihre Finger erinnerten sich an seine weichen Locken, an die rauen Bartstoppeln an seinem Kinn, wenn er sich einen Tag lang nicht rasiert hatte. Sie sehnten sich nach diesen vertrauten Stellen, als hätten sie den Mann darunter ebenfalls zutiefst vermisst.

»Ich verstehe, warum du … warum Sie nicht mit mir gesehen werden möchten, nach allem, was vorgefallen ist, und nach dem Schaden, den Ihr Ruf genommen hat«, sagte Nathaniel leise, wobei er seinen Blick nicht von ihr abwandte. »Doch ich denke, es gibt gewisse Erklärungen, die Sie aus meinem Mund hören sollten. Dinge, die Sie verdient haben zu erfahren. In erster Linie, dass meine Gefühle für Sie nach wie vor genauso unerschütterlich sind wie an dem Tag, als ich sie Ihnen zum ersten Mal gestanden habe.«

Oh, wie sollte April das bloß überstehen? Der Schock würde bestimmt ihr Ende sein. Irgendwie gelang es ihr, sich auf ihre eigene unerschütterliche Entschlossenheit zu konzentrieren und die Worte auszusprechen. »Wenn Ihre Gefühle für mich je echt gewesen wären, dann hätten Sie mich nicht auf so grausame Art getäuscht«, erwiderte sie, während sie versuchte, ihrer Stimme Kraft zu geben. »Dafür kann es keine Erklärung geben.«

»Sie haben recht, Miss Campbell. Ich hätte Sie nie so grausam täuschen können, wie Sie mir zutrauen. Nicht absichtlich. Mein Herz war – und ist nach wie vor – vollkommen und wahrhaftig mit Ihrem Herzen verwoben. Sie mögen mich aus Ihren Gedanken streichen, aus Ihrem Leben, Miss Campbell, doch nichts kann etwas an dieser Wahrheit ändern. Ich bitte Sie, sagen Sie mir, was Sie empfinden. Noch ein weiterer Moment des Schweigens von Ihnen könnte mich in den Wahnsinn treiben.«

Schließlich verstummte er, doch sein Atem ging schnell und schwer, als wäre er gerade vom Pferd gestiegen.

April biss sich auf die Unterlippe, um das, worum er sie gebeten hatte, nicht laut auszusprechen, sondern für sich zu behalten. Dieser Mann hatte sie gedemütigt. Er hatte ihr Herz gestohlen, es gebrochen und war mit den Bruchstücken um die halbe Welt gereist, nur um jetzt zurückzukehren und sie zu bitten, das alles zu vergessen. Er hatte sein Bestes gegeben, ihre Aussichten zu ruinieren, und dabei auch für ihre Schwestern sämtliche Hoffnung auf eine gute Partie und eine glückliche Ehe zerstört.

Er hatte es nicht verdient, die Worte zu hören: dass sie ebenso wenig aufhören konnte, an ihn zu denken, und dass die Vorstellung ihrer Zukunft, die sie sich während der Zeit mit ihm ausgemalt hatte, nicht aus ihren Gedanken verschwinden wollte.

Allerdings hatte sie das Gefühl, er könne all das in ihren Augen lesen. Sein Blick wurde weich vor Erleichterung, die schon bald der Sehnsucht wich. Er streckte die Hand aus und berührte die nackte Haut an ihrem Arm, was einen Schauer über ihren Rücken jagte. Seine Finger strichen über den Puls an ihrem Handgelenk, der wie zur Antwort in die Höhe schoss.

April wusste, sie sollte sich von ihm lösen, sollte ihm die harschen Worte in ihrem Kopf entgegenschleudern oder ihm eine Ohrfeige verpassen, doch sie tat nichts. Außer ihn zu beobachten, sich der Berührung hinzugeben, sich daran festzuhalten, auch wenn sie keine Ahnung hatte, wohin das hier führen sollte.

»Ich …« Sie schluckte. »Ich kann nicht.«

Seine Schultern sanken nach unten.

»Sie haben womöglich recht«, erwiderte er, und seine Stimme war so leise, dass es kaum mehr als ein Flüstern war. »Ich verdiene weder Ihre Zeit noch Ihre Zuneigung oder Vergebung. Ich hatte gehofft, dass Sie mir zumindest einen schwachen Trost gewähren, sobald Sie die ganze Wahrheit kennen.« Nun brach seine Stimme, und ihr Herz zog sich zusammen.

»Ich verstehe nicht, warum. Sie haben mir den Hof gemacht. Sie haben mich glauben lassen, wir könnten eine glückliche Zukunft zusammen haben. Sie haben mich davon überzeugt, dass ich mich auf Sie verlassen könnte«, spuckte sie ihm entgegen, nun, da endlich die lang ersehnte Wut zurückkehrte. »Nur um mich dann Spott und Scham auszusetzen, die ich nie verdient hatte. Und die ganze Zeit waren Sie einer anderen versprochen.«

»Die nun mit meinem Bruder verheiratet ist, wie Sie sicher wissen.«

»Ja, aber was kümmert mich das? Der Schaden an meinem Ruf ist bereits angerichtet, und mir ist nicht entgangen, dass Ihrer im Vergleich kaum gelitten hat.«

Ihre Worte trafen ins Schwarze, denn Nathaniel zuckte zusammen. April sehnte sich nach dem Gefühl von Genugtuung, weil es ihr endlich gelungen war, ihn zu verletzen – als Entschädigung für alles, was er ihr angetan hatte –, doch ihr verräterisches Herz zuckte mitfühlend zusammen.

»Es würde mein Gewissen erleichtern, wenn Sie meine Gründe kennen würden.«

»Ich möchte sie nicht hören, nicht nach all den Monaten, die seither vergangen sind. Können Sie wirklich von mir verlangen, dass ich mich um Ihr Gewissen sorge, Sir? Was geschehen ist, ist geschehen, und die Vergangenheit liegt in der Vergangenheit. Egal, was Sie auch sagen, ich wüsste nicht, wie ich Ihnen jemals wieder vertrauen könnte.« Aprils Blick verschwamm zum dritten Mal, seit sie nach unten gekommen war, und die Wahrheit in ihren Worten war wie ein Dolchstoß in ihr eigenes Herz.

Selbst wenn es auch nur die geringste Möglichkeit gäbe, ihre Romanze mit Nathaniel wiederaufleben zu lassen – denn mehr war das zwischen ihnen nie gewesen –, und selbst wenn seine Gefühle tatsächlich unverändert wären, wie er behauptete, wie sollte sie eine Zukunft mit einem Mann in Betracht ziehen, der sie in der Vergangenheit derart rücksichtslos behandelt hatte?

Sie konnte es einfach nicht, und je länger er vor ihr stand und in einem Moment aussah wie ein getretener Hund und im anderen wie ein Mann, der sich nach ihr verzehrte, desto schwerer würde es ihr fallen, daran festzuhalten, was sie wirklich verdiente. Respekt. Ehrlichkeit. Vielleicht sogar wahre, ewige Liebe.

Davon abgesehen standen sie sich nach wie vor gefährlich nahe, allein in einem schwach beleuchteten Raum, während ihre Hände sich berührten. Sollte sie jetzt jemand entdecken, wäre der daraus resultierende Skandal mehr, als sie ertragen könnte.

»Es tut mir leid, Miss Campbell. Aus ganzem Herzen. Würden Sie das Ausmaß meiner Verzweiflung kennen, die mich nach allem, was zwischen uns vorgefallen ist, erfüllt hat, würden Sie sicher den Schmerz verstehen, der mich seitdem begleitet.«

Als April den Kopf hob, war Nathaniel noch einen Schritt näher gekommen, so nahe, dass sein Atem die feinen Härchen an ihrer Stirn kitzelte. Schwindel erfasste sie, als seine Finger sanft über ihren Arm bis hoch zu ihrem Ellbogen wanderten und nichts als Gänsehaut zurückließen.

Sein Blick fiel erneut auf ihre Lippen, und April wusste, dass er sie küssen würde – sie *wusste* es, da er es schon so oft getan hatte und dabei sowohl ihre Knie als auch ihre Entschlossenheit hatte dahinschmelzen lassen. Sie *wollte*, dass er sie küsste, so sehr, dass sie beinahe den Geschmack seiner Lippen auf ihren wahrnehmen konnte. Doch vielleicht waren es auch die Tränen, die ihr übers Gesicht liefen.

In einem plötzlichen Anflug von Vernunft beschloss sie, ihrer Sehnsucht nicht nachzugeben. Sie konnte es nicht.

»Wenn Sie wirklich so für mich empfinden, wie Sie behaupten, Mr Pembroke«, presste sie schließlich hervor, »werden Sie sich in Zukunft weder diese Freiheiten erlauben noch das Geständnis Ihrer anhaltenden Zuneigung wiederholen. Sie machen es mir mit Ihrer Anwesenheit unmöglich, Sie ein für alle Mal aus meinen Gedanken zu verbannen.« April glaubte nicht, dass seine Worte nur so dahingesagt waren. Sie war nicht in der Lage, so schlecht über ihn zu denken. Sie glaubte jedoch nicht, dass sie ihn jemals aus ihren Gedanken würde verbannen können. Nicht nach heute Abend. »Also bitte, lassen Sie mich in Ruhe.«

Sie entzog sich seinem Griff und wich zurück, bis sie ihre Lunge wieder mit Luft füllen konnte.

Dann floh sie aus dem Raum.

KAPITEL 18

May

Die Zeit, seit May und ihre Schwester von dem Landsitz der Pembrokes nach London zurückgekehrt waren, war in einem Wirbelwind aus Abendessen, Picknicks, Ausritten und anderen gesellschaftlichen Ausflügen vorbeigezogen. April war noch verschlossener und reservierter als vor ihrem Besuch auf dem Land, und May fand es äußerst schwierig, auch nur einen Moment allein mit ihr zu reden.

Ihre Schwester entschuldigte sich stets mit einer Ausrede, wie etwa, dass sie Kopfschmerzen hätte oder müde wäre oder dass ihr das »unverhältnismäßig warme« Frühlingswetter zu schaffen machte. Sie zog sich öfter auf ihr Zimmer zurück, als May schweigend an ihrer Seite sitzen konnte, weshalb der Graben zwischen ihnen, den sie eben erst langsam zu überwinden begonnen hatten, sie nun wieder stärker denn je voneinander trennte.

May konnte sich einfach keinen Reim darauf machen. Emma tappte ebenfalls im Dunkeln. Ihr fiel nur eine einzige Sache ein, die April aus ihrem Schmollen reißen könnte – die Möglichkeit, einen guten, zuverlässigen Ehemann zu finden. Denn April liebte nichts mehr, als immer wieder zu betonen, wie wichtig ihre Pflicht gegenüber der Familie war. Wenn sie also eine Möglichkeit sähe, diese mit einem der Verehrer zu erfüllen, die ihr weiterhin Blumen schickten und ihr Besuche abstatteten, würde sie das sicher aus ihrer Starre holen.

May und Emma beschlossen, ihren Plan erneut aufzugreifen und April und Lord Talbot einander näherzubringen.

Sie hatten ihn auf den meisten Bällen getroffen, außerdem hatte er mehrere Nachmittage mit ihnen verbracht und auch einige Male mit der ganzen Familie Radcliffe zu Abend gegessen, doch auch wenn er und April sich in der Gegenwart des anderen wohlzufühlen schienen, gab es bisher noch keine Anzeichen, dass zwischen ihnen mehr als bloße Freundschaft war.

May verstand es nicht. Sie freute sich jedes Mal von ganzem Herzen, Lord Talbot wiederzusehen. Er war stets voller Wärme und Fröhlichkeit, zuvorkommend, witzig, und er scheute sich nicht vor unerwarteten Planänderungen. Er genoss eine Freiheit, die May sich ebenfalls wünschte – mehr noch, die sie sich für ihre Schwester wünschte.

Mays Instinkte lagen selten falsch. Die Tatsache, dass etwas in ihrem Innern derart auf Lord Talbots Anblick reagierte, dass er May mit seinen absurden Witzen zum Lachen brachte – oder zumindest zum Kichern –, dass er ihr jedes Mal ein Buch oder einen Gedichtband empfahl, den sie in einem, höchstens zwei Tagen verschlang … Das alles war ein eindeutiger Beweis: Lord Talbot war perfekt für ihre Schwester.

Zudem hatte er in Aprils Gegenwart noch nie ein beleidigendes Wort geäußert oder unzufrieden gewirkt. Er lauschte höflich ihren Beobachtungen, und seine Stimmlage passte sich sogar der ihren an, wenn er ihr antwortete. Er war überaus aufmerksam – stets fragte er April, und vor allem auch die anderen Damen, ob er ihnen eine Erfrischung holen dürfe, oder er bot an, sie in seinem Landauer nach Hause zu bringen.

Ja, es war eindeutig, dass er April mochte, sehr sogar. May glaubte nicht, dass sie ihm ihre eigenen Wünsche aufdrückte. Auch wenn er bei ihrem Abendessen auf Rose Hall darauf beharrt hatte, dass mehr in ihm stecke, als sie in solch kurzer Zeit erkennen könne, und auch wenn April beiläufig erwähnt hatte, dass er sich aus irgendeinem Grund als nicht geeignet für die Ehe ansah, war May davon nicht überzeugt. Er schien genau so zu sein, wie sie ihn am Tag ihres Kennenlernens eingeschätzt hatte: attraktiv, freundlich, bodenständig, mit guten Manieren.

Heute hatten sie die Anprobe für die Kleider, die sie auf dem bevorstehenden Ball der Pembrokes tragen würden. Mays Kleid war dieses Mal nicht neu, sondern ein altes von Emma, das für sie angepasst und überarbeitet wurde. Trotzdem war es prachtvoller als alles, was die Campbell-Schwestern von zu Hause mitgebracht hatten. Viele Frauen hätten das Kleid im Schrank behalten, um zu verhindern, dass die feine Gesellschaft es erneut sah, doch nicht Emma. May war überaus dankbar, eine solch gute Freundin zu haben, etwas, das sie sich selbst jeden Tag in Erinnerung rief. Wenn bloß April auch so dankbar wäre.

»Ich verstehe nicht, wie ihr es geschafft habt, euch in diese Situation zu bringen«, murmelte Tante Violet und zupfte an dem Ausschnitt von Aprils Kleid, das diese gerade auf dem Podest präsentierte, während die Gehilfin der Modistin den Stoff glatt strich und feststeckte.

Es war eines der Kleider, die sie von zu Hause mitgebracht hatten. Ihr Vater hatte sein ganzes Geld zusammengekratzt, um April vor ihrer Abreise ein neues Kleid schneidern zu lassen. Es war weder aus der allerfeinsten Seide gefertigt, noch hatte es die detailreichsten Stickereien. Es war auch nicht so elegant wie andere, doch angesichts von Aprils Schönheit würde kaum jemand ihrem Kleid Beachtung schenken, da war May sich sicher. Sofern ihre Schwester es schaffte, das Haus zu verlassen.

April hatte in den letzten zwei Wochen nur einen Ball mit ein wenig Begeisterung besucht. Es schien zwar, als hätte sie eine schöne Zeit gehabt, sie hatte auch mit dem einen oder anderen Mann getanzt, doch als der Abend vorüber war, hatte sich an ihrer frustrierenden Haltung nichts geändert. Mays Schwester war nach wie vor gegen eine Heirat aus Liebe, sie wollte weiterhin lediglich ihre Pflicht erfüllen, um dem Rest ihrer Familie eine glückliche Zukunft zu ermöglichen.

Nicht weniger als drei Verehrer hatten in den folgenden Tagen an die Tür der Radcliffes geklopft. Natürlich hatte April ihnen Kuchen und Tee angeboten und sich mit ihnen tapfer über das Wetter und die bevorstehenden Veranstaltungen der Saison unterhalten. Einer von ihnen brachte ihr sogar Tulpen aus dem Gewächshaus, die Aprils Augen strahlen ließen. Doch das Licht verblasste ebenso schnell wieder, wie es aufgetaucht war, als hätten die leuchtenden roten Blüten sie gleichermaßen entzückt wie betrübt.

Als May und Emma nun Tante Violets Worte hörten, tauschten sie einen Blick, und May trat langsam näher, um zu lauschen. Vielleicht sagte sie ja noch etwas von Bedeutung.

»Dieser junge Mann – ich kann ihn nicht guten Gewissens einen Gentleman nennen – könnte von der Oberfläche dieser Erde verschwinden, und ich könnte mich dennoch nicht dazu durchringen, um ihn zu trauern.« Tante Violet verzog das Gesicht, als hätte sie in eine saure Zitrone gebissen, ehe sie wieder eine unnachgiebige Miene aufsetzte.

»Ich habe mich nicht in eine Situation *gebracht*, das habe ich dir bereits gesagt. Ich konnte nicht wissen, dass wir an diesem Tag im Gewächshaus auf Anne treffen würden oder dass sie darauf besteht, unsere Freundschaft wiederaufleben zu lassen, selbst nachdem ich sämtliche ihrer Briefe ignoriert hatte.« April seufzte und schaffte es dabei, sowohl niedergeschlagen als auch genervt zu wirken. »Ich könnte die Einladung zu dem Pembroke-Ball ablehnen. Behaupten, ich würde mich unwohl fühlen.«

Tante Violet verdrehte die Augen. »Kind, wenn du schon derart dumme Dinge von dir gibst, dann sag sie mit mehr Entschlossenheit. Wir wissen beide, dass du die Einladung nicht ausschlagen kannst. Um ehrlich zu sein, ist es genau das Gegenteil, was du nun tun musst, nachdem du Mr Pembroke auf dem Land begegnet bist. Dieser Talbot-Junge scheint mir jemand zu sein, der alles bemerkt und später darüber spricht.«

May gab es auf, so zu tun, als würde sie nicht lauschen, und kam ihrer Schwester zu Hilfe. »Ich habe mit ihm gesprochen.«

»Er klatscht und tratscht wie eine Frau, nicht wahr?« Tante Violet hob eine Augenbraue, als wollte sie May herausfordern, ihr zu widersprechen.

May unterdrückte ein Lachen und versteckte es hastig hinter einem Husten, als April misstrauisch in ihre Richtung blickte. Es war ein weiterer Beweis dafür, dass Lord Talbots besondere Vorliebe leicht zu durchschauen war.

»Tante Violet, ich muss protestieren. Du verurteilst nicht Lord Talbot – vielmehr klagst du unser ganzes Geschlecht an!«, sagte May. »Sicher denkst du nicht, dass alle Frauen unverbesserliche Klatschtanten sind.«

»Ich denke, dass ich in meinem Leben bereits vielen Klatschtanten begegnet bin, mein Kind. Die überwiegende Mehrheit waren Frauen.«

May wollte am liebsten erwidern, dass die Beobachtungen ihrer Tante nicht repräsentativ für die tatsächliche Anzahl an weiblichen Klatschtanten war, sondern sich vielmehr daraus ergab, dass sie ihre Zeit in der Gesellschaft von Frauen verbrachte, doch sie wusste, dass sie bereits genug gesagt hatte.

April hatte, wie es schien, das Interesse an ihrer Unterhaltung verloren. Sie blickte ausdruckslos in den Spiegel. »Ich finde, der Ausschnitt ist zu tief«, verkündete sie und strich mit dem Finger über den Saum.

Nun war es an ihrer Patentante zu schnauben. »Es liegt nicht am Ausschnitt, meine Liebe. Es liegt an deinen Brüsten, die sind einfach zu groß.«

»Ah! Du hast recht. Das wäre mir überhaupt nicht aufgefallen!« April gab sich schockiert, als sie auf ihre Brust hinabsah, dann bedachte sie May mit einem Lächeln und einem längst verloren geglaubten Funkeln in den Augen. »Aber ehrlich, Tante Violet. Ich hatte kein Mitspracherecht«, erwiderte April ironisch. »Keine von uns hatte das. Davon abgesehen, ich mag sie ganz gern. Ich habe sie von meiner Mutter.«

Emma und May kicherten, und die Freude über das erneute Gefühl der Verbundenheit zwischen ihnen ließ May beinahe jubeln.

Tante Violet atmete laut durch die Nase aus. »Nun. Ganz recht. Dennoch, das Kleid ist nicht das Problem.«

»Erzähl uns doch von Aprils anderen Fehlern, Mama«, sagte Emma neckend. Sie war kurz davor, erneut zu kichern, doch ein scharfer Blick ihrer Mutter ließ sie verstummen.

»April, du wirst auf diesen Ball gehen und dich möglichst schicklich verhalten«, wies Tante Violet sie an und presste die Lippen zusammen. »Ich würde sagen, du solltest deiner Schwester nahelegen, dasselbe zu tun, doch sie ist wohl ein hoffnungsloser Fall.«

Ihre harten Worte wurden von einem kaum unterdrückten Lächeln abgeschwächt, was Emma und May nun doch wieder kichern ließ.

»Es wäre gut, wenn du vor dem Ball entscheidest, welcher deiner Verehrer am ehesten als Ehemann infrage kommt, und ihm die nötige Aufmerksamkeit schenkst«, fuhr Tante Violet fort. »Hast du einen Favoriten? Ziehst du überhaupt einen von ihnen ernsthaft in Betracht?«

»Ich habe letzte Woche drei Gentlemen empfangen«, sagte April mit ganz leicht erhobenem Kinn.

»Du hast ihnen ein Plätzchen angeboten und sie dann weggeschickt wie folgsame Hunde«, wies Tante Violet sie zurecht.

Emma biss sich auf die Unterlippe, um ein weiteres Kichern zu unterdrücken. Vergeblich.

April zupfte unruhig am Ausschnitt ihres Kleides. »Keiner von ihnen hat mein Interesse geweckt.«

»Liegt es möglicherweise daran, dass du noch zu sehr an der Vergangenheit festhältst?«

»Nein. Nein, Tante Violet.« Aprils Stimme klang endgültig und auch ein wenig einschüchternd. »Ich bin erwachsen geworden, und reifer. Ich werde mich keinen Träumereien mehr hingeben, nicht, was diese Dinge betrifft. Weißt du das denn nicht?«

»Vielleicht«, erwiderte ihre Patentante, die April aufmerksam musterte.

Die beiden verstummten, und einen Moment später bat Tante Violet May auf das Podest, um die Änderungen zu prüfen, die an ihrem Kleid gemacht werden mussten. May wünschte, es gäbe eine Möglichkeit, ihre Patentante davon zu überzeugen, ihr zu erzählen, was zwischen ihrer Schwester und dem grüblerischen Mr Pembroke vorgefallen war.

Die ältere Dame war jedoch viel zu scharfsinnig, um sich überlisten zu lassen, und wenn die Zeit es nicht schaffte, ihre Zunge zu lösen, dann bezweifelte May, dass es irgendetwas anderes konnte.

Hatte er April den Hof gemacht? Sicher nicht. Hatten sie eine Übereinkunft gehabt? Das schien wahrscheinlicher, ergab allerdings keinen Sinn, denn das hätte April ihr geschrieben. Nein, was zwischen den beiden vorgefallen war, musste etwas Unerlaubtes gewesen sein. Etwas derart Unangebrachtes, dass April gezwungen war, es vor ihrer eigenen Schwester geheim zu halten, obwohl sie ihr zuvor alles anvertraut hatte.

Und zu guter Letzt – was in aller Welt hatte die Frau des Bruders mit dieser Sache zu tun?

Es gab einfach viel zu viele Fragen, und keine davon würde ihre Patentante ihr beantworten. Wenn May also keine Antworten über die Vergangenheit bekam, dann musste sie sich auf die Zukunft konzentrieren. Ihr Ziel hatte sich nicht geändert: einen zuverlässigen, angemessenen Ehemann für ihre Schwester zu finden, einen, der sie vergessen ließ, was auch immer damals geschehen war.

May hoffte nach wie vor, April würde sich für Lord Talbot entscheiden, aber wenn ihre Schwester einen anderen bevorzugte, würde May sich nicht dagegenstellen, solange er sich als würdig erwies.

»Was hast du denn über Lord Talbot gehört, Tante Violet?«, fragte May mit bewusst lauter Stimme und warf einen Blick zu ihrer Schwester.

April kam gerade in ihrem hübschen Tageskleid aus dem Umkleideraum und tat so, als hätte sie kein Wort gehört, so unmöglich es auch klang. Für einen Moment hatte May den Eindruck, ihre Schwester hätte kurz zu ihr und Tante Violet gesehen, aber sie war sich nicht sicher. Möglicherweise zog April Lord Talbot also doch in Betracht.

»Ich habe mich bereits gefragt, ob eine von euch beiden an dem Mann interessiert genug ist, um sich über ihn zu erkundigen.« Tante Violets Strahlen verriet May alles, was sie wissen musste. »Ich gestehe, ich habe mich unter den Damen umgehört, die regelmäßig zu Mrs Bloom gehen, und ebenfalls Edwards Meinung zu dem Mann eingeholt.«

Die alte Hutmacherin Mrs Bloom war überaus beliebt bei den feinen Damen, die einen eher klassischen Geschmack besaßen. May konnte sich die Gesellschaft deutlich vorstellen, in der Tante Violet sich über Lord Talbot unterhalten hatte: ältere Damen, deren Töchter längst verheiratet waren und die jede Gelegenheit wahrnahmen, um über die aktuelle Saison zu reden, egal wie wenig sie Bescheid wussten. Edward hingegen hatte vermutlich einen völlig anderen Eindruck von dem Mann, da sie Studienfreunde waren.

Mays Mundwinkel zuckten, als sie sich vorlehnte. Informationen waren schließlich Informationen. Man konnte nie sagen, welche Details zu den größten Entdeckungen führten.

April schien das anders zu sehen, denn sie entschuldigte sich, um vor dem Laden etwas frische Luft zu schnappen, während Emma und May ihre Anprobe hatten.

»Lady Halliwell erzählte, dass der Schwager ihres Sohnes mit ihm an der Universität im Lateinunterricht saß.« May lachte kurz, verstummte jedoch sofort, als sie Tante Violets warnenden Blick auffing, und wurde wieder ernst. »Allem Anschein nach ist er ein anständiger junger Mann. Er erbt das Vermögen seines Vaters sowie eine Grafschaft. Er ist außerdem ein guter Freund von Edward, was er dir sicher ebenfalls bestätigen würde.«

»Hat er Edward gegenüber sein Interesse an April erwähnt?«

Bei dieser Frage schossen Tante Violets Augenbrauen überrascht nach oben. »Ich denke nicht. Wieso? Hast du eine wachsende Zuneigung zwischen den beiden beobachtet?« Sie fixierte May derart intensiv, als würde sie ihr einen Dolch an die Kehle halten.

May überlegte einen Moment, ehe sie eine für sie ungewöhnlich vorsichtige Antwort gab. »Wir haben viel Zeit mit ihm verbracht, wie du weißt. Die beiden teilen das Interesse an Gärten. Ich … ich denke, sie würden ein gutes Paar abgeben.« Plötzlich war Mays Kehle wie zugeschnürt, und sie schaffte es nicht länger, Tante Violets durchdringendem Blick standzuhalten. Sie wandte sich ab, suchte nach etwas, womit sie sich ablenken konnte, und konzentrierte sich schließlich auf ihr Spiegelbild. Ihr Kleid war waldgrün, was die grünen Sprenkel in ihren haselnussbraunen Augen hervorhob und einen Kontrast zu ihrem natürlichen Hautton bildete. Es war durchaus schön, ihr Lieblingsdetail war jedoch der neue schneeweiße Spitzenbesatz.

May schluckte und atmete tief ein und aus. Was konnte sie ihrer Patentante noch erzählen? April und Lord Talbot hatten sich sehr viel unterhalten, und sie hatten mehr als nur einmal miteinander getanzt. Sie schienen sich in der Gegenwart des anderen wohlzufühlen. Während andere ihre Liebe für Gärten als belanglosen Zufall abgetan hätten, sah May darin eine handfeste Gemeinsamkeit. Denn egal, was sonst im Leben geschah, die Jahreszeiten veränderten sich, und Blumen sprossen jedes Jahr aus der Erde, sobald der Frost vorbei war. Die beiden könnten ihr Leben zusammen verbringen und die Wintervögel dabei beobachten, wie sie nach Samen pickten, während sie die Tage zählten, bis die Rosen wieder blühten.

»Ich denke, die beiden könnten eine Zuneigung füreinander

entwickeln«, sagte sie schließlich. Das war wahr, wenn auch nicht besonders überzeugend.

»Hmm«, machte Tante Violet, ehe sie mit einem Nicken Mays Kleid absegnete. »Nun, sie könnte es eindeutig schlimmer treffen. Dennoch bezweifle ich, dass deine Schwester in dieser Saison überhaupt einem Verehrer eine Chance gibt, geschweige denn einer Verlobung zustimmt.«

»Das befürchte ich auch«, murmelte May. Und der Gedanke jagte ihr Angst ein. Trotz all der Bälle, Feste und wundervollen Möglichkeiten, die London im Frühling bot, befand May sich nun in einem Dilemma. Sie war an den aufregendsten Ort des Landes gereist, nur um jeder anderen jungen Dame dabei zuzusehen, wie sie die Zeit genoss. Dabei hätte es May ebenso gehen sollen.

»Ich weiß, du sehnst dich danach, dass deine eigene Zukunft beginnt.«

Wie konnte Tante Violet ihre Gedanken so genau lesen? May kniff die Augen zusammen und schüttelte den Kopf.

»Na, na«, sagte die ältere Dame sanft. »Du hast die Aufmerksamkeit eines Gentlemans wie Lord Beaumont erregt, auch wenn seit seinem letzten Besuch inzwischen mehrere Tage vergangen sind. Aber verliere nicht den Mut. Ein Gentleman wie er liebt Herausforderungen.« Tante Violet wackelte mit den Augenbrauen, was May ein kleines Lächeln entlockte, ehe ihre Patentante fortfuhr: »Lass dir Zeit, und gib auch deiner Schwester die Zeit, die sie braucht. Das wird euch beiden guttun, und letzten Endes wird April ihre Pflicht erfüllen. Da bin ich mir ganz sicher. Und ich wage zu hoffen, dass sie dabei sogar glücklich wird.« Tante Violet tätschelte Mays Wange und schenkte ihr ein Lächeln, während sie ihr vom Podest half.

May dachte über die Worte ihrer Patentante nach, als sie sich umzog. Während Emma ihr Kleid vorführte, suchte May in ihren willkürlich übereinandergeworfenen Sachen den Roman, den sie mitgenommen hatte, und ging damit nach draußen, um im Schatten eines Baums zu lesen.

Sie hatten eine anstrengende Woche vor sich, wobei der Ball der Pembrokes die wichtigste Veranstaltung sein würde. Tante Violets Ermutigungen in Bezug auf Lord Beaumont ließen sie nicht mehr los. Er nahm zwar alles eher auf die leichte Schulter, war aber gut aussehend und charmant – kurzum der perfekte Gentleman, mit dem eine junge Dame ohne Bedenken Zeit verbringen konnte, während sie darauf wartete, dass ihre ältere Schwester endlich erwachsen wurde. Er war klug und reich, und er hatte angeboten, sie in seinem zweirädrigen Einspänner auszuführen. Sie würden allein und unbeobachtet sein, abgesehen von den prüfenden Blicken derjenigen, die an diesem Tag ebenfalls unterwegs sein würden.

May ließ das Buch geschlossen an ihrer Seite ruhen, während sie ihrem Tagtraum nachhing und sich vorstellte, was genau passieren würde, wenn sie endlich die Gelegenheit dazu bekamen. Ihre Gedanken wanderten zu seiner leichten Kutsche und der Aufregung, die sie erfüllen würde, wenn sie über die Wege holperten und dadurch näher aneinanderrutschten, bis sich vielleicht sogar ihre Handrücken berührten. Sie könnten auch einen Spaziergang unternehmen, dachte sie, und vielleicht gelang es ihnen dabei sogar, ihre Patentante abzuhängen, um einige Momente unbeobachtet zu sein.

Würde er versuchen, sie zu küssen? Lord Beaumont war verwegen und romantisch und vermutlich kühn genug, es zu wagen, wenn sie es zuließ. Ihr Herz schlug bei der Vorstellung schneller, doch sie verspürte auch etwas Angst, obwohl dieses Gefühl wohl eher der Nervosität geschuldet war.

May schloss die Augen, während sie sich ausmalte, wie es passieren könnte. Es wäre später Nachmittag, und Lord Beaumont würde außerordentlich gut aussehen, wenn das Sonnenlicht seine dunklen Haare glänzen ließ. May selbst würde nach Luft ringen, doch nicht wegen der Anstrengung des Spaziergangs, sondern vor freudiger Erwartung. Sie würden hinter einem kleinen Hügel verschwinden, wo sie für einige Momente außerhalb der Sichtweite ihrer Patentante wären, und Lord Beaumont würde sie zurückhalten, sie an sich ziehen und ihr tief in die Augen sehen.

In ihrem Tagtraum hob May den Blick … doch das Gesicht gehörte nicht Lord Beaumont, sondern Lord Talbot.

Sie sah nicht in dunkle, sondern in blaugrüne Augen. Nicht in glühende, sondern in lächelnde Augen.

May schreckte hoch und schüttelte den Kopf, während sie genervt die Stirn runzelte. Die ungebetene Vision kam sicher von zu viel Gerede über Lord Talbot vorhin bei der Anprobe. Es hatte nichts zu bedeuten.

Lord Talbot und Lord Beaumont könnten nicht unterschiedlicher sein, und da May eine zutiefst romantische Ader hatte, war sie davon überzeugt, dass Letzterer die perfekte Partie für sie war.

KAPITEL 19

May

Als der Abend des Pembroke-Balls anbrach, hatte May diesen seltsamen Tagtraum von Lord Talbot in den hintersten Winkel ihres Gehirns verbannt. Lord Beaumont hatte ihr am Tag zuvor Blumen geschickt, etwas, was Emma in Aufregung versetzte. April hatte sich sogar zu der Bemerkung aufgerafft, dass es einige der teuersten Exemplare waren, die die Gewächshäuser zu dieser Jahreszeit zu bieten hatten.

May gelang es, die beiliegende Karte vor den neugierigen Blicken der beiden zu verbergen. Hätten sie von der Bitte, an diesem Abend drei Tänze für Lord Beaumont freizuhalten, gewusst, hätten sie May den ganzen Tag über zur Vorsicht ermahnt.

Mays Herz flatterte bei dem Gedanken – drei Tänze! Sie konnte sich bereits Lord Beaumonts Halblächeln vorstellen, wenn er an ihrer Seite auftauchte, ihren Ellbogen berührte und seine Finger dabei ein wenig höher über ihre Haut strichen, als angemessen war. Sie übte im Spiegel ihr eigenes Lächeln, das sie ihm schenken würde, und glättete ein letztes Mal die Vorderseite ihres Kleides, als einer der Diener verkündete, dass die Kutsche bereitstehe.

Ja. Lord Beaumont war genau wie die gut aussehenden, leicht

verwegenen Gentlemen aus ihren Büchern. Er war der perfekte Mann, um ihm ihre ganze Aufmerksamkeit zu schenken.

Die Fahrt zum Anwesen der Pembrokes schien endlos zu sein. May betrachtete ihre Schwester und stellte erneut fest, dass sie in dem blauen Seidenkleid wunderschön war. Der kühle Farbton ließ ihre Augen leuchten, und die goldenen Akzente in ihren Haaren wirkten wie ein Heiligenschein.

May hoffte, dass Aprils strahlende Schönheit insbesondere Lord Talbots Aufmerksamkeit erregen würde. Ihre Interessen stimmten mit seinen perfekt überein, und sobald sie sich in der Gegenwart des jeweils anderen etwas wohler fühlten, würde April sich auch mehr für ihn öffnen. Ihre äußere Schönheit würde sicher ausreichen, seine Aufmerksamkeit zu halten, bis er ihre inneren Werte erkannte.

Die vier Damen stiegen aus der Kutsche und betraten das Londoner Anwesen der Pembrokes, das natürlich nicht so groß war wie ihr Landsitz, aber dennoch genauso beeindruckend. Nachdem sie ihre Tanzkarten erhalten hatten, stellten sie sich an den Rand des Ballsaals und nahmen die Pracht in sich auf, von den hohen Türen und Fenstern zu den erhabenen Decken bis zu den Tischen, auf denen sich Leckereien türmten. Alles war atemberaubend schön und opulent.

Bereits jetzt tummelten sich einige Gäste im Saal, obwohl das Fest gerade erst begonnen hatte. May und Emma waren also nicht die Einzigen, die begierig darauf waren, zu erfahren, was ein Pembroke-Ball zu bieten hatte.

Selbst ein kurzer Blick in den Saal genügte, um zu erkennen, dass die Erwartungen nicht enttäuscht wurden.

Das Streichquartett hatte zu spielen begonnen, auch wenn sich noch keine Tänzer auf das Parkett wagten. Lange Tische mit Erfrischungen säumten die Wände, und das leise Gemurmel von Unterhaltungen sowie das unterschwellige Summen der Vorfreude erfüllten den Raum.

Anne und Nathaniel Pembroke begrüßten die Gäste persönlich, und als sie April, May, Emma und Tante Violet erreichten, war Anne außergewöhnlich überschwänglich. Ihr Bruder hingegen ließ seinen Blick durch den Raum wandern, als würde er nach einem Fluchtweg suchen. May konnte nur mit Mühe die Frage unterdrücken, ob Annes anderer Bruder und dessen Frau ebenfalls auf dem Ball waren. Sie wollte sie unbedingt kennenlernen, auch wenn es ihr nur darum ging, herauszufinden, was letztes Jahr in der Pembroke-Familie vorgefallen war – und wie April darin verwickelt gewesen sein könnte. Doch Anne und Mr Pembroke hatten sich bereits den nächsten Gästen zugewandt.

Ihre kleine Gruppe schloss bald auch Edward ein, und kurz darauf gesellte sich Lord Talbot zu ihnen und bat alle drei Damen um einen Tanz.

»Ist der Ballsaal nicht hinreißend, Lord Talbot?«, fragte May, die sich wohl oder übel mit ihm unterhalten musste, da er mit einem zufriedenen Lächeln schweigend an ihrer Seite blieb. Nicht zum ersten Mal fiel ihr auf, wie groß und breitschultrig er war, und nun, da sie in diesem vollen Ballsaal so nah beieinanderstanden, spürte sie die Wärme, die von ihm ausging.

May war viel zu heiß, doch sie unterdrückte den Wunsch, sich Luft zuzufächeln, und suchte verstohlen den Raum nach Lord Beaumont ab.

»Allerdings, auch wenn unsere Gastgeber in einer Sache kläglich versagt haben.«

»Sir?«, fragte May, die leicht verärgert darüber war, bei ihrer Suche unterbrochen worden zu sein.

»Die Pembrokes hätten sich bei der Dekoration nicht so viel Mühe geben müssen. Kein Schmuck und keine Verzierung könnte es je mit der Schönheit der Campbell-Schwestern aufnehmen.«

May hob überrascht den Kopf, doch Lord Talbot betrachtete ihre Schwester. Oh! Dass Lord Talbot April solche Aufmerksamkeit schenkte, war genau das, was May sich erhofft hatte. Das Ziehen in ihrem Magen war sicher ein Zeichen dafür, dass sie sich für ihre Schwester freute. Als Lord Talbot sich mit einem Grinsen ihr zuwandte, erwiderte May sein Lächeln, ehe sie erneut die Tür zum Ballsaal beobachtete.

Lord Talbot hatte sie lediglich für einen Moment abgelenkt, doch der hatte Lord Beaumont gereicht, um in den Raum zu treten und sich ihr von hinten zu nähern. Er tauchte genau so an ihrer Seite auf, wie sie es sich ausgemalt hatte, mit einer leichten, aber unmissverständlichen Berührung wenige Zentimeter oberhalb ihres Handschuhs. Seine Finger strichen über die Innenseite ihres Ellbogens und jagten einen Schauer über ihren Rücken.

»Miss Campbell. Sie sehen heute Abend ganz besonders bezaubernd aus.« Er ließ ihren Arm los und verbeugte sich knapp. »Ich hoffe, Sie haben trotz meiner Verspätung zumindest den Walzer für mich freigehalten.«

May spürte eine Veränderung in Lord Talbots Haltung, bevor er unauffällig näher trat, als wollte er Lord Beaumont fernhalten. Als sie einen raschen Blick auf sein Gesicht warf, musste sie feststellen, dass er die Lippen zu einer schmalen Linie zusammengepresst hatte und ihren Ellbogen betrachtete, an dem gerade noch Lord Beaumonts Hand gelegen hatte.

May konzentrierte sich wieder auf Lord Beaumont, dem sie eigentlich ihre Aufmerksamkeit schenken wollte. »Und was ist Ihre Begründung für diese spezielle Bitte, Sir?« Sie lächelte, während sie etwas schneller blinzelte als normal, genau so, wie Gentlemen es Emma zufolge liebten.

Er ignorierte Lord Talbots Anwesenheit und lehnte sich vor. Sein warmer Atem kitzelte die feinen Härchen an ihrem Hals. »Ich habe erfahren, dass heute Abend der enge Walzer getanzt wird.« Und dann war er weg.

May stockte der Atem. Sie hatte schon mehrmals gehört, dass manche Mütter ihren Töchtern nicht erlaubten, einen solchen Walzer zu tanzen. In den Augen der Anstandsdamen konnte dieser Tanz, der selbst unverheiratete Paare in eine enge Umarmung führte, lediglich ein Ziel haben: Er ermutigte zu Dingen, die nur für die Ehe bestimmt waren.

Anne Pembrokes Mutter war natürlich nicht mehr am Leben, um den Tanz in ihrem Haus zu unterbinden. Die Vorstellung, dass ein Mann seinen kräftigen Arm um ihre Taille legte, sie näher an sich zog, während sie über die Tanzfläche schwebten, raubte May den Atem.

Sie bemerkte erst, dass Lord Talbot ihre Seite verlassen hatte, als er zurückkam und ihr ein kaltes Getränk reichte. Offenbar hatte er gespürt, dass sie eine Erfrischung brauchte.

»Ihre Wangen sind etwas gerötet, Miss Campbell. Ich dachte, Sie hätten vielleicht gern einen Punsch.« Er runzelte die Stirn, während er sie musterte. »Geht es Ihnen gut?«

»Ja, mir geht es gut, vielen Dank.« May nippte an ihrem Getränk, sie fühlte sich bereits besser. »Vielen Dank für die Erfrischung«, wiederholte sie, als er immer noch stehen blieb, obwohl der nächste Tanz bereits angekündigt wurde. Lord Talbots Tanz mit ihrer Schwester.

April warf ihm einen erwartungsvollen Blick zu – die Musik würde jeden Augenblick beginnen.

»Ich bin Ihnen überaus dankbar«, sagte May zum dritten Mal und sah zur Tanzfläche.

»Ah. Ja. Nun ja.« Erst jetzt schien er die Musik zu bemerken. Er verbeugte sich leicht, ohne die Augen von ihr zu nehmen. Er wirkte, als hätte er gern noch mehr zu ihr gesagt, doch dann führte er April auf das nun volle Parkett. May beobachtete sie, während ihr Bauch sich anfühlte, als würde ein Schwarm Vögel darin wie wild mit den Flügeln schlagen. Sie nahm einen weiteren Schluck von ihrem Punsch. Vielleicht war er stärker, als er schmeckte.

Lord Talbot und April fügten sich wunderbar zwischen all den anderen Paaren ein, und May stellte erneut fest, dass Lord Talbot sich trotz seiner Größe und seines muskulösen Körpers elegant und leichtfüßig bewegte. Zudem war er überaus aufmerksam und unterhielt sich mit April, so gut es ihm durch den häufigen Partnerwechsel möglich war.

May hatte für ihre Schwester wirklich eine gute Wahl getroffen. Wenn April Lord Talbot bloß als Verehrer akzeptieren würde!

Leider versprachen die ersten Töne des Streichquartetts eine Quadrille, einen der kürzesten Tänze des Abends. May hatte auf einen längeren Kotillon gehofft, sodass die beiden mehr Zeit hätten, sich zu unterhalten. Möglicherweise würde ihr nächster Tanz länger sein – April hatte vorhin einem zweiten Tanz zugestimmt, wie May bemerkt hatte.

Doch zuerst waren May und Lord Talbot an der Reihe. Als sie die Tanzfläche betraten, ertönten langsamere Töne vom Streichquartett.

»Wie hat Ihnen die Quadrille gefallen, Lord Talbot? Sie scheinen sehr geübt darin zu sein, wenn man bedenkt, dass der Tanz erst seit Kurzem in Mode ist«, sagte May, die sich in seinem festen Griff durchaus wohlfühlte. »Meine Schwester ist natürlich eine gute Tänzerin, finden Sie nicht auch?«

Sie nahm sich vor, ausschließlich über April zu sprechen, zum einen, damit Lord Talbot weiterhin an sie dachte, und zum anderen, um sein Interesse abschätzen zu können.

»Das tue ich. Sie beide sind ausgezeichnete Tanzpartnerinnen, auch wenn ich gestehen muss, die Unterhaltung mit Ihnen ist weitaus lebhafter, Miss Campbell.« Als May den Kopf hob, grinste Lord Talbot auf sie herab.

»Ich genieße unsere Unterhaltungen ebenfalls. Ich zähle darauf, dass Sie mich in Sachen Klatsch und Tratsch auf dem Laufenden halten. Wie lange kann man schließlich über das Wetter und die Monarchie reden?«

Lord Talbot lachte auf, und sein Lächeln wurde noch breiter, als sie ihre Arme einhakten und sich im Kreis drehten, während sie einander über die Schulter hinweg ansahen. Mays Wangen wurden erneut warm unter seinem Blick, und sie nahm sich vor, nach diesem Tanz eine Pause einzulegen. Zwar war sie von einem Tanz noch nie so erschöpft gewesen, doch vermutlich lag das lediglich an der schieren Anzahl an Tänzern im Raum.

»Da haben Sie völlig recht.«

Sie wirbelten durch einige komplizierte Schrittfolgen, wobei Lord Talbot sie problemlos führte, ehe May einen erneuten Versuch wagte.

»Ich könnte mir vorstellen, dass meine Schwester sich freuen würde, wenn Sie sie in den kommenden Tagen nach Kensington begleiten würden. Ich bin mir sicher, sie möchte die Rosen sehen, jedoch ungern allein gehen.«

Lord Talbot schien einen Moment darüber nachzudenken. »Ich stimme Ihnen zu, Miss Campbell würden die Rosen ungemein gefallen.« Der Tanz trennte sie einige Sekunden lang, in denen Mays Magen sich zusammenzog. Als sie wieder zusammenfanden, ließ sie sich keins seiner Worte entgehen. »Wie dem auch sei, ich bin mir ziemlich sicher, dass Miss Campbell es vorziehen würde, mit ihren Gedanken allein zu sein.«

May konnte nicht verhindern, dass ihre Augenbrauen nach oben wanderten und ihre Überraschung zeigten.

Lord Talbot lächelte sanft. »Ich möchte damit bloß sagen, Miss Campbell, dass Gärten für Ihre Schwester offensichtlich eine emotionale Angelegenheit sind. Ich würde sie niemals in einem so gefühlvollen Moment stören wollen.«

May knurrte beinahe. Ihre Schwester in einem gefühlvollen Moment zu stören – und dadurch einen Weg in ihr Herz zu finden –, darum ging es hier doch!

»Es macht vielleicht den Anschein, dass meine Schwester sich allein wohler fühlt, doch sie bevorzugt bestimmt nicht die Einsamkeit. Niemand tut das.«

»Einer meiner engsten Freunde hat mich darauf aufmerksam gemacht, dass allein zu sein nicht immer heißt, dass man sich auch einsam fühlt«, erwiderte Lord Talbot sanft. »Was sagen Sie dazu, Miss Campbell?«

Nun war sie diejenige, die verstummte und über seine Worte nachdachte. Sie fühlte sich oft einsam und zog die Gesellschaft anderer ihrer eigenen vor. Von Tagträumereien und Liebesromanen einmal abgesehen, hatten Beschäftigungen, denen man allein nachging, sie nie glücklich gemacht.

April hingegen schien eher dem Alleinsein zugeneigt zu sein.

Schließlich zuckte May mit den Schultern. »Vermutlich haben Sie recht. Ich kann mir nicht vorstellen, so zu empfinden. Ich weiß, dass ich bei solchen Ausflügen lieber Gesellschaft hätte.«

»Vielleicht sollte ich dann Sie bitten, mich nach Kensington zu begleiten. Denn ich würde die Rosen sehr gern sehen – und noch schöner wäre es mit einer geneigten Begleiterin.«

Diese Bemerkung verunsicherte May. Sie hatte diese Unterhaltung begonnen, um Lord Talbots Interesse an April abzuschätzen. Allerdings schien ihr Plan nicht aufzugehen, denn jedes Mal, wenn sie ihre Schwester erwähnte, lenkte Lord Talbot das Gespräch wieder zurück auf sie.

Selbst wenn May Interesse an Lord Talbot hätte – was sicher nicht der Fall war –, würde es keine Rolle spielen. Der Fokus dieser Saison musste auf Aprils zukünftigem Ehemann liegen. Erst wenn April auf ihrer Hochzeitsreise war, konnte May Stunde um Stunde damit verbringen, mit Lord Talbot – oder eher mit Lord Beaumont – durch London zu spazieren.

May straffte die Schultern, auch wenn ihr Magen nach wie vor flatterte und ihre Wangen weiterhin glühten. Lord Talbot lag falsch, wenn er dachte, dass sie ihn nach Kensington begleiten würde. Dass ihr Körper so auf diesen Vorschlag reagierte, zeigte, dass das keine gute Idee war. Doch wie sollte sie ihm verdeutlichen, dass er damit auf dem Holzweg war?

Vermutlich wollte er auch bloß höflich sein, indem er nicht über April sprach. Schließlich gehörte es sich für einen Gentleman nicht, mit seiner aktuellen Tanzpartnerin über eine andere Dame zu plaudern. Und Lord Talbot war ein Gentleman mit ausgezeichneten Manieren, selbst wenn man das bei seinem ungezwungenen Konversationsstil leicht vergaß.

Wie dem auch sei, May hatte kein Interesse daran, dass er weiter über sie sprach und ihr seine ganze Aufmerksamkeit schenkte. Ihr beschleunigter Atem war bloß ein weiterer Beweis dafür.

In diesem Moment fiel Mays Blick auf ihre Schwester, die sich in der Nähe der Tür zum Garten mit Mr Pembroke unterhielt. April wirkte regelrecht unfreundlich und schüttelte vehement den Kopf, während Mr Pembroke eine ausdruckslose Miene aufgesetzt hatte. Gleichzeitig schienen sie aufeinander zuzustreben – wie zwei Bäume, die aufeinander zuwuchsen, obwohl der Wind versuchte, sie auseinanderzureißen.

Es war für jeden deutlich erkennbar, dass es eine Verbindung zwischen ihnen gab, auch wenn sie sich dagegen zu wehren schienen. Dieser Anblick und Aprils offensichtliche Abneigung gegen Mr Pembroke würde bei den Anwesenden, die Zeugen dieser Szene wurden, für Gerede sorgen – spätestens, wenn sich alle vom heutigen Abend erholt hatten, wenn nicht sogar früher.

»Oje.« May seufzte. Tante Violet hätte April niemals in die Nähe von Mr Pembroke lassen sollen, und May war zutiefst schockiert, dass ihre Patentante es zugelassen hatte, wenn man die verächtlichen Blicke bedachte, die sie dem jungen Mann auf Rose Hall den ganzen Abend über zugeworfen hatte.

May war sich durchaus darüber im Klaren, wie unverschämt es wäre, die beiden zu unterbrechen, doch die Vorstellung, dass ihre Schwester noch mehr prüfende Blicke auf sich ziehen und dadurch jegliche Chancen, die sie bei Lord Talbot hatte, zunichtemachen könnte, war unerträglich. Jeder konnte erkennen, dass April sich nicht auf einen anderen Gentleman konzentrieren würde, solange Mr Pembroke in der Nähe war.

Es wurde also Zeit, ihn zu verscheuchen wie die lästige Fliege, die er nun mal war – selbst wenn das hier sein eigenes Haus war.

Mays Entschlossenheit geriet allerdings ins Wanken, als ihr bewusst wurde, dass bald der Walzer gespielt wurde, und auch wenn sie sich nicht ernsthaft auf einen Gentleman einlassen konnte, würde sie lieber ihren besten Sommerhut hergeben, als den Tanz mit Lord Beaumont zu verpassen. Sie würde sich also damit beeilen müssen, April zu retten und dadurch beide Campbell-Schwestern wieder auf den richtigen Weg zu bringen. Nicht nur für den heutigen Abend, sondern auch für die Zukunft.

»Was beschäftigt Sie, Miss Campbell?», fragte Lord Talbot, dem natürlich nicht entgangen war, dass ihre Aufmerksamkeit nicht mehr bei ihm und ihrer Unterhaltung lag. Er folgte ihrem Blick, wenn auch zögerlich.

»Meine Schwester scheint vor der offenbar unerwünschten Aufmerksamkeit unseres Gastgebers gerettet werden zu müssen«, erwiderte May, während sie überlegte, wie lange ihr Tanz noch dauerte und ob es ungeheuerlich wäre, ihn vorzeitig zu beenden. »Sie fühlt sich in Mr Pembrokes Gesellschaft nicht wohl, und wenn er auch nur annähernd so etwas wie ein Gentleman wäre, würde er sich von ihr fernhalten.«

»Hat sie Ihnen das anvertraut?«

Als May – überrascht über den herausfordernden Ton in seiner Stimme – den Kopf zu ihm drehte, lag sein Blick auf ihrer Schwester und seinem Freund. Sein Gesichtsausdruck zeigte deutlich, dass er ganz anders empfand als May – ihn schien an der Szene nichts zu stören. Wenn sie ganz ehrlich war, wirkte er sogar beinahe erfreut darüber, dass die beiden sich unterhielten, selbst wenn es offensichtlich ein Streitgespräch war.

Mays Frust über den Lord wuchs. Er ignorierte nicht nur sämtliche ihrer Hinweise, dass er April auf einen Ausflug einladen sollte, nun schien er sich auch noch darüber zu freuen, dass sie sich mit einem anderen Mann unterhielt!

Sie seufzte. »Nein, aber jeder Mensch bei klarem Verstand sieht, dass sie verzweifelt ist. Würden Sie mir nicht zustimmen, Mylord?«

Sie sprach ihn bewusst mit seinem Titel an, als könnte das ihre Missbilligung überdecken.

»Möglicherweise. Aber vielleicht nicht aus dem Grund, den Sie erwarten.«

Lord Talbot wusste zweifellos mehr darüber, was zwischen ihrer Schwester und Mr Pembroke vorgefallen war, doch er wusste definitiv *weniger* über April als sie.

May runzelte die Stirn, und als sie aus dem Takt geriet, stützte Lord Talbot sie sofort mit seinen starken Händen. Kurz durchzuckte sie der Gedanke, wie warm seine Hand an ihrer Taille war und wie sicher sein Griff. Ihr Atem ging schneller. Sein Duft – nach Sandelholz und einer Seife, die er vermutlich zum Rasieren nutzte – half ihr nicht gerade dabei, die Fassung wiederzuerlangen. Ärger wallte in ihr auf. Sie war gleichzeitig frustriert und verlegen, und die Kombination dieser Gefühle erfüllte sie von Kopf bis Fuß.

Was auch immer Lord Talbot über die Einzelheiten von Aprils letzter Saison wusste und egal, wie weit sie und ihre Schwester sich im letzten Jahr voneinander entfernt hatten, einer Sache war sich May ganz sicher: Tief in ihrem Innern kannten sie und ihre Schwester einander besser als jeder andere Mensch auf der Welt.

Und egal, worum es gerade ging, April und Mr Pembroke sollten sich nichts mehr zu sagen haben.

Als der Tanz zu Ende war, verabschiedete May sich mit einem hastigen Knicks von Lord Talbot, um zumindest zu versuchen, ihre Schwester zu retten. Doch bevor sie auch nur in Aprils Nähe kam, um mit ihr zu reden, versperrte Lord Beaumont ihr den Weg.

»Miss Campbell«, sagte er mit einer angedeuteten Verbeugung.

»Lord Beaumont«, erwiderte sie, während sie versuchte, an ihm vorbeizusehen, um ihre Schwester nicht aus den Augen zu verlieren. »Habe ich unseren Tanz vergessen?«

Sie wusste, dass dies nicht der Fall war – vor dem Walzer wurden noch zwei andere Tänze gespielt. Doch egal, in welche Richtung May sich wandte, Lord Beaumont folgte ihren Bewegungen und nahm ihr jedes Mal die Sicht. Er schien weder ihren gehetzten Gesichtsausdruck noch ihre angespannte Körperhaltung wahrzunehmen.

Zum zweiten Mal an diesem Abend spürte sie, wie Unmut über einen Gentleman in ihr aufstieg.

»Nein, nein. Ich habe mich lediglich gefragt, ob Sie heute das erste Mal hier im Stadthaus der Pembrokes sind«, erwiderte er.

»Pardon?« Einige Gäste blieben vor ihnen stehen und blockierten somit endgültig Mays Blick auf April und Mr Pembroke, und May knurrte beinahe.

»Sind Sie heute das erste Mal hier?«, wiederholte er geduldig.

May sammelte sich. Ihr wurde klar, dass es von Anfang an ein zweckloses Vorhaben gewesen war, über einen vollen Ballsaal hinweg auf ihre Schwester aufpassen zu wollen. Sie seufzte. »Ja, es ist in der Tat mein erstes Mal hier.« Sie sah Lord Beaumont an, dessen Mundwinkel amüsiert zuckten. »Warum fragen Sie?«

»Ich weiß zufällig, dass sich in diesen Räumen eine sehr beeindruckende Kunstsammlung befindet. Ich hatte vor Kurzem das Glück, sie sehen zu dürfen. Es würde mich sehr freuen, wenn ich Ihnen meine Lieblingstücke zeigen dürfte. Natürlich nur, wenn Sie möchten.«

»Oh! Wie überaus freundlich.« May wusste, dass sie die Einladung ablehnen sollte. Zum einen war sie sich sicher, dass Tante Violet es nicht erlauben würde. Zum anderen sollte sie wirklich versuchen, April aus ihrem Streitgespräch mit Mr Pembroke zu retten, egal, was Lord Talbot darüber dachte. Lord Talbot. Ihre Wangen wurden erneut warm, und plötzlich fühlte sie sich nervös.

Sie schaffte es kaum, Lord Beaumont, der weiterhin geduldig vor ihr stand, eine höfliche Antwort zu geben. »Ich sollte nicht …«

»Es ist nicht weit. Ich bin sicher, es werden auch andere die Kunstwerke bewundern. Es ist eine durchaus berühmte Sammlung.«

»Nun ja. Vielleicht kurz.«

Er grinste. Augenblicklich tauchte vor ihr das Bild eines Löwen auf, dessen geduldiges Warten auf seine Beute sich endlich bezahlt gemacht hatte. Wie albern. Der Gedanke war ebenso schnell wieder verschwunden, wie er aufgetaucht war, und May fand, dass sie es zumindest kurz genießen durfte, dass Lord Beaumonts Lächeln nur ihr galt.

Sie wollte nur einmal die Campbell-Schwester sein, auf der die Aufmerksamkeit des gesamten Saals lag!

Und obwohl May wusste, dass es keine gute Idee war, ließ sie zu, dass Lord Beaumont sie aus dem Ballsaal führte.

KAPITEL 20

Nathaniel

»Ich denke, Sie können sich entspannen, Miss Campbell. Wir sind in einem Raum voller Menschen. Jeder, der uns sieht, erkennt sofort, dass in den zwei Minuten, die wir uns nun unterhalten, nichts Unangebrachtes vorgefallen ist.« Nathaniel gab sich die größte Mühe, leise und mit fester Stimme zu sprechen. Er hoffte, ein ruhigeres Gespräch mit April führen zu können als beim letzten Mal. »Ich bin der Gastgeber und stelle einer anwesenden Dame die vollkommen harmlosen Fragen, ob sie eine schöne Zeit hat und ob sie etwas zu trinken möchte.«

April musterte ihn misstrauisch, als hätte er einen Nerv getroffen. Als wünschte sich tatsächlich ein kleiner Teil von ihr, dass ein Gespräch zwischen ihnen jemals harmlos sein könnte.

Oder vielleicht vermutete sie auch, dass er bereits vor dem Ball mehr als nur einen Bourbon getrunken hatte, um seine Nerven zu beruhigen.

Nathaniel war sich durchaus darüber im Klaren, dass es ihnen beiden unmöglich war, zu einer platonischen Freundschaft zurückzukehren, und er ahnte, dass April dasselbe durch den Kopf ging.

Da die Umstände nun einmal so waren, wie sie waren, blieb ihm nur noch diese eine Möglichkeit, sich überhaupt mit ihr zu unterhalten. Sich mit April vor den Augen des gesamten Ballsaals zu streiten, war nicht ideal, doch es war besser, als gar nicht mit ihr zu reden.

»Ich bezweifle, dass jemals etwas Gutes daraus entstanden ist, wenn ein Gentleman eine Dame gebeten hat, sich zu entspannen, Mr Pembroke. Die Person, die danach Reue empfindet, falls Sie sich das nach wie vor fragen sollten, ist immer der Gentleman.«

Seine Lippen verzogen sich zu einem Lächeln, unerwartet, aber doch ehrlich. »Verzeihen Sie mir. Ich versichere Ihnen, dass ich mich lediglich darüber amüsiere, wie falsch es war, Sie zu bitten, sich zu entspannen – aus denselben Gründen, die Sie gerade genannt haben. Es tut mir leid. Aber ich muss meine Frage wiederholen: Möchten Sie etwas zu trinken?«

»Nein danke. Lord Talbot war überaus aufmerksam und hat sich den Abend über gut um meine Bedürfnisse gekümmert. Und wie es scheint, haben Sie heute bereits genug für uns beide getrunken.«

»Ah, ja. Lord Talbot«, erwiderte Nathaniel und ignorierte ihren Kommentar bezüglich des Alkohols. »Er und Ihre Schwester geben ein hübsches Paar ab, denken Sie nicht auch?«

Sie musterte ihn nachdenklich, als wollte sie herausfinden, welche Antwort er von ihr erwartete. »Das tue ich«, stimmte sie widerwillig zu. »Auch wenn meine Schwester Ihnen vermutlich sagen würde, dass er nicht annähernd attraktiv, verwegen und romantisch genug für ihren Geschmack ist.«

»Wie interessant.«

»Es spielt keine Rolle. Sie hat ihn als perfekten Ehemann für *mich* ausgewählt, auch wenn sie nicht ahnt, dass ich davon weiß.«

Sie senkte den Blick und presste die Lippen fest aufeinander, als hätte sie mehr gesagt als beabsichtigt.

Eifersucht bohrte sich in sein Herz, als er sich jemand anders als sich selbst als Aprils zukünftigen Mann vorstellte. Es beruhigte ihn etwas, dass Matthew – der von seiner Zuneigung zu April wusste – eine Heirat mit ihr nie in Betracht ziehen würde. Doch es machte ihm dennoch zu schaffen, dass sie vor ihm nicht offen sprechen wollte.

Würde sie ihm jemals wieder vertrauen? Er musste einfach daran glauben, dass noch nicht alle Hoffnung verloren war und sie beide doch irgendwie zu ihrer früheren Intimität und Vertrautheit zurückfanden.

Nathaniel wusste natürlich, dass April nur aus einem Grund nach London gekommen war und auf Bälle wie seinen ging: um eine gute Partie zu machen. Und sie hatte ihn sicher – unwiderruflich – von ihrer Liste potenzieller Verehrer gestrichen.

»Wie dem auch sei, ich bin mir sicher, dass Lord Talbot keine Probleme haben wird, eine Frau zu finden, wenn er so weit ist«, sagte er.

»Da stimme ich Ihnen zu«, erwiderte sie, während sie ihre Schwester und Matthew beim Tanzen beobachtete.

Da Aprils Aufmerksamkeit woanders lag, konnte Nathaniel nicht anders, als sie anzusehen. Ihr honiggoldenes Haar strahlte regelrecht im goldenen Licht der Kerzen, und er sehnte sich danach, eine ihrer seidigweichen Locken zwischen seinen Finger hindurchgleiten zu lassen. Ihr blaues Kleid hob die goldenen Sprenkel in ihren Augen hervor, und ihr Ausschnitt war zwar nicht tief, verbarg den Ansatz ihrer Brüste jedoch nicht ganz. Helle Haut traf auf dunkle Spitze und blaue Seide. Wenn er es nicht bald schaffte, den Blick abzuwenden, würde er sie beide in Verlegenheit bringen.

Er räusperte sich, als der Tanz endete und May Campbell sich mit einem angedeuteten Knicks von seinem Freund verabschiedete, ehe sie ihn stehen ließ. Sie stapfte regelrecht auf sie zu, ein entschlossener Ausdruck lag auf ihrem Gesicht, und Nathaniel versuchte, den Anflug von leichtem Ärger über die kommende Unterbrechung zu unterdrücken.

Ob es letztlich tatsächlich möglich war, April davon zu überzeugen, ihm erneut zu vertrauen, blieb abzuwarten, doch er konnte den Gedanken nicht länger ertragen, es nie versucht zu haben. Er musste jede Gelegenheit ergreifen, die sich ihm bot, und heute war keine Ausnahme.

»Oje«, seufzte April.

Nathaniel folgte ihrem Blick und wurde Zeuge, wie niemand geringerer als Lord Beaumont der jüngeren Miss Campbell auflauerte. Sein Ärger wich Sorge, und er verzog die Lippen, als er an die Diskussion dachte, die er mit Anne darüber geführt hatte, ob sie ihn heute Abend einladen sollten.

Sie war überzeugt davon, dass es keine höfliche Begründung gab, ihn auszuschließen, während Nathaniel darauf beharrte, dass das hier sein Haus war und er jeden ausschließen konnte, den er nicht hier haben wollte. Beaumont war, seit sie einander kannten, nichts weiter als ein niederträchtiger Mistkerl gewesen, und nach allem, was er vor einigen Wochen im Herrenclub angedeutet hatte, musste May Campbell in seiner Gegenwart auf jeden Fall vorsichtig sein.

Nathaniel wollte April gerade davon erzählen, da sie ihre Schwester ebenfalls voller Sorge beobachtete, als Isabella und George den Ballsaal betraten.

Sein Herz setzte einen Schlag aus, ehe es in doppelter Geschwindigkeit weiterraste. Sie hatten einander seit seiner Rückkehr nicht gesehen, und obwohl er wusste, dass sie heute Abend hier sein würden, musste Nathaniel nun feststellen, dass er sich für eine Konfrontation – die ganz sicher folgen würde – nicht gewappnet fühlte.

Isabellas Augen wurden schmal, als sie sah, mit wem Nathaniel sich unterhielt, und er musste sich im wahrsten Sinne des Wortes davon abhalten, April hinter seinen Rücken zu schieben, um sie vor seiner früheren … Freundin beziehungsweise nun Schwägerin zu schützen, die ihren Mann jetzt direkt zu ihnen zog.

Der restliche Ballsaal schien vor seinen Augen zu verschwimmen, als er ihnen hilflos entgegensah.

»Nathaniel«, sagte Isabella, ihre Stimme war zuckersüß, als sie knickste. »Wie erfreulich, dass du uns wieder mit deiner Anwesenheit beehrst.« Sie wandte sich ganz kurz an April. »Miss Campbell, nicht wahr?«

»Ja, Bruder. Du hast die Hochzeit verpasst, ich habe es nicht vergessen.« Georges scherzhafter Tonfall sollte lediglich die Wahrheit in seinen Worten verbergen, was ihnen beiden nur allzu deutlich bewusst war. Er streckte die Hand aus, die Nathaniel nur ergriff, weil es ihm unmöglich schien, es nicht zu tun.

Der Bourbon machte es nicht gerade leichter, eine angemessene Fassade aufrechtzuerhalten.

»Ich versichere dir, ich bedaure es aufrichtig.« Auch wenn er weiterhin bei diesem Theater, das sein Bruder aus der Sache machte, mitspielen musste, er würde die Schuld nicht ganz auf sich nehmen. »Ich gehe davon aus, dass du mein Geschenk sowie meine besten Wünsche für eine lange und glückliche Ehe erhalten hast.«

»Nicht unbedingt ein angemessenes Geschenk, wenn man darüber nachdenkt.« Isabella wirkte verschnupft und sah sich demonstrativ in dem geräumigen Saal um. Sie tat weiterhin so, als wäre April nicht mehr Aufmerksamkeit wert als eine Fliege, die um das Essen herumsurrte.

Vielleicht sogar weniger Aufmerksamkeit, wenn er ehrlich war.

April selbst schien sich nichts sehnlicher zu wünschen, als sich in Luft aufzulösen.

Nathaniel hatte sich immer gewünscht, dass George und Isabella glücklich wurden, wenn auch vor allem in der Hoffnung, dass sie ihn dann in Ruhe ließen. Wenn sie das Haus in London wirklich wollten, würde er es ihnen nur zu gern überlassen. Doch er befürchtete, dass Isabella in Wahrheit etwas anderes wollte – mehr noch als ihn oder nun seinen Bruder: nämlich Rose Hall. Und das konnte er ihr unmöglich geben. Der Landsitz war das Heiligtum seiner Mutter gewesen, und der Ort, an dem er einen großen Teil seiner Kindheit verbracht hatte, zusammen mit Anne und George.

Während all der Monate seiner Reise war es allein der Gedanke gewesen, dorthin zurückzukehren, vielleicht sogar den Rest seines Lebens umgeben von sanften Hügeln und friedlichen Flüssen zu verbringen, der ihn schließlich dazu bewegt hatte, wieder nach Hause zu kommen.

»Es tut mir sehr leid, dass unsere Anwesen nicht zu deiner Zufriedenheit sind«, sagte er steif, während er sich wünschte, Isabella würde endlich weggehen. Er konnte sich gerade noch davon abhalten, sie darum zu bitten.

Ihr blondes Haar, das er einst überaus hinreißend gefunden hatte, wirkte nun so kalt und unantastbar wie Eis. Ihr hellblaues Kleid brachte ihre Augen gut zur Geltung, doch obwohl er sie einst faszinierend gefunden hatte, erkannte er nun, dass ihre Farbe an das Gefieder eines Pfaus erinnerte – einschüchternd und abweisend. Isabella war immer schon entzückend gewesen, und sie hatte einen sarkastischen Humor. Sie hatte vor nichts Angst und war als Kind stets mit ihm und George wild über die Wiesen gelaufen, anstatt mit seiner Mutter und Anne zu Hause zu bleiben.

Bewundernswerte Eigenschaften, aber ziemlich Furcht einflößend, wenn sie sich gegen ihn richteten.

»Es geht nicht so sehr um mich als um deinen armen Bruder«, erwiderte sie schnaubend. »Nach all den Opfern, die er für seine Familie gebracht hat, soll er nun so wenig bekommen? Der Gedanke ist einfach zu schmerzhaft.«

Nathaniel spürte, wie es in ihm brodelte, denn obwohl er seinen jüngeren Bruder liebte, war von George nie erwartet worden, irgendein Opfer zu bringen. Sicher wollte Isabella damit nicht andeuten, dass Georges Heirat mit ihr ein Opfer für ihn darstellte. Sie würde sich selbst niemals derart herabwürdigen, auch wenn sie auf jeden anderen Menschen, den sie kannte, herabblickte.

Bevor er zu einer Antwort ansetzen konnte, mit der er sie nicht beleidigte – als wäre so etwas in dieser angespannten Situation überhaupt möglich –, bedachte Isabella April erneut mit einem durchdringenden Blick.

Man musste April zugutehalten, dass sie nicht vor den Dolchen zurückzuckte, die aus Isabellas Augen zu fliegen schienen. Sie straffte lediglich die Schultern, als würde sie sich für einen Angriff wappnen.

»Miss Campbell. Ich hatte bereits gehört, dass sie zurück in London sind, doch ich hätte nicht gedacht, dass Sie die Dreistigkeit besitzen, sich hier in meinem eigenen Zuhause blicken zu lassen. Womöglich haben Sie sich mit dem Gedanken, als alte Jungfer zu enden, bereits abgefunden und kümmern sich deswegen nicht mehr darum, was andere über Sie denken oder reden. Manche Damen lernen ihre Lektion offenbar nie.« Isabellas Stimme war lauter als nötig, eine Tatsache, über die sie sich – wie Nathaniel vermutete – durchaus im Klaren war und die vielleicht sogar beabsichtigt war.

Die Gäste in ihrer Nähe drehten sich zu ihnen um, und auf einmal befanden sie sich im Zentrum der Aufmerksamkeit, als würde sein ganzes Leben erneut auf einer Bühne aufgeführt werden, nur um der Welt etwas zum Gaffen zu bieten. Es war dieselbe grausame Situation wie vor einem Jahr, dieselbe gehässige Frau, die auch diesmal die Anklage führte.

April öffnete den Mund, um zu antworten, doch Nathaniel stellte sich schützend vor sie, wenn auch nur im übertragenen Sinne. Sie sollte nicht denken, dass er ihr nicht zutraute, sich selbst zu verteidigen, aber er musste ihr zeigen, dass sich die Dinge endgültig geändert hatten.

»Isabella«, sagte er, wobei er sich allergrößte Mühe gab, seine Stimme ruhig zu halten. Dabei hätte er sie am liebsten an ihrem hübschen blonden Haar gepackt und zu dem restlichen Gesindel in die Gosse gezerrt. »Das hier ist nicht euer Haus, zumindest noch nicht, und ich bin der Gastgeber dieses Balls. Du wirst meinen Gästen nicht mit Respektlosigkeit begegnen. Miss Campbell ist auf meine persönliche Einladung hier.«

»Oh, ich glaube, niemand hier zweifelt auch nur eine Sekunde daran«, höhnte Isabella. »Sie hat sicher bloß auf eine Gelegenheit gewartet, ihre Krallen wieder in dich zu schlagen.«

Auf Aprils Gesicht lag ein Ausdruck, den Fremde womöglich für Scham halten würden. Doch Nathaniel wusste es besser. Er erkannte Zorn und Stolz, die in ihren großen Augen flackerten. Sie waren wie zwei Feuersteine, die bloß darauf warteten, im richtigen Moment Funken zu sprühen – was Nathaniel einerseits gern gesehen hätte, andererseits aber auch fürchtete.

»Niemand schlägt die Krallen in irgendjemanden, Mrs Pembroke«, erwiderte April kühl. »Ich bin hier, um die Feierlichkeiten der Saison zu genießen, genau wie alle anderen in diesem Raum, und ich habe die Einladung zum heutigen Ball mit den besten Absichten angenommen.« Sie schürzte die Lippen. »Doch wie ich sehe, war ich von uns beiden die Einzige, die bereit war, die Vergangenheit ruhen zu lassen. Ich wünsche Ihnen einen angenehmen Abend.«

Ohne ein weiteres Wort schob sie sich an Isabella und George vorbei und ging mit erhobenem Kopf und wehendem Rock zur Vordertür. Ihre Patentante hatte die Auseinandersetzung wie alle anderen Gäste beobachtet, die Bestürzung auf ihrem Gesicht war deutlich, als sie ihrem Schützling hastig folgte.

Als Nathaniel sich wieder zu Isabella und George umwandte, um sie streng zurechtzuweisen, waren die beiden bereits weitergegangen und begrüßten einige der Gaffer, die schnell das Interesse verloren, nun, da das Drama vorüber war.

»Verdammt!«, fluchte er, während er sich fragte, ob er versuchen sollte, April aufzuhalten. Doch er wusste, dass er das nicht tun konnte. Er hatte sich geschworen, April nie wieder ungewollter Aufmerksamkeit auszusetzen, und selbst wenn das nicht viel war, würde er zu seinem Wort stehen.

Nichtsdestotrotz hatte Isabella einen Sturm der Hoffnungslosigkeit in ihm heraufbeschworen, der ihn nun zu überwältigen drohte. Vielleicht sollte er seinen Traum aufgeben, der es ihm seit einem Jahr unmöglich machte, sich auf etwas Neues einzulassen: April als Herrin von Rose Hall, Mutter seiner Kinder, lebenslange Gefährtin. Er verlor sich regelmäßig in seinen Gedanken, überlegte, was er alles tun würde, jeden Tag, so lang er lebte, um April glücklich zu machen.

Vielleicht war das ein Zeichen, dass er damit aufhören musste.

Dass er aufhören musste, mir ihr reden zu wollen, sie an ihre gemeinsame Zeit, als es nur sie beide gegeben hatte, erinnern zu wollen, sie anflehen zu wollen, ihm sein Verhalten zu vergeben, das letztlich nichts weiter war als ein schreckliches Missverständnis.

Voller Verzweiflung machte Nathaniel sich auf die Suche nach einem weiteren Glas Bourbon, etwas, das er dringend benötigte, doch gleichzeitig nicht im Geringsten brauchte. Er stürzte das Getränk hinunter, während er seinen Bruder und seine Schwägerin dabei beobachtete, wie sie die Gäste nacheinander begrüßten.

Isabella hatte heute Abend eines ganz deutlich gemacht: Sie war noch nicht bereit, ihm zu verzeihen. Und sie würde sich wie befürchtet nicht mit seinem Bruder und dessen Erbe als Friedensangebot zufriedengeben.

Früher oder später würde Nathaniel schon noch herausfinden, was nötig war, damit sie aus seinem Leben verschwand – auch wenn er nicht sicher war, ob ihm die Antwort gefallen würde.

KAPITEL 21

May

May ließ sich von Lord Beaumont an den Gästen vorbeiführen, die im Eingangsbereich zum Ballsaal standen. Einige von ihnen nutzten die ruhigeren Flure, um sich abseits der Lärmkulisse des Balls zu unterhalten, während andere die Gemälde zu bewundern schienen, die in regelmäßigen Abständen an den Wänden hingen.

Nachdem sie ein paarmal abgebogen und tiefer in das Haus vorgedrungen waren, wurde das Licht in den Fluren schwächer, und die Geräusche des Balls und der anderen Gäste verklangen zu einem leisen Murmeln, das May nur noch mit Mühe hören konnte.

Nervosität breitete sich in ihrem ganzen Körper aus, und sie verlangsamte ihre Schritte, wodurch auch Lord Beaumont gezwungen war, stehen zu bleiben.

Er hob fragend eine Augenbraue. »Warum halten Sie an, Miss Campbell? Soll ich Ihnen vielleicht mehr über eines dieser wundervollen Kunstwerke erzählen? Sehen Sie etwas, das Ihnen gefällt?«

May war durchaus bewusst, dass Lord Beaumont sich auf die Gemälde an der Wand bezog, oder vielleicht auf die Skulptur, die in einigen Metern Entfernung auf einem Podest stand, doch er selbst erschien ihr ebenfalls wie ein perfektes Kunstwerk – und vermutlich wusste er das auch.

Er *gefiel* ihr, und er weckte ihre Neugier. Aber alles, was sie bereits im Ballsaal gespürt hatte, nahm hier draußen, wo sie allein mit ihm in einem stillen Flur stand, völlig andere Dimensionen an. Aprils Warnungen, sich nie in eine kompromittierende Situation zu begeben, ihre Vorträge, wie leicht eine Dame ihren guten Ruf verlieren konnte, ließen May nicht los.

Sie schluckte zweimal und ermahnte sich, langsame und gleichmäßige Atemzüge zu nehmen, ehe sie antwortete: »Nein, ich … Ist es noch weit bis zur Galerie?«

»Es gibt keine offizielle Galerie«, erwiderte Lord Beaumont und deutete auf die Gemälde im Flur. »Die Pembrokes haben ihre beeindruckendsten Stücke hier ausgestellt. Das hier ist eins meiner Lieblingskunstwerke.«

Lord Beaumont zog sie zu einem Gemälde, auf dem Jesus Christus verleugnet wurde. »Es ist eins von Benjamin Wests jüngsten Werken. Atemberaubend, nicht wahr?«

May trat einen Schritt vor, um das Gemälde genauer zu betrachten, auch wenn sie keine Expertin, geschweige denn Liebhaberin auf dem Gebiet der klassischen oder modernen Kunst war. Die Darstellung von Jesus Christus war jedoch besonders faszinierend.

Gerade als May sich zu Lord Beaumont umdrehte, um ihm ihre Meinung über das Gemälde mitzuteilen, musste sie feststellen, dass er ebenfalls näher gekommen war – er stand nun so nah, dass sein Gesicht ihr gesamtes Sichtfeld ausfüllte. Seine kühlen Finger strichen erneut über die Stelle an ihrem Ellbogen. Sie waren allein im Halbdunkel, und sein Blick fiel auf ihre Lippen, genau wie in ihrem Tagtraum.

Seltsamerweise war May hin- und hergerissen zwischen dem

Wunsch zu fliehen und dem Wunsch zu bleiben und herauszufinden, wie es sich wohl anfühlte, ihn zu küssen.

Bevor sie diesen Gedanken allerdings weiterführen und entweder zurückweichen oder Lord Beaumonts offensichtlichem Verlangen nachgeben konnte, erklang eine Stimme aus der Dunkelheit hinter ihr.

»Ah, Miss Campbell, hier sind Sie.«

Und genau wie in ihrem Tagtraum erschien auch jetzt Lord Talbot vor ihrem inneren Auge. May wirbelte herum, während sie sich gleichzeitig fragte, warum sie erleichtert darüber war, dass er den intimen Moment mit Lord Beaumont unterbrochen hatte. Denn eigentlich hätte sie erwartet, Ärger darüber zu verspüren.

Er lächelte unschuldig. »Verzeihen Sie mir die Unterbrechung Ihres Rundgangs, aber ich fürchte, Ihre Begleiterinnen haben nach der Kutsche gerufen, um nach Hause zu fahren.«

»Wir brechen schon auf? Aber es ist doch noch so früh.«

Lord Talbot breitete die Arme aus, als wollte er deutlich machen, dass er lediglich die Nachricht überbrachte und in keinster Weise etwas mit der Entscheidung zu tun hatte. Dann fiel sein Blick auf ihren Begleiter. »Beaumont.«

»Talbot. Welch Überraschung, Sie in diesem Teil des Hauses zu treffen.«

»Wissen Sie, ich habe mich schon den ganzen Abend darauf gefreut, dieses Gemälde zu sehen.« Er deutete auf das Kunstwerk von Benjamin West, das May bewundert hatte. »Ah! Es ist wirklich bewegend, genau, wie man sich erzählt! Ich finde die Darstellung von Jesus Christus aus irgendeinem Grund sehr ansprechend.«

Das war genau das, was May auch hatte sagen wollen, bevor Lord Beaumonts Nähe sie abgelenkt hatte, und merkwürdigerweise ließ genau das sie nun wütend werden.

»Welch ein Zufall, dass wir ebenfalls ausgerechnet dieses Gemälde bewundert haben.« Lord Beaumonts Stimme verriet seinen Ärger.

May seufzte. Da sie nun früher zu den Radcliffes zurückkehrten, hatte sie später sicher noch genug Zeit, ihre widersprüchlichen Gefühle zu entwirren. Fürs Erste würde sie ihre Erleichterung über Lord Talbots Erscheinen einfach hinnehmen.

May vermutete, dass Lord Talbot aufmerksam beobachtet hatte, wie sie den Ballsaal verließ, und auch in wessen Begleitung, und dass er ihnen mit Absicht gefolgt war. Sein vorausschauendes Handeln war, das musste May sich eingestehen, durchaus verantwortungsbewusst, und sein Eingreifen nur zu ihrem Vorteil. Denn ein weiterer Skandal würde den Ruf ihrer Familie endgültig zerstören, wie April mehrfach deutlich gemacht hatte. Und wenn man sie zusammen mit Lord Beaumont in einem dunklen Flur entdeckt hätte – völlig egal, ob es zu einem gestohlenen Kuss kam oder nicht –, wäre die Katastrophe unausweichlich.

»Sollen wir?«, fragte Lord Talbot und bot ihr seinen Arm an.

May erwartete, dass Lord Beaumont darauf bestehen würde, sie selbst zum Ballsaal zurückzubegleiten, doch als dieser sich nicht rührte, sondern stattdessen Lord Talbot so wütend anstarrte, als hätte er ihm seinen zweirädrigen Einspänner gestohlen, ergriff sie Lord Talbots Arm. Schließlich hatte sie nicht wirklich eine andere Wahl, wenn ihre Begleiterinnen tatsächlich den Ball verlassen wollten – davon abgesehen hatte sie keinerlei Interesse an einer kindischen Auseinandersetzung zwischen zwei erwachsenen Männern.

Erst in der Kutsche wurde May bewusst, dass sie sich keine Sekunde lang darüber Sorgen gemacht hatte, was den anderen Gästen wohl durch den Kopf gegangen wäre, hätten sie May und Lord Talbot Arm in Arm aus einem dunklen Flur kommen sehen. Aus irgendeinem Grund glaubte sie allerdings nicht, dass es ihrem Ruf geschadet hätte.

Obwohl May tief und fest geschlafen hatte, vermutlich wegen der Erschöpfung, brachte auch der nächste Morgen keine Klarheit, und als der Diener Lord Talbots Besuch ankündigte, wurde sie nervös. Sie verstand einfach nicht, warum die Tatsache, dass sie gestern mit Lord Beaumont allein gewesen war – etwas, das sie sich mehr als nur einmal ausgemalt und in ihren Tagträumen vorgestellt hatte –, sie derart verunsicherte und ängstigte, anstatt sie wie erwartet überglücklich zu machen. Daher verspürte sie auch nicht den geringsten Wunsch, diese Angelegenheit ausgerechnet mit Lord Talbot zu besprechen.

Nein, nichts davon ergab Sinn, doch May nahm an, dass das normal war, wenn man wenig Erfahrung mit Gentlemen hatte. Bestimmt waren alle Mädchen nervös, wenn ein verwegener, attraktiver Mann kurz davor war, sie zu küssen.

Dennoch beeilte sie sich, Lord Talbot zu begrüßen, bevor er auf der Suche nach Edward durchs Haus streifen würde. Emmas Verlobter war heute Morgen bereits früh hier gewesen, um die Hochzeitspläne zu besprechen. Der große Tag näherte sich allmählich, und sie hatten noch sehr viel zu organisieren.

»Lord Talbot«, sagte May atemlos, als sie ihn auf dem Weg in den Speisesaal abfing. »Sind Sie heute nicht in Begleitung?«

Sie wollte unbedingt noch vor Emma oder April mit ihm sprechen, um sicherzugehen, dass er allein gekommen war und nicht etwa Mr Pembroke als höchst unerwünschte Überraschung mitgebracht hatte. Es schien ihm viel zu viel Freude zu bereiten, April die

Gesellschaft seines Freundes aufzudrängen, obwohl sie deutlich gemacht hatte, dass sie nichts mit ihm zu tun haben wollte. Schließlich war es Lord Talbot gewesen, der darauf bestanden hatte, die Jagdhütte wegen eines angeblich aufziehenden Gewitters zu verlassen und zum Landsitz zurückzukehren. Und auch wenn er die Unterhaltung zwischen den beiden auf dem gestrigen Ball nicht persönlich herbeigeführt hatte, war er eindeutig dagegen gewesen, dass May auf ihr Bauchgefühl hörte und das Gespräch unterbrach.

»Nein. Ich hoffe, Sie sind deswegen nicht enttäuscht. Welchen meiner Freunde hätten Sie denn gern gesehen?« Obwohl seine Worte durchaus Verärgerung hätten ausdrücken können, bewies ein rascher Blick in sein Gesicht, dass er lediglich scherzte.

»Niemanden.« May wurde bewusst, dass sie nun zum zweiten Mal innerhalb weniger Tage mit einem Gentleman allein war. Und zum zweiten Mal innerhalb weniger Tage stellte sie fest, dass sie sich in Lord Talbots Gegenwart vollkommen sicher fühlte. Dennoch würde April vermutlich einen Anfall bekommen, auch wenn das zwischen ihr und Lord Talbot nicht mehr als platonische Freundschaft war.

Im Gegensatz zu gestern Abend, als May keinen Gedanken daran verschwendet hatte, jemand könnte ihnen unangemessenes Verhalten nachsagen, zog sich ihr Magen nun merkwürdigerweise zusammen.

Das Ziehen im Magen kam bestimmt daher, dass sie in der kurzen Zeit auf dem Ball etwas Falsches gegessen hatte. Vermutlich sollte sie heute nur Tee zum Frühstück trinken. Sie konnte es sich nicht erlauben, krank im Bett zu liegen – sie durfte nicht einen einzigen Tag der Saison verschwenden.

»Es freut mich, dass Sie gestern Abend alle sicher nach Hause gekommen sind. Ich gehe davon aus, dass es allen gut geht?«

»Ja, vielen Dank.« May hielt inne. Ihre Patentante und April hatten über den Grund ihres verfrühten Aufbruchs geschwiegen, doch Emma hatte ihr vor dem Schlafengehen von dem Auftritt von Isabella und George Pembroke erzählt, den May verpasst hatte.

Anscheinend hatte Isabella Pembroke April vor aller Augen gefragt, ob sie sich nicht schämte, in *ihr* Haus zu kommen. Somit war ein weiteres Detail über den Skandal des letzten Jahres, über den sowohl April als auch Tante Violet hartnäckig Stillschweigen bewahrten, ans Licht gekommen.

Mays erste Vermutungen bestätigten sich langsam – ihre Schwester und Mr Pembroke hatten tatsächlich eine Art Beziehung oder Übereinkunft gehabt, oder zumindest war April davon ausgegangen, nur um dann herausfinden zu müssen, dass er etwas vor ihr verheimlicht hatte.

May musterte Lord Talbot nachdenklich. Ob er erkennen konnte, welche Fragen ihr im Kopf herumschwirrten, und ihr etwas von ihrer Sorge nehmen könnte? Er kannte sämtliche Einzelheiten, die sowohl ihre Gedanken als auch ihr Herz beruhigen würden. Zudem könnten sie zusammen einen Plan schmieden, der das Leben aller Beteiligten wieder in die richtige Bahn lenkte.

Lord Talbots Blick traf auf ihren, und ihr Magen hüpfte. Ach, du liebe Güte. Sie musste dringend die Köchin nach einer Tinktur gegen einen mulmigen Magen fragen. Sie hoffte bloß, dass er noch eine Weile durchhielt, solange sie mit Lord Talbot sprach.

»Ich habe gehört, es gab etwas Drama, als der jüngere Mr Pembroke und seine Frau eintrafen«, sagte sie, nachdem sie ihre Gedanken sortiert hatte.

»Ich habe dasselbe gehört, aber ich hoffe, Ihre Schwester ist nicht allzu verärgert über Mrs Pembrokes Verhalten. Es war für sie in den letzten Monaten ebenfalls nicht besonders einfach.«

»Wegen dem, was zwischen meiner Schwester und Ihrem Freund Mr Pembroke vorgefallen ist?«

»Möglicherweise. Doch wie Sie wissen, ist es nicht an mir, dieses Geheimnis zu offenbaren.« Lord Talbot schenkte ihr ein Lächeln, und seine blaugrünen Augen funkelten vergnügt. Er schien sich über ihre kluge Schlussfolgerung zu freuen, und May widerstand der Versuchung, stolz die Brust zu recken.

Sie befeuchtete ihre Lippen, die plötzlich wie ausgedörrt waren. May musste resigniert einsehen, dass sie wohl tatsächlich krank wurde.

Lord Talbot musterte sie noch immer aufmerksam, doch in seine hellen Augen trat nun ein ernster, glühender Ausdruck.

Mays Sichtfeld verschwamm am Rande leicht, und sie befürchtete, dass ihr bald schwindelig werden würde. Am besten verabschiedete sie sich so schnell wie möglich und versuchte, in der Stille ihres Schlafzimmers ihre Gefühle zu entwirren und zu verstehen.

Lord Talbots Blick lag weiterhin unverwandt auf ihr, während sie nach einer Ausrede suchte, mit der sie sich von ihm verabschieden konnte. Das Gefühl in ihrem Bauch wurde immer wärmer und merkwürdiger, bis sie sich schließlich hastig entschuldigte und in ihr Zimmer flüchtete.

May erwartete, dass ihr Unwohlsein verschwand, sobald sie nicht länger in Lord Talbots Nähe war – wie gestern Abend, als er sie von Lord Beaumont weggeführt hatte –, doch dem war nicht so. Dieses seltsame, freudig-nervöse, völlig verwirrende Gefühl begleitete sie auch noch den Rest des Tages und ließ sie angespannt zurück.

Auch in dieser Nacht fand May keinen Schlaf.

Wenn das so weiterging, musste sie sich keine Gedanken um mögliche Verehrer machen, denn die dunklen Ringe unter ihren Augen würden sie allesamt das Weite suchen lassen.

KAPITEL 22

April

April fühlte sich nach ihrer Begegnung mit Isabella Pembroke seltsam taub. Vermutlich hätte sie eher beschämt sein müssen oder bestürzt oder voller Angst, dass niemand sie heiraten wollen würde nach all dem Drama, das sie in der feinen Gesellschaft verursacht hatte, egal wie unwillentlich. Doch zum ersten Mal seit ihrer Rückkehr nach London hatte sie das Gefühl, dass das gar nicht so schlimm wäre.

Natürlich war ihr bewusst, wie falsch diese Einstellung war. Es sollte sie kümmern, ob jemand sie heiraten wollte oder nicht. Denn wenn sie nicht heiratete, dann würde auch kein respektabler Mann ihre Schwestern heiraten – wer konnte es auch von ihnen erwarten, wenn es keine Mitgift gab?

Natürlich wäre auch eine Liebesheirat möglich, aber diese waren überaus selten. April konnte sich also nicht darauf verlassen, dass all ihren Schwestern ein derart seltenes Glück vergönnt war. Wenn April es nicht schaffte, einen respektablen Gentleman zu heiraten, verdammte sie im Prinzip alle Campbell-Schwestern dazu, in Armut zu leben. Und ihr Vater würde den Rest seiner Tage vermutlich ebenfalls in Schulden schwimmen.

Tatsächlich hatte die Liebesheirat ihrer Eltern ihre Familie überhaupt erst in diese Situation gebracht.

April schüttelte den Gedanken ab und ging nach draußen. Frische Luft würde ihr bestimmt guttun. Oder würde zumindest nicht schaden.

May, die beinahe selbst einen Skandal verursacht hätte, als sie für mehrere Minuten mit Lord Beaumont allein verschwunden war, ehe Lord Talbot eingeschritten war – Gott segne ihn –, saß mit einem ihrer Liebesromane im Garten. Dort würde sie in keinerlei Schwierigkeiten geraten, und da Emma, Edward und Lord Talbot ebenfalls hier waren, um ein Auge auf sie zu haben, konnte April ohne schlechtes Gewissen einen Ausritt durch den Park machen. Zumindest ohne schlechtes Gewissen in dieser Hinsicht. Sie wusste, dass sie eigentlich nicht allein ausreiten durfte, aber sie brauchte ein wenig Zeit für sich an der frischen Luft, um ihre Gedanken zu sortieren. Es würde schon niemand davon erfahren, wenn sie sich beeilte.

Lord Talbot hatte ihr erzählt, dass die Rosen in den Kensington Gardens bereits blühten, doch April wollte lieber durch den Hyde Park reiten. Sie hoffte, dort weniger Menschen zu begegnen.

Die Radcliffes hielten ihre Pferde in den Stallungen hinter dem Haus, und da sie ausreichend Angestellte hatten, war eine große Stute namens Sadie rasch gesattelt und bereit, ausgeritten zu werden. April nahm dem Stallburschen dankend die Zügel ab und lenkte die Stute in den nahen Park.

Sobald sie die offene grüne Weite erreicht hatten, wechselte April in einen leichten Galopp. Die Sonne stand hoch und warm am Himmel, doch der Wind wehte durch ihr Haar, blies es von ihrem verschwitzten Nacken und sorgte so für etwas Abkühlung.

April überließ eine Weile dem Pferd die Kontrolle, während sie die Freiheit genoss. Sämtliche Gedanken, die ihr durch den Kopf gingen, verschwanden nach und nach, als würde der Wind sie ebenfalls fortwehen. Sie wehrte sich nicht dagegen, stattdessen gab sie sich einfach diesem Moment, dieser wundervollen Leere hin. Nach einer Weile zügelte sie ihr Pferd und lenkte es auf einen kleinen Waldweg.

April vermisste das Reiten, seit sie ihr Zuhause auf dem Land verlassen hatte, ebenso wie die unzähligen Stunden, in denen sie tun und lassen konnte, was sie wollte. Natürlich sprach vieles für das aufregende Leben in London, für den Trubel der Saison, doch das alles entsprach mehr Mays Geschmack als ihrem eigenen.

Vermutlich war das ein weiterer Grund, so schnell wie möglich ihren Pflichten nachzukommen. Wenn sie heiratete und die Herrin eines Haushalts wurde, hätte sie mehr Zeit, ihren eigenen Beschäftigungen nachzugehen. Bis Kinder kamen.

Der Gedanke lastete schwer auf ihr, obwohl sie sich immer ausgemalt hatte, eines Tages eine genauso liebevolle Mutter zu werden, wie ihre eigene es gewesen war. Bei Mary Campbell hatte es so einfach ausgesehen, sie hatte ihre Mädchen vergöttert und ihr Wissen mit sanfter Stimme und liebender Hand an sie weitergegeben. Familie bedeutete April alles, und sie hatte immer davon geträumt, einmal eine eigene Familie zu gründen.

Ihr war nicht nach Lächeln zumute, als ein Reiter auf dem engen Waldweg auf sie zukam. Sie zügelte ihre Stute und lenkte sie an den Rand des Weges, um für den größeren tintenschwarzen Hengst Platz zu machen. Erst als der Reiter näher kam, wurde April bewusst, dass sie ihn kannte: Nathaniel Pembroke. Schon wieder.

April konnte ihr Pech kaum fassen. Wenn sie an Schicksal oder dergleichen glauben würde, hätte sie es für einen Versuch des Universums gehalten, sie und Nathaniel bei jeder Gelegenheit aufeinandertreffen zu lassen – und im selben Atemzug die Aussichten ihrer Familie zu zerstören.

Er wurde ebenfalls langsamer, und April musste einsehen, dass kein Weg daran vorbeiführte, ihn zumindest zu grüßen und sich kurz mit ihm zu unterhalten. Sie weigerte sich wegzulaufen. Sie hatte nicht die Flucht ergriffen, als Isabella Pembroke sie am Vorabend verbal angegriffen hatte, sie würde es garantiert auch jetzt nicht tun.

Selbst nach allem, was geschehen war, beschleunigte sich Aprils Herzschlag beim Anblick von Nathaniels dunklen Augen, seinen zu langen Haaren und dem verschmitzten Grinsen, das auf seinem Gesicht lag.

Sie zwang sich, freundlich zu lächeln, war sich jedoch nicht sicher, ob es ihr gelang. »Guten Morgen, Mr Pembroke.«

Nun, da er noch näher gekommen war, erkannte sie die dunklen Ringe unter seinen Augen. »Guten Morgen, Miss Campbell. Ich hoffe, Ihnen geht es gut.«

»Den Umständen entsprechend, Sir. Der Ritt war durchaus angenehm und genau das Richtige, um meine Stimmung wieder zu heben.«

»Ich hatte auf dem Ball nicht mehr die Gelegenheit dazu, aber ich möchte mich aufrichtig für meine Schwägerin entschuldigen. Es war schrecklich unhöflich und ganz und gar nicht das Verhalten, das ich meinen Gästen gegenüber erwarte.«

»Vielen Dank. Ich weiß die Entschuldigung zu schätzen, auch wenn nicht Sie sie aussprechen müssen.«

»Ich fürchte, von Isabella werden Sie in naher Zukunft keine erhalten.«

»Ich kann es ihr wohl auch nicht übel nehmen.« April seufzte und nahm die Zügel fester, um ihren Wunsch nach einer kurzen

Unterhaltung und einer raschen Verabschiedung deutlich zu machen. »Ich werde nun zu den Radcliffes zurückreiten, denke ich. Es ist bestimmt bald Zeit für das Mittagessen, und danach braucht Emma unsere Hilfe bei der Auswahl der Desserts für die Hochzeit.«

Nathaniel runzelte die Stirn und musterte Aprils Gesicht einen Moment länger, als angemessen war. »Ich wünschte, zwischen uns könnte es anders sein.«

»Es gibt kein ›uns‹, Mr Pembroke, und wenn wir auf dem Ball eins gelernt haben, dann, dass wir die Vergangenheit ruhen lassen müssen. Sie sind seit meiner Rückkehr mir gegenüber sehr zuvorkommend, aber wenn Sie mich wirklich glücklich machen wollen, dann halten Sie sich bitte von mir fern.«

»Ist es das, was Sie sich aus tiefstem Herzen wünschen?«

Die Frage überraschte sie. Nathaniel war ihr gegenüber immer überaus höflich und respektvoll gewesen, abgesehen von der nicht unerheblichen Wahrheit, die er ihr verschwiegen hatte … bis sie schließlich ans Licht gekommen war und sie beide in einen Skandal verwickelt hatte. Doch Männer mit seinem Status interessierten sich nicht oft für die Gedanken und Wünsche der Frauen in ihrem Leben.

April hatte damals gedacht, er wäre anders als die Männer, die sie kannte – auch wenn ihre Erfahrung zugegebenermaßen begrenzt war. Doch er hatte ihr deutlich gezeigt, wie falsch sie lag, als er ihr seine Verbindung mit Isabella Martin verheimlicht hatte … zumindest war sie davon überzeugt gewesen. Doch Nathaniel schien sie bei jeder Gelegenheit noch mehr verwirren zu wollen. Denn welcher Mann verschwieg, dass er eine Verlobte hatte, um eine andere junge Dame zu verführen, behandelte jedoch alle Frauen in seinem Leben mit mehr Respekt als die meisten Männer?

»Miss Campbell?«

»Hmm?« Er wartete nach wie vor auf eine Antwort, und April brauchte einen Moment, um sich an die Frage zu erinnern: Was wünschte sie sich aus tiefstem Herzen?

Es wäre klug gewesen, seiner Frage auszuweichen oder sie mit einer Lüge zu beantworten, denn Ehrlichkeit war gegenüber dem anderen Geschlecht nicht immer angebracht. Aber April war es leid, ihre Gefühle für sich zu behalten. Es würde sich nichts zwischen ihnen ändern, wenn sie die Wahrheit sagte, und es war niemand in der Nähe, der sie hören oder sie zusammen sehen könnte.

»Was ich mir aus tiefstem Herzen wünsche, ist, die Zeit zurückzudrehen und die Vergangenheit zu ändern«, gestand sie.

Sein Blick war traurig, als wäre er nicht sicher, was er darauf erwidern sollte. Vielleicht fragte er sich auch, was genau sie damit meinte und was sie ändern würde, wenn sie die Zeit zurückdrehen könnte – ihre Zuneigung füreinander oder seine heimliche Verlobung?

April würde nie erfahren, worüber er nachdachte, denn sie wartete seine Antwort nicht ab, sondern wendete ihre Stute und ritt den Weg zurück, den sie gekommen war.

Der Tag hatte etwas von seinem Glanz verloren, auch wenn der Ausritt durchaus belebend gewesen war – auf mehr als nur eine Weise.

Trotzdem war April froh, dass Nathaniel seine Sprache nicht rechtzeitig wiedergefunden hatte, um sie zu bitten, ihren Wunsch genauer zu erklären. Denn sie war sich nicht sicher, ob sie die Antwort überhaupt selbst kannte.

KAPITEL 23

Nathaniel

Nachdem April davongeritten war, verharrte Nathaniel einige Augenblicke regungslos auf seinem Pferd und fragte sich, wie er ihre Aussage interpretieren sollte. Er wollte wirklich wissen, was sie sich aus tiefstem Herzen wünschte. Denn vielleicht half es ihm bei der Entscheidung, ob es das Risiko wert war, alles offenzulegen, was im vergangenen Jahr vorgefallen war. Doch ihre Antwort, obwohl ehrlich, verwirrte ihn nur noch mehr.

Nach einer Weile drängte er seinen Hengst Beauty vorwärts, denn es war in jedem Fall besser, ein Auge auf April zu haben und sicherzustellen, dass sie heil zu den Radcliffes zurückkam. Er wechselte in den Galopp, bis die kastanienbraune Stute wieder in Sicht kam, ehe er sein Tempo verlangsamte und ihr mit Abstand folgte.

Seine Gedanken überschlugen sich die ganze Zeit mit der Frage, was er wegen April tun sollte. Er hatte das gesamte letzte Jahr, während er die Welt erkundete, nicht aufhören können, darüber nachzugrübeln, doch ihm hatte sich keine Antwort präsentiert, nicht einmal, nachdem er Matthew um Rat gebeten hatte. Sein Freund fand, er sollte ihr noch einmal im persönlichen Gespräch die ganze Wahrheit sagen, um ihr Vertrauen zurückzugewinnen.

Doch Matthew vergaß dabei, dass Nathaniel seine komplizierte Familiendynamik berücksichtigen musste – und dass er schon einen Schlag hatte einstecken müssen, als April vor so vielen Monaten nicht auf sein geschriebenes Geständnis reagiert hatte.

Er konnte nicht sicher sagen, ob es einen Unterschied machen würde, wenn er ihr alles persönlich gestand. Es könnte auch dazu führen, dass sie ihn in einem noch schlechteren Licht sah als ohnehin schon. Ihm war immer noch übel, wenn er daran dachte, wie sich damals alles entwickelt hatte, nicht nur wegen April, sondern auch wegen Isabella.

Sie waren einmal Freunde gewesen. Ihre Familien standen sich seit Generationen nahe, und es war nie seine Absicht gewesen, einen derartigen Konflikt zwischen ihnen zu verursachen. Hätte er gewusst, wie ernst Isabella ihr ganzes Leben lang die Gespräche über eine mögliche Heirat genommen hatte, hätte er das Thema mit ihr unter vier Augen angesprochen.

Er wusste nach wie vor nicht, wie alles derart außer Kontrolle geraten konnte. Er wusste jedoch, dass er auf keinen Fall irgendjemandem in seinem Leben zusätzliche Probleme verursachen wollte. Vielleicht war es tatsächlich am besten, dem allem den Rücken zuzukehren – April, der Zukunft, von der er geträumt hatte, und selbst dem Landsitz seiner Mutter, wenn er sicher sein könnte, dass es Isabella und George besänftigen würde.

Ein saurer Geschmack breitete sich in seinem Mund aus. Er hasste den Gedanken, den Landsitz seinem Bruder zu überlassen, der das Haus und die Ländereien nie geliebt hatte. Er bezweifelte nicht, dass Isabella sich darum kümmern würde, doch nicht mit derselben Hingabe und Aufmerksamkeit, mit der er und seine Mutter es all die Jahre getan hatten.

Solange sein Bruder und seine Schwägerin wütend auf ihn waren, weil er sie ihrer Meinung nach mit seinem Handeln – auch in finanzieller Hinsicht – gekränkt hatte, würden sie April nicht in Ruhe lassen, sollte er sich wieder offiziell um sie bemühen.

Nathaniel bewunderte Aprils Körperhaltung und die Mühelosigkeit, mit der sie die Stute ritt. Sie schienen perfekt aufeinander abgestimmt zu sein, und die Art, wie Aprils Haare leicht im Wind flatterten, ein bisschen durcheinander vom Ritt, ließ Hitze in ihm aufsteigen.

Er wollte sie, daran bestand kein Zweifel. Doch wenn er sie nicht haben konnte, würde es nichts bringen, mit ihr über das Missverständnis zu sprechen, das sowohl ihn als auch Isabella in einem schlechten Licht dastehen ließ.

Als ihre Pferde den Park verließen und auf die Straße traten, die zurück zum Haus der Radcliffes führte, wanderten Nathaniels Gedanken zurück zu den Problemen mit seinem Bruder und seiner Schwägerin. Er wusste, dass George mit seinem Anteil des Erbes unzufrieden war. Sein Bruder sah es als sein gutes Recht an, nicht nur bei den Häusern der Familie die freie Auswahl zu haben, sondern auch einen größeren Anteil an den anderen Besitztümern und Investitionen zu erhalten. Immerhin hatte Nathaniel als der Erstgeborene die Geschäfte ihres Vaters übernommen.

Nathaniel vermutete zumindest, dass George unzufrieden war. In den Briefen, die er von seinem Bruder erhalten hatte, war Isabellas Einfluss nicht zu verkennen gewesen. Nicht zum ersten Mal fragte Nathaniel sich, wie groß ihr Anteil an der mürrischen Korrespondenz war und wie viel tatsächlich von George ausging.

Es stimmte, dass sie vermutlich die Ersten sein würden, die den Familiennamen weitergaben. Nathaniel hatte schließlich keine Erben und im Moment auch keine Aussicht auf eine Heirat, und wenn er ehrlich war, sah er auch keinen Grund, schnell zu heiraten.

Er beobachtete April, wie sie zum Stall der Radcliffes ritt. Sie würde von jetzt an gut versorgt sein. Die Pferdepfleger und Stallburschen der Radcliffes waren ausgezeichnet, und es war nicht länger nötig, bei ihr zu bleiben und zu riskieren, dass man ihn entdeckte.

Sein Interesse an April war während ihrer Trennung sogar noch gewachsen. Und obwohl er es als sinnlos erachtete, sie dazu zu drängen, sich ihre Gefühle einzugestehen oder ihm vielleicht sogar eine zweite Chance zu geben, konnte sein Herz das nicht akzeptieren.

Als er schließlich zu seinen Stallungen zurückkehrte und Beauty seinem eigenen kompetenten Stallburschen überließ, hatte Nathaniel endlich selbst eine Antwort auf die Frage gefunden, die er April bei ihrer Begegnung im Hyde Park gestellt hatte.

Er wollte, dass sie in ihm wieder den Mann sah, für den sie damals – umgeben von wilden Orchideen – Gefühle entwickelt hatte, während die Wellen des Meeres gegen die Felsen brachen. Er erinnerte sich so deutlich an das Rauschen, als hätte er es nur wenige Augenblicke zuvor gehört. Er wollte ihr jeden Zweifel daran nehmen, dass sie damals den echten Nathaniel Pembroke kennengelernt hatte. Sie sollte darauf vertrauen, dass er kein Mann war, der die Frau, die er liebte, belog – trotz der Dinge, die geschehen waren und die sie über ihn gehört hatte.

Doch genau wie Aprils Wunsch schien auch seiner unerreichbar. Er konnte weder die Zeit zurückdrehen noch irgendetwas daran ändern, wie April reagiert hatte, als ihre Pläne und ihr Vertrauen in ihn zerstört wurden.

Es gab lediglich die Vergangenheit, die April für immer ruhen lassen wollte, und eine Zukunft, die weiterhin im Dunkeln lag.

April hatte seinen Brief nie beantwortet, und nun, da etwas Zeit vergangen war, erkannte Nathaniel klar und deutlich, wie leichtsinnig es von ihm gewesen war, ihr auf eine so unverblümte Weise alles zu gestehen. Sie hätte mit diesen Informationen seinem Ruf schaden können, oder dem von Isabella – und damit auch dem seines Bruders, der an der ganzen Sache unschuldig war.

Vermutlich war es daher am besten, wenn er sich darauf konzentrierte, die Geschäfte der Familie wieder auf Kurs zu bringen. Er hatte sie viel zu lange vernachlässigt, beziehungsweise während seiner Abwesenheit eindeutig in die falschen Hände gelegt.

Doch Nathaniel wusste, dass er selbst mit einer solchen Ablenkung weder April würde vergessen können noch was sie ihm bedeutet hatte und was sie ihm immer noch bedeutete – und was sie für ihn sein könnte, wenn sie einen Weg finden würde, ihm wieder zu vertrauen.

Vielleicht war es unklug, auf dieses Ende zu hoffen – oder auf einen möglichen Neuanfang –, doch Nathaniel war sich nicht sicher, ob er tatsächlich eine Wahl hatte. Mehrere Monate im Ausland hatten nicht gereicht, um seinen Schmerz zu lindern, daher bezweifelte er, dass sich das je ändern würde.

KAPITEL 24

May

Einige Tage nach dem Ball der Pembrokes beschlossen May und die anderen, einen Spaziergang durch den Hyde Park zu machen. Es war bereits später Nachmittag, und May freute sich auf den Ausflug – sie hoffte nur, dass niemand ihr Kleid beachten würde, das nicht mehr der aktuellsten Mode entsprach.

Natürlich wusste sie, dass es keine Rolle spielte, was sie trug, sie war schließlich nicht die Schwester, die in dieser Saison einen Ehemann finden sollte. Es war sehr großzügig von Tante Violet gewesen, den Mädchen zwei wunderschöne Kleider zu schenken, doch May wünschte sich, dass sie sich eines Tages selbst etwas Neues und Modisches leisten könnte. Vielleicht sogar einen Hut mit einer Feder oder ein Schmuckstück, das die Blicke aller respektablen Gentlemen auf sie zog.

May fragte sich unwillkürlich, was Lord Beaumont wohl am besten an ihr gefiel, doch ihr wollte keine Antwort einfallen. Mit einem Mal wurde ihr bewusst, dass sie kaum etwas über ihn wusste, obwohl sie sich bereits öfter unterhalten und mehrmals miteinander getanzt hatten.

Lord Talbot hingegen würde jedes Kleid zu schätzen wissen, das die Schönheit der Trägerin betonte, unabhängig davon, welche Mode oder Jahreszeit im Moment herrschte.

Nicht dass es einen Unterschied machte, denn Lord Talbot würde April ansehen, nicht sie. Und Aprils Kleid passte wunderbar zum Stil der aktuellen Saison.

Als sie die Rotten Row erreichten, hatte sich dort bereits der Großteil der feinen Gesellschaft für die Promenade versammelt. Edward und Emma gingen mit Tante Violet voraus, und obwohl April und May zusammen losspazierten, fiel May schon bald zurück. Ihr Korsett war zu eng geschnürt, und die Sonne stand zwar tief am Himmel, war aber dennoch warm genug, um ihr den Schweiß auf die Stirn zu treiben.

April schien von der Lage ihrer Schwester nichts mitzubekommen, denn sie behielt den Blick starr nach vorne gerichtet, während sie weiterging. May überlegte gerade, eine Pause auf einer nahe gelegenen Bank zu machen, in der Hoffnung, dass dieses unerträgliche Kleidungsstück sich vielleicht etwas dehnte, wenn sie sich hinsetzte, als Anne vorbeilief und sie begrüßte.

»Es ist so schön, Sie zu sehen, Miss Campbell.« Sie runzelte die Stirn. Ihr Bruder Nathaniel Pembroke schloss zu ihnen auf, mit einem missmutigen Ausdruck auf dem attraktiven Gesicht. »Sie wirken allerdings, als könnten Sie eine Pause gebrauchen. Geht es Ihnen gut?«

»Ja, alles in Ordnung, vielen Dank. Ich brauche nur einen kurzen Moment für mich, bevor ich April folge.«

Mr Pembroke hob eine Augenbraue, als wollte er etwas sagen, schien es sich dann aber doch anders zu überlegen.

»Oh, nun gut, dann werden wir zu April aufschließen. Ich habe einige Fragen zu den Hochzeitsblumen.« Anne schenkte ihr ein einnehmendes Grinsen. »Es war schön, Sie zu treffen.«

»Gleichfalls«, erwiderte May und biss sich auf die Unterlippe. Sie war sich plötzlich nicht mehr sicher, was sie tun wollte – sie sehnte sich nach einer Pause, selbst wenn es nur wenige Minuten waren, doch sollte sie ihre Schwester wirklich mit den Pembrokes allein lassen?

Allerdings befand sich nur wenige Schritte von ihr entfernt eine Bank, und wer wusste, wann sie an der nächsten vorbeikommen würden … Sicher würde April sich in Mr Pembrokes Gesellschaft nicht zu unwohl fühlen, wenn Anne dabei war, um die Lage zu entschärfen. Und tatsächlich hatte Mr Pembroke in der Gegenwart seiner Schwester bisher kaum ein Wort gesprochen, außer sie hatte eine Frage direkt an ihn gerichtet.

Er war ein rätselhafter und geheimnisvoller Mann – was es umso erstaunlicher machte, dass April offenbar Gefallen an ihm gefunden hatte. Er war ziemlich attraktiv, wirkte allerdings meist eher ernst und schien nicht besonders offenherzig, freundlich oder zuvorkommend zu sein … im Gegensatz zu Lord Talbot. Was, wenn sie ihre Schwester von Anfang an falsch eingeschätzt hatte?

Sie entschied, sich trotz allem hinzusetzen – die Bank war eindeutig zu verlockend. Die Hälfte lag im Schatten einer riesigen Eiche, und als May endlich Schutz vor der Sonne gefunden hatte, schloss sie zutiefst erleichtert die Augen.

»Geht es Ihnen gut, Miss Campbell?«

May erkannte Lord Talbot, noch bevor sie die Augen wieder öffnete, denn seine Stimme war ihr inzwischen sehr vertraut – genauso wie das Lächeln, das sich auf ihre Lippen schlich. Doch als sein Gesicht vor ihrem auftauchte, zog sich ihr Magen wieder vor Nervosität zusammen.

»Mir geht es gut, Lord Talbot. Ich fühle mich pudelwohl, ich brauchte nur etwas Erholung von der Sonne.«

»Es ist tatsächlich etwas wärmer, als ich erwartet hatte.« Er nahm ein Tuch aus seiner Tasche und wischte sich über die Stirn, ehe er ein zweites aus seiner Brusttasche zog und es May anbot.

May nahm es dankbar entgegen, denn sie hatte ihres zu Hause vergessen. »Wenn Sie sich beeilen, holen Sie meine Schwester bestimmt ein. Sie war nur wenige Meter vor mir, und die Pembrokes müssten sie inzwischen ebenfalls erreicht haben.« May hielt inne, um Lord Talbots Reaktion zu beobachten, doch der freundliche, aufmerksame Ausdruck auf seinem Gesicht veränderte sich nicht. »Sie wollen Ihren Freund sicher begrüßen.«

»Ich könnte eine junge Dame niemals bei einer Promenade allein lassen, Miss Campbell. Darf ich?« Er setzte sich neben sie, ohne auf ihre Antwort zu warten, doch sie hätte ihm auch nicht widersprochen. Es war nichts Unangebrachtes dabei, schließlich gingen viele junge Damen und Gentlemen sowie deren Anstandsdamen in regelmäßigen Abständen vorbei. »Ihre Schwester befindet sich bereits in guter Gesellschaft, aber Sie sind ganz allein hier.«

»Mir geht es gut, wie ich schon sagte.«

»Natürlich. Dennoch sehe ich es als meine Pflicht an, bei Ihnen zu bleiben.«

May verzog den Mund, während sie versuchte, ihren Körper unter Kontrolle zu bekommen. Sie verstand einfach nicht, warum er auf Lord Talbots Nähe auf einmal derart seltsam reagierte. »Das ist genau das, was jede junge Dame sich wünscht, Lord Talbot – als eine Pflicht angesehen zu werden.«

Lord Talbots Ohren färbten sich rot. »Das wollte ich damit nicht sagen.«

May lachte leise. Sie war froh, dass sie nicht die Einzige war, die sich unsicher fühlte. »Ich wollte Sie nur etwas aufziehen, Lord Talbot. In Wahrheit habe ich nichts gegen Ihre Gesellschaft einzuwenden.«

Es stimmte, dass sie nichts gegen seine Gesellschaft einzuwenden hatte, dennoch … Die Tatsache, dass sie nun in angenehmes Schweigen gehüllt nebeneinandersaßen, ließ ihre Haut merkwürdig kribbeln.

»Ich fühle mich bereits sehr viel besser. Vielleicht sollte ich versuchen, die anderen doch noch einzuholen.«

»Dann begleite ich Sie, wenn Sie erlauben?«

May hatte keine andere Wahl, als seinen Arm zu nehmen. Einerseits war sie dankbar, jemanden zum Anlehnen zu haben, doch andererseits wünschte sie, sie könnte sich in seiner Gegenwart entspannen, so wie früher.

Die Sonne verschwand hinter einer Wolkendecke, während sich am Horizont bereits dunklere, düsterere Wolken sammelten. May hatte nicht daran gedacht, dass es bei der Promenade regnen könnte, doch Mutter Natur schien sich nicht für die Gepflogenheiten der Londoner Gesellschaft zu interessieren.

»Es war sehr schade, dass Sie den Ball der Pembrokes so früh verlassen mussten. Sie schulden mir, fürchte ich, einen Tanz auf dem Ball der Wrights nächste Woche.«

»Ich sehe Ihre Bitte als durchaus gerechtfertigt an.« May hielt inne. »Und ja, ich habe den Ball sehr genossen. Die Pembrokes haben ein wunderschönes Haus, und Miss Pembroke ist sehr liebenswürdig.«

Lord Talbot nickte zustimmend. »Mr Pembroke ist ebenfalls ein guter Mann, wenn Sie ihn erst einmal näher kennengelernt haben. Er ist anfangs etwas zugeknöpft, doch er ist mir ein sehr loyaler Freund.«

»Sie beide scheinen einander sehr nahezustehen.« Diese Freundschaft war in der Tat etwas merkwürdig, fand May. Lord Talbots freundliche, offene Art war das genaue Gegenteil von Mr Pembrokes verschlossenem, griesgrämigem Verhalten, aber vielleicht ergänzten sich ihre Persönlichkeiten ja.

»Er stand mir so viele Male bei, wenn ich einen Freund brauchte, und wir denken ähnlich darüber, wie wir die Geschäfte unserer Familien zukünftig auch ohne Sklaven vorantreiben können.«

Er beobachtete sie, als wollte er ihre Reaktion auf dieses Thema nicht verpassen. Die Antwort darauf fiel ihr allerdings leicht, denn ihre Eltern waren diesem Thema gegenüber ebenfalls stets offen und liberal gewesen.

»Es wäre wundervoll, wenn alle jungen Gentlemen, die Grundstücke und Ländereien im Ausland erben, eine ähnliche Einstellung hätten, Lord Talbot. Ich bin schon lange der Meinung, dass die Praxis der Sklaverei unmenschlich und unchristlich ist.«

»Das freut mich, auch wenn mein Vater nichts davon hören möchte.«

»Ich vermute, irgendwann erreicht man einen Punkt, an dem der Blick für die Zukunft von dem Vermögen, das man in der Gegenwart erwirtschaftet, überschattet wird«, erwiderte May. »Ich denke, ich habe in meinem Leben zu viele Liebesgeschichten gelesen, um nicht daran zu glauben, dass Liebe und Güte eines Tages siegen werden. Möglicherweise sind Sie einer der Gentlemen, die das Blatt wenden.«

Matthew lächelte. »Ich muss gestehen, ich kann mit Liebesgeschichten nicht viel anfangen, da das rosige Traumleben, das sie zeichnen, meiner Erfahrung nach nicht der Realität entspricht. Doch jeder soll lesen dürfen, was ihm oder ihr gefällt.«

May hatte das Gefühl, dass er sie aufzog und dass er das Gesprächsthema absichtlich so rasch gewechselt hatte. Unwillkürlich fragte sie sich, warum. Lag es vielleicht daran, dass er diese politischen Ansichten noch nicht öffentlich ausgesprochen hatte?

Das wäre nicht verwunderlich, dennoch … Wenn man sich eine andere, bessere Welt wünschte, dann sollte man bereit sein, dafür zu kämpfen.

May sah auf, als es leise donnerte und ein frischer Wind aufkam, der die Schweißperlen auf ihrer Stirn sofort abkühlte. Die Wolken waren dunkler geworden und bewegten sich nun schneller über den Himmel, doch die anderen Damen und Gentlemen auf dem Weg schienen sich deswegen keine Sorgen zu machen.

»Wie auch immer«, fuhr Lord Talbot fort und blickte ebenfalls nach oben. »Ich hoffe, Mr Pembrokes Güte eines Tages auf eine Weise zurückgeben zu können, die wirklich von Bedeutung ist.«

Nun hatte May nur noch mehr Fragen, allerdings schien Lord Talbot nicht weiter über seine Freundschaft mit Mr Pembroke sprechen zu wollen.

May kannte Lord Talbot inzwischen gut genug, um ihm zu vertrauen, wenn er ihr versicherte, dass sein Freund ein guter Mensch war. Das ließ sich jedoch nur schwer mit ihrem begrenzten Wissen darüber vereinbaren, wie er ihrer Schwester das Herz gebrochen hatte. May hatte ein klares Bild von Mr Pembroke gehabt, doch seine Freunde schienen in ihm einen ganz anderen Menschen zu sehen.

Obwohl May immer auf der Seite ihrer Schwester sein würde, so vertraute sie auch Lord Talbots Meinung. Eine schwierige Situation, doch May bezweifelte, dass es Mr Pembroke kümmerte, was sie von ihm hielt.

»Wie fanden Sie denn den Ball?«, wechselte May das Thema.

»Der Ball der Pembrokes war wie jeder andere Ball der Saison, also nicht besonders bemerkenswert.« Er zuckte mit den Schultern, und seine Ohren färbten sich erneut rot. »Den Tanz mit Ihnen habe ich jedoch sehr genossen.«

»Und den mit meiner Schwester?«

»Den natürlich auch.« Er blickte nach vorn. »Wie es aussieht, wartet Ihre Patentante auf uns. Wie aufmerksam von ihr.«

May sah ebenfalls nach vorn, doch in dem Moment öffnete sich der Himmel.

Abgesehen von den Wolken und dem vereinzelten Donnergrollen gab es kein warnendes Nieseln, keine feinen Tropfen, die einen dazu veranlassten, nach einem Unterschlupf zu suchen – im einen Moment war es noch ein angenehmer Abend, im nächsten ergoss sich ein sintflutartiger Wolkenbruch.

May und Lord Talbot sahen einander überrascht an, ehe er ihre Hand nahm und sie vorwärtszog, um sich irgendwo unterzustellen.

KAPITEL 25

Matthew

Die Gelegenheit, allein mit Miss Campbell zu spazieren, war eine willkommene Überraschung gewesen, der plötzliche Regenguss allerdings das genaue Gegenteil. Eine Überraschung, natürlich, aber eine, die sie – außer Atem, durchnässt und vor Kälte zitternd – in das erste Bootshaus getrieben hatte, das sie finden konnten.

Sie waren an der Rotten Row in der Nähe von *The Serpentine* entlanggeschlendert, was bedeutete, dass tatsächlich einige Bootshäuser die Ufer säumten. Es war zwar nicht der idealste Unterschlupf, doch es war besser als nichts.

Während sie zitternd dem Prasseln des Regens auf dem Dach lauschten, versuchte Matthew mehrmals – vergeblich –, nicht darauf zu achten, dass Miss Campbells Kleid nass an ihrem Körper klebte und der hellere Stoff ihre Haut darunter erkennen ließ.

Matthew zwang sich, den Blick abzuwenden. Ihm war mit einem Mal viel wärmer, als die kühle Abendluft rechtfertigte, doch als Miss Campbells Zähne anfingen zu klappern, schlüpfte er rasch aus seinem Mantel und legte ihn ihr um die Schultern. Einen kurzen Moment überlegte er, auch seinen Arm um sie zu legen, doch dann besann er sich eines Besseren.

Die plötzliche und ungebetene Vorstellung, was er nur zu gern alles tun würde, um sie beide aufzuwärmen, ließ sein Gesicht glühen. Rasch blickte er auf den See und hoffte, Miss Campbell würde sein Unbehagen nicht bemerken.

Sobald er seine Gefühle wieder unter Kontrolle hatte, sah er erneut zu seiner Begleiterin, die noch blasser geworden war und nach wie vor zitterte. Sorge breitete sich in ihm aus. Möglicherweise hatte sie allein auf dieser Bank gesessen, weil sie sich nicht wohlfühlte. Er hoffte inständig, dass dies nicht der Fall war.

»Geht es Ihnen gut?« Das war bereits das zweite Mal an diesem Abend, dass er ihr diese Frage stellte, und er fand, dass er wie ein nervöses Kindermädchen klang. »Sie sehen aus, als hätten Sie einen Geist gesehen.«

»Ich fühle mich nicht …« Ihre vollen Lippen, die normalerweise verlockend rosa waren, hatten ebenfalls all ihre Farbe verloren. »Ich fürchte, ich fühle mich tatsächlich nicht recht wohl.«

»Ich begleite Sie gern auf direktem Weg nach Hause, sobald es nicht mehr in Strömen gießt.« Er spähte durch den dichten Regen und versuchte vergeblich, irgendetwas zu erkennen. »Ich kann Ihre Patentante nirgendwo sehen.«

»Das überrascht mich nicht, wenn man bedenkt, dass es im Moment unmöglich ist, weiter als wenige Meter zu sehen. Und hier, Sie müssen mir Ihren Mantel nicht geben.« Sie wollte den Mantel abschütteln, doch es fiel ihr sichtlich schwer, da er genau wie ihr eigenes Kleid mit Wasser vollgesogen war. »So etwas Blödes.«

»Behalten Sie ihn, bitte. Sie zittern und fühlen sich nicht wohl.«

Sie stieß den Atem aus, und er konnte ihre Verärgerung beinahe körperlich spüren.

Matthew ließ seine Worte und Taten seit Einbruch des Regens noch einmal Revue passieren, doch soweit er das beurteilen konnte, hatte er sich vorbildlich verhalten, sogar überaus freundlich. Wie könnte Miss Campbell ihm für irgendetwas hiervon die Schuld geben? Verwirrt runzelte er die Stirn, doch er wusste nicht, was beziehungsweise ob er überhaupt etwas sagen sollte.

»Wie mir scheint, haben Sie in letzter Zeit ziemliches Pech mit dem Wetter, das immer wieder Ihre Pläne zunichtemacht«, sagte sie nach einer Weile.

Er brauchte einen Augenblick, um dem Themenwechsel folgen zu können, aber selbst dann war er nicht ganz sicher, worauf sie anspielte. »Wie kommen Sie darauf?«

»Nun, auf dem Land.« Sie beobachtete ihn, als würde sie erwarten, dass er sofort verstand, wovon sie sprach, während er in seiner Erinnerung nach einer Antwort suchte. »Als Sie, Edward und Mr Pembroke Ihren Jagdausflug abbrechen und zum Landsitz kommen mussten.«

»Oh, natürlich. Sie haben recht. Das Gewitter.«

Ihre Augen wurden schmal, und Matthew spürte, wie er trotz des kühlen Windes, der einzelne Regentropfen in das Bootshaus wehte, zu schwitzen begann. Er wusste, dass sie ihn gern mit ihrer Schwester verkuppeln wollte, doch ihm wurde erst jetzt klar, dass sie seinen eigenen Plan, Nathaniel mit April zu versöhnen, vermutlich nicht gutheißen würde.

Erleichtert atmete er auf, als sie nicht weiter darauf einging.

Es war nun an ihm, das Thema zu wechseln, und tatsächlich gab es etwas, das er unbedingt ansprechen wollte, auch wenn er es nicht sollte.

»Ich konnte nicht erkennen, ob Sie es als Erleichterung oder als Belästigung empfunden haben, als ich auf dem Ball der Pembrokes Ihre … Unterhaltung mit Lord Beaumont unterbrochen habe.« Er räusperte sich. »Ich wollte Sie nicht verärgern.«

»Sie sind bestimmt nur Tante Violets Bitte nachgekommen, mich zu holen.«

Sie war verärgert, das verriet ihre Stimme. Er konnte nicht genau sagen, warum, doch er wollte einfach nicht glauben, dass sie tatsächlich Gefühle für seinen alten Rivalen hatte.

»Ja, nun … ich … Ich möchte nicht die Grenzen unserer Freundschaft überschreiten oder gar schlecht über einen Mann sprechen, dessen Gesellschaft Sie zu genießen scheinen.«

»Dann tun Sie es nicht, Mylord.« Sie bedachte ihn mit einem herausfordernden Blick. Die Hitze in ihren haselnussbraunen Augen schien in seiner Brust Funken zu schlagen.

Ihre Schönheit und wilde Entschlossenheit schreckten ihn nicht ab, sondern zogen ihn an – und plötzlich verstand er die Anziehungskraft, die die Flamme auf die arme, ahnungslose Motte ausübte.

Genau wie das unwissende Insekt zog es auch ihn immer näher an sie heran. »Es ist nur so: Je besser ich Sie in den vergangenen Wochen kennengelernt habe, umso mehr sehe ich Sie als Freundin. Meine Freunde sind mir überaus wichtig, und ich erhoffe mir nur das Beste für sie – und für ihre Beziehungen.«

In diesem Moment wünschte Matthew sich zum ersten Mal in seinem Leben, er wäre in einer besseren Position, um einer Dame ernsthaft den Hof machen zu können – dass *er* May Campbell für sich gewinnen und das Beste für sie sein könnte.

»Dagegen gibt es nichts einzuwenden, Lord Talbot.« May sah unter ihren langen nassen Wimpern zu ihm hoch. Trotz ihrer Worte schien sie dennoch etwas dagegen einwenden zu wollen.

Erst jetzt wurde Matthew bewusst, wie nahe sie beieinanderstanden. Der Duft ihres Parfüms, der durch die Feuchtigkeit ihres Kleides und der Luft um sie herum nur noch intensiver wurde, drang ihm in die Nase und stieg ihm direkt zu Kopf. Unwillkürlich musste er an ihre feuchte Haut denken – und erneut wegsehen und einige tiefe, beruhigende Atemzüge nehmen.

Es half jedoch nichts, denn als er sich wieder Miss Campbell zuwandte, trennten sie nur noch wenige Zentimeter voneinander. Sie drehte ihr Gesicht in seine Richtung, und ihre Lippen waren leicht geöffnet, als ihre Blicke sich verhakten.

Im Bruchteil einer Sekunde wurden Matthew zwei Dinge klar: erstens, dass er ihr vom ersten Moment an verfallen war, und zweitens, dass er sie unglaublich gern küssen wollte.

Er glaubte, einen ähnlichen Wunsch in ihren haselnussbraunen Augen zu erkennen, doch während er zögerte und all die Regeln und Erwartungen der Gesellschaft sein Verlangen in Schach hielten, verschwand der Ausdruck aus ihrem Blick.

Ebenso wie Miss Campbell selbst, die in den strömenden Regen flüchtete.

»Miss Campbell!«, rief er ihr hinterher, zu überrascht, um ihr sofort zu folgen. Es goss wie aus Kübeln, und obwohl er am liebsten nicht hinaus in den Regen gerannt wäre, sah er es als seine Pflicht an. Er musste sicherstellen, dass es ihr gut ging, vor allem, nachdem sie ihm anvertraut hatte, dass sie sich unwohl fühlte.

»Mist!«, fluchte er, ehe er ebenfalls in den strömenden Regen hinaustrat. Sofort wehte ihm der Wind den Hut vom Kopf und trieb ihn davon, und er war längst außer Sichtweite, bevor Matthew überhaupt daran denken konnte, danach zu greifen.

Er fluchte erneut und machte sich auf die Suche nach Miss Campbell, aber als er auch nach zwanzig Minuten noch keine Spur von ihr entdeckt hatte, gab er auf und beschloss, nach Hause zu fahren. Die Promenade war definitiv vorüber, und er war bis auf die Haut durchnässt.

Er machte sich auf den Weg zu seiner Kutsche, während er sich immer wieder fragte, was genau geschehen war. Hatte sie sich plötzlich unwohl gefühlt? Hatte er etwas Falsches gesagt? Hatte sie ihm seine unangebrachten Gedanken im Gesicht abgelesen und war deswegen geflüchtet? Als er jedoch in seiner Kutsche saß und die Polsterung volltropfte, wurde sein Ärger über ihr Verhalten stärker – denn das für sich allein genommen war überaus inakzeptabel.

Er und Miss Campbell waren so etwas wie Freunde geworden, mehr als nur nette Bekannte, und er hatte ihr keinen Grund gegeben, ihm zu misstrauen oder sich in seiner Gegenwart nicht sicher zu fühlen. Sie hätte wirklich nicht einfach weglaufen und ihn dadurch zwingen sollen, ihr in den Regen zu folgen. Dennoch hoffte er, dass sie wohlbehalten nach Hause gekommen war und sich dort abtrocknen und aufwärmen konnte.

Er musste ihr auf jeden Fall am nächsten Morgen einen Besuch abstatten, um seine Gedanken zu beruhigen.

KAPITEL 26

April

Wäre ihr eigener Spaziergang nicht so unangenehm verlaufen, hätten sie sich viel größere Sorgen um May gemacht, dachte April später.

Jeder, der während des Wolkenbruchs noch im Park gewesen war, hatte sich vermutlich irgendwo untergestellt und wartete nun darauf, dass der Regen nachließ, doch April war bereits früher zurückgekehrt. Genauer gesagt, kurz nachdem Anne und ihr Bruder sie eingeholt und ihr die grauenvollen Neuigkeiten überbracht hatten.

Die Tränen brannten immer noch in Aprils Augen, obwohl seit ihrer Flucht von der Promenade inzwischen mindestens eine Stunde vergangen war. Tante Violet hatte den Pembrokes widerwillig erlaubt, sie zu fahren, auch wenn sie ungewollt die Schuld an Aprils Bestürzung trugen. April hatte nicht einmal versucht, die Tränen in ihrer Gegenwart zurückzuhalten.

Sobald Tante Violet und Emma ebenfalls nach Hause gekommen waren, waren Nathaniel und seine Schwester aufgebrochen. Anne hatte sie einfach nicht allein lassen wollen. Nathaniel war die ganze Zeit auf Abstand geblieben. Er hatte so ausgesehen, als hätte er körperliche Schmerzen, und April fand, dass das nur gerecht war, schließlich war er für diesen ganzen Schlamassel verantwortlich.

»Erzähl mir noch einmal, was sie gesagt haben«, bat Tante Violet, während sie ihre zarten Hände beruhigend um Aprils blasse und zitternde Finger schlang. »Tief durchatmen, meine Liebe. Am Ende wird alles gut ausgehen.«

Es würde nicht alles gut ausgehen, da war April sich inzwischen sicher.

Sie schüttelte den Kopf und zwang die Tränen zurück. Sie gehorchten nicht, ebenso wenig wie all die anderen Male, doch April versuchte dennoch, sie zumindest hinunterzuschlucken. »Sie haben gesagt, dass Isabella Pembroke seit ihrer Rückkehr nach London keine Gelegenheit auslässt, um Gerüchte über mich zu verbreiten. Immer wenn sie Gäste empfängt oder selbst woanders zu Gast ist, erzählt sie sie jedem, der sie hören will.«

»In der Londoner Gesellschaft trifft das im Prinzip auf alle zu«, murmelte Tante Violet. »Was genau sagt sie?«

»Allem Anschein nach sind sie und ihr Mann unzufrieden mit dem Anteil am Erbe seines Vaters, den Nathaniel Pembroke ihnen überlassen hat. Sie sagt, sie hätten mehr verdient, vor allem da sie nach wie vor mit dem Skandal zu kämpfen hätten, den Mr Pembroke verursacht hat, weil er mir trotz bestehender Verlobung den Hof gemacht hat.« Aprils Gesicht brannte, als sie die Worte laut aussprach. Es war inzwischen sehr lange her, seit sie so offen darüber gesprochen hatte, was damals geschehen war. »Sie sagt, dass meine Anwesenheit in London für sie wie ein Schlag ins Gesicht ist und dass Mr Pembroke und ich heimlich Zeit miteinander verbringen.«

»Das ist lächerlich. Jeder weiß, dass unsere Familie so etwas nie erlauben würde.«

April fühlte sich, wenn überhaupt möglich, noch schlechter. Sie hätte Nathaniel entschiedener aus dem Weg gehen sollen. Sie hätten niemals allein sein sollen, und das war in den sechs Wochen, seit sie wieder in London waren, bereits dreimal der Fall gewesen.

April war sich sicher, dass Lord Beaumont sie auf dem Ball der Blakes im Garten gesehen hatte. Niemand wusste von ihrer Begegnung auf dem Landsitz der Pembrokes oder während ihres Ausritts im Hyde Park vor einigen Tagen, zumindest glaubte April das. Doch ihre Unterhaltung auf dem Ball der Pembrokes hatten alle mitbekommen.

Dank Isabella Pembroke.

»Wie es scheint, wird sie das nicht auf sich beruhen lassen«, fuhr Tante Violet fort. »Obwohl sie die Hand des jüngeren Pembroke gewonnen und sich damit eine Zukunft gesichert hat, auf die jede Frau neidisch sein kann. Sie ist eindeutig eine nachtragende Dame, und ich fürchte, ihre Familie ist angesehen genug, um allen Respekt einzuflößen.«

»Das heißt, wenn sie beschließt, die Aussichten *unserer* Familie und meine ganze Saison zu zerstören, wird sie das auch erreichen? Wenn sie mich als unwürdig oder als unpassende Partie darstellt, wird niemand mich heiraten wollen?«

April und ihre Schwestern hatten mit ihrer finanziellen Situation und ihrem schlechten Status bereits gegen genug widrige Umstände zu kämpfen. Nun auch noch den letzten Respekt der feinen Gesellschaft zu verlieren, würde ihnen den Rest geben.

In dem Moment stürzte May durch die Tür. Sie war allein und so durchnässt, dass sich schon bald eine Pfütze um ihre Stiefel bildete.

»Ach, du liebe Güte, May. Bist du den ganzen Weg im Regen nach Hause gegangen?«, rief Tante Violet aus. »Wir sind davon ausgegangen, dass Lord Talbot dich fahren würde. Wart ihr nicht zusammen, als der Wolkenbruch losging?«

Ihre Schwester zitterte, vermutlich vor Kälte, und würde sich bestimmt schrecklich erkälten.

April sprang auf, ihre eigenen Probleme waren für den Moment völlig vergessen. Sie bat die Diener um Decken und Tücher, bevor sie ihre Schwester schnell nach oben brachte. May schien nicht sie selbst zu sein. Sie weigerte sich, Fragen zu beantworten, und ließ sich widerstandslos in ihr Zimmer führen.

Sobald die Tür hinter ihnen zugefallen war, blieb May einfach stehen, während April ihr erst Hut und Kleid auszog, dann die Unterwäsche, ehe sie sie in eine riesige weiche Decke wickelte und mit den Tüchern das restliche Wasser aus ihren langen, vom Regen dunklen Locken drückte.

Wie es schien, hatten sie beide während der Promenade etwas erlebt, das sie aufwühlte, und keine von ihnen war bereit, darüber zu reden – zumindest nicht mit der jeweils anderen.

April sah jedoch inzwischen keinen Grund mehr, sich ihrer Schwester nicht anzuvertrauen. Ihre Mutter war von ihnen gegangen. Aprils eigene Fehler drohten Mays Aussichten zu zerstören. Die ganze Gesellschaft wusste inzwischen über die unglückliche Angelegenheit Bescheid. Sollte ihre Schwester die Wahrheit wirklich durch Gerüchte herausfinden, die auf den Bällen verbreitet wurden?

Nein, April musste May selbst die Wahrheit sagen. Sie musste ihr gestehen, wie sie den guten Namen ihrer Familie in den Schmutz gezogen hatte, egal wie unbeabsichtigt das auch gewesen war. Und sie musste ihrer Schwester versprechen, dass sie alles dafür tun würde, dass May glücklich werden konnte – egal, was April diese Saison und darüber hinaus würde erdulden müssen.

»May.« April wartete, bis ihre Schwester sich zu ihr drehte. Sie hatte nicht geweint, zumindest sah es nicht so aus. Ihre Augen waren weder gerötet noch geschwollen. Sie wirkte lediglich, als wäre sie gedanklich weit weg. »Was ist passiert?«

»Es hat geregnet«, erwiderte ihre Schwester, als wäre April dämlich und hätte nicht selbst bemerkt, dass es regnete.

»Aber warum bist du im Regen nach Hause gegangen? Warum bist du überhaupt gegangen, noch dazu allein? Warum hat Lord Talbot dich nicht nach Hause gebracht?«

May runzelte die Stirn, biss sich auf die Unterlippe und sah wieder weg. »Wir wurden getrennt, als der Regen losging. Ich fürchte, ich war nicht ganz bei mir und bin zu weit vom Weg abgekommen.«

»Du meine Güte, das tut mir so leid!«

Noch etwas, wofür April sich nun schlecht fühlte.

Als May sich wieder April zuwandte, vertiefte sich die Furche in ihrer Stirn. »Was ist mit dir? Du hast geweint.«

Tränen sammelten sich bei Mays Bemerkung erneut in Aprils Augen. »Ach, es ist nichts.«

»April, wir mögen uns nicht mehr so nah sein wie früher, aber du bist nicht die Art von Frau, die wegen nichts weint.« May zog die Decke fester um sich und schniefte leise. »Du musst es mir nicht erzählen, aber bitte lüg mich nicht an. Das ist einfach nur gemein.«

April ging noch einmal alle Gründe durch, weshalb sie beschlossen hatte, May über den Vorfall im Dunkeln zu lassen. Sie hatte sich geschämt, ja, doch sie hatte auch versucht, ihre Schwester zu schützen, und gedacht, sie könnte eines Tages alles aus der Welt schaffen. May hätte nie etwas davon erfahren müssen. Doch keiner dieser Gründe war gut genug, um die Mauer, die April zwischen ihnen errichtet hatte, weiter aufrechtzuerhalten.

»Bevor die letzte Saison offiziell begann, fuhren Mutter und ich zusammen mit Tante Violet nach Rose Hall, um uns die Gärten anzusehen. Mr Pembroke und ich sind uns rein zufällig begegnet, und ich schäme mich, das zuzugeben, aber wir haben viel Zeit allein verbracht, während Mutter krank war.« Aprils Gesicht fühlte sich so heiß an, als würde es brennen. Sie sog tief die Luft ein, ehe der grauenvolle Rest aus ihr herausbrach. »Wir haben niemandem davon erzählt, aber wir hatten eine Übereinkunft. Kurz bevor wir unsere Verbindung offiziell bekanntgeben wollten, musste ich in einer sehr öffentlichen Konfrontation erfahren, dass er bereits mit Isabella Martin verlobt war.«

»Oh, April«, hauchte May und rutschte näher an sie heran. »So ein Mistkerl! Ich kann nicht glauben, dass er die Unverschämtheit besessen hat, so etwas zu tun. Und wozu?«

»Um mich auszunutzen, vermute ich.«

»Aber warum würde er so weit gehen und dir einen Antrag machen, wenn er bereits verlobt war? Er hätte es nicht so weit kommen lassen müssen, wenn er dich lediglich dazu bringen wollte, mehr Zeit mit ihm zu verbringen.«

April hatte sich dieselbe Frage gestellt und versucht, sein Verhalten von allen möglichen Seiten zu betrachten, aber sie hatte keine Antwort gefunden.

»Ich weiß es nicht. Das Schlimmste ist, dass ich ihm voll und ganz vertraut habe. Ich dachte, ich würde ihn kennen, aber der Mann, in den ich mich innerhalb von Wochen verliebt habe, hätte so etwas weder mir noch Miss Martin angetan.«

»Ich gebe zu, dass ich mir das nur schwer vorstellen kann. Mr Pembroke ist so ein liebevoller Bruder für Anne, und Lord Talbot beschreibt ihn als unglaublich loyalen Menschen. Ihm zufolge kann man sich keinen besseren Freund wünschen.« May legte den

Kopf schief. »Wie kann er das alles sein, aber gleichzeitig auch die Sorte Mann, die eine Verlobung verheimlicht, um ein unschuldiges junges Mädchen hinters Licht zu führen?«

April spürte ein Brennen in ihrer Kehle. Sie *war* damals ein unschuldiges junges Mädchen gewesen, doch jetzt war sie es nicht mehr. Sie hätte es besser wissen müssen, als nach London zurückzukehren. Sie hätte jeden Ort meiden sollen, an dem sie ihm über den Weg laufen konnte. Sie war alt genug, um zu verstehen, dass Menschen und Gefühle kompliziert waren. Und dass, egal auf welche Art und Weise er sie zerstört hatte, ihre Gefühle für ihn nicht einfach über Nacht verschwinden würden.

»Ich weiß es nicht, May. Ich wünschte, ich wüsste es, ich wünschte, es gäbe eine Möglichkeit, die Zeit zurückzudrehen und die Wochen, die wir zusammen verbracht haben, ungeschehen zu machen. Doch diese Möglichkeit gibt es nicht, und nun, da Isabella Pembroke nach London zurückgekehrt ist, fürchte ich, dass die Aussichten unserer Familie endgültig ruiniert sind.«

May wurde blass. »Warum?«

»Anne zufolge sind Isabella und George Pembroke unzufrieden mit dem Anteil, den sie vom Erbe seiner Eltern erhalten haben. Sie finden, dass Mr Pembroke ihnen mehr schuldet, da sie verheiratet sind und den Familiennamen fortführen wollen. Zudem ist Mrs Pembroke immer noch gekränkt von seinem Verrat und glaubt, er schulde ihr eine öffentliche Entschuldigung oder ein Schuldeingeständnis, ich bin mir nicht ganz sicher.«

»Was hat das mit dir zu tun?«

»Nichts, aber wenn ihr Stolz immer noch verletzt ist, dann hat mein Auftauchen in London alte Wunden aufgerissen.«

»Ganz zu schweigen von dem Ball letztens, als du und Mrs Pembroke in ein hitziges Gespräch verwickelt waren«, bemerkte May.

Aprils Wangen wurden warm. »Das ist dir aufgefallen? Ich dachte, du warst zu dem Zeitpunkt schon weg.« Sie wollte die Worte nicht so anklagend klingen lassen, doch May zuckte leicht zusammen.

»Ich habe den Ball erst verlassen, als wir dazu gezwungen waren. Und nach allem, was ich gehört habe, war es eine heftige Auseinandersetzung mit den jungen Pembrokes.«

April nickte, um Mays Vermutung zu bestätigen. »Es war fürchterlich. Mr Pembroke hat sich später dafür entschuldigt, doch es war nicht an ihm, das zu tun. Ich habe mein Bestes gegeben, Mitgefühl für seine Schwägerin zu empfinden, da das, was sie durchmachen musste, bestimmt schlimmer war als sein Vertrauensbruch mir gegenüber. Aber ich muss zugeben, dass sie es mir immer schwerer und schwerer macht.«

May schnaubte. »Du hast zu viel Mitgefühl mit ihr, ebenso wie alle anderen. Sie hat den Antrag von Mr Pembrokes jüngerem Bruder angenommen, die Hochzeit und auch die Hochzeitsreise sind vorbei. Es wird Zeit, dass sie die Vergangenheit ruhen lässt, denkst du nicht auch?«

Das tat April, aber sie war sich nicht sicher, ob sie diese Meinung haben durfte. »Vielleicht. Dieser Streit über das Erbe scheint mir auch ein wenig kleinlich zu sein, aber solche Uneinigkeit herrscht wohl oft zwischen Geschwistern.«

»Nicht zwischen allen Geschwistern«, sagte May und rutschte noch näher, sodass ihre Knie und Arme sich berührten. In ihrem Lächeln lag dieselbe aufrichtige Erleichterung, die auch April durchströmte, nun, da die Mauer zwischen ihnen endlich durchbrochen war. »Danke, dass du mir die Wahrheit gesagt hast, auch wenn du viel zu lange gebraucht hast, um dich mir zu öffnen.«

April schämte sich dafür, ihrer Schwester nicht schon viel früher vertraut zu haben. Das Gewicht des Geheimnisses fiel von ihren Schultern ab, und ihr wurde leicht ums Herz.

Weder sie noch Tante Violet noch ihre Mutter hatten May das nötige Vertrauen entgegengebracht. Dabei hatte ihre Schwester ein überaus großes Herz, auch wenn das dazu führte, dass sie in Bezug auf die Welt etwas naiv war.

Wie hatte April vergessen können, wie wichtig ihr die Beziehung zu May war?

»Danke, dass du mich nicht hasst«, erwiderte April, und erneut traten Tränen in ihre Augen.

»Du frustrierst mich manchmal, April, aber ich könnte dich niemals hassen. Wir sind Schwestern. Ich will nur das Beste für dich.« May hielt inne. »Daher denke ich, dass du Lord Talbot als möglichen Verehrer in Betracht ziehen solltest.«

»Hat er dir gegenüber Interesse geäußert, einer meiner Verehrer sein zu wollen?«, fragte April, die die Antwort bereits kannte. Es wurde Zeit, dass May die Idee aufgab, dass April und Lord Talbot perfekt zusammenpassten – beziehungsweise überhaupt zusammenpassten.

»Ich denke, es ist eindeutig, dass ihr euch gut versteht«, wich May der Frage aus.

»Sich gut zu verstehen, ist nicht dasselbe wie Zuneigung für jemanden zu empfinden. Ich finde, er behandelt mich eher wie eine Schwester, die ihm wichtig ist, nicht wie eine Frau, die er heiraten will.« April versuchte, ihre Stimme so sanft wie möglich klingen zu lassen. »Ich bin sehr froh über unsere Freundschaft und unsere gemeinsamen Interessen. Er scheint ein netter Mann zu sein, und er ist durchaus attraktiv und wohlhabend, aber ich habe keine Gefühle für ihn.«

May seufzte. »Liegt es daran, dass du immer noch Gefühle für Mr Pembroke hast?«

»Nein.« Sie schüttelte den Kopf, als sie Mays skeptischen Blick wahrnahm. »Ich will dich nicht weiter anlügen, Schwester, daher werde ich nicht hier sitzen und behaupten, meine Gefühle für Mr Pembroke wären nicht nach wie vor … kompliziert. Aber ich bin hier in London, um einen Ehemann zu finden, damit ich heiraten und meinen Teil der Mitgift erhalten kann und damit du das ebenfalls tun kannst, wenn die Zeit gekommen ist.«

»Du meinst, wenn unser Onkel seinen Willen bekommt«, verbesserte May sie. »Es gibt kein Gesetz, das besagt, Schwestern müssten in der Reihenfolge ihrer Geburt heiraten.«

»Es kann ebenso gut ein Gesetz sein, soweit es uns betrifft. Und auch wenn es mir nicht gefällt, aus Pflichtgefühl zu heiraten, der Gedanke an dich, June und July ist Grund genug für mich, es dennoch zu tun.«

May verzog gequält das Gesicht, ehe sie den Kopf an Aprils Schulter lehnte. »Ich habe dich lieb.«

»Ich habe dich auch lieb.« April schluckte gegen den Kloß in ihrem Hals an. »Es tut mir leid, dass das, was zwischen Mr Pembroke und mir vorgefallen ist, dich dein zukünftiges Glück kosten könnte. Ich kann nur hoffen, dass nicht jeder Gentleman der feinen Gesellschaft sich von Gerüchten beeinflussen lässt.«

»Bestimmt nicht. Männer haben für solche Dinge keine Zeit.«

April erwiderte nichts darauf, stattdessen umarmte sie ihre Schwester. Sie hoffte, dass May recht behielt und dass sich bis zum Ende der Saison wenigstens ein paar Kandidaten finden würden. Dann müsste sie lediglich den besten von ihnen auswählen.

KAPITEL 27

Nathaniel

Nathaniel stürmte durch die Eingangstür seines Londoner Anwesens. Ihm war viel zu warm, obwohl der Regen die Luft draußen abgekühlt hatte. Nachdem sie April in der Gesellschaft ihrer Patentante zurückgelassen hatten, war Anne mit der Kutsche nach Hause gefahren, doch Nathaniel war trotz des Regens gelaufen.

Er war in seinem ganzen Leben noch nie so aufgewühlt gewesen wie in dem Moment, in dem er April hatte weinen sehen. Unglaubliche Verzweiflung und Hoffnungslosigkeit lagen in ihrem Blick, als sie erfahren hatte, dass ihre Aussichten wegen dem, was vor einem Jahr zwischen ihnen vorgefallen war, endgültig ruiniert sein könnten.

Isabella und George waren noch nicht zurück, doch Nathaniel fiel sofort über sie her, als sie das Haus betraten, auch wenn beide eher aussahen, als bräuchten sie ein trockenes Tuch und neue Kleider. Wenn er länger darüber nachgedacht hätte, wäre er wahrscheinlich zu dem Schluss gekommen, dass der Wolkenbruch seine Gefühle bezüglich dieser Saison spiegelte: trostlos und enttäuschend.

»Bruder«, sagte George. »Du hast dich nicht geändert. Du tropfst Mutters Lieblingsteppich voll.«

»Das war *nicht* ihr Lieblingsteppich, und bis auf Weiteres ist das hier noch mein Haus, daher kann ich zerstören, was ich will«, knurrte er. »Und besser, ich zerstöre einen Teppich als die Zukunft eines anderen Menschen.«

Bei diesen Worten sah er wütend zu Isabella, die gelassen ihr Halstuch abnahm und es zusammen mit ihrem Hut dem Diener reichte. Sie wirkte völlig unbeeindruckt von seinem Seitenhieb, ebenso wie von seinen Blicken, mit denen er sie am liebsten erdolchen würde.

George runzelte verwirrt die Stirn, aber das war nicht anders zu erwarten gewesen. Er war schon als Kind in Isabella verliebt gewesen, vermutlich weil er ihre wahre Persönlichkeit nie so sehen wollte wie Anne und Nathaniel. Isabella war schon immer sorglos und etwas unhöflich gewesen, wenn man ihr nicht Einhalt gebot, doch George sah stets nur ihre Schönheit und Klugheit.

»Du kannst über mich sagen, was du willst, Isabella, aber du wirst April Campbell nicht länger in diese Sache mit hineinziehen. Wir haben ihr in der Vergangenheit bereits genug angetan, nun auch noch ihre Zukunft zu ruinieren, wäre absolut skrupellos – selbst für deine Verhältnisse.«

»Bruder, ich denke nicht, dass …«

»Vielen Dank für deine Meinung zu diesem Thema, Nathaniel«, unterbrach Isabella sanft den Versuch ihres Mannes, sie zu verteidigen. »Doch wie dir bestimmt klar ist, hast du deine Chance vertan, mir etwas zu befehlen.«

»Ich bin nun das Oberhaupt dieser Familie, und wenn du deinen Platz in dieser Familie nicht verlieren willst – beziehungsweise die Einnahmen aus den Familiengeschäften –, würde ich vorschlagen, du kommst meiner Bitte nach.« Sein Tonfall ließ keine Zweifel daran übrig, dass seine Bitte in Wahrheit keine Bitte war – sie war ein Befehl, und sie alle wussten es.

»Miss Campbell hasst dich, Nathaniel. Du hast versucht, zuvorkommend zu ihr zu sein, vielleicht sogar einen Weg zu finden, damit sie dir verzeiht, und dennoch will sie nichts mit dir zu tun haben.« Isabella kam einen Schritt auf ihn zu, ihr Lächeln war zuckersüß. »Du kannst mich nicht davon abhalten, allen die Wahrheit über unsere aufgelöste Verlobung zu erzählen, und ich kann die Geschichte von Georges und meiner glücklichen Heirat nicht erzählen, ohne zuvor zu erklären, wie April Campbell dein Herz gestohlen hat.«

Nathaniels Hände ballten sich zu Fäusten, seine Finger gruben sich in die Haut. April hatte sich scheinbar damit abgefunden, dass es für ihren Ruf keine Rettung mehr gab, doch das hieß nicht, dass Nathaniel akzeptieren konnte, dass ihr Leben seinetwegen ruiniert war. Wenn er sie nicht heiraten konnte, so sei es. Aber sie hatte es verdient, glücklich zu sein.

»Unter den gegebenen Umständen denke ich wirklich, dass wir den Landsitz bekommen sollten«, wandte George ein. »Wie du sehen kannst, schmerzt es meine Frau immer noch, wie du sie behandelt hast. Wäre es so schlimm für dich, sie mit dem Landsitz zu entschädigen? Sie liebt das Haus, wie du weißt.«

Das wusste er. Das wusste er, weil *er* das Haus ebenfalls liebte, und er konnte die Vorstellung nicht ertragen, dass Isabella die letzten noch vorhandenen Spuren seiner Mutter einfach wegwischte. Alles in ihm sträubte sich dagegen, den Landsitz aufzugeben, doch er hatte ihnen das Haus in London angeboten, ebenso wie mehrere andere Besitztümer, und das war nicht genug gewesen.

»Wirst du mir jemals für dieses Missverständnis vergeben,

Isabella, egal, was ich dir oder George als Wiedergutmachung anbiete?«

Die Frage schien sie zu überraschen. Es war beinahe, als hätte sie noch nie über Vergebung anstelle von Rache und Wut nachgedacht, und zum ersten Mal seit Langem wurde ihre Miene weich genug, dass er darin kurz das lebensfrohe Mädchen erkennen konnte, mit dem er auf dem Land aufgewachsen war.

»Ich weiß es nicht, Nathaniel. Ich dachte, der Abstand würde uns allen guttun und mich vielleicht vergessen lassen, was geschehen ist, aber dich wiederzusehen – noch dazu zusammen mit Miss Campbell – lässt all das wieder hochkommen.«

Sofort fühlte er sich schuldig. Weder er noch Isabella trugen die Schuld an dem Missverständnis darüber, ob ihre geplante Heirat nun in Stein gemeißelt gewesen war oder nicht, das wusste er. Dennoch war es eindeutig, dass sie vor allem ihn dafür verantwortlich machte, nicht ihre Eltern oder sich selbst. Er würde auf ewig bereuen, dass er seine Absichten nicht deutlicher gemacht hatte.

»Es tut mir wirklich leid, wie die Sache ans Licht gekommen ist. Ich hätte diesen Weg nie gewählt, hätte ich vorhergesehen, wie sich alles entwickeln würde«, sagte er so ruhig wie möglich.

»Ich weiß.«

»Vater hat den Familienbesitz, unsere Geschäfte und die Verwaltung von beidem in meine Hände gegeben. Ich treffe die finanziellen Entscheidungen, und daher ist es mein gutes Recht, meinen Wohnsitz zu wählen. Wenn ich ganz ehrlich bin, könnte ich sogar beschließen, *alle* unsere Häuser zu behalten und euch beiden lediglich das Geld zu geben, um euch etwas Eigenes zu kaufen. Meiner Meinung nach – und das Gesetz ist auf meiner Seite – war mein Geschenk mehr als nur gerecht.«

Isabella erwiderte ungerührt seinen Blick, während George in der Stille, die daraufhin folgte, zu Boden sah und unbehaglich von einem Fuß auf den anderen trat.

Sie waren erneut keinen Schritt weitergekommen. Am schlimmsten war jedoch, dass er April nicht länger guten Gewissens zu einem Teil dieser Familie machen konnte, egal, was sie für ihn empfand oder ob sie ihm je vergeben konnte. Denn dann hätte sie eine Schwägerin, die sie nicht nur verachtete, sondern auch noch Freude daran hatte, ihr das Leben bei jeder Gelegenheit schwer zu machen, und das würde nicht gut enden.

Nathaniel wurde schwer ums Herz, als sein Blick den seines Bruders traf. Sie musterten sich einen Moment abwartend, ehe George Isabella den Arm anbot und damit deutlich machte, wem seine Loyalität galt.

Natürlich hatte Nathaniel nicht erwartet, dass George zu ihm anstatt zu seiner Frau hielt, dennoch entmutigte ihn diese Tatsache noch mehr. Er und George hatten sich nie besonders nahe gestanden, aber seine Mutter wäre zutiefst betrübt gewesen, wenn sie gewusst hätte, was nach ihrem Tod aus ihrer Familie werden würde. Das Letzte, was sie gewollt hätte, war, dass Geld zwischen ihnen stand.

Seine Mutter hatte die Probleme mit Isabella genauso wenig kommen sehen wie alle anderen, allerdings hatte sie nach dem Vorfall Nathaniel gegenüber eingeräumt, dass sie mit Schwierigkeiten hätten rechnen sollen. Die Martins waren eine alte Familie, die großes Ansehen genoss, doch ihr Wohlstand hatte in den letzten Jahrzehnten stetig nachgelassen. Eine Verbindung mit Nathaniels Familie hätte – und *hatte* – sowohl ihre finanzielle Situation als auch ihren Ruf deutlich verbessert.

Der geringe Altersunterschied zwischen Isabella und Nathaniel sowie ihre rasche Freundschaft als Kinder waren für die Pembrokes ein Grund gewesen, eine Heirat zwischen ihnen in Betracht zu ziehen, doch für die Martins war es mehr als nur eine Überlegung gewesen – nämlich eine Vereinbarung, die in Stein gemeißelt war.

Nathaniels Bruder und Isabella verließen den Raum, und wenig später hörte er sie im Speisesaal, wo sie ein leichtes Abendmahl zu sich nahmen. Erst da wurde ihm bewusst, dass er immer noch in der Eingangshalle stand – und den Teppich volltropfte, wie sein Bruder angemerkt hatte.

Nathaniel beschloss, sich auf sein Zimmer zurückzuziehen, anstatt ebenfalls zu essen. Nach dieser Auseinandersetzung fühlte er sich noch hoffnungsloser, was seine eigenen Aussichten auf eine glückliche Zukunft anging.

KAPITEL 28

May

May wusste, dass April ihren Plan, mit Lord Beaumont in seiner schnellen Kutsche zu fahren, nicht guthieß, aber sie hatte nicht damit gerechnet, dass ihre Schwester ihr tatsächlich damit drohen würde, die Tür zu verriegeln. »April, Himmel noch mal! Tante Violet hat der Kutschfahrt zugestimmt, solange wir den Park nicht verlassen und uns direkt danach zu dir und den anderen zum Picknick setzen.« May stieß die Luft aus, sodass die feinen Haarsträhnen an ihrer Stirn hochflogen. »Wir werden nicht allein sein. Viele andere Menschen werden den schönen Tag ebenfalls im Park verbringen.«

»Es gefällt mir nicht, May. Hast du nicht vor Kurzem noch gesagt, dass du Lord Talbots Menschenkenntnis vertraust?«

May spürte, wie ihr Gesicht bei der Erwähnung des freundlichen Lords warm wurde. »Ja, und?«

»Du weißt genauso gut wie ich, dass er Lord Beaumont nicht mag. Er vertraut ihm nicht, und er findet, du solltest vorsichtig sein, wenn du mit ihm allein bist.« April hielt inne und stemmte die Hände in die Hüften, doch als May nichts sagte, fuhr ihre Schwester fort: »So, wie Isabella Pembroke sich momentan verhält, sollten wir beide bis auf Weiteres wirklich nicht unnötig auffallen.«

»Oooooh nein«, fauchte May, die Aprils behutsames Auftreten und ihre übertriebene Vorsicht satthatte. »Ich werde mich nicht von deinen Sorgen darüber, wie die Gesellschaft reagieren könnte, davon abhalten lassen, einen Ausflug zu genießen, wenn sich die Gelegenheit dazu bietet – vor allem dann nicht, wenn nichts daran verwerflich ist. Lord Beaumont ist sehr angesehen. Es gibt keinen Grund, Angst davor zu haben, dass mein Ruf durch ihn Schaden nehmen könnte.«

»Das weiß man nie, May. Das ist es doch, was ich dir zu erklären versuche.«

»Ich weiß, dass du das glaubst, nach allem, was mit Mr Pembroke vorgefallen ist und wie seine Schwägerin sich verhält. Aber du hast nicht das Recht, mir vorzuschreiben, was ich tun und lassen soll, nur weil du eine schlechte Erfahrung gemacht hast.«

April wurde blass, und ihre Wangen bekamen rote Flecken, als hätte man sie geschlagen.

May fühlte sich schlecht, das tat sie wirklich, aber nachdem April ihr alles erzählt hatte, war May weitaus wütender als erwartet. Sie hatte vollstes Mitgefühl für ihre Schwester und bedauerte, was sie alles hatte durchmachen müssen, aber warum sollte May jetzt für Aprils unglückliche Wahl büßen? Ihre Wut richtete sich gleichermaßen gegen ihren Onkel wie gegen ihre Schwester und sogar gegen ihre Mutter, die April dazu hätte ermutigen können, sich ihren Schwestern anzuvertrauen, anstatt alles zu vertuschen, als wäre sie selbst an allem schuld.

Nach einer Weile fand April die Fassung wieder. »Ich denke an unsere ganze Familie, May. An unsere Schwestern. Es geht hier nicht nur um meine Sorge um dich. Ich dachte, das wäre auch in deinem Interesse.«

»Ich habe nicht vor, meine Aussichten auf eine glückliche Heirat – oder die meiner Schwestern – noch weiter zu schmälern. Ich mache nur eine Kutschfahrt durch den Park. Wir sehen uns danach, unbeschadet und mit intaktem Ruf.«

Bevor April etwas erwidern konnte, verkündete der Diener Lord Beaumonts Ankunft.

May erlaubte sich einen letzten Moment, um sich im Spiegel zu betrachten. Ihr Gesicht war von dem Gespräch gerötet, doch das schadete ihrem Aussehen nicht im Geringsten. Sie hatte ihr schönstes Tageskleid gewählt, ein karamellfarbenes Kleid aus Taft, das sich traumhaft an ihren Körper schmiegte.

Lord Beaumont würde es bestimmt gefallen. Nach dieser unangenehmen Begegnung mit Lord Talbot während des Spaziergangs wünschte May sich nichts mehr, als dass dieser Vormittag – und der Mann, mit dem sie ihn verbringen wollte – sie von ihren Gedanken ablenkte.

Denn ihre Gedanken und Gefühle während des Regenschauers hatten May vollkommen überwältigt. Lord Talbot war ihr so nahe gewesen. Sie hatte Abstand gebraucht, und zwar dringend, doch wenn sie daran dachte, wie sie weggelaufen und ihn einfach zurückgelassen hatte, wurde ihr direkt wieder heiß.

Und es hatte sowieso nichts gebracht, denn Lord Talbot hatte sie in der letzten Nacht auf völlig unangebrachte Weise in ihren Träumen heimgesucht.

»Es tut mir leid, was du durchmachen musstest«, sagte sie zu ihrer Schwester, während sie ein letztes Mal ihr Kleid glatt strich und sämtliche Gedanken an Lord Talbot verbannte. »Ich verspreche, ich habe nicht die Absicht, mir einen Fehltritt zu erlauben.«

»Es tut mir leid, dass du das Gefühl hast, als wäre dein Leben meinetwegen eingeschränkt. Mutter und ich wollten nur, dass du glücklich bist und von den Gerüchten verschont wirst und dass du eine reine Weste hast, wenn deine erste Saison beginnt.« April knetete ihre Hände. »Aber ich wünschte, du würdest meine Erfahrungen als die Warnung ansehen, die sie sein sollten.«

Sie würden sich bei diesem Thema nie einigen. Mr Pembroke war nicht Lord Beaumont, und das galt auch umgekehrt.

Dennoch konnte May nicht völlig ignorieren, dass Lord Talbot einen von ihnen mochte und den anderen nicht und dass sie auf dem Weg zu einer Kutschfahrt mit dem Mann war, dem Lord Talbot nicht traute.

Doch nur weil er freundlich zu ihr war, sie zum Lachen und zum Nachdenken brachte und sie sich auf seine Meinung verlassen konnte, hieß das nicht, dass er unfehlbar war. Jeder lag einmal falsch, und May vermutete, dass Lord Talbots Abneigung gegenüber Lord Beaumont eher mit einer Sportrivalität zu tun hatte als mit sonst irgendetwas.

Zumindest redete sie sich das ein, als sie in die Eingangshalle trat, um Lord Beaumont zu begrüßen. Die Krawatte, der Mantel und der elegante Hut standen ihm wie immer überaus gut und betonten seine schlanke Taille und seine Schultern. Mit den dunklen Haaren und den ebenso dunklen Augen verlangte er geradezu danach, in einem Porträt festgehalten zu werden.

Lord Beaumont schenkte ihr sein charakteristisches Halblächeln. »Miss Campbell. Sie sehen heute absolut hinreißend aus. Sind Sie bereit für unsere Fahrt?«

Vor Mays innerem Auge tauchte Lord Talbot auf, der ihr zurief, dass sie etwas Besseres verdient hätte als diesen Mann, einen Draufgänger der übelsten Sorte. Doch sie verdrängte dieses Bild und erwiderte stattdessen Lord Beaumonts Lächeln. »Mehr, als ich in Worte fassen könnte.«

KAPITEL 29

Matthew

Matthew erreichte das Haus der Radcliffes in dem Moment, in dem Lord Beaumont Miss Campbell in seine protzige neue Kutsche half. Eine Welle der Verärgerung überrollte Matthew und brachte sein Blut so sehr zum Kochen, dass es ihm schwerfiel, sich seine Gefühle nicht anmerken zu lassen.

»Miss Campbell«, sagte er und verbeugte sich länger als nötig, in der Hoffnung, so seine Reaktion verbergen zu können. »Lord Beaumont. Wohin fahren Sie beide denn an diesem schönen Vormittag?«

»Durch Hyde Park«, erwiderte Beaumont mit einem Lächeln, das für Matthews Geschmack viel zu viele Zähne zeigte. »Wie finden Sie meine neue Kutsche? Es ist das schnellste Modell, das es im Moment zu kaufen gibt.«

Matthew hob angesichts dieser offensichtlichen Prahlerei eine Augenbraue. »Ganz nett, Beaumont.«

»Nett … So kann man es natürlich auch beschreiben.«

»Wie fühlen Sie sich heute, Miss Campbell? Ich hoffe, deutlich besser als gestern?« Matthew stellte die Frage aus zwei Gründen. Zum einen interessierte ihn die Antwort wirklich, zum anderen wollte er Beaumont wissen lassen, dass er nicht der einzige Gentleman war, der Interesse an seiner Begleiterin hatte.

»Ja, viel besser. Entschuldigen Sie bitte die … wie sich unsere Wege gestern getrennt haben.« Ihre Wangen färbten sich vor Scham rot, und ein gequälter Ausdruck trat auf ihr Gesicht, den Matthew nicht ganz deuten konnte.

Augenblicklich hatte er das Bedürfnis, sie zu beschützen, obwohl eindeutig er derjenige war, der sie in Verlegenheit gebracht hatte. Lord Beaumont musterte sie beide misstrauisch.

»Machen Sie sich darüber keine Gedanken«, sagte Matthew, nachdem er seine Fassung wiedererlangt hatte. »Ich fand es nur richtig, mich heute Morgen davon zu überzeugen, dass es Ihnen gut geht, ebenso wie Ihrer Schwester, die, wie ich hörte, gestern eine etwas unangenehme Überraschung erleben musste.«

Miss Campbell blickte unter ihren langen Wimpern neugierig zu ihm auf. Vermutlich fragte sie sich, woher er von den unglücklichen Neuigkeiten wusste, die ihre Schwester gestern Abend erhalten hatte. Nathaniel hatte Matthew gebeten, nach ihr zu sehen, doch davon ahnte Miss Campbell natürlich nichts.

»Nun, Sie können gern zu ihr gehen. Vielleicht gelingt es Ihnen, ihr etwas von ihren Ängsten zu nehmen. Sie war ziemlich verzweifelt, fürchte ich. Etwas Zeit in Ihrer Gesellschaft würde ihr sicher guttun.«

»Wie Sie wünschen.«

Lord Beaumont bedachte Matthew mit einem Blick, ehe er Miss Campbell rasch die letzte Stufe hinauf in die Kutsche half und sich dann neben sie setzte. Sein Pferd, ein beeindruckender, riesiger Hengst, schnaubte nervös, als Beaumont nach den Zügeln griff. »Noch einen schönen Tag, Lord Talbot. Ich gehe davon aus, dass Sie nicht mehr hier sind, wenn wir zurückkehren.«

Matthew erwiderte nichts darauf, sondern nickte ihm nur kurz zu, bevor er Miss Campbell ein Lächeln schenkte. Er würde gehen, wann er wollte, und keine Sekunde früher. Es gefiel ihm nicht, dass Miss Campbell mit einem Mann wie Beaumont wegfuhr, erst recht nicht allein. Doch im Moment konnte er nichts dagegen tun, und sobald die Kutsche davonfuhr, betrat er das Haus der Radcliffes, um die Aufgabe zu erfüllen, die ihm sein guter Freund aufgetragen hatte.

Der Diener verkündete seine Ankunft und brachte ihn in den Salon, wo April Campbell und Emma Radcliffe vor einem kleinen Feuer saßen. Miss Radcliffe war mit einer Stickerei beschäftigt, während Miss Campbell mit Kohle etwas in ihr Notizbuch zeichnete – vermutlich hielt sie darin die Blumen fest, die sie gesehen hatte. Genau wie er es auch tat.

»Meine Damen, ich wünsche Ihnen einen wunderschönen Morgen.« Er streifte seinen Mantel ab, da es dank des Feuers schon beinahe zu heiß war.

»Entschuldigen Sie bitte das Feuer«, sagte Miss Radcliffe und warf ihrer Freundin einen Blick zu. »Uns ist nach dem Regen gestern immer noch etwas kalt.«

»Natürlich«, erwiderte Matthew. Er fragte sich, ob sie wussten, dass er und Miss Campbell zusammen in dem Bootshaus gewesen waren und dass sie praktisch vor ihm geflohen war, als er kurz davor gewesen war, sie zu küssen. »Geht es Ihnen gut? Ich habe Miss Campbell auf dem Weg in den Park gesehen, und sie versicherte mir, dass sie sich heute wieder besser fühlt.«

April Campbell horchte auf. »Fühlte sie sich denn unwohl?«

Nun sah er überrascht auf. »Sie meinte gestern bei der Promenade, dass sie sich etwas unwohl fühle. Ich habe mich eine Weile zu ihr gesetzt, um sie nicht allein zu lassen. Als es zu regnen begann, haben wir uns untergestellt, bis sie davongestürmt ist. Ich wollte sie sicher nach Hause begleiten, aber ich habe sie nicht mehr gefunden.«

»Das ist … interessant«, sagte Miss Campbell mit einem amüsierten Ausdruck im Gesicht.

»Wie geht es Ihnen wirklich, Miss Campbell? Ich hörte, es gehen einige Gerüchte um, daher wollte ich Ihnen versichern, dass der Großteil der Gesellschaft sich nicht weiter darum kümmern wird.« Er hielt inne, um ihre Reaktion abzuwarten. »Alte Geschichten haben keinen Reiz mehr, und eine einzelne Person, die versucht, die Vergangenheit wieder auszugraben, wird nicht viel erreichen.«

»Vielen Dank, dass Sie das sagen, Lord Talbot. Ich muss gestehen, ich war gestern nach dieser Nachricht sehr bestürzt, aber heute fühle ich mich etwas besser.«

»Sie werden uns also zu dem Picknick begleiten?«, fragte Matthew, während ein Dienstmädchen den Raum betrat, um das Feuer zu schüren. »Ich denke, Edward sollte jeden Moment hier sein. Miss Pembroke meinte auch, sie würde sich sehr über eine Einladung freuen, daher habe ich ihr gesagt, sie könne gern mitkommen. Ich bin davon ausgegangen, dass niemand etwas dagegen einzuwenden hat.«

»Ich habe nichts dagegen. Haben Sie sie heute Morgen schon gesehen?«

»Ja. Es geht ihr gut, und sie wärmt sich ebenfalls auf. Sie kann es kaum erwarten, mit Ihnen zu reden.« Er lächelte, als er ein Thema anschnitt, mit dem er Miss Campbells trübe Gedanken sicher vertreiben konnte. »Ich habe überlegt, ob wir heute nach Kensington spazieren sollten, um die Rosen zu sehen. Nach dem Regen sind sie bestimmt noch schöner, meinen Sie nicht auch?«

Sie nickte und wirkte fröhlicher als noch vor wenigen Minuten, als er den Salon betreten hatte. Am liebsten hätte er auch Nathaniel erwähnt und sie gefragt, warum sie nie auf seinen Brief, in dem er ihr die Wahrheit gestanden hatte, geantwortet hatte. Matthew war es leid, dass alle so taten, als wüssten sie nicht, was hier vor sich ging.

Er und Miss Campbell wussten, dass ihre Schwester sie verkuppeln wollte. Sie wusste auch, dass Nathaniel ihr nie etwas Böses wollte, behandelte ihn jedoch weiterhin wie einen Aussätzigen. May Campbell hatte gestern entweder nur vorgetäuscht, sich unwohl zu fühlen, oder sie hatte ihre Schwester und ihre Cousine nach ihrer Rückkehr angelogen. Und Nathaniel belog sich selbst, indem er sich einredete, er könnte seine Zuneigung für April Campbell verdrängen.

Es war ein ziemliches Durcheinander, doch mindestens die Hälfte ließe sich lösen, wenn er Miss Campbells wahre Gefühle für seinen Freund kennen würde.

Die Frage lag ihm auf der Zunge, als Miss Radcliffe das Wort ergriff. »Haben Sie bei Ihrer Ankunft Lord Beaumonts Kutsche gesehen? Ist sie wirklich so schnell, wie er behauptet?«

»Ich gehe davon aus. Das ist zumindest das, was man sich erzählt.« Er versuchte, sich seine wahren Gefühle gegenüber Lord Beaumont nicht anmerken zu lassen, auch wenn die beiden Damen ihn bestimmt längst durchschaut hatten. »Ich bin sicher, Miss Campbell wird es uns bestätigen können, wenn wir sie später beim Picknick sehen.«

In diesem Moment versteifte sich das Dienstmädchen, das am Kamin kniete. Sie drehte den Kopf leicht in seine Richtung, doch als sie seinen Blick bemerkte, konzentrierte sie sich hastig wieder auf ihre Pflichten. Matthew hatte den Eindruck, als wäre sie blass geworden.

Miss Radcliffe war die Reaktion ebenfalls nicht entgangen, denn sie wechselte einen kurzen Blick mit Miss Campbell, die auf dem gegenüberliegenden Sofa saß. Sie schienen still miteinander zu kommunizieren, doch bevor eine von ihnen etwas tun konnte, richtete sich das Dienstmädchen auf und sah zu Miss Radcliffe.

»Miss? Darf ich offen mit Ihnen und Ihren Gästen sprechen?«

»Natürlich, Hannah«, erwiderte Miss Radcliffe, und Neugier glitzerte in ihren Augen.

Matthew musste zugeben, dass er ebenfalls neugierig war. Etwas an ihrem Gespräch über Lord Beaumont schien Hannahs Aufmerksamkeit erregt zu haben.

»Ich konnte nicht anders, als Ihrer Unterhaltung zuzuhören. Ich habe nicht gelauscht, wirklich nicht, aber als ich den Namen Lord Beaumont hörte … Und dann sagten Sie, er wäre allein mit Miss May Campbell unterwegs, richtig?«

»Ja, das stimmt«, erwiderte Miss Radcliffe.

»Es ist nur …« Hannah knetete ihre Hände und warf einen nervösen Blick zur Tür, als hätte sie Angst, jemand könnte hören, was sie zu sagen hatte. Oder vielleicht hatte sie einfach nur Angst, dabei erwischt zu werden, wie sie Gerüchte verbreitete, anstatt zu arbeiten.

»Du kannst offen reden, Hannah.«

»Es ist nur, ich habe mehr als einmal gehört, dass Lord Beaumont gern Damen in seiner Kutsche mitnimmt und ihnen eine schnelle Fahrt verspricht. Einige Dienstmädchen aus anderen Häusern, sie sagen, das letzte Mädchen, das mit ihm unterwegs war und eine schöne Fahrt erwartet hatte – und vielleicht ein Liebesgeständnis –, wurde seither nicht mehr in London gesehen.« Hannah hielt inne und befeuchtete sich die Lippen. »Sie sagen, sie hatte gute Gründe, sich auf dem Land zu verstecken, wenn Sie verstehen, was ich meine.«

Matthew glaubte, genau zu wissen, was das Dienstmädchen andeutete – dass das Mädchen schwanger und daher gezwungen war, sich aus der Gesellschaft zurückzuziehen, bis das Kind auf die Welt kam und ihr Körper wieder zu seiner früheren Figur zurückkehrte.

Ihm wurde schlecht.

Miss Campbell und Miss Radcliffe brauchten länger, um zu demselben Schluss zu kommen, doch als es so weit war, schnappte Erstere nach Luft und wurde weiß wie die Wand.

»May …« Ihre Augen füllten sich mit Tränen. »Sie kann nicht … Sie würde *niemals* so etwas tun, nicht … von sich aus.«

Das Blut rauschte laut in Matthews Ohren, als die Bedeutung dieser Aussage zu ihm durchdrang. Er zweifelte keine Sekunde daran, dass Lord Beaumont dazu fähig war, eine Frau zur Intimität zu drängen, vor allem, wenn er aus irgendeinem Grund glaubte, es wäre sein gutes Recht.

Die Angelegenheit, von der das Dienstmädchen erzählte, könnte natürlich unschuldiger gewesen sein. Schließlich war es durchaus möglich, dass das Mädchen sich freiwillig auf Lord Beaumont eingelassen hatte, in der Erwartung, er wäre ein ehrbarer Mann.

Doch Matthew war überzeugt, dass Beaumont sich niemals freiwillig in eine für ihn unvorteilhafte Lage bringen würde, selbst wenn er dafür ehrlos handeln musste.

Bevor Matthew wusste, was er tat, war er auch schon aufgestanden und hatte Hannah gebeten, seinen Mantel zu holen. Sie nickte und eilte aus dem Salon.

»Wo wollen Sie hin?«, fragte Miss Campbell, ihre Augen waren weit aufgerissen.

»Ihre Schwester suchen.« Seine Stimme klang selbst in seinen Ohren düster. »Ich traue Lord Beaumont nicht, wie ich schon gesagt habe. Ich hoffe, dass hier lediglich Miss Campbells Ruf auf dem

Spiel steht. Aber wenn es stimmt, was das Dienstmädchen erzählt hat, fürchte ich, dass sie in noch größerer Gefahr sein könnte.«

Tränen füllen Miss Campbells Augen, und Miss Radcliffe schnappte nach Luft. Sie wirken beide geschockt, aber jetzt war nicht der Zeitpunkt, die Realität zu beschönigen.

»Bitte, Lord Talbot. Wenn Sie sie finden, wäre ich ihnen zutiefst dankbar. Unsere Familie kann sich keinen weiteren Skandal erlauben, aber Mays Sicherheit ist meine größte Sorge.«

Er nickte steif und drückte ihre Hand, bevor er Hannah seinen Mantel auf dem Weg zur Tür abnahm.

Wenn ihre Information stimmte, war die Wahrscheinlichkeit sehr gering, dass Beaumont wie versprochen in den Hyde Park gefahren war. Der Park war riesig, das schon, aber dort wären zu viele Menschen unterwegs, die den schönen Frühlingstag genossen. Er bräuchte einen abgelegeneren Ort, wenn er wirklich die schrecklichsten Absichten hatte. Einen Ort, an dem andere Menschen nicht zufällig vorbeikamen oder auf die Umgebung achteten.

Matthew stieg in seine eigene Kutsche – sie war zwar nicht so schnell wie die von Beaumont, doch niemand konnte behaupten, sie wäre langsam –, und einen Moment oder zwei saß er einfach nur da und überlegte, wohin er überhaupt fahren sollte.

Doch dann fiel es ihm wie Schuppen von den Augen, und er trieb seine Pferde zu dem schnellsten Trab an, den er in der Stadt wagte.

Er konnte bloß hoffen, Miss Campbell und Beaumont noch rechtzeitig einzuholen.

KAPITEL 30

May

Als May bemerkte, dass Lord Beaumont die Kutsche, die tatsächlich ziemlich schnell war, nicht in Richtung des Hyde Park lenkte, dachte sie sich nichts weiter dabei. Der Wind in ihren Haaren und seine Nähe ließen ihr Herz höherschlagen, erfüllten ihren Körper mit Adrenalin und zauberten ein Lächeln auf ihr Gesicht, das sie nicht verbergen konnte. Welchen Unterschied machte es schon, wo sie wirklich hinfuhren? Sie würden früh genug zum Park und dem Picknick zurückkehren müssen.

May beschloss, die Sorgen ihrer Schwester und ihre eigene Nervosität zu ignorieren und den Moment einfach zu genießen. Als sie sich jedoch einem Ruderclub näherten, fragte sie sich doch, wohin sie unterwegs waren.

»Wohin fahren wir?«, fragte sie laut über das Rauschen des Windes und das Geklapper der Hufe hinweg.

»Ich möchte Ihnen zeigen, wo wir rudern. Bald findet ein Wettbewerb zwischen ehemaligen Studenten von Oxford und Cambridge statt. Sie sollten auch kommen!«

Die Erklärung ergab durchaus Sinn, doch aus irgendeinem Grund fühlte May sich unbehaglich, als die Kutsche langsamer wurde. Links und rechts von ihnen wuchsen riesige Eichen und Ahornbäume, die am Flussufer ausreichend Schatten spendeten. Niemand sonst war hier, und May fragte sich unwillkürlich, ob der Ruderclub, in dem die Mannschaften trainierten, privat war. Allerdings hatten sie kein Tor passiert oder waren in irgendeiner Weise kontrolliert worden.

Dieselbe Nervosität, die May auch verspürt hatte, als sie und Lord Beaumont beim Ball der Pembrokes allein im Flur gewesen waren, überfiel sie erneut. Sie hatte das seltsame Bedürfnis zu fliehen, und dieses Mal lag es sicher nicht an ihrer Unerfahrenheit mit Männern.

Er brachte sie irgendwohin, wo sie allein waren, nicht zum Hyde Park, wo genügend Menschen anwesend waren, um sie zu unterbrechen oder im Blick zu behalten. May hatte ihrer Schwester versprochen, dass sie vorsichtig sein würde, dass nichts geschehen würde, was ihrer Familie Probleme oder Sorgen bereiten könnte, und nun war sie hier – wenn auch nicht aus freien Stücken.

Und das war der Hauptgrund für ihre Nervosität, wurde ihr bewusst. Lord Beaumont hatte sie nicht gefragt, ob sie damit einverstanden war, dass er ihre Pläne änderte. Er hatte sie nicht gefragt, was *sie* wollte, sondern einfach selbst entschieden, sie irgendwohin zu bringen, wo sie allein waren.

Schlagartig wurde Mays Nervosität zu Angst. Schweiß bildete sich auf ihrer Stirn, allerdings nicht von der Sonne, die zu einem großen Teil von den hoch aufragenden Bäumen verdeckt wurde.

Die Kutsche wurde noch langsamer, ehe sie ganz stehen blieb, und einen Moment überlegte May, ob sie ihren Ruf in der feinen Gesellschaft endgültig aufs Spiel setzte, wenn sie einfach aus der Kutsche sprang und davonrannte, wie sie es auch bei Lord Talbot getan hatte.

Nun ja, der Grund war gestern ein völlig anderer gewesen, auch wenn sie immer noch nicht genau verstand, warum sie so dringend Abstand gebraucht hatte.

»Miss Campbell, Sie wirken etwas nervös. Ist alles in Ordnung?« Lord Beaumont legte die Zügel über den Rand der Kutsche und drehte sich zu ihr. Seine Zähne blitzten in einem Sonnenstrahl auf, der durch die Bäume drang. »Ich muss gestehen, ich habe seit Wochen darauf gewartet, mit Ihnen allein zu sein.«

»Oh?«, krächzte sie, in der Hoffnung, ihr würde ein besserer Plan einfallen, dieser Situation zu entkommen, wenn sie ihn zum Reden ermutigte.

Er war ein Gentleman. Er entstammte einer guten Familie und hatte einen guten Ruf in der Gesellschaft. Er würde sie nicht dazu zwingen, etwas zu tun, was sie nicht wollte … Nun ja, May war nicht sicher, wovor sie sich genau fürchten sollte, doch das Gerede der Dienstmädchen zu Hause ließ vermuten, dass dieses *Etwas* schrecklich war.

Eine Stimme in ihrem Innern flüsterte ihr zu, dass sein guter Ruf und seine angesehene Familie ihm vermutlich überhaupt erst ermöglichten, das zu tun, was er wollte, immer in dem Wissen, dass sein Wort weitaus ernster genommen werden würde als ihres, sollte es hart auf hart kommen.

»Sie haben sehr deutlich gemacht, dass Sie ebenso empfinden wie ich, daher dachte ich, dieser Ort hier wäre perfekt dafür. Der Club ist heute geschlossen, daher besteht wenig Gefahr, dass wir gestört werden.«

»Lord Beaumont, ich bin nicht sicher, welche Signale Sie von mir zu empfangen glaubten, aber ich fühle mich ziemlich unwohl. Ich würde sehr gern zum Hyde Park zurückfahren und den anderen beim Picknick Gesellschaft leisten.«

»Wirklich? Ich glaube Ihnen nicht, Miss Campbell. Es gibt keinen Grund mehr, die Fassade aufrechtzuerhalten, hier sieht uns schließlich niemand.« Die Worte klangen wie eine kaum verschleierte Drohung.

Mays Puls beschleunigte sich. »Bitte, Lord Beaumont. Bringen Sie mich nach Hause.« Sie sprach so entschieden wie möglich, doch er lächelte bloß.

»In ein paar Minuten.« Er rückte näher, und sein Blick lag hungrig auf ihren Lippen.

Sie setzte zu einem Schrei an, obwohl sie wusste, wie nutzlos er sein würde, doch gerade, als sie ihn ausstieß, erklang Hufgeklapper und das Knirschen von Rädern auf dem Weg.

Jemand kam.

»Verdammt«, murmelte Lord Beaumont und nahm wieder den nötigen Abstand zu ihr ein, ehe er sich umsah. »Von all den Bastarden … Ist Talbot etwa Ihr persönlicher Beschützer?«

Mays Wangen wurden warm, und sie sackte erleichtert zusammen. Es war ihr egal, warum Lord Talbot gekommen war oder woher er wusste, wo er sie finden würde. Sie war einfach nur dankbar, dass er hier war, um diese Situation zu unterbrechen, die sie selbst nicht mehr hätte verhindern können.

Kaum war seine Kutsche zum Stillstand gekommen, sprang Lord Talbot herunter, schritt zügig auf sie zu und streckte eine Hand aus, um ihr vom Einspänner zu helfen. Sein Griff war fest und sein Gesicht wutverzerrt, als er zu Lord Beaumont hochsah. Doch er sagte kein Wort.

Als May wieder auf festem Boden stand, drehte Lord Talbot sie zu sich und umfasste ihr Gesicht. Die kühne Geste raubte ihr den Atem, und sie schmiegte sich in seine Hände, die sich vertraut und sicher anfühlten, obwohl er ihre Haut zuvor noch nie berührt hatte.

»Geht es Ihnen gut? Sie sind nicht verletzt? Wenn er Ihnen etwas getan hat, ich schwöre …«

»Ich bin unverletzt, Lord Talbot, nur etwas aufgewühlt. Sie sind gerade rechtzeitig gekommen, und ich bin Ihnen unglaublich dankbar dafür.«

Er musterte sie eine ganze Weile, betrachtete ihr vermutlich blasses Gesicht und ihre zitternden Gliedmaßen. Sanft strich er mit dem Daumen über ihre Unterlippe, bevor er die Hände sinken ließ und sich Lord Beaumont zuwandte, der die Szene interessiert beobachtet hatte.

»Wenn Sie sie wollen, Talbot, hätten Sie nur etwas sagen müssen.« Er tippte sich mit dem Finger ans Kinn. »Andererseits, hätte ich davon gewusst, hätte ich erst recht versucht, sie mir zu nehmen.«

Mays Magen sackte nach unten, und ihre Knie wurden weich. Sie griff Halt suchend nach Lord Talbots Arm. Er stützte sie ohne zu zögern, auch wenn er sein Gegenüber nicht eine Sekunde aus den Augen ließ.

Der für gewöhnlich höfliche und freundliche Lord Talbot, der immer ein Lächeln auf den Lippen und einen brüderlichen Rat parat hatte, ließ sie in seinem aktuellen Zustand nach Luft schnappen. Seine hellen Augen funkelten vor Zorn, und sein Kiefer war angespannt, wodurch er stärker und deutlicher hervortrat. Seine breiten Schultern und sein kräftiger Oberkörper waren May natürlich schon früher aufgefallen, doch jetzt erst wusste sie es wirklich zu schätzen, wie stark und groß er war und mit welcher Selbstverständlichkeit er sich um sie kümmerte.

Und vielleicht war es genau das, was ihn so attraktiv machte: Er beschützte sie, als wäre das selbstverständlich. Als hätten sie ein Übereinkommen, dass sie seine Frau und er ihr Mann werden und sie füreinander da sein würden, obwohl nichts dergleichen vereinbart war.

Lord Talbot hatte ihr gesagt, dass er den Eindruck hatte, ihre Freundschaft wäre in den letzten Wochen stärker geworden. Doch May war sich nicht sicher, wann sie für ihn zu jemandem geworden war, den er beschützen wollte.

Sie war sich nicht einmal sicher, wann sie angefangen hatte, sich das zu wünschen.

»Sie können von Glück reden, dass ich gekommen bin, bevor Sie ihr auch nur ein Haar krümmen konnten. Sie ist niemand, den Sie oder ich uns einfach nehmen könnten. Sie hat eine weitaus bessere Behandlung verdient.«

»Wenn Sie meinen«, sagte Lord Beaumont gelassen. »Nach dem, was ich gehört habe, sind sie und ihre Schwester nicht unbedingt das Beste vom Besten. Ich dachte nicht, dass es jemanden kümmert.«

Tränen traten ihr in die Augen, während sie die Finger in Lord Talbots Arm grub. Am liebsten würde sie Lord Beaumont sagen, dass er sich zum Teufel scheren solle, doch das würde lediglich seine schlechte Meinung über sie und April bestätigen und vermutlich ebenfalls über ihre jüngeren Schwestern.

»Ich schlage vor, dass Sie die Zügel in die Hand nehmen und mit Ihrer sehr schnellen Kutsche von hier wegfahren, bevor Sie noch jedes einzelne Wort bereuen werden, das aus Ihrem Mund gekommen ist.«

Die beiden Männer starrten einander noch eine Weile an, bevor Lord Beaumont mit den Schultern zuckte und genau das tat, was Lord Talbot ihm empfohlen hatte. Allerdings ließ er sich dabei so viel Zeit, dass es wirkte, als wäre es seine Idee gewesen.

Sobald er weg war, wandte Lord Talbot sich wieder May zu,

und die Wut in seinem Blick wich einem sorgenvollen Ausdruck. Er berührte ihr Gesicht nicht noch einmal, doch er löste auch nicht seinen Arm aus ihrem Griff.

»Sie sind wirklich nicht verletzt?«

»Mir geht es gut. Ich bin nur etwas erschüttert, das ist alles. Er war … nicht der Mann, für den ich ihn gehalten habe.«

»Es tut mir leid. Ich hätte mit meinen Warnungen deutlicher sein sollen, aber auch ich wusste nicht, wie durchtrieben er tatsächlich ist.«

»Es ist auf jeden Fall nichts, wofür Sie sich entschuldigen müssten. Er ist derjenige, der mich um Vergebung anflehen sollte.« May atmete tief ein, dann noch einmal, und mit jedem Atemzug fühlte sie sich wieder kräftiger. »Ich kann Ihnen nicht genug dafür danken, dass Sie uns gefolgt sind. Es hätte schlimm ausgehen können. Noch schlimmer als ohnehin schon, meine ich.«

Lord Talbots Ohren färbten sich rot, und er sah rasch weg in Richtung Fluss. »Es war ein Glück, dass ich mit meiner Vermutung richtig lag und er Sie tatsächlich hierhergebracht hat, um mit Ihnen allein zu sein. Aber ich habe Ihrer Schwester versprochen, dass ich mein Bestes geben werde, um Ihnen zu helfen.«

Aus irgendeinem Grund spürte May heiße Wut in sich aufsteigen, als sie hörte, dass er ihr wegen *April* gefolgt war und nicht, weil er sich um May sorgte.

»Oh. Nun ja, ich verstehe schon, warum Sie mir so schnell nachgefahren sind, wenn *April* Sie darum gebeten hat«, spie sie ihm entgegen, während sie sich gleichzeitig fragte, warum sie so verärgert war. Schließlich hatte sie in den letzten Wochen alles versucht, um Lord Talbot und April zusammenzubringen, und jetzt war er hier, weil er sofort losgestürmt war, um der Bitte ihrer Schwester nachzukommen.

Also, warum war sie so wütend?

Lord Talbot wirkte ebenso verwirrt, wie May sich fühlte. »Ich wollte nicht ... Ich meine ... Ich bin Ihnen gefolgt, weil ich mir Sorgen um Sie gemacht habe, genau wie Ihre Schwester, und ich weiß, wie wichtig Ihnen beiden der Ruf Ihrer Familie ist und ...«

Er verstummte, offenbar war er sich nicht sicher, was er sagen sollte, ohne sich um Kopf und Kragen zu reden.

Er war tatsächlich nicht dumm.

May funkelte ihn an. »Das ist genau das, was eine Frau gern hört. Dass ihr Retter nur zur Stelle war, um einer anderen Frau zu gefallen.«

»Ich habe kein Interesse daran, Ihrer Schwester den Hof zu machen, Miss Campbell.«

Für einen Moment war May so überrascht, dass sie ihre Wut vergaß. »Was? Warum nicht? Sie beide haben so viel gemeinsam!«

»Ich genieße ihre Gesellschaft sehr, und ja, wir beide interessieren uns für Botanik, aber da endet meine Zuneigung für sie.« Er hielt kurz inne, ehe er eine Entscheidung zu treffen schien. »Sie wussten nicht, was zwischen ihr und meinem Freund Pembroke letztes Jahr vorgefallen ist, oder?«

»Nein. Sie hat mir lange nicht erzählt, was geschehen ist, nur dass sie das Gefühl hatte, ihre Aussichten wären zunichtegemacht, und dass sie die Vorstellung hasste, nach London zurückkehren zu müssen.« May musterte ihn aufmerksam. »Ich habe inzwischen allerdings erfahren, dass meine Schwester davon ausging, sie und Mr Pembroke würden sich verloben, bevor sie in einer öffentlichen Konfrontation herausfinden musste, dass er bereits mit der jetzigen Mrs Pembroke verlobt war.«

»Das ist alles?«

»Was sollte denn sonst noch vorgefallen sein?«

»Er hat ihr einen Brief geschrieben, nachdem sich die Wogen zwischen ihm und Isabella Pembroke geglättet hatten, und ihr alles, was geschehen war, erklärt. Die Verlobung war nicht so fest vereinbart, wie es damals den Eindruck gemacht hat, aber sie hat auf diesen Brief nie geantwortet.«

May zuckte mit den Schultern, auch wenn April nichts von einem Brief erzählt hatte. »Vielleicht hat sie ihn nie erhalten. Soweit ich weiß, konnte sie den Mann, den sie zu kennen glaubte, nicht mit dem in Einklang bringen, was er ihr angetan hatte.«

»Ihn nie erhalten? Das wäre eine interessante Wendung …«

Auf einmal ergaben alle Vorfälle der letzten Wochen Sinn. »Sie haben die ganze Zeit versucht, die beiden wieder zusammenzubringen. Sie haben dieses Gewitter erfunden, damit sie auf dem Landsitz den Abend miteinander verbringen mussten, und Sie haben mich während der Promenade abgelenkt, damit ich sie nicht einholen konnte. Haben Sie etwa auch ihre Unterhaltung auf dem Ball orchestriert, die so schrecklich geendet hat?«

»Ich gebe zu, dass ich dafür gesorgt habe, dass die beiden auf dem Landsitz aufeinandertreffen, aber das ist alles.« Lord Talbot zuckte zusammen, als er ihren wütenden Gesichtsausdruck bemerkte, sammelte sich jedoch rasch wieder. »Was ist so falsch daran, das Beste für einen guten Freund zu wollen? Er verdient eine zweite Chance – *beide* verdienen eine zweite Chance. Ich wollte ihnen dabei nur helfen.«

»April braucht diese Art von *Hilfe* aber nicht. Sie haben keine Ahnung, wie schwer das alles für sie war oder wie sehr sie in den letzten Monaten am Boden zerstört war. Meine Mutter ist in dem Glauben *gestorben*, dass ihre Töchter womöglich nie gut heiraten oder gut versorgt sein werden, und er glaubt, er könnte einfach einen Brief schreiben und damit wäre alles wieder gut?«

Mays Hände ballten sich zu Fäusten. Sie wollte auf etwas einschlagen – am liebsten auf Lord Talbots Gesicht. Wie konnte er es wagen, zu glauben, er wüsste, was für ihre Schwester das Beste war? Was dachte er sich bloß dabei, sie wieder in die Arme des Mannes zu treiben, der ihr auf einen Schlag das Herz gebrochen und ihre zukünftigen Aussichten zerstört hatte?

»In Ordnung, ich habe mich vielleicht als Kuppler versucht, aber inwieweit ist das etwas anderes als Ihre Bemühungen, mich und Ihre Schwester zusammenzubringen?«

Scham gesellte sich zu ihrer Wut, doch nur für einen Moment. »Ich habe mit den besten Absichten gehandelt, und das ist nicht dasselbe. Sie beide haben keine schreckliche gemeinsame Vergangenheit, und keiner von Ihnen hat dem anderen Kummer bereitet.«

»Einmischung ist Einmischung.« Lord Talbot wirkte nun ebenfalls wütend, und auch wenn seine Loyalität und Entschlossenheit bewundernswerte Eigenschaften waren, fiel es May sehr schwer, sie nun, da sie nicht zu ihrem eigenen Schutz eingesetzt wurden, zu schätzen.

»Sie hatten kein Recht, sich im Namen von Mr Pembroke oder irgendjemandem sonst in Aprils Leben einzumischen. Sie ist in London, um hoffentlich eine gute Partie zu finden, einen passenden Ehemann. Und die Tatsache, dass Mr Pembroke wiederholt ihren Weg kreuzt, hat diese Suche für sie nur noch schwieriger gemacht.« May hielt inne. Sie war inzwischen wirklich wütend, und sie wusste, sie sollte aufhören, bevor sie etwas sagte, was sie später bereute. »Sie sind nicht viel besser als die Lord Beaumonts dieser Welt, Lord Talbot, wenn Sie jungen Damen nicht einmal erlauben, ihre eigenen Entscheidungen zu treffen, selbst wenn Sie diese für einen Fehler halten.«

Lord Talbot versteifte sich bei ihren Worten und ließ die Arme sinken. Sie starrten einander eine gefühlte Ewigkeit an. Beide schienen überzeugt davon zu sein, dass sie recht hatten und der andere eine Grenze überschritten hatte, die man nicht ignorieren konnte.

»Wenn Sie möchten, begleite ich Sie nun nach Hause.«

»Ich wäre Ihnen sehr dankbar.«

Das waren die letzten Worte, die sie miteinander sprachen. Und auch wenn die Kutsche nicht unbedingt langsam fuhr, schien die Fahrt ewig zu dauern.

KAPITEL 31

April

April hatte sich erst wieder entspannen können, als May mit Lord Talbot zurückgekehrt war. Keiner von beiden hatte ein Wort gesprochen, und May war direkt nach oben gegangen und weigerte sich, sie zum Picknick zu begleiten. Lord Talbot hatte sich ebenfalls nur kurz verbeugt, ehe er sich entschuldigte. April war daher zu der Entscheidung gekommen, Emma und ihren Verlobten allein picknicken zu lassen, anstatt das fünfte Rad am Wagen zu sein.

Das Haus war still, da abgesehen von May alle unterwegs waren. April versuchte ein paarmal, ihre Schwester aus ihrer Trübsal zu holen, doch außer einem zugerufenen »Mir geht es gut« hatte sie nichts erreicht. May wollte das Zimmer nicht verlassen, nicht einmal, um etwas zu trinken oder zu essen.

April machte es sich daher mit ihrem Notizbuch im sonnigen Garten bequem, um die zartlila Rosen zu zeichnen, die vergangene Woche erblüht waren. Tatsächlich war sie nicht gerade traurig darüber, das Picknick zu verpassen. Sie waren seit ihrer Ankunft in London ununterbrochen beschäftigt gewesen, und der Ausflug aufs Land war nicht im Geringsten erholsam gewesen, nachdem sie von

Nathaniels aufgelöster Verlobung erfahren hatte und die Männer am Abend auch noch zu ihnen gestoßen waren.

Sie durfte gar nicht erst an ihre private Unterhaltung am Kaminfeuer denken, wenn sie die Vergangenheit endgültig hinter sich lassen wollte. Aprils Gespräch mit Lord Talbot vorhin hatte ihr zum Glück etwas von ihrer Sorge wegen Isabella Pembrokes gehässigen Gerüchten genommen, und sie konnte nun mal sowieso nichts daran ändern. Sich weiterhin Gedanken über ihre Aussichten zu machen, würde nur zu Sorgenfalten führen, und das würde *definitiv* niemandem helfen.

Eine Weile konzentrierte April sich darauf, die Rosen zu zeichnen, ehe sie zu einem lieblichen, duftenden Fliederbusch überging. Sie genoss das Sonnenlicht, das durch die großen Bäume fiel und Schatten warf, und zum ersten Mal seit Wochen hatte sie das Gefühl, wieder richtig durchatmen zu können.

Doch dann trat das Dienstmädchen Hannah, das sie vor Lord Beaumonts Ruf gewarnt hatte, in den Garten. »Miss Campbell?«, sagte sie zögernd.

»Ja?« April hielt die Luft an und hoffte, dass das Mädchen keine weiteren schlechten Nachrichten brachte.

»Miss Anne Pembroke möchte Sie sehen.«

»Oh, wie schön. Schick sie bitte zu mir in den Garten.« April freute sich, dass ihre Freundin sie besuchte, aber sie hatte keine Lust, ins Haus zu gehen.

Anne rauschte kurz darauf in den Garten, ihr Lächeln wirkte etwas gequält, und eine nervöse Energie umgab sie, weshalb April schnell das Buch weglegte, um ihrer Freundin Platz auf der Bank zu machen.

»Einen wunderschönen Nachmittag, meine Liebe. Ich hoffe, du fühlst dich heute besser.«

»Ja, das tue ich. Lord Talbot hat bereits nach meiner Schwester und mir gesehen, und wir haben uns ein wenig unterhalten.«

April erwähnte nicht, dass Lord Talbot May hatte folgen müssen oder dass er sie praktisch davor bewahrt hatte, ebenfalls den Ruf ihrer Familie zu zerstören – ganz zu schweigen vor der Gefahr, in die ihre Schwester geraten war. Der Gedanke daran, was alles hätte passieren können, ließ Aprils Mund trocken werden – sie musste unbedingt etwas trinken.

Sie hoffte bloß, Lord Beaumont würde sich zu sehr schämen, um über die Angelegenheit zu sprechen, denn dann müsste niemand in der Gesellschaft davon erfahren, wie knapp die Sache gewesen war.

»Er ist ein guter Freund.« Anne musterte April. »Du hast kein Interesse daran, diese Freundschaft zu vertiefen, oder?«

»Nein. Ich hoffe allerdings, dass meine Schwester bald erkennt, dass sie und Lord Talbot sich sehr nahegekommen sind, aber sie ist dickköpfig. Und sie hat bestimmte Vorstellungen von Liebe und Heirat, die sich nicht so einfach mit Lord Talbots fröhlichem Auftreten vereinbaren lassen.«

Anne dachte einen Augenblick darüber nach. »Ich kann mir das tatsächlich gut vorstellen. Deine Schwester braucht etwas von seiner ruhigen Art, und er wäre absolut hingerissen von ihrer Lebhaftigkeit.«

»Geht es dir gut?«, fragte April schließlich. Ihre Freundin schien sich ganz auf ihre Unterhaltung zu konzentrieren, doch irgendwie wirkte sie auch etwas abgelenkt – als würde etwas schwer auf ihr lasten.

»Ja. Ich muss dir allerdings etwas zeigen, und ich habe Angst, dass es dir Kummer bereiten wird.«

Die ernste Miene ihrer Freundin ließ Aprils Mund noch trockener werden. Der Ausdruck wirkte in Annes Gesicht völlig fehl am Platz.

Anne schien einen Moment zu zögern. »Ich hoffe, du weißt, dass ich dir eine gute Freundin sein möchte und dass du mir zu wichtig bist, um etwas zu tun, was dich unglücklich machen könnte.«

April nickte nur, da sie es nicht wagte, an dem Kloß in ihrem Hals vorbeizusprechen. Sie hatte geglaubt, die Gefühle des vergangenen Tages erfolgreich unterdrückt zu haben, doch Annes Besuch bewies ihr das Gegenteil.

»Du hast nie meine Briefe beantwortet, die ich dir nach deiner Abreise aus London geschickt habe. Ich gestehe, dass es mich sehr getroffen hat, dass du unsere Freundschaft einfach so weggeworfen hast, aber dann ist mir klar geworden, dass du dich selbst nur schützen wolltest.« Anne hielt inne. »Da du *mir* nie geantwortet hast, dachte ich, dass du auch den Brief meines Bruders ignoriert hast, in dem er dir die Situation zwischen ihm und Isabella erklärt hat.«

Aprils Gedanken kamen zu einem abrupten Stillstand, und sie schaffte es kaum, die Worte auszusprechen. »Ich habe nie einen Brief von deinem Bruder erhalten.«

Sie war darüber eine Zeit lang zutiefst bestürzt gewesen, auch wenn ihre Mutter ihr wieder und wieder erklärt hatte, dass nichts, was Mr Pembroke sagen könnte, die Sache wiedergutmachen würde.

Seit April wieder in London war und erfahren hatte, dass er *nicht* mit Isabella Martin verheiratet war, ließ sie allerdings die Frage nicht mehr los, warum er ihr nicht geschrieben hatte. Wenn seine Gefühle für sie – wie er behauptete – immer noch so groß waren wie damals, warum hatte er dann nie versucht, sie zu kontaktieren?

Das konnte doch nur bedeuten, dass er nicht an eine gemeinsame Zukunft glaubte, oder?

»Er hat dir einen Brief geschrieben, April. Nicht sofort nach deiner Abreise, aber sobald die Angelegenheit mit den Martins und Isabellas Verbindung mit George geklärt war.« Anne hielt erneut inne. »Er ist nach ihrer Verlobung zu seiner langen Reise aufgebrochen. Aber er war ziemlich bedrückt, dass er keine Antwort von dir bekommen hat.«

April befeuchtete ihre Lippen, und ihr stockte kurz der Atem, als Anne in eine Seitentasche ihres Kleides griff. Sie zog einen kleinen Umschlag heraus, der an den Rändern bereits gelb geworden war, und hielt ihn April hin.

»Ich denke, du solltest ihn zumindest lesen. Es mag vielleicht keinen Unterschied für dich machen, und vielleicht ist auch schon zu viel Zeit vergangen oder deine Gefühle haben sich geändert. Aber die meines Bruders haben es nicht.«

Der Brief schwebte einen Moment zwischen ihnen, ehe April den Mut aufbrachte, ihn entgegenzunehmen.

Sie musste ihn nicht lesen. Sie könnte ihn ins Feuer werfen, sobald ihre Freundin gegangen war, und genau so weitermachen, wie sie es geplant hatte, als sie für einen Neuanfang nach London gekommen war.

Tief in ihrem Herzen wusste sie jedoch, dass sie nicht weiterleben konnte, ohne die Wahrheit über den Mann zu kennen, mit dem sie den Rest ihres Lebens hatte verbringen wollen, bis er sie hintergangen hatte. Wenn es eine Erklärung gab, dann wollte sie diese hören, selbst wenn es nach all diesen Monaten nichts ändern würde.

»Vielen Dank«, brachte sie schließlich hervor, doch ihre Stimme klang fremd in ihren Ohren. Als der Schock langsam nachließ, kam ihr allerdings ein ganz anderer Gedanke. »Moment, wenn er mir diesen Brief geschickt hat, ich ihn aber nie bekommen habe, woher hast du ihn dann?«

Anne zögerte. »Das würde ich lieber für mich behalten. Sagen wir so, ich habe ihn in unserem Haus in London gefunden, und dabei möchte ich es belassen.«

Aprils Neugier war geweckt, doch sie akzeptierte den Wunsch ihrer Freundin. Sie musste davon ausgehen, dass der Brief verschickt worden war, sonst hätte Nathaniel nie angenommen, ihre fehlende Reaktion darauf wäre Antwort genug. Wie also war der Brief ins Haus der Pembrokes zurückgekehrt?

»Ich muss leider auch schon wieder los«, sagte Anne, die bereits aufgestanden war und ihr Kleid glatt strich. »Ich muss das endgültige Hochzeitsmenü mit unserer Köchin durchsprechen.«

»Vielen Dank«, wiederholte April und starrte auf den Brief, der unter ihren Fingern zu brennen schien. »Es tut mir leid, dass ich nie auf deine Briefe geantwortet habe. Es war ... Ich war sehr verletzt, und obwohl ich wusste, dass du mit dieser ganzen Sache nichts zu tun hattest und mich bestimmt vor dieser Erfahrung bewahrt hättest, wenn du dazu in der Lage gewesen wärst, fand ich es einfacher, den Kontakt mit deiner Familie abzubrechen. Ich hoffe, du kannst mir verzeihen.«

»Es gibt nichts zu verzeihen. Ich liebe meinen Bruder über alles, und diese ganze Sache hat ihn schwerer getroffen, als du dir je vorstellen könntest. Ich habe auch dich sehr lieb gewonnen und war fassungslos, wie schlimm die Situation für dich wurde.« Annes Lächeln wurde weich und mitfühlend. »Doch das liegt nun alles in der Vergangenheit. Kümmern wir uns nicht länger darum.«

Anne verabschiedete sich, und zurück blieb nur der süße blumige Duft ihres Parfüms, der nach einer Weile dem Geruch des Flieders wich.

Schließlich blickte April hinab auf den Brief in ihren zitternden Händen.

Es hatte nie auch nur der Hauch eines Zweifels bestanden, dass sie ihn lesen würde. Da niemand in der Nähe war, um ihren Gefühlsausbruch zu sehen, schien jetzt der bestmögliche Zeitpunkt dafür zu sein.

Meine liebste April,

zunächst hoffe ich, dass es dir gut geht und du wohlbehalten nach Hause und in deinen geliebten Garten zurückgekehrt bist. Die letzten Wochen waren für mich eine Qual, und ich habe mich immer wieder gefragt, wie es dir geht. Ich wünschte, ich könnte dich sehen.

Es gibt keine Worte, die ausdrücken könnten, wie leid es mir tut, dass Miss Martin sich für eine öffentliche Konfrontation entschieden hat, um mich auf die Übereinkunft anzusprechen, die wir ihrer Meinung nach hatten. Du hättest nie in diese Angelegenheit hineingezogen werden sollen, und ich allein trage die Schuld daran und an all der Schande und dem Schaden an deinem Ruf.

Auch wenn es auf lange Sicht vielleicht keinen Unterschied macht, schulde ich dir dennoch eine Erklärung für mein Handeln – beziehungsweise für mein Nichthandeln und Schweigen bezüglich meiner vermeintlichen Verlobung mit Miss Martin.

Meine Familie und die Martins sind seit Generationen befreundet. Unsere Landsitze liegen in unmittelbarer Nähe, daher haben Anne, George und ich in unserer Kindheit oft mit Isabella und ihrem älteren Bruder Henry gespielt. Wir waren uns damals sehr nahe, und da Isabella und ich ein ähnliches Interesse an der Natur zeigten, begannen unsere Eltern über eine »mögliche Verlobung« zu sprechen. Dieses Gerede wurde mit den Jahren häufiger.

Für meine Eltern waren diese Überlegungen nie ernst oder gar bindend gewesen. Sie waren der Meinung, ich sollte meine Frau aus freien Stücken wählen können, auch wenn sie sich durchaus darüber gefreut hätten, wenn ich mich für Isabella entschieden hätte. Isabella und ihre Familie hingegen hatten einen anderen Eindruck.

Mir war nicht klar, dass Isabella dieses Gerede aus unserer Kindheit als tatsächliche Verlobung ansah, bis sie dich und mich auf dem Ball der Cortlands damit konfrontierte. Ihre Wut und Anschuldigungen waren für mich ebenso eine Überraschung wie für dich.

Rückblickend betrachtet hätte es mich allerdings nicht überraschen dürfen. Mir kam erst später der Gedanke, dass ich ihr mehr Aufmerksamkeit hätte schenken sollen. Dann hätte dieser Albtraum vielleicht verhindert werden können – oder wäre zumindest im Privaten geklärt worden.

Dennoch bedaure ich zutiefst, dass du mit hineingezogen wurdest. Ich empfinde so viel für dich, und jedes Wort, das ich zu dir gesagt habe, kam von Herzen. Eine Zukunft mit dir ist nach wie vor mein größter Wunsch, und wenn du auch nur den Hauch einer Chance siehst, mir vergeben und wieder zu unserer früheren Vertrautheit zurückkehren zu können, bin ich innerhalb eines Tages an deiner Seite.

Wenn du auf diesen Brief nicht antwortest, da du nicht länger dasselbe empfindest, werde ich deine Entscheidung respektieren und dich nicht weiter bedrängen.

In tiefster Verbundenheit
Nathaniel

April las den Brief noch einmal, und dann ein drittes Mal, bis die Tinte an den Stellen verwischte, an denen ihre Tränen das Papier benetzten. Der Brief bebte immer noch in ihren Händen, egal wie fest sie ihn umklammerte.

Sie glaubte Nathaniel, dass jedes Wort wahr war. Sie glaubte ihm, dass er nach wie vor dasselbe empfand wie letzten Sommer, und tief in ihrem Herzen hatte sie nie daran gezweifelt.

Aber machte es überhaupt noch einen Unterschied? Konnten sie zusammen sein, wenn Isabella Pembroke sie weiterhin verachtete und darauf bestand, diese Situation zu nutzen, um Nathaniel um sein Erbe zu bringen?

Wenn sie ihn wirklich liebte, konnte sie dann von ihm verlangen, den Landsitz aufzugeben, der ihn an seine Mutter erinnerte?

April wusste es einfach nicht.

Was sie jedoch wusste, war, dass sie Nathaniel seinen Fehler, der trotz seiner Schuldgefühle nicht seine Schuld war, verzeihen konnte. Ihm schon längst verziehen hatte.

Ein Missverständnis war nichts anderes als ein Missverständnis, selbst wenn etwas derart Großes wie eine Verlobung im Raum stand. April war der Meinung, dass weder eine Miss Martin noch jemand anders einfach davon ausgehen sollte, eine Verlobung wäre bindend, wenn die entscheidende Frage nicht laut gestellt und beantwortet worden war.

Die Frage jetzt war allerdings, was April tun sollte.

Sie reckte das Gesicht zum Himmel und ließ ihre Tränen von der Sonne trocknen, während sie darüber nachdachte.

Es vergingen keine vierundzwanzig Stunden, da sah sich April Nathaniel erneut gegenüber – und sie war in keinster Weise darauf vorbereitet, mit ihm in einem Raum zu sein.

Sie hatte nicht gewusst, dass Anne Emma einen Besuch abstatten wollte, bis der Diener ihre Ankunft verkündete und danach Anne und ihren Bruder in den Salon führte, in dem Emma, April und May sich bei Tee unterhielten.

Die Damen sprangen auf, und Emma warf April einen stummen, entschuldigenden Blick zu, der deutlich machte, dass sie ebenso wenig mit einem Besuch der beiden gerechnet hatte.

»Ah, Miss Radcliffe, Miss Campbell. April.« Anne strahlte. »Es tut mir leid, Sie zu stören. Mein Bruder und ich sind heute Morgen beide unruhig durch das Haus gewandert, daher habe ich beschlossen, noch einige Vorbereitungen für den großen Tag abzuschließen. Mein Verlobter wird bald zurück sein und bestimmt gern die ersten Details erfahren wollen.«

Nathaniel begrüßte die Damen mit einer angedeuteten Verbeugung, ehe er sich höchst fasziniert der Tapete zuwandte. Er schien entschlossen, sie genauestens zu studieren.

»Wie aufregend«, erwiderte Emma mit einem Lächeln. »Ich würde Edward sicher sehr vermissen, wenn er nicht immer in der Nähe wäre.«

»Nun ja, ich habe mich daran gewöhnt, fürchte ich. Vermutlich wird es ziemlich unangenehm werden, sollte der Duke für eine längere Zeit zu Hause bleiben wollen.« Anne lachte über ihren Scherz, und Emma stimmte mit ein.

Nathaniel war weit genug in den Raum getreten, um nicht unhöflich zu sein. Seine Wangen waren gerötet, und seine Haare verlangten nach einem Schnitt, wie üblich. Sein Anblick raubte April den Atem, und obwohl sie versuchte, sich auf die Unterhaltung der angehenden Bräute zu konzentrieren – etwas über Spitzenbesätze und andere Dinge, gegen die Anne sich entschieden hatte –, zog Nathaniel ihren Blick wie magisch an.

May schwieg ebenfalls, doch sie schien die unangenehme Stille zwischen ihr und Nathaniel zu bemerken.

April bat ihn in Gedanken immer wieder, das Wort zu ergreifen. Sie wünschte, er würde sie auf den Brief ansprechen, auf die Wahrheit, nur noch ein einziges Mal, damit sie ihm sagen könnte, dass sie nun endlich bereit war, ihm zuzuhören. Stattdessen wuchs die Anspannung im Raum, bis selbst Anne und Emma vor Unbehagen verstummen. April zupfte nervös an ihrem Kleid, während sie sich fragte, wie in aller Welt sie auch nur eine Sekunde länger mit Nathaniel im selben Raum sein sollte, ohne ihn darauf ansprechen zu können, was sie erfahren hatte.

Im selben Moment drehte er sich zu ihr um. Als hätte er endlich bemerkt, dass sie ihn ansah. Ihre Blicke trafen sich, und etwas veränderte sich. Die Verbindung zwischen ihnen wurde beinahe greifbar. Letztes Jahr war es April bereits so vorgekommen, als wären er und sie sich so nah, dass ihre Gedanken und Körper völlig im Einklang waren. Doch nun schien sie beinahe spüren zu können, wie seine Brust sich hob und senkte, wie sein Herz im gleichen Takt wie ihres schlug.

Er sah weg, und sie tat es ihm gleich.

Einige Sekunden später trafen sich ihre Blicke erneut, doch Nathaniel schwieg noch immer. April hoffte weiterhin aus tiefstem Herzen, dass er noch ein einziges Mal versuchen würde, über das Thema zu sprechen.

Als Nathaniel und Anne sich jedoch schließlich verabschiedeten – sie hatten die Einladung zum Tee abgelehnt, weshalb ihr Besuch kurz gewesen war –, fühlte April sich matt, als hätte sie sich körperlich angestrengt, obwohl sie in Wahrheit nur auf dem Sofa gesessen und Nathaniel beobachtet hatte.

Erst später, als sie allein in ihrem Zimmer war, wurde ihr bewusst, wie viel Kraft es kostete, zu schweigen und stillzuhalten, wenn alles in ihr danach schrie, auf den Mann zuzulaufen, den sie immer noch über alles liebte.

KAPITEL 32

Nathaniel

»Du willst also sagen, Anne hat den Brief, den du April geschrieben hast, in den Sachen deiner Schwägerin gefunden?« Matthew hatte dieselbe Frage nun schon auf drei verschiedene Arten gestellt, schien die Antwort – die natürlich jedes Mal gleich lautete – allerdings immer noch nicht glauben zu können.

»Ich *sage* nicht, dass Anne meinen Brief in Isabellas Sachen gefunden hat … Anne *hat* meinen Brief in Isabellas Sachen gefunden.« Nathaniel knirschte mit den Zähnen. Er schäumte immer noch vor Wut und hatte sich zurückhalten müssen, um nicht ein weiteres Mal mit der Frau seines Bruders aneinanderzugeraten.

Er war unglaublich wütend auf sie und überzeugt davon, dass ihre Beziehung nun ohnehin nicht mehr zu retten war. Doch er wusste auch, dass es keinen Unterschied machen würde, mit ihr zu reden. Das hatte sie in ihrem letzten Gespräch nur zu deutlich gemacht: Sie bereute weder ihr Handeln, noch befürchtete sie Konsequenzen.

Nathaniel und Matthew wechselten ihre Kleidung und gingen nach draußen, um am Ruderwettbewerb der ehemaligen Studenten gegen Oxford teilzunehmen. Die Sonne stand warm und hoch am Himmel, sodass die Damen im Publikum sich unter ihren Sonnenschirmen versteckten und die Gentlemen ihre Stirn mit bereits feuchten Stofftaschentüchern abtupften.

Matthew und er traten zu Edward, der neben ihrem Boot wartete und ihnen zunickte. »Bereit, zu gewinnen?«

Nathaniel nickte grimmig. Nach allem, was zu Hause geschehen war, musste er dringend irgendwo seine aufgestaute Wut hinauslassen. Matthew ging es nach seiner jüngsten Begegnung mit Richard Beaumont ebenso.

Nathaniel würde nie eine Gelegenheit auslassen, diesem Mistkerl einen Dämpfer zu verpassen. Und Rudern war die eleganteste Art, das zu erreichen. Er hatte Matthew davor gewarnt, dass es auf lange Sicht nichts bringen würde, dem Mann ins Gesicht zu schlagen, egal, wie gut es sich in dem Moment anfühlen würde.

»Miss Campbell hat also die ganze Zeit geglaubt, du hättest Isabella Martin geheiratet. Und dass du sie belogen hast. Aber aus welchem Grund hättest du das tun sollen?«

Nathaniel schüttelte den Kopf. »Um sie auszunutzen, vielleicht.«

»Sie muss doch wissen, dass du nicht die Sorte Mann bist, Nathaniel.«

»Ich hatte gehofft, dass es so wäre, aber offenbar habe ich keinen besonders guten Eindruck bei ihr hinterlassen.«

»Ich glaube, du irrst dich«, mischte Edward sich ein. »Nach allem, was Emma mir erzählt hat, haben April und ihre Mutter damals beschlossen, mit niemandem über die Angelegenheit zu sprechen, außer mit Emmas Mutter, die bereits Bescheid wusste. Emma selbst hat erst vor ein paar Tagen die Details erfahren, als April ihr alles gestanden hat.«

»Anne hat Miss Campbell den Brief gezeigt?«, fragte Matthew.

»Ja, ohne mir Bescheid zu geben«, erwiderte Nathaniel.

»In Ordnung, und was wirst du jetzt machen?«, hakte Matthew nach, während sie in das Boot kletterten und zur Startlinie ruderten.

Lord Beaumont, der im gegnerischen Boot saß, verzog die Lippen zu einem schmierigen Grinsen, das sie alle ignorierten. Nathaniel ließ seinen Blick über die Zuschauer wandern und versuchte – vergeblich –, April in der Menge auszumachen. Er war davon ausgegangen, dass sie hier sein würde. Es war für die feine Gesellschaft die wichtigste Veranstaltung des Tages, und er wollte daran glauben, dass sie zusehen würde.

»Ich weiß es nicht.«

»Du willst nicht mit ihr reden? Ihr sagen, dass sich deine Gefühle seit dem Brief nicht geändert haben, und sie persönlich um Verzeihung bitten?«

»Eins hat sich geändert.« Nathaniel seufzte. »Weder George noch Isabella werden Miss Campbell in unsere Familie aufnehmen. Sie werden mehr und mehr von mir verlangen, bis ich alles aufgegeben habe, und welches Leben könnte ich ihr dann noch bieten?«

Matthew musterte ihn eine Weile. »Nach all diesen Wochen sehe ich deine Miss Campbell als gute Freundin, und ich finde, sie verdient zumindest die Möglichkeit, selbst zu entscheiden, welches Leben sie möchte. Findest du nicht auch?«

In dem Moment ertönte der Startschuss, und die Frage lastete schwer auf Nathaniels Gedanken, während er seine Muskeln arbeiten ließ. Er, Matthew und Edward waren inzwischen eine derart eingespielte Mannschaft, dass sich ihre Körper beim Rudern automatisch einander anpassten.

Vielleicht hatte Matthew recht, doch das änderte nichts daran, dass Nathaniel es als seine Verantwortung ansah, der Frau, um deren Hand er anhalten wollte, die bestmögliche Zukunft zu bieten. Wenn ihm bloß endlich eine Möglichkeit einfallen würde, wie er das anstellen sollte. Denn jetzt, da er wusste, dass April seinen Brief nie erhalten, seine Erklärungsversuche und leidenschaftlichen Liebesbekundungen nie zurückgewiesen hatte, existierte plötzlich wieder die Hoffnung, all das zu bekommen, was er sich vor einem Jahr gewünscht hatte.

Cambridge gewann das Rennen mit Leichtigkeit, und Jubel drang an seine Ohren, als Oxford hinter ihnen ins Ziel kam. Beide Mannschaften stiegen aus ihren Booten und schüttelten einander die Hände, um sich zu gratulieren, wie es sich gehörte.

Beaumont gegenüber brachte Nathaniel jedoch nur ein flüchtiges Nicken zustande. Er kannte Aprils Schwester kaum, doch nachdem Matthew ihm erzählt hatte, was vorgefallen war, hatte er auch noch den letzten Rest Respekt vor Beaumont verloren.

»Sagen Sie, Talbot, haben Sie sich mit dem jungen Ding, das Sie mir vor einigen Tagen vor der Nase weggeschnappt haben, noch vergnügt?« Lord Beaumont grinste höhnisch. »Ich kann mir das irgendwie nur schwer vorstellen. Eine Frau, die an einer Kutschfahrt mit mir interessiert ist, würde sich nie auf einen Mann wie Sie einlassen.«

Matthews Hände ballten sich zu Fäusten, die zuckten, als würden sie nur zu gern Bekanntschaft mit Beaumonts Kinn oder Nase machen. Nathaniel wollte gerade dazwischengehen, als Edward ihm zuvorkam.

»Verschwinden Sie, Beaumont. Ihre Rattenfreunde rufen Sie zum Abendessen.«

Die vier Männer starrten einander einige Sekunden wortlos an, doch selbst Richard Beaumont war nicht mutig – oder dumm – genug, es allein mit drei Gegnern aufzunehmen.

»Ich muss zugeben, ich bin etwas enttäuscht, dass er deinem Rat gefolgt ist«, wandte Matthew sich an Edward, nachdem Beaumont gegangen war.

Edward lachte. »Du brauchst dir deine Knöchel heute nicht blutig zu schlagen, mein Freund. Du hast den Campbell-Schwestern deinen Wert bereits vor einigen Tagen bewiesen. Es besteht kein Zweifel daran, dass dich zumindest eine von ihnen Beaumont vorziehen würde, wenn sie die Wahl hätte.«

Nathaniel beobachtete aufmerksam Matthews Reaktion, denn er hatte ebenfalls den Verdacht, dass sein Freund tiefe Zuneigung für die jüngere Schwester empfand, auch wenn er noch nichts dergleichen angedeutet hatte.

Matthews Ohren färbten sich rot. »Ich kann dir leider nicht zustimmen. Miss Campbell war ziemlich wütend auf mich, als wir das letzte Mal miteinander gesprochen haben. Ich glaube nicht, dass sie etwas für mich empfindet oder in mir überhaupt einen Freund sieht, geschweige denn mehr.«

»Aber du wärst gern mehr als ein Freund«, vermutete Nathaniel. »Wenn ja, dann solltest du vielleicht deinen eigenen Rat befolgen und ihr deine Gefühle gestehen. Wie sonst soll sich eine Dame entscheiden können, was sie – und zwar sie allein – für ihre Zukunft will?«

»Hast du vergessen, was höchstwahrscheinlich mit meinem Erbe geschehen wird, falls mein Vater herausfindet, dass ich mich für die Abschaffung der Sklaverei einsetze?«

Nathaniel runzelte die Stirn. »Hast du denn einen konkreten Grund für deine Befürchtung?«

»Du willst also sagen, ich sollte das Risiko eingehen und einem wunderschönen Mädchen den Hof machen, ihr ein Leben bieten, von dem ich weiß, dass meine Aktivitäten es unmöglich machen könnten?«

»Nun, wie du selbst gesagt hast, vielleicht solltest du die Entscheidung ihr überlassen. Vielleicht denkt sie ähnlich wie du?«

Sein Freund schwieg, und sein Blick wurde leer, als wäre ihm gerade erst wieder etwas eingefallen. »Ich glaube, das tut sie. Wir haben nicht näher über dieses Thema gesprochen oder darüber, dass man öffentlich für einen solchen Wandel eintreten muss.«

Nathaniel lächelte. May Campbell klang mehr denn je nach einer würdigen Partie für seinen Freund. »Vielleicht hast du die ganze Zeit nur nach einer Komplizin gesucht, die dich in die Öffentlichkeit schubst.«

Matthew fuhr zu ihm herum. »Du meinst also wirklich, ich soll sämtliche Geheimniskrämerei aufgeben und den Dingen einfach ihren Lauf lassen?«

»Ich meine, es besteht zumindest die Möglichkeit, dass dein Vater nicht so vehement gegen deine Wünsche ist, wie du glaubst. Vielleicht findet ihr einen Kompromiss.« Es fühlte sich gut an, sich zur Abwechslung mal mit den romantischen Problemen von jemand anderem zu beschäftigen. »Und wenn nicht, dann weißt du es mit Sicherheit und kannst deine Zukunft dementsprechend planen.«

»Hat dir schon mal jemand gesagt, dass du ein guter Anwalt wärst?«, murmelte Matthew, dessen Ohren immer noch gerötet waren – ein verräterisches Zeichen, dass ihm dieses Thema, über das er so lange geschwiegen hatte, peinlich war.

Nathaniel lachte leise und folgte seinen Freunden in die Umkleideräume und Bäder des privaten Ruderclubs. Was auch immer ihre Zukunft für sie bereithielt, Nathaniel hoffte, sie würden sich auch in den kommenden Jahren noch auf die Meinung der jeweils anderen verlassen können.

Während er sich den Schweiß und Schmutz vom Körper

schrubbte, wurde ihm bewusst, dass Matthew in Bezug auf April recht hatte – und es bestand nicht der geringste Zweifel daran, was er tun musste, wenn er vor ihr stehen und um ihre Hand anhalten wollte.

KAPITEL 33

April

Die Tage wurden immer länger, und mittags war es inzwischen fast zu warm, um draußen zu sein. April verbrachte Stunde um Stunde damit, zwischen ihren Gedanken hin und her zu springen: Einerseits war es vielleicht doch möglich, ihre Beziehung zu Nathaniel wiederaufleben zu lassen, andererseits schien es – bedachte man Isabella Pembrokes Hass auf sie – ein Ding der Unmöglichkeit.

Und dennoch, sie gab die Hoffnung nicht auf. Auch wenn es vielleicht albern war, sie konnte sich nicht länger mit der Vorstellung anfreunden, jemand anders zu heiraten – zumindest nicht aus Liebe.

Der Brief war eine Sache, doch ein Gespräch von Angesicht zu Angesicht könnte das Zünglein an der Waage sein, das sie beide endgültig in die eine oder andere Richtung schubste.

April hatte bereits mehrmals mit dem Gedanken gespielt, selbst zu ihm zu gehen oder Anne darum zu bitten, sie beide in eine Unterhaltung zu verwickeln, und sowohl May als auch Emma hatten sie dazu ermutigt. Aber was, wenn er sie nun doch beim Wort genommen und mit ihrer gemeinsamen Vergangenheit abgeschlossen hatte? Was, wenn er beschlossen hatte, dass ihm die Beziehung zu seinem Bruder und zu seiner Schwägerin wichtiger war, als noch einmal zu versuchen, April die Wahrheit zu erzählen?

Die Fragen überschlugen sich in Aprils Gedanken, und obwohl sie wusste, dass nur eine einzige Person auf der Welt sie beantworten konnte, verharrte sie im Ungewissen. Sie ging weiterhin ihren Beschäftigungen nach, während die Was-wäre-wenn-Fragen in einer Endlosschleife durch ihren Kopf zogen.

An diesem Morgen etwa hatte sie die schöne Aufgabe gehabt, Emma zur Anprobe des Hochzeitskleids zu begleiten. Es war ein wunderschönes helles Kleid, das nicht nur ihre blauen Augen gut hervorhob, sondern sie noch engelsgleicher erscheinen ließ. Es passte ihr wie angegossen, und trotz all der Jahre, die Edward und Emma sich nun bereits kannten, würde Edward bei ihrem Anblick zweifellos erneut erkennen, welches Glück er hatte, eine derart hinreißende Frau gefunden zu haben.

Es waren inzwischen nur noch zwei Wochen bis zur Hochzeit. Aprils Schwestern und ihr Vater hatten geschrieben, dass sie für die Feierlichkeiten in der Stadt sein würden und sich bereits freuten, sie alle wiederzusehen. April und May konnten es kaum erwarten, wieder mit ihrer engsten Familie vereint zu sein.

Später am Abend würde ein Ball stattfinden, doch im Moment saßen die Mädchen mit ihren jeweiligen Beschäftigungen im Garten hinter dem Haus und genossen den Schatten, den die Bäume spendeten. Allerdings schien sich keine von ihnen besonders auf ihre Handarbeiten oder Bücher konzentrieren zu können. Es war viel zu warm im Haus – zumindest für Mitte Mai –, daher brachte die leichte Brise, die durch die Blumen wehte, eine willkommene Abkühlung.

Edward wollte ihnen vor dem Ball bei einem frühen Abendessen Gesellschaft leisten. April hoffte, dass Lord Talbot ihn vielleicht begleiten würde, denn seit er May vor Lord Beaumonts schlechten Absichten bewahrt hatte, hatten sie ihn nicht mehr gesehen. Und May war seither nicht mehr sie selbst, auch wenn sie weiterhin betonte, dass sie körperlich unverletzt war.

April musste außerdem zugeben, dass sie Lord Talbots Gesellschaft vermisste. Sie hatte die Rosen in Kensington immer noch nicht gesehen, und sie wollte ihnen unbedingt einen Besuch abstatten, ehe sie verblühten.

Die Mädchen hatten soeben ihre Beschäftigungen weggelegt, um sich für den Abend vorzubereiten, als die Tür zum Garten ohne Vorankündigung aufflog. Es war Nathaniel, seine Stiefel waren voller Schlamm und seine Kleidung war zerknittert. Seine Haare, die normalerweise schon etwas ungezähmt waren, fielen ihm wild in die Stirn. Sein Blick landete direkt auf April, während der Diener hinter ihm auftauchte und sich dafür entschuldigte, dass er ihn nicht hatte aufhalten können.

»Miss Campbell … Verzeihen Sie, dass ich unangekündigt hier erscheine, aber ich muss mit Ihnen reden.« Er überbrückte den Abstand mit drei großen Schritten, fiel vor ihr auf die Knie und nahm ihre Hände in seine.

April blieb kaum Zeit, darauf zu reagieren. Die Schmetterlinge in ihrem Bauch waren völlig außer Kontrolle geraten und flatterten wild umher. Ihr Mund stand bei Nathaniels Anblick offen, und ihr Herz zog sich schmerzhaft zusammen, während es verzweifelt versuchte weiterzuschlagen. Unwillkürlich dachte sie an den Brief, an seine Worte auf dem Landsitz, und plötzlich wusste sie mit absoluter Gewissheit, dass sie seine Liebeserklärung dieses Mal nicht ignorieren konnte.

»Mir ist klar, dass mein Verhalten unüblich ist, aber es ist mir egal, ob die ganze Welt mitanhört, was ich zu sagen habe.« Er achtete nicht im Geringsten auf die anderen, aber er schien ihre überraschten Blicke durchaus auf sich zu spüren. »Ich möchte nie wieder etwas vor Ihnen verheimlichen, sei es mit Absicht oder unbeabsichtigt, und beim nächsten Mal, wenn ich etwas Wichtiges zu sagen habe, werde ich es nicht wagen, dies in einem Brief zu tun.«

Tränen sammelten sich in Aprils Augen, und sein attraktives, ernstes Gesicht verschwamm. Die Wärme seiner Hände auf ihren sandte Hitze durch ihren ganzen Körper, und sie schnappte leise nach Luft, entzog sich jedoch nicht seinem Griff.

»Ich möchte nie wieder mitansehen, wie Sie leiden müssen, daher habe ich dafür gesorgt, dass mein Bruder und meine Schwägerin uns in Zukunft in Ruhe lassen.«

April schluckte. »Wie können Sie sich da sicher sein?«

Sie liebte ihn. Sie wollte mit ihm zusammen sein, doch was wäre das für ein Leben, wenn ihre Schwägerin sie hasste? Wenn sie weiterhin Gerüchte hinter Aprils Rücken verbreitete, wenn sie jede Familienfeier zerstörte und verhinderte, dass der Bruch jemals wieder verheilen konnte?

»In den letzten Tagen habe ich die finanziellen Angelegenheiten nach Mutters Tod endlich endgültig geregelt, und ich habe ihnen eine beträchtliche monatliche Zahlung zugesichert und ihnen auch den Landsitz überschrieben.«

Aprils Herz zog sich bei diesen Worten noch schmerzhafter zusammen. In diesem Moment war es ihr egal, dass sie ein Publikum hatten, sie legte ihm tröstend die Hand an die Wange. Bartstoppeln kitzelten ihre Haut, und Nathaniel schloss erleichtert die Augen und gab sich der Berührung hin.

»Aber du liebst dieses Anwesen. Ich weiß, wie viel dir die Erinnerung an deine Mutter bedeutet. Wie willst du mit dieser Entscheidung leben?«

»Ich liebe dich, April Campbell. Ich habe immer nur dich geliebt, und du bist die einzige Frau, die ich jemals meine Ehefrau nennen will. Wenn du mich ebenfalls willst.« Er hielt inne. »Und es ist mir egal, wo wir leben … Auf einem großen Landsitz oder in einem kleinen Haus in der Stadt, solange du versprichst, mit mir den Rest unserer Tage dort zu verbringen.«

Die Tränen fielen nun ungebremst, doch das Lächeln auf Aprils Gesicht war so breit, dass ihre Wangen schmerzen. Nathaniel erwiderte ihr Lächeln nicht, vermutlich wartete er darauf, dass sie ihre Zustimmung in Worte fasste. Am liebsten wollte sie ihn küssen, doch das konnte sie nicht vor Emma und ihrer Schwester tun, ganz zu schweigen von dem Diener, der sie mit offenem Mund anstarrte.

»Ich verspreche es«, flüsterte sie. »Ich liebe dich auch. Ich habe nie aufgehört, dich zu lieben.«

Offenbar hatte Nathaniel nicht dieselben Bedenken wie sie, denn er hob sie vom Stuhl hoch und zog sie in seine Arme. Er drückte sie so fest an seine Brust, dass ihre Zehen kaum noch den Boden berührten. Erleichterung und Freude flackerten in seinen Augen auf, und noch etwas Dunkleres, Wärmeres, das ihren Blick gefangen nahm. Und dann presste er seinen Mund auf ihren. Obwohl der Kuss unschuldig war und niemanden im Garten schockieren würde, lag in ihm ein Versprechen nach mehr. Seine Lippen waren so unglaublich weich, dass April ganz warm wurde.

April erwiderte den Kuss, und für eine Weile vergaß sie alles und jeden um sich herum, während ihre Welt aus den Fugen geriet und sie sich an Nathaniel festklammerte, um nicht den Halt zu verlieren.

Auf einmal erschien ihr alles, was sie zuvor für unvorstellbar gehalten hatte, wieder möglich. Sie würde sich den Rest ihres Lebens an diesen Moment erinnern, hier im Garten, umgeben von Blumen – wie bei ihrem ersten Treffen –, und sie wusste mit absoluter Gewissheit, dass sie mit diesem Mann an ihrer Seite alles erreichen konnte, was sie wollte.

KAPITEL 34

May

Ein paar Tage waren vergangen, seit Nathaniel Pembroke sie mit seinem Antrag in schlammbespritzten Stiefeln überrascht hatte, und May freute sich aus tiefstem Herzen für ihn und ihre Schwester. Die Nachricht über ihre Verlobung hatte sich wie ein Lauffeuer verbreitet, und da Mrs Pembroke dieses Glück nicht länger mit ihren grausamen Worten trübte, schien auch die feine Gesellschaft nichts als aufrichtige Freude für das frisch verlobte Paar zu empfinden.

Es war, als hätte ihre Schwester alles bekommen, was sie sich je erträumt hatte – und das, obwohl der Ausblick zu Beginn der Saison ziemlich trist gewesen war.

May war auf jeden Fall froh, dass ihre Zeit nun endlich gekommen war. Dabei hatte sie den Großteil der bisherigen Saison in dem Glauben verbracht, dass Lord Beaumont die Erfüllung all ihrer romantischen Träume darstellte. Doch dann hatte sie am eigenen Leib erfahren müssen, dass er nichts weiter war als ein Schurke.

Anders als ihre Schwester sehnte May sich danach, sich zu verlieben, allerdings spürte sie allmählich auch den Druck, als Nächste heiraten zu müssen. Erst jetzt verstand sie so richtig, welche Last April getragen hatte.

Es half auch nicht gerade, dass sie sich seit einer Woche nicht besonders gut fühlte, genauer gesagt seit dem Tag, an dem es während der Promenade geregnet hatte und sie mit Lord Talbot in einem Bootshaus Zuflucht suchen musste. Lord Talbot, der sich seit dem Zwischenfall mit Lord Beaumont nicht mehr im Haus der Radcliffes hatte blicken lassen und der seit dem Ruderwettbewerb der ehemaligen Cambridge- und Oxfordstudenten ganz von der Erdoberfläche verschwunden zu sein schien.

May wusste nicht, was mit ihr los war. Sie fühlte sich träge und niedergeschlagen, und wenn sie an die Promenade dachte oder daran, wie Lord Talbot ihr gefolgt war, um sie vor Lord Beaumont zu retten, überschlug sich ihr Magen, und ihre Knie wurden ganz wackelig.

»May?« Ein leises Klopfen an ihrer Zimmertür war zu hören.

May seufzte. »Du musst nicht klopfen, April. Das ist auch dein Zimmer.«

Die Tür schwang auf, doch ihre Schwester trat nicht ein. Sie trug dasselbe Tageskleid, in dem sie vor so vielen Wochen nach London gereist war, doch nun ließen ihre geröteten Wangen und die glückliche Miene den eher trostlosen Stoff hübsch aussehen.

»Darf ich reinkommen?«

May nickte und versuchte, nicht die Augen zu verdrehen. »Natürlich.«

April setzte sich zu ihr aufs Bett. May hatte in der letzten Stunde bloß gedankenversunken ins Nichts gestarrt, aber da das schon immer eine ihrer Lieblingsbeschäftigungen gewesen war, war es nicht unbedingt besorgniserregend.

»Geht es dir gut?«, fragte April, die nah an sie herangerutscht war, sodass sich ihre Schultern nun berührten. »Du wirkst seit einiger Zeit nicht mehr wie du selbst. Sogar auf dem Ball und während des Abendessens warst du ungewöhnlich zurückhaltend.«

»Ich …«, begann May mit der Absicht, zu lügen, um ihrer Schwester nicht die Laune zu verderben, doch dann entschied sie sich anders. Ihre Kehle schnürte sich zu, und ein Geständnis brach aus ihr heraus. »Ich fühle mich auch nicht wie ich selbst.«

Sorge trat in die Augen ihrer Schwester. »Bist du krank? Sollen wir einen Arzt rufen?«

»Ich glaube, das ist nicht nötig.« May zählte ihre Symptome auf, von der Erschöpfung bis hin zu ihrer Antriebslosigkeit, dem Schwächegefühl und dem Magengrummeln.

»Wie lang fühlst du dich schon so?«

»Seit der Promenade und dem Vorfall mit Lord Beaumont.« May seufzte. »Ich glaube, ich fühle mich schlecht, weil die Dinge mit Lord Talbot nach seiner heldenhaften Rettung so unschön geendet haben.«

»Wie haben sie denn geendet?«

Erst als April die Frage stellte, wurde May bewusst, dass sie ihrer Schwester nie von der Unterhaltung erzählt hatte, die sie und Lord Talbot nach Lord Beaumonts Abgang geführt hatten.

»Ich war wütend darüber, dass er die ganze Zeit versucht hat, deine und Mr Pembrokes Beziehung zu retten, während ich dachte, du und er würdet viel besser zusammenpassen. Ich war empört, dass er dir das alles zugemutet hat, obwohl er ganz genau wusste, wie sehr du durch die Ereignisse der letzten Saison verletzt worden bist.« May schluckte, als sie an ihre letzten Worte zu ihm zurückdachte. »Ich habe ihm gesagt, dass er nicht besser wäre als Lord Beaumont, weil er sich in fremde Angelegenheiten einmischt und die Wünsche der betroffenen Damen nicht respektiert.«

»May!« April schnappte nach Luft. »Wie konntest du das sagen, nachdem er alles dafür getan hat, dir zu helfen?«

»Das hat er doch nur getan, weil du ihn darum gebeten hast und ihr beide so gute Freunde seid.« May hörte den schmollenden Ton in ihrer Stimme und hasste sich selbst dafür, dennoch konnte sie ihn offenbar nicht unterdrücken. »Er wusste, dass es *dich* zerstören würde, wenn der Ruf unserer Familie noch mehr Schaden nimmt. Er war überhaupt nicht meinetwegen da.«

»Das stimmt nicht. In dem Moment, in dem Hannah erzählt hat, was Lord Beaumont Gerüchten zufolge anderen Frauen angetan hat, ist er auch schon nach draußen gestürmt. Er war voller Panik, dich nicht rechtzeitig zu erreichen.« Aprils Worte waren tadelnd. »Natürlich war ich ihm dankbar dafür, aber er hat es nicht meinetwegen getan.«

May fühlte sich nur noch schlechter, als April ihr nun bestätigte, was Lord Talbot die ganze Zeit versucht hatte, ihr zu sagen.

»Ich weiß nicht, warum ich mich so verhalten habe«, jammerte sie unglücklich. »Und das auch noch, nachdem ich während der Promenade in den Regen geflüchtet bin und ihn einfach stehen gelassen habe.«

May erzählte April die ganze Geschichte, doch etwa bei der Hälfte fing ihre Schwester an zu grinsen. Es ärgerte May maßlos, schließlich war sie völlig durcheinander und schüttete hier ihr Herz aus.

»Ich weiß nicht, was daran auch nur annähernd lustig sein soll«, sagte sie gereizt. »Ich fühle mich schon seit Wochen so seltsam.«

»Ach, meine liebste Schwester, es ist eigentlich nicht lustig. Ich amüsiere mich nur darüber, dass ich genau weiß, was los ist, und du es erst noch erkennen musst.«

»Ich glaube, eine gute Schwester würde die Diagnose mit mir

teilen, damit ich gesund werden kann, anstatt über meine Beschwerden zu lachen.«

»Ich fürchte, du kannst nichts dagegen tun, zumindest nicht mit Hausmittelchen oder einem Besuch bei einem Arzt.« April hielt inne. Sie grinste nicht länger, stattdessen musterte sie ihre Schwester nachdenklich. Als May nichts sagte, schüttelte sie den Kopf. »Du bist in ihn verliebt, May. *Natürlich* bist du in ihn verliebt, und wenn ich mich nicht sehr täusche, beruht dieses Gefühl auf Gegenseitigkeit.«

»Was? Ich glaube nicht … Wie kommst du nach allem, was ich dir erzählt habe, zu diesem Schluss?«

»Ich weiß ehrlich nicht, wie du das nicht bemerken konntest. Ihr beide ergänzt euch perfekt. Er bringt dich zum Lachen. Du hältst ihn auf Trab. Wenn ihr zusammen seid, wirkt ihr immer fröhlich und glücklich. Ihr habt auch gemeinsame Interessen.«

May war überrascht. Sie ließ die Worte ihrer Schwester auf sich wirken. Am liebsten würde sie widersprechen, aber ein nagendes Gefühl in ihrer Brust ließ sie innehalten. Vielleicht hatte ihre Schwester recht – zumindest, was ihre wachsende Zuneigung für Lord Talbot betraf.

»Aber ihr beide liebt Gärten.«

Daraufhin lachte April. »Eine Beziehung kann nicht allein auf der Liebe zu Blumen beruhen, liebste Schwester. Es gibt weitaus wichtigere Dinge als ein gemeinsames Interesse.«

Eine Weile saßen sie schweigend nebeneinander. April musterte aufmerksam ihre Fingernägel, während May sich voll und ganz auf ihre tiefsten Gefühle konzentrierte.

Sie konnte einfach nicht glauben, dass sie überhaupt nicht bemerkt hatte, wie sich ihre Gefühle für Lord Talbot seit ihrem Kennenlernen verändert hatten. Er hatte so langweilig und nett gewirkt, eher nach Aprils Geschmack – zumindest war sie davon ausgegangen, bis sie Nathaniel Pembroke kennengelernt hatte, der weder das eine noch das andere war. Doch irgendwie hatte Lord Talbot bewiesen, dass mehr in ihm steckte, als man ihm ansah. Er brachte sie zum Lachen. Sie mochte es, ihn auf Trab zu halten. Sie hatten immer Spaß zusammen und redeten ununterbrochen.

Ihr Herz setzte einen Schlag aus, als ihr Verstand die Wahrheit erkannte: Sie *hatte* sich in ihn verliebt.

Und jetzt hatte sie alles kaputt gemacht. Womöglich würde er nie wieder mit ihr reden, nachdem sie ihn derart geschnitten hatte, und wer könnte es ihm übel nehmen?

»Ich habe alles vermasselt, April! Warum hast du nicht früher etwas gesagt?«

»Ich wusste nicht alles, was zwischen euch beiden vorgefallen ist. Und ich glaube nicht, dass du mir zugehört hättest, wenn ich es früher angesprochen hätte. Du hast mich auch jetzt kaum ernst genommen. Ich bin mir sicher, dass du selbst noch früh genug zu dem Schluss gekommen wärst. Solche Gefühle können nicht einfach ignoriert werden, vor allem nicht von jemandem, der so romantisch ist wie du.« April grinste. »Vielleicht hast du es noch nicht endgültig vermasselt. Gib ihm Zeit. Wenn er für dich so empfindet, wie ich denke, dann wird er jetzt seine Wunden lecken und dann zurückkommen.«

May runzelte die Stirn, als sie an ihre Unterhaltung im Park dachte. »Er glaubt, dass er nicht für die Ehe gemacht ist, daher bezweifle ich, dass romantische Gefühle ihn umstimmen werden.«

»Warum das?«, fragte ihre Schwester nachdenklich. »Er hat mir gegenüber etwas Ähnliches gesagt, ist jedoch nicht ins Detail gegangen.«

»Es hat etwas mit seinen politischen Ansichten in Bezug auf die

Abschaffung der Sklaverei zu tun. Soweit ich weiß, glaubt er, seine Familie würde es nicht gutheißen, oder vielleicht noch Schlimmeres.«

April blickte überrascht auf, doch May erkannte in ihrer Miene auch Bewunderung. »Ich wusste nicht, dass er diese Bewegung unterstützt.«

»Er geht auch nicht offen damit um.«

»Möglicherweise macht er sich Sorgen darüber, was andere dann über ihn denken«, sagte April und hatte damit vermutlich recht. »Aber du solltest dich nicht fragen, was er empfindet oder nicht, May. Vertrau mir. Wenn seine Gefühle für dich so stark sind, wie ich denke, dann wird er einen Weg finden, sich mit seiner Familie auszusprechen.«

»Hoffentlich hast du recht. Es ist Lord Talbot zu verdanken, dass der Ruf unserer Familie noch intakt ist, aber wie es scheint, werde ich trotzdem ein gebrochenes Herz zusammenflicken müssen.«

April legte ihr einen Arm um die Schulter und zog sie fest an sich. Es fühlte sich schön an, sich nach all der Zeit in den Armen ihrer großen Schwester wiederzufinden, sich gegenseitig alles anzuvertrauen und den Rat einer Schwester *und* einer Freundin zu bekommen, wenn sie ihn am dringendsten brauchte.

»Es ist ungerecht, dass wir Frauen eine solche Last tragen müssen. Und wir Campbell-Schwestern noch mehr, wenn ich an die verrückten Launen unseres Onkels denke.« Aprils Worte waren nur ein Flüstern, das warm über Mays Kopf strich. »Wir lassen uns davon jedoch nicht unterkriegen.«

»Mutter hätte es so gewollt«, sagte May und drückte April ein kleines bisschen fester.

»Ja, aber es liegt auch *uns* am Herzen, dass unsere Familie sicher und gut versorgt ist. Ich freue mich unglaublich darauf, Nathaniel zu heiraten, aber ich hoffe, du weißt, dass ich meine Pflicht auch so erfüllt hätte. Für dich und für die Zwillinge.«

»Ich weiß.«

Ihre Beziehung war trotz der wiedergefundenen Nähe nicht mehr wie früher. Vermutlich würde es Zeit brauchen, bis May darüber hinwegkam, dass April ihr nicht anvertraut hatte, was damals passiert war – und dass April ihr nicht zugetraut hatte, eigene Entscheidungen zu treffen.

Doch diese Umarmung war ein Anfang, und daher hielt May ihre Schwester mit beiden Armen fest, als wollte sie sie nie wieder loslassen.

Wenn sie doch bloß dieselbe zweite Chance mit Lord Talbot bekommen würde. Sollte er tatsächlich zurückkehren, würde sie ihn um Vergebung bitten und auf das Beste hoffen.

KAPITEL 35

April

Als der Tag von Annes Hochzeit anbrach, war es sonnig und warm, und eine frische Brise wehte durch die Gärten von Rose Hall. Nathaniel mochte das Grundstück zwar seinem Bruder und dessen Frau überschrieben haben, doch Anne hatte ihre Feier bereits dort geplant, und sie hätten sie nie dazu gezwungen, das so kurzfristig noch zu ändern.

Was bedeutete, dass April und Nathaniel zum ersten Mal seit ihrer Verlobung mit allen Pembroke-Geschwistern in einem Raum sein würden. Aprils Nerven waren zum Zerreißen gespannt, doch es beruhigte sie etwas, dass sie die Aufgabe hatte, Annes Blumenbouquet zusammenzustecken und sicherzustellen, dass alle Tischarrangements an ihrem Platz waren – denn dadurch waren ihre Hände beschäftigt. April hoffte, dass ihre Gedanken sich bald ebenfalls nur noch darauf konzentrierten.

Sie hatte gerade das Bouquet fertig gebunden – sie hatte wunderschöne rosafarbene Hortensien und Wiesenkerbel sowie Minze, Lavendel und Rosmarin für Glück und Zufriedenheit gewählt. Es sah hinreißend aus und würde gut zu dem Kleid und dem Teint ihrer Freundin passen.

Nicht dass Anne wirklich Hilfe dabei bräuchte, perfekt auszusehen. Sie war schon immer eine der schönsten Frauen der feinen Gesellschaft gewesen.

Und nun heiratete sie einen Herzog. Was für ein Tag!

April ging zu den Sitzplätzen im Garten, um die Tischarrangements aufzustellen, an denen sie in den Nächten vor dem großen Tag gearbeitet hatte … als sie sich plötzlich Isabella Pembroke gegenübersah.

Sie wusste nicht, wie sie reagieren sollte. Ihre Wut über Isabellas grausame Worte und die boshaften Gerüchte hatte sich in den letzten Tagen verflüchtigt, und da April für den Rest ihres Lebens Teil der Pembroke-Familie sein würde, wollte sie sich lieber mit ihrer zukünftigen Schwägerin vertragen. Doch für eine Versöhnung brauchte es zwei Menschen. April war nicht besonders erpicht darauf, Isabella den sprichwörtlichen Friedenszweig zu reichen, wenn diese ihn höchstwahrscheinlich einfach durchbrechen und ihr die Stücke ins Gesicht werfen würde.

»Ein wunderschöner Tag für eine Hochzeit«, sagte Isabella schließlich, nachdem sie ein paar Augenblicke in unangenehmem Schweigen verharrt hatten.

»In der Tat. Ein unglaubliches Glück.«

»Anne hatte schon immer sehr viel Glück. Als würde eine unsichtbare Macht den Weg für sie ebnen.« Isabella lächelte, und in ihren Worten lag nichts als Zuneigung.

April kannte Anne noch nicht so lange, doch sie vermutete, dass ihre Freundin sehr gut in der Lage war, mit allem fertigzuwerden, was das Schicksal ihr in den Weg stellte.

»Ihnen wünsche ich ebenfalls Gesundheit und Glück in Ihrer Ehe«, sagte Isabella.

April rückte die letzten Blumen zurecht, ehe sie tief durchatmete und aufblickte. Sie erwartete ein spöttisches Lächeln auf dem Gesicht der anderen Frau, doch nichts dergleichen war zu sehen. Isabellas Miene war vorsichtig, jedoch nicht unfreundlich, als würde sie ihrerseits erwarten, dass April sie zurückstieß.

Auch wenn Isabella ihre Wut zweifellos verdient hätte, sah April wenig Sinn darin, ihre zukünftige Schwägerin weiterhin mit Missachtung zu strafen. Sie wünschte sich, dass sie beide sich auf die Zukunft konzentrierten und vielleicht so etwas wie einen freundlichen Umgang miteinander fanden, und sie hoffte, Isabella würde es genauso gehen.

»Vielen Dank. Ich freue mich darauf, Teil Ihrer Familie zu werden.«

Isabella lächelte, sagte jedoch nichts weiter und ließ sie allein. April stellte die letzten Blumengestecke auf die Tische, an denen in ein paar Stunden die Gäste sitzen und auf das glückliche Paar anstoßen würden, ehe sie zum Haus zurückging, um sich für die Hochzeit bereit zu machen.

Als sie sich umgekleidet hatte und ihr Zimmer verließ, um in den Garten zurückzukehren, wartete Nathaniel am Fuß der Treppe auf sie. In seinem dunklen Anzug und dem Hut sah er unglaublich attraktiv aus, und als er sie erblickte, strahlte sein Lächeln wie die Sonne.

Der Moment raubte April den Atem. Womöglich war es das Wissen, dass sie noch Hunderte ähnlicher Momente mit Nathaniel erleben würde, das ihr die Tränen in die Augen trieb. Sie glaubte nicht, dass sie sich jemals daran gewöhnen würde, dass er sie so ansah.

»Du siehst wunderschön aus.« Er lehnte sich vor und drückte ihr einen Kuss auf die Wange, seine Lippen verharrten eine Sekunde oder zwei länger als nötig auf ihrer Haut.

April wurde warm. »Vielen Dank. Sie sehen ebenfalls überaus attraktiv aus, Sir.«

»Weißt du …«, sagte Nathaniel im Plauderton, obwohl bereits der Schalk in seinen dunklen Augen glitzerte. »Wir haben noch ein wenig Zeit, bevor wir im Garten erwartet werden.«

Die Wärme in ihrem Innern wich einem lodernden Feuer, als sein Blick zu ihren Lippen wanderte, und alles, was April hervorbrachte, war ein »Ach?«.

»Mhmmm.«

Er ergriff ihre Hand, während er sich hastig in der Eingangshalle umsah und sie dann durch die nächste Tür zog – in die Bibliothek, wie April nach einem Augenblick bemerkte.

Ehe sie sich's versah, hatte er die Tür geschlossen, sie sanft dagegen gedrängt, sodass niemand sie überraschen konnte, und fing ihre Lippen mit seinen ein. Der Kuss war tief und voller Leidenschaft, und sie beide näherten sich immer mehr einer Flamme, die April nicht vollständig verstand, die sie jedoch sehnsüchtig weiter erkunden wollte. Ein starker Arm schlang sich um ihre Taille, und Nathaniel drückte sie an sich, während er die andere Hand neben ihrem Kopf gegen die Tür presste und sie so auf die wundervollste Art und Weise gefangen hielt.

April erwiderte den Kuss voller Sehnsucht, sie vergrub ihre Finger in den weichen Locken in seinem Nacken und genoss das tiefe Stöhnen, das ihre Berührung ihm entlockte.

Nach einer Weile löste Nathaniel sich von ihr. Schwer atmend verharrten sie so, und als er schließlich die Augen öffnete, war jeglicher Schalk daraus verschwunden. Stattdessen lag etwas in seinem Blick, das April als Verlangen erkannte.

Oder zumindest hoffte sie, dass es das war, denn sie empfand es ebenfalls.

April holte noch ein paarmal tief Luft, ehe sich ihre Atmung beruhigte. »Ich denke, wir sollten besser wieder rausgehen.«

»Mit dem größten Bedauern.«

April kicherte. »Schämen Sie sich, Sir. Heute ist der Hochzeitstag Ihrer Schwester!«

»Schade, dass es nicht meiner ist«, sagte er und überraschte sie, indem er sich zu ihr herabbeugte und ihr Ohrläppchen küsste.

Es gab so vieles, was sie mit diesem Mann erkunden wollte, und sie wünschte, sie hätten noch ein bisschen mehr Zeit.

»Bereit?«, fragte er, nachdem er einige lose Haarsträhnen zurück an ihren Platz gestrichen hatte.

April nickte, hakte sich bei ihm ein und ließ sich von ihm in den Garten führen, wo sich bereits einige Gäste versammelt hatten. Erneut staunte sie darüber, wie schnell sich ihr Leben zum Besseren gewandt hatte.

Als Lord Talbot wenig später den Garten betrat – er sah ebenfalls überaus elegant aus –, wünschte April sich unwillkürlich, ihre Schwester würde bald genauso viel Glück empfinden wie sie selbst.

Es war nun einige Zeit her, seit sie Lord Talbot das letzte Mal gesehen hatten. Seine Miene war ungewöhnlich ernst, und von seiner sonstigen Offenherzigkeit und guten Laune war nichts übrig, als er seinen Blick über die Gäste schweifen ließ. April beobachtete ihn aufmerksam, daher bemerkte sie auch den exakten Moment, in dem er May entdeckte.

Nathaniel folgte ihrem Blick. »Ah, du überlegst gerade, dich einzumischen, oder, meine Liebste? Hältst du das für weise?«

April zuckte mit den Schultern. »Er hat dazu beigetragen, dass wir beide wieder zueinanderfinden. Denkst du nicht, wir sollten uns für diesen Gefallen revanchieren?«

Ihr Verlobter grinste. »Es kann vermutlich nicht schaden. Woran hast du gedacht?«

Bevor April antworten konnte, hatte Lord Talbot sie bereits entdeckt. Während er auf sie zukam, überlegte sie, was sie tun könnte, um ihm und May zumindest die Gelegenheit zu verschaffen, reinen Tisch zu machen.

»Nathaniel. Miss Campbell. Meine herzlichen Glückwünsche zur Verlobung.« Er verbeugte sich leicht. »Es tut mir leid, dass ich nicht früher gekommen bin, um zu gratulieren, ich war leider geschäftlich unterwegs.«

»Vielen Dank«, sagte April und grinste übers ganze Gesicht.

»Ich bin sicher, deine Abwesenheit war unvermeidbar«, fügte Nathaniel hinzu. »Aber ich hoffe, du spendierst am Donnerstag im Club eine Runde.«

Lord Talbots Mundwinkel hoben sich zu einem Lächeln. »Natürlich. Ich freue mich schon darauf.«

»Ich bin so froh, dass Sie hier sind, Lord Talbot. Sie waren sowohl Nathaniel als auch mir in den letzten Monaten ein guter Freund, und ich würde Sie sehr gern zum Abendessen einladen. Wie würde es Ihnen in drei Tagen passen?« April hielt inne, doch als sie bemerkte, dass er nach einer Ausrede suchte, fuhr sie fort: »Mein Vater kommt nach London, zusammen mit unseren Zwillingsschwestern, die uns endlich Gesellschaft leisten können, und ich möchte unbedingt, dass Sie sie kennenlernen.«

»Ja, bitte komm. Soweit ich weiß, planen Edward und Miss Radcliffe, an dem Abend ins Theater zu gehen, und ich will nicht der einzige Fremde am Tisch sein«, fügte Nathaniel hinzu.

Schließlich nahm Lord Talbot die Einladung an. April wusste, ihre Schwester würde im ersten Moment wütend auf sie ein, weil sie ihn ohne ihr Wissen eingeladen hatte. Doch sie würde schnell einsehen, dass sich so die Möglichkeit bot, sich bei Lord Talbot zu entschuldigen – und ihm verschaffte es die Gelegenheit, ihr zu vergeben.

May sah mehrmals mit geweiteten Augen und blassem Gesicht in ihre Richtung. Lord Talbot versteifte sich, als er ihren Blick auffing, murmelte eine Entschuldigung und ließ April und Nathaniel allein.

Nathaniel hob eine Augenbraue. »Überaus schlau, meine Liebste. Ich hätte nicht gedacht, dass ich dich noch mehr bewundern könnte, doch du zeigst mir jeden Tag eine weitere verlockende Seite an dir.«

Ihre Wangen brannten erneut. »Sie schmeicheln mir, Sir. Aber ich freue mich darauf, Sie in den kommenden Jahren weiterhin zu überraschen.«

»Die Einladung zum Abendessen war sehr durchtrieben von dir. Er konnte einfach nicht ablehnen.«

»Das habe ich zumindest gehofft. Jetzt müssen wir nur noch beten, dass die beiden aufhören, so stur zu sein, und stattdessen tatsächlich miteinander reden.«

»Die letzten Schritte müssen sie selbst machen.« Nathaniel zuckte mit den Schultern. »Niemand weiß das besser als wir.«

Er hatte natürlich recht. April konnte nur hoffen, dass Lord Talbot und ihre Schwester ebenso füreinander bestimmt waren wie sie und Nathaniel – doch nur die Zeit würde zeigen, was die Zukunft für sie bereithielt.

KAPITEL 36

May

May konnte nicht glauben, dass ihre Schwester Lord Talbot zum Abendessen eingeladen hatte, ohne sie vorher zu fragen. April behauptete, sie wollte May damit auf keinen Fall dazu drängen, mit ihm zu reden. Und erst recht wollte sie ihre jüngere Schwester nicht so sehr in Verlegenheit bringen, dass sie am liebsten im Erdboden versinken würde. Aber May hatte da ihre Zweifel.

Das Letzte, was sie wollte, war, den Abend mit Lord Talbot zu verbringen und an alles erinnert zu werden, was sie weggeworfen hatte … ohne zu bemerken, wie sehr sie es behalten wollte.

Für April war alles eitel Sonnenschein. Sie hatte es irgendwie sogar geschafft, Isabella Pembroke ihre Vergehen zu verzeihen – selbst die Tatsache, dass sie Nathaniels Brief gestohlen hatte, denn sie alle wussten, dass nur sie dahinterstecken konnte. Schon bald würden sie Aprils Hochzeit planen, und obwohl May sich darauf freuen sollte – schließlich war sie die Nächste –, konnte sie an nichts anderes denken als daran, wie sie sich mit Lord Talbot versöhnen könnte, sollte sie die Gelegenheit dazu bekommen.

Allerdings hatte er bei seinem Eintreffen im Haus der Radcliffes nur einen kurzen Blick und eine angedeutete Verbeugung für sie übrig gehabt – genau wie bei Anne Pembrokes Hochzeit –, und sämtliche Hoffnungen auf eine Aussprache waren in Rauch aufgegangen. Er hasste sie, und warum auch nicht? Er hatte alles versucht, um sie vor ihren eigenen schlechten Entscheidungen zu schützen, und sie hatte ihn beleidigt. Schlimmer noch, sie beide wussten, dass die Vorwürfe, die sie ihm an den Kopf geworfen hatte, völlig falsch waren. Sie hatte ihm etwas Unverzeihliches unterstellt.

Und wer konnte schon mit Sicherheit sagen, ob Aprils Einschätzung überhaupt zutraf? Womöglich gingen seine Gefühle gar nicht über Freundschaft hinaus, während sie selbst glaubte, eine Entschuldigung würde alles richten.

Am liebsten wäre May weggelaufen und hätte sich in ihrem Zimmer versteckt, anstatt am Tisch zu sitzen. Doch davon abgesehen, dass es nicht besonders höflich gewesen wäre, war May noch nie vor ihren Problemen weggelaufen. Wenn Lord Talbot wirklich nichts mehr mit ihr zu tun haben wollte, dann sollte er sie eben ignorieren und sehen, was er davon hatte.

Sie saß ihm am Tisch gegenüber. Tante Violet und ihr Mann hatten sich rechts von ihr niedergelassen, Nathaniel und April links. Ihr Vater, June und July hatten auf der anderen Seite neben Lord Talbot Platz genommen, der während dem Essen überwiegend mit ihrem Vater über geschäftliche Themen sprach.

Tante Violet hielt sich weitestgehend aus den Gesprächen heraus. Doch May entgingen nicht die misstrauischen Blicke, die sie Nathaniel zuwarf. Nachdem sie ihn so lange verteufelt hatte, fiel es ihr nun schwer, ihre Vorbehalte gegen ihn einfach so abzulegen. Aber May fand, dass ihre Patentante sehr tapfer mit der Neuigkeit von Aprils und Nathaniels Verlobung umging.

June und July bedrängten unterdessen Nathaniel mit unzähligen Fragen. Es war offensichtlich, dass sie verärgert waren, weil sie ihn nicht schon vor der Verlobung kennengelernt hatten. July war allerdings – laut ihrem Arzt – erst seit Kurzem stark genug, um eine längere Reise zu unternehmen, daher hatten sie nicht früher nach London kommen können. Die Zwillinge würden in London bleiben und natürlich auch Emmas Hochzeit mit ihnen feiern, wohingegen ihr Vater bereits in ein paar Tagen wieder nach Hause fuhr, sobald er seine Geschäfte abgeschlossen hatte. Zum ersten Mal seit zwanzig Jahren würde keine seiner Töchter bei ihm sein. Und zum ersten Mal seit mehr als zwanzig Jahren würde er ganz allein dort sein und nur das Dienstpersonal als Gesellschaft haben.

May betrachtete ihn unauffällig. Er wirkte müder als in ihrer Erinnerung. Vielleicht auch älter, doch solche Veränderungen waren natürlich unvermeidlich. Sie vermisste ihn, wie ihr plötzlich bewusst wurde, und sie vermisste auch ihr Zuhause.

Ihr Vater war voll und ganz in das Gespräch mit Lord Talbot vertieft, allerdings sprachen sie so leise, dass May sie nicht verstehen konnte. Sie wusste, dass Lord Talbot die Geschäfte seines Vaters übernommen hatte, und April meinte, er sei in der letzten Zeit geschäftlich unterwegs gewesen. Sie hatte ihn noch nie so ernst gesehen, und zum ersten Mal schoss ihr der Gedanke durch den Kopf, dass es Seiten an ihm gab, die sie nicht kannte.

Lord Talbot war ein vielschichtiger Mensch, und dasselbe würde May auch von sich selbst behaupten. Doch seit sie sich kannten, hatte er bei jedem Treffen eine weitere ihrer Schichten zur Seite geschoben.

In dem Moment hob er den Kopf, fing ihren Blick ein und sah schnell wieder weg. May spürte, wie sich Frust in ihr zusammenbraute. Diese ganze Situation war so unangenehm, auch wenn die anderen am Tisch das nicht zu bemerken schienen.

»Wie haben Ihnen die Blumen auf der Hochzeit Ihrer Schwester gefallen?« Junes höfliche Frage war an Nathaniel gerichtet. »April hat uns erzählt, dass sie mit den Gestecken geholfen hat.«

Nathaniel legte seine Hand auf Aprils und lächelte sanft. »Sie waren wunderschön. Meine künftige Braut hat ein Händchen dafür, nicht wahr? Wo auch immer wir uns niederlassen werden, wir brauchen in jedem Fall ein großes Grundstück, damit sie einen riesigen Garten anlegen kann.«

»Mit unzähligen wilden Orchideen«, sagte April neckend, während sich ihre Wangen rot färbten.

»Natürlich«, erwiderte Nathaniel lachend. Seine tiefe Stimme war voller Zuneigung.

May freute sich unglaublich über das Glück ihrer Schwester, doch der Hauch von Eifersucht ließ sich nicht abschütteln.

»Warum?«, fragte June. »Wir haben zu Hause nie wilde Orchideen gepflanzt. Sie sind unglaublich selten.«

»Ich erzähle euch später, wie Nathaniel und ich uns kennengelernt haben«, versprach April lächelnd. »Der Landsitz der Pembrokes ist wunderschön, und es gibt dort eine Waldlichtung voller wilder Orchideen.«

Schon wieder Blumen. Sie waren in der Tat ein Glücksbringer für ihre Schwester. Vielleicht sollte May ebenfalls nach einer anderen Beschäftigung suchen und nicht nur tagträumen oder sich in unrealistische Liebesgeschichten flüchten.

»Haben Sie die wilden Orchideen auf Rose Hall auch schon einmal gesehen?», fragte May Lord Talbot in dem verzweifelten Versuch, ihn in ein Gespräch zu verwickeln. Wenn er nur einmal in ihre Richtung schauen würde, damit sie in seiner Miene lesen könnte, was ihm durch den Kopf ging!

Als ihre Blicke sich trafen, lag ein freundlicher Ausdruck in seinen blaugrünen Augen, doch sein Lächeln wirkte gequält. »Das habe ich. Sie sind wirklich wunderschön. Sie sollten sich die Zeit nehmen, sie irgendwann einmal anzusehen, Miss Campbell.«

Das Gespräch wandte sich wieder anderen Themen zu, und sein Blick verließ sie. May fragte sich, ob es an ihr oder doch an etwas anderem lag, dass er heute so viel angespannter wirkte als sonst.

Nach dem Abendessen lud Lord Radcliffe ihren Vater, Nathaniel und Lord Talbot auf eine Zigarre und ein Glas Brandy ein. Sie nahmen dankend an, und eine halbe Stunde später setzten sie sich zu den Damen ins Gesellschaftszimmer. Doch auch dort sprach Lord Talbot weder mit May, noch sah er sie direkt an. Nach einer Weile verabschiedete er sich höflich, und Nathaniel folgte ihm nur wenig später.

June und July unterhielten sich unterdessen fröhlich vor dem Kamin. Sie fanden es sehr aufregend, nun endlich in London zu sein und die restliche Saison mitzuerleben. Es dauerte nicht lange, bis auch Tante Violet verkündete, dass sie müde war, und sich auf ihr Zimmer zurückzog. May hatte den Eindruck, dass ihre Patentante Nathaniel gegenüber nun nicht mehr ganz so abgeneigt war, denn ihre Miene war im Laufe des Abends deutlich weicher geworden – was vermutlich vor allem daran lag, dass es offensichtlich war, wie sehr er April liebte.

Mays Augen füllten sich mit Tränen, während sie in die tanzenden Flammen starrte. Ihr Herz schmerzte, und sie musste sich eingestehen, dass manchmal keine Entschuldigung der Welt die Dinge wieder ins Lot bringen konnte. Selbst wenn Lord Talbot ihr die Gelegenheit gegeben hätte, ihn um Verzeihung zu bitten, es schien, als hätte sie es sich endgültig mit ihm vermasselt.

Worte trafen manchmal doch härter als Schläge – und hinterließen ebenso tiefe Wunden und Narben.

May zuckte zusammen, als sie Aprils Hand auf ihrer spürte. »Gib ihm Zeit, May. Er ist heute zum Abendessen gekommen. Das ist immerhin ein Anfang.«

May erwiderte nichts darauf. Er war zum Abendessen gekommen, weil April ihn darum gebeten hatte, aus keinem anderen Grund. So viel war eindeutig. Doch es hatte keinen Zweck, mit ihrer Schwester darüber zu streiten. Also entschuldigte sie sich ebenfalls und ging auf ihr Zimmer. Sie hoffte jedoch, April würde noch etwas länger unten bleiben. In diesem Moment wünschte May sich nämlich nichts sehnlicher, als ein paar Minuten allein zu sein, um sich unbeobachtet in den Schlaf weinen zu können.

KAPITEL 37

May

Als der Diener am nächsten Morgen in den Salon trat, um Lord Talbots Besuch anzumelden, wäre May beinahe vom Stuhl gefallen.

Sie ließ ihre Strickerei sinken, die sie zwar in den Händen hielt, auf die sie sich jedoch nicht hatte konzentrieren können, und versuchte, ihre Fassung wiederzuerlangen.

»Entschuldigen Sie, könnten Sie das bitte wiederholen?« Mays Stimme klang weit entfernt, als wären sowohl sie als auch der Diener unter Wasser.

»Lord Talbot möchte Sie sehen, Miss.«

»Mich sehen? Sind Sie sicher?«

»Das hat er gesagt, Miss.« Er bedachte sie mit einem seltsamen Blick, als würde er sich Sorgen machen, dass sie plötzlich schwerhörig oder vorzeitig senil geworden war.

May blickte sich um, um die Reaktion der anderen abzuschätzen, als ihr wieder einfiel, dass sie allein war. April war mit June in Kensington, um die Rosen zu sehen, und July und Tante Violet begleiteten Emma zur Modistin, um letzte Änderungen an ihrem Hochzeitskleid vorzunehmen.

»Oh. In Ordnung, Sie können ihn hereinbitten.«

Sie hatten keine Anstandsdame, wie May nur zu deutlich bewusst war. Ihr Vater befand sich allerdings irgendwo im Haus, und natürlich waren die Angestellten hier, daher würde nichts passieren. Davon abgesehen würde mit Lord Talbot sowieso nichts Unangemessenes vorfallen. May vertraute ihm blind, zumindest im Hinblick auf ihren Ruf.

Ihr Herz war jedoch eine ganz andere Sache.

Bevor sie wirklich Zeit hatte, sich zu sammeln, betrat Lord Talbot bereits den Salon. Erneut stellte May fest, wie groß und breitschultrig er war und wie gut ihm sein Anzug stand. Unwillkürlich fragte sie sich, wie es sich wohl anfühlen würde, wenn er seine Arme um sie legte. Der Gedanke trieb ihr umgehend die Röte ins Gesicht, und sie erhob sich hastig, um ihn zu begrüßen. Als sie aufblickte, ruhten seine blaugrünen Augen auf ihrem Gesicht.

Wie hatte sie so lange ignorieren können, dass er so gut aussehend war? Selbst seine Sommersprossen waren bezaubernd und verliehen seinem sonst so feinen Gesicht etwas Spitzbübisches.

»Miss Campbell. Vielen Dank, dass Sie mich empfangen.«

»Natürlich.« May sammelte sich einen Moment und betete, dass sie nicht außer Atem klang. »Ich hoffe, Ihre geschäftlichen Reisen waren erfolgreich.«

»Das waren sie, auch wenn ich bedaure, dass sie mich so lange von London ferngehalten haben.«

»Es ist einiges passiert, während Sie weg waren.«

»Richtig, die Verlobung Ihrer Schwester mit meinem guten Freund. Nicht dass ich gern mit ›Ich habe es Ihnen doch gesagt‹ angebe.«

»Nein, natürlich nicht. Wer würde damit auch angeben?«, neckte May ihn trotz ihrer Nervosität.

Etwas an diesem Mann musste wirklich magisch sein.

»Ich freue mich sehr für sie.« Lord Talbots Ohren färbten sich rot. »Ich bin heute allerdings hier, um mich bei Ihnen zu bedanken.«

May stockte der Atem. »Bei mir? Wofür? Wenn ich ehrlich bin, Lord Talbot, schulde ich Ihnen eine Entschuldigung, nach allem, was ich bei unserem letzten Treffen im Park zu Ihnen gesagt habe.«

Nun färbten sich auch seine Wangen rot. »Bitte, das ist nicht nötig. Da sind die Emotionen hochgekocht, und ich hätte meine Worte ebenfalls sorgfältiger wählen können.«

»Das ist sehr freundlich von Ihnen, doch ich bedaure meine Worte zutiefst, und ich wollte, dass Sie das wissen.« Mays Stimme war überraschend fest, und das trotz des Kummers, der sich in den vergangenen Wochen in ihr aufgetürmt hatte. »Ich schätze Sie wirklich sehr, und ich möchte nicht, dass Sie glauben, unsere Freundschaft würde mir nichts bedeuten.«

»Unsere Freundschaft bedeutet mir ebenfalls sehr viel«, erwiderte Lord Talbot, und sein Lächeln wurde breiter. »Deswegen bin ich auch hier. Wie gesagt, ich möchte Ihnen danken. Unsere Freundschaft hat mein Leben verändert, Miss Campbell. Bevor ich Sie kennenlernte, habe ich mir um die meisten Dinge nicht so viele Gedanken gemacht. Ich bin immer davon ausgegangen, dass meine politischen Ansichten niemals mit meiner Familie und den Geschäften meines Vaters in Einklang zu bringen wären. Und ich hatte akzeptiert, dass ich niemals eine Frau finden würde, die zu mir passt.«

Mays Herz schlug schneller, und ihr Mund wurde trocken. Lord Talbot hatte eine Frau gefunden, die er heiraten wollte? Wen? Kannte sie sie? Wie war sie bloß in diesen Albtraum hineingeraten, und gab es eine Möglichkeit, daraus zu erwachen?

»Oh?« Mehr als dieses kleine Wort brachte sie nicht hervor, denn in ihrem Kopf war nur noch Platz für alle möglichen schrecklichen Gedanken.

»Ich glaube inzwischen, dass es für jeden Mann eine perfekte Partnerin gibt, die ihn ergänzt. Und umgekehrt natürlich genauso. Es ist unwichtig, wie meine Ansichten und Ziele von der Gesellschaft aufgenommen werden, solange ich eine Frau heirate, die die Dinge ähnlich sieht wie ich, mit der ich auf Augenhöhe diskutieren kann und die keine Angst hat, ihre Meinung laut auszusprechen.«

May zögerte. »Ich hoffe, Sie finden eines Tages so eine Frau, Lord Talbot.«

»Ich glaube, das habe ich bereits.« Er schenkte ihr ein glückliches und strahlendes Lächeln. »Und ich habe mit meinem Vater darüber gesprochen, dass ich öffentlich für die Abschaffung der Sklavenarbeit eintreten möchte. Ich hatte befürchtet, er würde wütend reagieren oder mich sogar enterben. Er war nicht sofort begeistert, hat aber letzten Endes eingesehen, was wir anderen Menschen damit antun. Und wir haben nun beschlossen, die Sklavenarbeit auf unseren Ländereien abzuschaffen.«

»Das muss eine ziemliche Erleichterung für Sie sein«, antwortete sie ehrlich, obwohl ihre Gedanken immer noch an der Tatsache festhingen, dass er seine zukünftige Frau offenbar bereits erwählt hatte.

Sie richtete ihren Blick auf den Boden, ehe sie zum Kamin schaute. Alles, nur um nicht die unbändige Freude in seinem Gesicht sehen zu müssen, wenn er von der Person sprach, die ihm bei seinen zukünftigen Bestrebungen zur Seite stehen würde.

»Ich gratuliere Ihnen und der glücklichen Dame, wer auch immer sie sein mag«, brachte May schließlich hervor. Die Worte auszusprechen, fiel ihr unglaublich schwer, denn ihr Herz schien plötzlich eine Tonne zu wiegen. »Ich bin mir sicher, Sie werden ein langes und zufriedenes Leben führen und Erfolg bei all Ihren Plänen haben.«

Lord Talbot erwiderte nichts darauf, und als May den Kopf hob, stand er auf einmal viel näher bei ihr – viel, viel näher.

Ihr Herz setzte einen Schlag aus, und ihre Kehle war wie zugeschnürt. Ihr wurde schwindelig, doch sein Gesicht vor ihren Augen blieb klar und deutlich. Es war ihrem so nahe, dass sie es problemlos hätte berühren können. In der Tat zuckten ihre Finger, als wollten sie genau das ohne Erlaubnis tun, daher krallte sie sie hastig in ihr Kleid.

Lord Talbot wirkte plötzlich nervös, als er ihren Blick einfing. »Ich verspreche Ihnen, dass ich mit dieser Frau an meiner Seite ein langes und zufriedenes Leben führen werde … wenn Sie versprechen, diese Frau zu sein.«

Es dauerte einige Atemzüge, bis die Worte zu May durchdrangen, und als sie endlich Sinn ergaben, füllten sich ihre Augen schlagartig mit Tränen. Ihr Herz flatterte und schlug so schnell wie die Flügel der Singvögel in Aprils geliebten Gärten.

Er meinte *sie.* Er machte *ihr* einen Antrag.

Die tiefen Gefühle in seinem Blick erfüllten sie ganz und gar, bis sie nichts anderes mehr empfand als reinste Freude.

»Ich meine *natürlich* Sie, May Campbell. Wer sonst würde mich so sehr herausfordern und mit mir lachen und wäre mir im wahrsten Sinne des Wortes eine Verbündete? Niemand. Davon bin ich überzeugt.« Seine Miene wurde ernst, als er seine starken Hände um ihre legte. »Bitte, sagen Sie, dass Sie meine Frau werden, denn ich werde niemals eine andere so sehr lieben wie Sie.«

Nun war May diejenige, die über das ganze Gesicht strahlte. Sie war so glücklich, dass sie das Gefühl hatte, sie würde gleich vor Freude platzen. Sie hatte nicht den geringsten Zweifel daran, was sie wollte, nicht nachdem sie so viele Tage und Nächte an nichts anderes mehr hatte denken können.

»Ja, Lord Talbot, das werde ich. Aber nur, weil Sie mich als ebenbürtig ansehen.« Ihre Lippen verzogen sich zu einem schiefen Grinsen. »Und weil ich einen Mann brauche, der nichts gegen etwas Klatsch und Tratsch oder den ein oder anderen kleinen Streich einzuwenden hat.«

Unbändige Erleichterung zeichnete sich auf seinem Gesicht ab. Er zog sie in seine Arme, nur um sich kurz darauf wieder von ihr zu lösen und stattdessen seine Hände an ihre Wangen zu legen. »Du machst mich zum glücklichsten Mann der Welt.«

»Warte nur ab. Ich habe noch ein paar Asse im Ärmel.«

»Ich auch, May Campbell. Ich auch.« Und dann küsste er sie.

Alle Sorgen der letzten Wochen fielen von May ab, und an ihre Stelle traten neue Träume von der Zukunft, die überraschenderweise alles verhießen, was May sich immer gewünscht hatte: eine Liebe, die sie jeden Tag in Atem halten würde.

EPILOG

June

June konnte kaum glauben, dass sie es doch noch vor Emmas Hochzeit nach London geschafft hatten. Natürlich war die Gesundheit ihrer Schwester weitaus wichtiger als die Saison und die Hochzeiten und Bälle, und es war ein unglaubliches Glück, dass July sich so schnell erholt hatte – es war fast so etwas wie ein Sommerwunder.

June ließ den Blick durch den prächtigen Ballsaal der Davenports schweifen, in dem die Begeisterung und gute Laune der Gäste regelrecht greifbar waren. Sie konnte gar nicht mehr aufhören zu lächeln. Die Aufregung ließ ihr Herz davongaloppieren und ihre Wangen glühen.

Emmas und Edwards Hochzeit fand in zwei Tagen statt, und Braut und Bräutigam waren heute natürlich nicht auf dem Ball, sondern gönnten sich vor ihrer eigenen Feier etwas Ruhe. Junes ältere Schwestern waren jedoch hier. Aprils Hand lag auf dem Arm ihres zukünftigen Ehemanns, einem großen und attraktiven dunkelhaarigen Gentleman, der nur Augen für sie hatte. Mays Verlobter war auf eine andere Art gut aussehend und wirkte insgesamt freundlicher, doch in dem Blick, mit dem er May betrachtete, lag die gleiche Zuneigung.

Ihre Schwestern hatten wirklich eine gute Wahl getroffen.

Die Blumenarrangements heute Abend waren wunderschön, die Blüten in weichen, romantischen Farben waren perfekt im Raum verteilt. June war sich sicher, dass sie lediglich von Aprils Gestecken überboten werden konnten, die diese für die Hochzeitsfeier in zwei Tagen angefertigt hatte.

»Ist das hier nicht die Furcht einflößendste Veranstaltung, auf der du je warst?«

June war so in ihre Beobachtungen versunken gewesen, dass sie nicht gemerkt hatte, wie July neben sie getreten war, deren zittrige Finger zwei Gläser Punsch umklammerten. Schnell legte sie einen Arm um die Schultern ihrer Schwester und nahm ihr ein Glas ab. »Ich finde es wundervoll, aber ich gebe zu, dass der Ball tatsächlich etwas überwältigend ist.«

Vor allem jetzt, da einige der begehrtesten Junggesellen in ihre Richtung sahen und sich vermutlich fragten, wer diese beiden Mädchen waren, die erst so spät in der Saison auftauchten.

Junes Wangen wurden noch wärmer – sie verfluchte ihre blasse Haut, die es ihr unmöglich machte, ihre Gefühle zu verbergen. Verlegen sah sie zu ihrer Schwester, die mit goldenen Locken und einer etwas weniger hellen Haut gesegnet war. July wirkte im Moment wie ein Reh, das gerade das Entsichern eines Jagdgewehrs gehört hatte.

Aber überwältigend oder nicht, mehrere Männer, die in ihre Richtung geblickt und ihr zugelächelt hatten, waren in der Tat attraktiv, und June sehnte sich danach, ihre Tanzkarte zu füllen.

Kurz darauf traten auch April und May zu ihnen, denen offenbar nicht entgangen war, dass ihre jüngeren Schwestern wie erstarrt in der Nähe des Eingangs verharrten.

»Ich freue mich so, dass ihr hier seid!«, rief April und umarmte sie beide, als hätten sie die letzten Tage nicht im selben Haus gewohnt. Allerdings war April tatsächlich ziemlich beschäftigt gewesen, da sie bei den Hochzeitvorbereitungen geholfen hatte.

»Wie ich sehe, habt ihr schon das Interesse einiger Junggesellen erregt. Sie scheinen geradezu verzweifelt eure Bekanntschaft machen zu wollen. Nicht, dass mich das überrascht«, scherzte May, die sie nun ebenfalls umarmte.

June zwang sich, in ihren zu engen Schuhen nicht vor Aufregung auf und ab zu hüpfen. Ihre Zwillingsschwester stand stocksteif neben ihr, aber immerhin schien sie sich in der Gegenwart ihrer älteren Schwestern etwas zu entspannen, denn sie lächelte, während sie sich erleichtert bei April einhakte.

June und July waren sich so nahe, wie zwei Schwestern es nur sein konnten, doch ihre Persönlichkeiten waren genau entgegengesetzt. Es beruhigte July bestimmt, dass April, die ebenfalls eher zurückhaltend und gern allein war, die Saison bereits erfolgreich überstanden hatte.

Sorge stieg in June auf, und sie löste ihren Blick von July. Ihre älteren Schwestern konnten nicht wissen, dass das Erbe ihrer Familie nach wie vor in Gefahr war, obwohl sie wie vorgesehen verlobt waren.

Ihr Onkel würde nur dann ihre Mitgift zahlen und dadurch ihrem Vater mit seinen Schulden helfen, wenn jede von ihnen der Reihe nach heiratete. June würde ihrer Pflicht nachkommen, mit Freuden sogar, aber July? Das würde ihre Schwester ihr Leben lang unglücklich machen. Und auch wenn June ihren Vater liebte, wünschte sie sich für July keine Zukunft, die diese nicht wollte.

Ihre Gedanken wurden schon bald von einem Lord Hastings unterbrochen, dann von einem Mr Abbott und einem Count Lancaster, die sie alle um einen Tanz baten. July wurde auf ähnliche

Weise angesprochen, und auch ihre Tanzkarte füllte sich, wobei April dafür sorgte, dass ihre jüngere Schwester sich in der Gegenwart der Gentlemen wohlfühlte, deren Aufforderung zum Tanz sie annahm. June war froh über Aprils Hilfe, denn es bedeutete, dass sie selbst den Abend, die Tänze und die Gesellschaft der Gentlemen genießen konnte, ohne sich zu viele Gedanken um July machen zu müssen.

Sie tanzte einige Runden mit bezaubernden Partnern, auch wenn sie ihre Namen meist direkt wieder vergaß. Vermutlich sollte sie versuchen, sie sich zu merken, doch der fliegende Wechsel war berauschend, und sie wollte keine Pause einlegen. War es denn so schlimm, gern im Zentrum der Aufmerksamkeit zu stehen? Einen Abend lang von allen verehrt und bewundert zu werden, nachdem sie die letzten Monate an der Seite ihrer Schwester zu Hause verbracht hatte? Dennoch achtete sie darauf, nicht zweimal mit demselben Gentleman zu tanzen.

Der Abend raste regelrecht an ihr vorbei, und irgendwann fand sie sich in der Nähe von Tante Violet, May und April an den Tischen mit den Erfrischungen wieder.

»June, meine Liebe …«, begann Tante Violet. »Ich kam nicht umhin, deine Unterhaltung am Ende des Walzers mitanzuhören, und ein derart lockeres Gespräch mit einem Fremden ist nicht …«

»Angemessen, ja, ich weiß«, erwiderte June und schnaubte leise.

»Es ist schwer, sich nicht mitreißen zu lassen«, kam May ihr zu Hilfe, während sie ein kleines Sandwich vom Tisch nahm. »Ich bin der Aufregung auch schon zum Opfer gefallen.«

Tante Violet gab ein leises Geräusch von sich und hob die Augenbrauen, hielt sich jedoch zurück.

April schien nicht gerade erfreut darüber zu sein, dass May die

Sorge ihrer Patentante so einfach wegwischte. »Unser Ruf ist alles, was wir haben, und es ist nun auch deine Aufgabe, ihn zu bewahren, June.«

»Ich weiß, April. Mach dir keine Sorgen. Ich genieße bloß den netten Abend. Ich verspreche, ich werde mich zu nichts hinreißen lassen.« June beobachtete ihre Zwillingsschwester, die sich gerade mit einem Knicks von ihrem älteren Tanzpartner verabschiedete und danach hastig zu ihnen flüchtete.

Tante Violet drückte kurz Julys Hand, ehe sie die Schwestern allein ließ.

»Ich könnte eine Pause gebrauchen«, murmelte July schwer atmend und nahm ein Glas Wasser von April entgegen. »Wie lange werden wir noch bleiben?«

»Bist du müde?«, fragte June, die sofort befürchtete, ihre Schwester könnte sich nach ihrer langen Krankheit überanstrengt haben. »Vielleicht sollten wir jetzt gleich gehen.«

»Ich bin müde, fühle mich jedoch nicht schwach. Aber bring mich nicht auf die Idee, frühzeitig nach Hause zu fahren.«

»Du warst lange genug hier und hast bei den Gentlemen einen bleibenden Eindruck hinterlassen. Sie werden bestimmt noch auf dem Heimweg an dich denken«, sagte April. »Wenn du jetzt gehen willst, wird es dir niemand übel nehmen.«

»Ich denke, ich begleite dich«, sagte June und überraschte damit nicht nur ihre Schwestern, die sie entsetzt ansahen, sondern auch sich selbst. »Was? Vielleicht gefällt mir der Gedanke, mich etwas geheimnisvoll zu geben.«

Sie alle lachten, und es fühlte sich gut an, endlich wieder vereint zu sein. Die vier Schwestern waren einander die ersten und manchmal auch einzigen Freundinnen gewesen, schließlich waren sie an einem sehr abgelegenen Ort auf dem Land aufgewachsen. June hatte während der letzten Wochen diese gemeinsamen Momente – die großen wie die kleinen – sehr vermisst.

»Ihr solltet euch vielleicht wirklich ausruhen«, sagte May grinsend. »Nun, da April und ich unsere Hochzeiten organisieren müssen, ist es eure Aufgabe, den ›Die Campbell-Schwestern verloben sich‹-Plan zu Ende zu bringen.«

»Es besteht natürlich kein Grund zur Eile«, warf April hastig ein. »Ich denke, zwei Hochzeiten in einer Saison sind genug.«

June und July wechselten einen Blick. Sie wussten die freundlichen Worte ihrer Schwestern durchaus zu schätzen, doch ihnen allen war bewusst, dass ihr Vater und ihr Anwesen nicht jahrelang auf finanzielle Unterstützung warten konnten.

Als die Zwillinge sich verabschiedeten und in die Kutsche stiegen, die sie zu Tante Violets Haus bringen würde, fragte June sich, ob es nicht doch eine andere Möglichkeit gab, ihrem Vater zu helfen. Denn auch wenn April und May es nicht wahrhaben wollten, ihre Verlobungen würden nicht ausreichen, um ihn zu retten.

Die Hochzeitsgäste strömten in die Kirche, während June und July bereits ganz vorne auf ihren Plätzen saßen, die für die Familie und enge Freunde reserviert waren. Sie trugen gebrauchte, aber dennoch hübsche Kleider aus weicher, glatter Seide – moosgrün für July und rosafarben für June –, die kühl genug für den warmen Nachmittag waren. Die Kleider saßen außerdem perfekt, was June mit Selbstvertrauen erfüllte, als sie die Blicke einiger Gentlemen wahrnahm, mit denen sie und July auf dem Ball vor zwei Tagen getanzt hatten.

April, May und Tante Violet waren bei Emma geblieben und

halfen ihr, sich darauf vorzubereiten, ihr Gelübde abzulegen. Lord Radcliffe stand vorm Eingang der Kirche und begrüßte die Gäste. Es war etwas merkwürdig, dass Emmas Brüder Andrew und Henry heute nicht hier waren, doch diese Tatsache war eine große Erleichterung für June. Sie konnte nicht sagen, ob sie es über sich gebracht hätte, an der Hochzeit teilzunehmen, wenn die beiden Jungen anwesend gewesen wären. Andrew und Henry waren offenbar immer noch so selbstsüchtig wie früher und schienen nicht bereit zu sein, die Vergnügungen ihrer Auslandsreise für die Hochzeit ihrer Schwester zu unterbrechen.

Es hätte June auch überrascht, wenn es anders gewesen wäre.

Hastig schob sie die Gedanken an die Jungen beiseite – Jungen, die inzwischen bestimmt längst Männer geworden waren, auch wenn sie sich nicht so verhielten. Sie würde ihnen vermutlich noch früh genug begegnen und sich mit ihnen befassen müssen. Immerhin wohnten die Schwestern in ihrem Haus und konnten kaum darauf hoffen, dass die Brüder die gesamte Saison über im Ausland bleiben würden.

Doch dann, als hätten Junes Überlegungen sie heraufbeschworen, traten zwei junge Männer in die Kirche und hielten einen Moment inne, um sich umzusehen.

Neben ihr sog July scharf die Luft ein. »Sind das …? Das kann nicht sein, oder? Es hieß doch, sie wären auf Reisen!«

June hörte die Worte ihrer Schwester kaum, so laut rauschte das Blut in ihren Ohren … denn sie waren es definitiv.

Andrew und Henry Radcliffe hatten, wie es schien, doch beschlossen, überraschend zur Hochzeit zu kommen.

Sie waren beide groß und breitschultrig, doch Andrew, mit seinem blonden Haarschopf und den bernsteinfarbenen Augen, überragte Henry um einige Zentimeter. Henry, der etwas jünger war als

Andrew, doch ein paar Jahre älter als June und July, sah mit seinen schimmernden mahagonifarbenen Locken nicht minder attraktiv aus. Er schaute sich um, und der Blick aus seinen aufmerksamen blauen Augen blieb an der leeren Reihe hinter June und July hängen. Die Brüder setzten sich in Bewegung und kamen auf sie zu, auch wenn sie die Schwestern nicht zu erkennen schienen.

Hatten Junes Wangen am Abend des Balles noch geglüht, schien nun das gesamte Blut aus ihrem Gesicht zu weichen, und ihr wurde schwindelig. Als ihre Schwester die Finger mit ihren verschränkte und fest zudrückte, beruhigte sie das etwas.

»Ruhig, June. Alles ist gut. Dir geht es gut.«

Aber ihr ging es nicht gut. Der Anblick dieses Mannes, der einst ein Junge gewesen war, der sie so sehr gedemütigt hatte, dass es nicht in Worte zu fassen war, dessen unermüdliche Schikanen der Grund dafür waren, dass sie jahrelang nicht den Mut hatte aufbringen können, sich mit Gleichaltrigen zu unterhalten, war nicht *gut.*

Doch sie wollte auf Emmas Hochzeit keine Szene machen. Also flüchtete sie durch einen Seiteneingang aus der Kirche und fand sich schließlich in einer kleinen Gasse wieder, die zum Glück leer war.

Zumindest, bis July ihr wenige Augenblicke später folgte.

»Ich kann ihm nicht gegenübertreten, Jules. Ich kann es einfach nicht.«

»Wir haben darüber gesprochen. Wir wussten, dass es durchaus wahrscheinlich ist, dass du dich ihm stellen musst, wenn wir nach London kommen«, erwiderte ihre Schwester, zwar nicht unfreundlich, aber wie immer pragmatisch.

»Aber nicht *heute*«, widersprach June, obwohl ihr bewusst war, wie albern das klang. »Das Schlimmste ist, dass du und ich vermutlich die Einzigen sind, die sich noch daran erinnern, was passiert ist, als wir das letzte Mal alle zusammen waren.«

June hatte den Brüdern seit diesem verhängnisvollen Sommer zum Glück aus dem Weg gehen können, da Henry und Andrew entweder an der Universität oder mit Freunden auf Reisen gewesen waren, wenn ihre Familien sich getroffen hatten.

Bereits ein kurzer Blick auf Andrew, auf seine große Statur, die ausgeprägten Wangen- und Kieferknochen und das sorglose Funkeln in seinen Augen, war ihr Beweis genug, dass er sich nicht verändert hatte.

Genauso wenig wie Junes Verlangen, ihm ins Gesicht zu schlagen. Dafür, dass er sie in Anwesenheit ihrer beiden Familien so sehr gedemütigt hatte, hätte er es nicht anders verdient. Junes Wangen brannten bei der bloßen Erinnerung daran vor Scham.

July ergriff erneut ihre Hand und drückte sie beschwichtigend. »Wir werden ihnen so gut es geht aus dem Weg gehen, June. Wenn der Rest der Saison so abläuft wie der Ball vor zwei Tagen, wirst du sowieso kaum Zeit haben, dich im Haus aufzuhalten, da deine Verehrer sich verzweifelt darum bemühen werden, mit dir auszugehen und das Beste aus den nächsten Wochen herauszuholen.«

»Du glaubst wirklich, dass gleich drei Campbell-Schwestern in derselben Saison ihr Glück finden werden?« June war dankbar, das Thema wechseln zu können, doch sie bemerkte schnell, dass das Lächeln ihrer Zwillingsschwester traurig war.

»Ja, das tue ich. Du wirst die freie Wahl haben, und ich werde dir mit Rat und Tat zur Seite stehen.«

»Und was ist mit dir?«, fragte June leise und drückte nun ihrerseits die Hand ihrer Schwester. »Wirst du dein Glück finden?«

July antwortete nicht, und June wusste auch, warum.

Ihre Schwester und sie hatten keine Geheimnisse voreinander.

Jeder Versuch, etwas voreinander zu verheimlichen, wäre ein sinnloses Unterfangen gewesen, denn es war unmöglich, jemandem etwas vorzumachen, der einen in- und auswendig kannte.

Auf July wartete keine glückliche Zukunft, wenn sie dazu gezwungen war, einer Heirat zuzustimmen, um die Vorgabe ihres Onkels zu erfüllen. Und auf ihre Familie wartete keine glückliche Zukunft, falls sie sich weigerte.

June hatte keine Ahnung, was sie tun konnte – doch sie war fest entschlossen, eine Lösung zu finden.

»Bist du bereit, wieder hineinzugehen?«, fragte July schließlich lächelnd.

June atmete tief durch. Welche Herausforderungen diese Saison auch mit sich bringen mochte, sie würde sich ihnen mit July an ihrer Seite stellen.

»Ich bin bereit.«

Vorsicht, Spoiler!

Auf der nächsten Seite findest du die
Triggerwarnung.

Sie enthält Spoiler für das gesamte Buch.

TRIGGERWARNUNG

(Achtung: Spoiler für das gesamte Buch!)

Dieses Buch enthält Themen, die triggern können.
Diese sind:

Entführung
Sexuelle Belästigung
Angedrohte Vergewaltigung